KB249104

BESTSELLERWORLDBOOK 72

일리아스

호메로스 지음 | 박용철 옮김

소담출판사

박용철

서강대학교 영어영문학과 졸업.
공저로 『한국 사회문화 현상의 기호론적 분석』과 『비전2000』,
역서로 『오디세이아』『광고인이 되는 법』 외 다수가 있다.

 sodampublishingcompany

BESTSELLERWORLDBOOK 72

일리아스

펴낸날 | 2002년 12월 10일 초판 1쇄

지은이 | 호메로스
옮긴이 | 박용철
펴낸이 | 이태권
펴낸곳 | 소담출판사
　　　　서울시 성북구 성북동 178-2 (우)136-020
　　　　전화 | 745-8566~7 팩스 | 747-3238
　　　　e-mail | sodam@dreamsodam.co.kr
　　　　등록번호 | 제2-42호(1979년 11월 14일)

ISBN 89-7381-718-3 03890
● 책 가격은 뒤표지에 있습니다

www.dreamsodam.co.kr

BESTSELLERWORLDBOOK 72

Ilias

Homeros

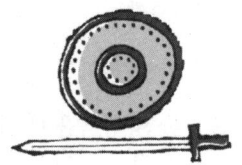

오, 제우스시여!
파리스를 복수하게 허락하소서.
그를 내 손에 쓰러지게 하시어
극진히 예의를 베푼 친구에게
악으로 보답한 자가 어떠한 꼴을 당하는지
스스로 깨닫게 하소서!

Ilias

차례

아가멤논과 아킬레우스, 언쟁하다

아가멤논과 아킬레우스가 사제 크리세스의 딸을 풀어 주는 문제로 말다툼을 벌인다. 이에 아킬레우스의 어머니 테티스는 제우스에게 자기 아들을 도와 달라고 호소한다.

분노를 노래하라. 펠레우스의 아들 아킬레우스와 아트레우스의 아들 아가멤논이 불화함으로써 얼마나 많은 아카이아의 용사들이 개밥이나 새들의 성찬이 되었던가. 이 두 사람을 언쟁으로 내몬 신은 바로 제우스 (주피터, 번개의 신)와 레토의 아들인 궁술의 신 아폴론이었다.

불화는 아폴론의 사제 크리세스가 딸의 몸값으로 귀한 보석을 가지고 아가멤논을 찾으면서 시작된다. 그는 황금 지팡이를 손에 들고 아카이아에 진영에 찾아와 두 장수에게 간곡히 요청했다. 황금 지팡이에는 아폴론의 성스러운 화환이 아로새겨져 있었다.

"왕이시여, 그리고 모든 아카이아 군의 대장이시여! 신들께서 여러분에게 트로이를 정복하고, 금의환향하실 길을 열어 주시기를 축원합니다. 오늘 이렇게 제가 여러분을 찾아뵌 것은 이것을 받으시고 저의 사랑하는 딸을 풀어 주십사 해서 온 것입니다. 제발 부탁드리건대 여러분께서 제우스의 아드님이요, 궁술의 신이신 아폴론에게 경의를 표하시기를 간절히 애원합니다."

이에 모두들 어떠한 이의도 달지 않은 채 아가멤논이 사제의 뜻을 순순히 받아들이기를 바랐다.

그러나 정작 아가멤논 대왕만은 사제에게 물러가기를 요구했을 뿐만 아니라 불쾌한 말까지 서슴지 않았다. "노인장, 다시는 이곳에 얼씬거리지 마시오. 만약 이를 어길 때에는 아무리 아폴론 신의 지팡이와 화환이 있다 하더라도 무사하지 못할 거요. 내가 당신 딸과 일생을 함께하기로 마음먹은 이상 절대로 내놓을 수가 없소. 그러니 공연한 사람 화를 돋우지 말고 얼른 돌아가시오!"

아가멤논의 단호한 거절에 노인은 하는 수 없이 그 자리를 물러 나왔다. 그리고 인적이 뜸한 곳에 이르자 아폴론에게 정성껏 축원을 올렸다. "테네도스의 위대한 주인이시여, 저의 소원을 들어주소서. 일찍이 제가 영광의 신전을 축성하고 황소와 염소로 제사를 올린 것을 기억하신다면, 다나아 사람들이 제 눈물의 대가를 치르게 하소서!"

이 축원을 들은 아폴론은 분노가 치밀어올라 활과 화살통을 메고 올림포스에서 해질녘 소리없이 내리는 땅거미처럼 뚜벅뚜벅 걸어 내려왔다. 그러고는 함대 맞은편에 자리를 잡은 다음 화살을 쏘기 시작했다.

먼저 노새들과 개들을 쏘았고, 그 다음에는 다나아 병사들을 쏘았다.

날아가는 화살마다 명중되지 않는 것이 없었다.

아폴론은 9일 동안 화살의 비를 아카이아 진영에 쏟아 부었다. 졸지에 역병이 나돌고 화살이 날아들자 아카이아 군은 어쩔 줄 몰라 하며 우왕좌왕했다. 아카이아 진영은 금세 시체로 뒤덮였고 여기저기서 시체 태우는 냄새로 숨을 쉬지 못할 지경이 되었다.

이윽고 열흘째 되던 날, 이러한 정경을 지켜보던 헤라(주노, 결혼의 여신)가 아킬레우스의 마음을 움직여 전군을 소집하게 했다.

아킬레우스는 좌중을 둘러보며 운을 띄웠다. "아가멤논 대왕이여, 이렇게 가다가는 살아남은 군사들마저 전의를 상실하고 귀환을 포기하지 않을까 심히 염려됩니다. 그러니 아폴론께서 우리에게 화를 내고 있는 이유가 뭔지 예언자나 사제에게 알아보면 어떻겠습니까? 혹시 우리가 약속을 어긴 것은 아닌지, 아니면 우리의 정성이 부족한 것은 아닌지……. 만일 그렇다면 신께 향기로운 재물을 올려 이토록 끔찍한 재앙에서 벗어나는 것이 어떻겠습니까?"

이에 테스토르의 아들이며 아르지브 사람인 칼카스가 일어났다. 그는 아주 유명한 예언자로, 과거·현재·미래의 일 가운데 맞추지 못하는 것이 없었다. 그에게 그런 능력을 준 이는 바로 다름 아닌 아폴론이었다. 그는 아카이아 군이 일리오스(트로이)를 공략하는 데에도 한몫 했다.

"아킬레우스 장군, 장군께서 그렇게 말씀하시니 감히 한 말씀드리겠습니다. 우선 그러기 전에 약조부터 해주시지요. 모든 힘과 지혜를 동원해 저를 보호해 주시겠다고 말입니다. 왜냐하면 제 말이 아카이아 군의 살아 있는 법이자 우리에게 절대적인 권한을 가진 분의 원망을 살지도 모르기 때문입니다. 감히 일개 평민이 왕의 노여움을 산다는 건 죽음을 사는 것이나 마찬가지가 아니겠습니까? 다시 한 번 말씀드리건대 저의 신변을 보장해 주실 수 있는지요?"

아킬레우스가 곧장 대답했다. "아폴론 신께서 계시하시는 거라면 겁내지 말고 전부 말해 보시오. 내가 살아 있는 한 다나아 사람뿐만 아니라 설사 그분이 아가멤논 대왕일지라도 당신을 해치지 못하도록 하겠소."

드디어 예언자가 용기를 내어 말했다. "신께서 노하신 이유는 아가멤논 대왕이 크리세스 사제를 모욕했기 때문입니다. 그의 딸을 내주지 않아 우리가 이런 고통을 겪고 있는 것입니다. 더구나 이 고난은 앞으로도 계속될 것이라 사료되옵니다. 궁술의 신 아폴론은 우리가 그 총명한 여성을 돌려보내지 않는 한, 이 몸서리치는 재앙을 거두지 않을 것입니다."

칼카스의 말을 들은 아가멤논 대왕은 벌떡 일어나 언성을 높였다. 칼카스를 쏘아보는 눈초리에서 불꽃이 튀었다. "간교한 예언자여, 여태껏 그대가 내게 유리한 말을 해본 적이 있는가. 그대는 한 번도 희망적인 예언을 한 적이 없지. 정말 한 번도 그러지 않았어. 그래, 아폴론이 우리에게 재앙을 보내는 까닭이 기껏 크리세이스라는 여자 때문이란 말인가? 하! 내가 그녀를 돌려주지 않아서? 하지만 어느 누군들 얼굴이 예쁘고 몸매가 아름다운데다 마음씨까지 착한 그녀를 좋아하지 않겠는가? 좋다. 내가 비록 내 아내 클루타임네스트라보다 그녀를 더 좋아하지만 돌려보내겠다. 그러니 다시는 그런 걱정하지 마라. 내 군사들을 살려야지, 다 죽일 수는 없지 않은가. 대신 나에게 다른 전리품을 가져 오거라. 그렇지 않으면 나 혼자 빈손이 될 거 아니냐. 그것은 공평치가 않아!"

그러자 아킬레우스가 대답했다. "대왕이여, 당신의 욕심을 우리가 어떻게 채워 드리겠소. 게다가 지금은 이미 모두 분배가 끝난 상태이며, 공동으로 저축한 것 또한 없습니다. 그러니 조금만 참고 기다리소서. 우리가 제우스의 도움으로 트로이 성만 함락한다면, 그것의 몇 갑절이라도 전리품을 바치겠습니다."

아가멤논이 이내 그의 말을 잘랐다. "아킬레우스, 나를 얼렁뚱땅 속여 넘기려고 하지 마시오. 자기 전리품만 챙기려 급급하지만, 어림 반푼어치도 없는 소리요. 만일 당신들이 전리품을 주지 않는다면 내가 가서 얻어 오리다. 당신이나 아이아스 혹은 오디세우스한테. 아마 그러면 당신들 역시 화를 내겠지. 어쨌든 검은 배를 바다에 띄워 제물과 아름다운 크리세이스를 태워 보냅시다. 그리고 아이아스나 이도메네우스, 오디세우스나 아니면 세상에서 가장 무섭다는 당신을 책임자로 내세워 궁술의 신을 달래 봅시다."

아킬레우스가 그를 노려보며 말했다. "하, 뱃속에 욕심이 가득 들어찬 왕이시여! 어느 누가 그대의 명령을 받아들이겠습니까? 나는 트로이 사람하고는 전혀 관계가 없는데도 이곳에 와서 생고생하고 있습니다. 순전히 당신을 위해, 당신 형제의 복수를 하기 위해서 말이지요. 그런데도 당신은 내가 가진 전리품마저 빼앗으려고 협박하다니, 이치에 닿는다고 생각하시오? 아카이아 군이 트로이를 점령할 때에도 당신은 최고의 전리품을 가졌소. 언제든 그랬소. 힘들고 어려운 싸움은 모두 내 몫이고 가장 좋은 전리품은 당신 차지였지만 나는 모든 걸 이해했소. 목숨을 걸고 싸우고 돌아온 뒤에 난 언제나 찌꺼기로 만족했단 말이오. 하지만 이제 난 프티아로 돌아가겠소. 남아 있어 봤자 얻는 건 욕과 죽음일 테니까."

아가멤논이 매몰차게 대꾸했다. "가시오. 내 무릎을 꿇고 애걸하지는 않겠소. 나를 받들 사람은 얼마든지 있으니까. 게다가 나에게는 이 세상에서 가장 전지전능하신 제우스가 계시오. 밤낮 말썽을 피우고 싸움박질이나 해대는 당신에게 나도 이제 두손 두발 다 들었소이다. 그러니 이제 부하를 이끌고 돌아가서 미르미돈(아킬레우스의 족속)이나 잘 다스리시오. 하지만 경고하건대 내가 크리세이스를 빼앗긴 대신 당신의 아리따운 브리세이스(아킬레우스가 얻은 여자 포로)를 데려가겠소. 내 스스로 그대의 숙소를 찾아 전리품을 데려오리다. 만일 그게 싫다면 나와 싸워야 할 것이오. 이 기회에 내가 그대보다 강하다는 걸 보여주어 감히 어느 누구도 나에게 대적하지 못하게 하리라."

아킬레우스는 허리에서 칼을 뽑아 아가멤논 대왕을 쳐버릴까, 아니면 솟구치는 화를 다스려 스스로를 지켜볼까 갈등했다. 이윽고 그가 칼집에서 칼을 뽑는 순간 아테나(미네르바, 지혜의 여신)가 그곳에 당도했다. 두 사람을 똑같이 사랑하는 헤라가 보낸 것이다.

아테나가 그의 뒤통수를 잡아당겼다.

깜짝 놀란 아킬레우스는 뒤를 돌아보았다. 그는 그녀가 금세 아테나임을 알아보았다. "무적의 제우스 따님이시여, 어찌 또 오셨습니까? 아가멤논 대왕의 저 오만방자함을 목격하시러 오셨습니까? 언젠가는 그 역시 자신의 오만함으로 인해 목숨을 잃게 될 것입니다!"

빛나는 눈의 여신 아테나가 대답했다. "나는 그대를 사랑하는 여신 헤라께서 보내셔서 왔소이다. 이봐요, 절대로 칼로 싸우지 말고 말로 꾸짖으시오. 앞으로 그대는 이보다 몇 배가 넘는 보상을 받을 것이오. 그러니 그를 용서해 주고 우리의 충고를 받아들이시오."

아킬레우스는 화를 꾹 눌러 참으며 대답했다. "정말 분통이 터지는 마음은 이루 말할 수 없지만, 두 여신님의 분부를 거스를 수야 없지요. 신들

14

의 말씀을 들으면 신들도 제 말을 들어줄 테니까요."

아테나는 헤라의 뜻을 전한 뒤 곧장 올림포스로 향했다.

아킬레우스는 아테나의 뜻을 좇아 칼을 거두긴 했지만, 분노를 삭이지 못하고 왕에게 폭언을 퍼부었다. "개눈에다 새가슴을 가진 주정뱅이여, 당신이 한 번이라도 제대로 전투에 참가한 적이 있었는가, 돌아보시오. 부하와 함께 최전방에 나서서 공격에 참가한 적이 있었는가 말이오. 하긴 그럴 용기가 왜 필요했겠소. 뒷전에서 죽을 궁리나 일삼고 충언하는 신하들의 전리품을 빼앗는 게 백 번 나을 텐데! 내 이 지팡이를 걸고 맹세하리다. 진실로 조만간 온 백성이 이 아킬레우스를 아쉬워할 날이 분명히 올 것이오. 많은 동지들이 헥토르(트로이 군의 총사령관)의 손에 추풍낙엽처럼 쓰러지는 날이 오면 그제야 깨닫게 될 거요. 사람을 소홀히 다루면 어떠한 결과가 초래되는지를. 그때 창자가 끊어지는 슬픔을 당해도 모두 자업자득이란 걸 알아두시오."

아킬레우스가 지팡이를 땅에 던진 뒤 다시 자리에 앉았다. 이에 아가멤논 대왕이 약이 바짝 올라 씩씩거리자 네스토르(게렌의 영주)가 일어나 입을 열었다. 그는 감미로운 말을 줄줄 해대는 유명한 웅변가로 필로스에서 3대째 왕으로 군림하며 백성들을 다스리고 있었다.

"여러분, 참으로 유감스러운 일이오. 아카이아 군에 내분이 일어나다니, 아마 트로이 쪽에서 이 소식을 듣는다면 얼마나 기뻐하겠소. 제발 화를 가라앉히고 내 말 좀 들으시오. 내가 여태껏 살아오는 동안 수많은 사람들을 만났소이다. 물론 그 중에는 그대들보다 나은 사람들도 있었소. 하지만 한 번도 무시당한 적은 없었소. 페이리토스, 저 유명한 군주 드리아스, 카이네우스와 엑사디우스, 폴리페모스 왕과 테세우스 등 태산의 괴물과 싸워 이긴 사람들도 만났던 적이 있었소. 그들이야말로 감히 인간으로선 대항할 수 없는 사람들이었소. 그래도 그들은 내 말을 귀 기울여 들었소이다. 그러니 그대들이여, 잠시 내 충고를 들어보시오. 아가멤논, 비록 당신은 왕이라 하더라도 이분한테서 여자를 빼앗지는 마시오. 우리가 결정을 내려 특별히 그 여자를 준 것 아니오? 그리고 아킬레우스 당신도 힘으로 대왕과 겨룰 생각은 마시오. 제우스께서 그에게 권위를 내리신 것 아니오? 비록 그대가 힘이 장사요, 모친께서 신일지라도 대왕의 권위는 그대보다 위인 것만은 분명하오. 그러니 너무 상심하지 말고 어서 빨리 잊어버리시오. 제발 부탁하건대 그대는 모든 병사를 보호해야 하는 성벽 같은 존재가 아니오?"

아가멤논 대왕이 대답했다. "존경하는 네스토르여, 그대의 말씀은 천번만번 지당합니다. 그런데 이 사람은 자기가 가장 잘난 줄 알고 모두를 지배하려고만 하오. 불사의 신께서 그에게 무사로서의 능력을 주시면서 모욕적인 말을 해도 괜찮다고 허락하셨나 봅니다."

이에 아킬레우스가 그의 말을 가로막고 응수했다. "그렇소. 당신의 말을 모두 따르다가 난 겁쟁이라는 소리를 들을 판이오. 다시는 당신의 말을 듣지 않을 테니 명령은 다른 사람에게나 하시오. 하지만 잘 기억해 두시오. 한낱 여자 때문에 당신하고 싸우지는 않겠소. 그 여자는 당신이 주었던 여자니까 도로 가져간다면 내 말하지 않겠지만, 그 밖에 다른 것은 절대로 내 허락 없이 가져갈 수가 없소. 그러한 일이 일어난다면 반드시 내 칼끝에서 붉은 피를 보리라 각오해야 할 거요."

아킬레우스가 파트로클로스 및 동료들을 데리고 막사로 돌아가자, 아가멤논은 좋은 배 한 척과 사공 스무 명을 뽑아 크리세이스와 제물을 실었다. 그리고 오디세우스한테 지휘를 맡긴 뒤 크리세스 사제에게로 출항을 시켰다. 또한 사람들에게 바닷물로 몸을 씻어 속죄하라고 명한 뒤, 황소와 염소를 그을려 연기가 하늘로 오르게 해 아폴론에게 제물을 바쳤다.

제사가 진행되는 중에도 아가멤논은 아킬레우스와의 다툼으로 인해 화가 가라앉지 않았다. 결국 그는 심복인 탈티비오스와 에우리바테스에게 명령을 내렸다. "아킬레우스의 막사로 가서 브리세이스를 끌고 오너라. 그가 내주지 않으면 내가 직접 가서 데려올 것이다. 그러면 그는 더욱 입장이 난처해지질 거야."

심복들은 이 명령이 마음에 들지 않았지만 어쩔 수 없이 미르미돈 병사들이 거처하는 아킬레우스 막사로 향했다. 마침 아킬레우스는 막사 앞에 앉아 있었다. 그는 이들을 보더니 언짢은 표정을 지었다. 전령들은 이 젊은 영주 앞에 나서기가 부끄럽고도 두려워 멈칫거렸다.

그러자 아킬레우스가 먼저 입을 열었다. "전령이여, 가까이 오게나. 그대들에게 무슨 잘못이 있겠는가? 잘못이 있다면 아가멤논한테 있겠지. 자, 파트로클로스여! 브리세이스를 데려와 이 사람들에게 내주시오. 만일 아카이아 사람들이 우리에게 또다시 구원을 요청한다면, 영광의 신들과 모든 병사들, 그리고 마음씨 고약한 그 왕 앞에서 이 두 사람을 증인으로 삼읍시다! 어떤 게 자신한테 득이 되는지 구분도 못하는 사람과 싸워 무슨 득이 있겠소."

파트로클로스는 아킬레우스가 시키는 대로 어여쁜 브리세이스를 데리고 와 전령병에게 인도했다. 그래서 잠깐 아킬레우스한테 마음을 붙인 브리세이스는 마음에도 없는 길을 주뼛거리며 떠나게 되었다.

그 광경을 물끄러미 쳐다보던 아킬레우스가 검푸른 바닷가로 나아가

두 손을 번쩍 들고 소리 높여 절규하듯 소리쳤다. "오, 어머니! 제가 요절할 운명을 지니고 태어난 대신 명예를 주기로 제우스께서 약속하지 않았습니까? 그런데 어찌 이 같은 모욕을 당해야 합니까? 어머니, 아가멤논 대왕은 제 전리품을 빼앗아 저를 모욕했습니다!"

깊은 바닷속에 앉아 있던 그의 어머니 테티스(바다의 여신)는 아들의 절규에 귀를 기울였다. 그러고는 검푸른 파도를 헤치고 안개처럼 솟아올라 아들을 어루만지며 물었다. "애야, 무슨 일로 이토록 슬퍼하느냐? 이 어미를 답답하게 하지 말고 어서 남김없이 말해 보거라."

아킬레우스는 그간 일어났던 사정을 털어놓은 뒤 간곡하게 부탁했다. "어머니, 이처럼 불쌍한 당신의 아들을 도와주소서. 올림포스로 가서 제우스께 호소해 주소서. 어머니는 일찍이 제우스를 섬기지 않았습니까? 아버님 거처에서 어머님을 칭송하는 걸 많이 듣고 자랐습니다. 헤라며 포세이돈(넵튠, 바다의 신), 아테나 신께서 크로노스의 아들인 제우스를 묶으려고 할 때 어머님께서 단신으로 나서서 팔이 백 개 달린 늙은 신을 불러 구해 주셨다는 것을 말이옵니다. 신들은 브리아레오스라고 부르지만 우리 인간들은 자기 아버지보다 강하여 아이가이온이라고 일컫는다지요. 그가 제우스의 곁에 앉자 영광의 신들도 감히 그를 묶지 못했다지요. 어머니, 제우스께 이 일을 상기시켜 그의 무릎 아래 엎드려 간청해 보소서. 아카이아 군이 트로이 군한테 쫓기어 함대로 퇴각하도록 제우스께 말씀드리소서! 가장 특출한 인물을 존경치 않으면 어떠한 대가를 치러야 하는지 아가멤논이 깨닫게 하소서."

이 말에 테티스는 굵은 눈물을 뚝뚝 떨어뜨리면서 위로했다. "가여운 아들아, 어찌하여 이토록 무서운 운명에 말려들었단 말이냐? 인생은 짧고

한갓 일장춘몽이거늘 네가 고통에서 벗어나지 못하는 걸 보면 넌 누구보다 기막힌 팔자로 태어났나 보구나. 아들아, 내 몸소 눈 덮인 올림포스로 가서 모든 이야기를 제우스님께 전하마. 그 동안 너는 뱃전에 머물러 있으며 병사들의 화를 다스리고 전쟁에 참여하지 마라. 제우스께서는 어제 에티오피아 사람들의 향연에 참석하고자 오케아노스로 떠나셨단다. 여러 신들이 그분과 동행했지. 그분께선 열이틀이 지나야 올림포스로 돌아오실 테니, 그때를 맞추어 내 신전으로 가서 소원을 말하마. 그럼 그분도 내 소원을 외면하지는 않으시겠지."

여신이 이렇게 위로했는데도 아킬레우스의 가슴에는 두고두고 응어리가 남았다.

한편, 오디세우스를 지휘관으로 한 배가 크리세에 도착해 항구에 정박했다. 닻줄을 단단히 맨 뒤 오디세우스는 크리세이스를 아버지 품으로 돌려보내며 이렇게 말했다. "크리세스여, 아가멤논 대왕께서 따님을 돌려보내기 위해 저를 보냈습니다. 또한 다나아 사람들을 위해 아폴론께 올릴 제물도 함께 가져왔지요. 우리에게 슬픔과 고통을 보내시는 신과 화해하기를 바랍니다."

크리세스도 그들을 반겨 맞으며 손을 높이 들어 축원을 올렸다. "궁술의 신 아폴론이시여, 크리세와 성스런 킬라를 지켜 주신 당신은 테네도스의 최상의 신이십니다! 제 축원을 들어주시어 아카이아 사람들이 곤욕을 겪게 하셨듯이 이제 다시 축원하옵건대 그들을 무서운 재난으로부터 구해 주소서!"

아폴론이 사제의 이야기에 귀를 기울였음은 물론이다.

일행은 보릿가루를 뿌리는 예식을 마치고 황소를 도살해 가죽을 벗겼

다. 허벅지의 뼈를 잘라내서 두 개의 비계포에 둥글게 싼 다음 위에 날고
기를 얹었다. 젊은이들은 고기가 익자 잘게 썰어 발이 다섯 개 달린 꼬챙
이에 꿴 뒤 다시 구워 내놓았다. 이들은 모두 포식한 다음 술을 부어 고수
레를 한 다음 실컷 마셔댔다.

이리하여 온종일 젊은이들은 궁술의 신께 송가를 읊으며 화가 난 신을
진정시켰다. 이에 신도 매우 기쁘게 받아들였다. 사방에 어둠이 내리자
젊은이들은 배 가까이에 옹기종기 누워서 하나 둘씩 잠을 청했다.

이윽고 새벽의 신이 장밋빛 손가락을 내밀자 자기들 진영으로 돌아가
기 위해 항해를 시작했다. 아폴론 신께서 그들에게 순풍을 내리니 배는
물결 위를 미끄러지듯 나아갔다.

한편 아킬레우스는 자기 함대에서 분노를 삭이고 있었다. 그는 회의장
에도 나가지 않았고 전장에도 출범치 않았다. 싸움과 전쟁을 동경하는 터
여서 혼자 자신의 가슴만 태우는 것이었다.

열이틀째 날이 되자 제우스는 다른 신들을 대동하고 오케아노스에서
올림포스로 돌아왔다.

그 사실을 손꼽아 기다리던 테티스는 아침 일찍 바다에서 나와 올림포
스로 향했다.

테티스는 제우스 앞에 무릎을 꿇고 앉아 왼손은 그의 무릎에 얹고 오
른손으로는 그의 턱을 만지며 축원했다. "제우스 아버지시여, 당신에게
바친 제 언행을 가엾게 여기신다면, 제 아들에게 영광을 내려 주소서. 요
절할 운명을 타고난 그 애를 아가멤논 대왕이 얼마나 모욕했는지를 헤아
려 주소서. 대왕은 그의 전리품을 몸소 강탈했습니다. 올림피아의 총 지
휘관이시고 영도자이신 제우스시여, 아카이아 사람들이 그 애에게 보상

하고 영광으로 찬미할 때까지 트로이 군에게 승리를 허락하소서!"

제우스가 잠시 묵묵히 앉아 있자 테티스가 더욱 간절하게 매달렸다.

"어서 승낙을 내리시든가 아니면 거절하셔서 신께서 저를 얼마나 멸시하고 계신지를 보여주소서!"

이에 제우스는 몹시 괴로워하며 입을 열었다. "또 한번 헤라와 언쟁을 벌이게 하는구나. 그녀는 늘 다른 신들 앞에서 나에게 욕설을 퍼붓는가 하면, 트로이 군을 돕는다고 얼마나 비난해 대는지 알기나 하느냐? 어쨌든 네가 바라는 대로 할 테니, 헤라가 눈치채기 전에 어서 가거라. 자, 신들에게 확실하고 틀림없는 증거로 내 이렇게 머리를 숙이겠다. 이제 내가 한 말은 돌이킬 수 없는 사실이 되었느니라."

제우스는 말을 마치고 나서 고개를 숙였다. 그러자 향기로운 머리채가 앞으로 흘러내렸고, 이내 올림포스가 커다란 소리를 내며 진동했다.

테티스가 깊은 바다로 돌아가자 제우스는 자기의 궁으로 들어갔다. 모든 신들이 일제히 일어나 아버지에 대한 예를 갖추었다. 제우스가 천천히 옥좌에 가 앉았다.

그러나 테티스가 다녀간 걸 안 헤라가 제우스를 추궁하기 시작했다. "누가 왔었죠? 이 거짓말쟁이 양반, 당신은 늘 나에게는 한마디 말도 없이 비밀리에 모든 일들을 결정하는군요."

"헤라여, 내 일에 대해 꼬치꼬치 알려고 하지 마오. 비록 그대가 부인일지라도 다 말할 수 없는 일 아니오. 내 응당 그대가 들어야 할 일이라면 누구보다도 먼저 그대에게 먼저 말해 주리다. 그러니 내가 말하지 않으면 굳이 캐묻지 마시오."

커다란 눈의 왕비가 곧 대꾸했다. "참으로 잔인하신 분이여, 제가 무슨 일이든 캐묻는다고요? 저는 한 번도 그런 적이 없습니다. 만사를 언제나 당신 뜻대로 하도록 했지요. 그러나 이번만은 그냥 지나칠 수 없기에 말씀드리는 겁니다. 당신이 저 바다 노인의 딸인 테티스의 감언이설에 속아 넘어가는 것을 간과할 수가 없기 때문이지요. 그녀가 엎드려 당신의 무릎을 잡은 것으로 보아, 아마 당신께서는 아킬레우스에게 영광을 내리고 아카이아 병사들을 희생시키는 약속을 한 것 같아서 그렇습니다."

제우스가 다시 말을 이었다. "참으로 부인은 이상하구려. 항상 나를 의심하고 감시하다니! 하지만 아무런 소득이 없을 것이오. 오히려 난 부인을 더욱 미워하게 될 테니 말이오. 어쨌든 잘못 짚었소이다. 그러니까 잠자코 앉아 있기나 하시오. 내가 손을 쓰면 올림포스의 다른 신들도 그대를 돕지 못할 테니까."

이 말을 들은 헤라는 부들부들 떨며 화를 가라앉혔다. 다른 신들도 침묵을 지키자 헤파이스토스(불카누스, 대장간의 신)가 어머니인 헤라의 걱정을 덜기 위해 입을 열었다. "또 두 분께서 인간들 때문에 싸우시는군요. 그만들 두시지요. 싸움이 있다면 호의호식한들 어찌 기쁘겠습니까? 어머니, 아버지 일에 상관하지 마십시오. 아버지 제우스께서는 가장 전능하신 분, 우리의 따귀를 치신다 해도 꼼짝없이 맞아야 하지요. 그러니 어서 아버지께 공손히 말씀하십시오. 그러면 아버지께서도 저희들에게 호의적으로 대해 주실 것입니다. 어머니, 비록 화가 나시더라도 참으소서! 저는 존경하는 어머니가 제 앞에서 맞는 것은 보고 싶지 않습니다. 게다가 도울 수도 없으니 말이지요. 일찍이 제가 어머니를 도우려고 하자 아버지께서는 제 발을 낚아채 하늘의 문으로부터 내던지지 않았습니까? 그때 저는 온종일 떨어져 내려 해질 무렵에야 렘노스에 다다라 죽을 지경이 되었지요. 아마 신티아 사람들이 저를 돌봐주지 않았다면 그때 죽었겠지요."

헤라는 이 말을 듣고 미소를 머금으며 아들의 손에서 잔을 받아 들었다. 헤파이스토스는 모든 신들에게 신주를 권하며 오른편으로 돌았다. 이러한 모습의 헤파이스토스를 보며 신들은 폭소를 터뜨리며 찬사를 아끼지 않았다.

이렇게 신들은 해질 무렵까지 배불리 먹고 마셨다. 아폴론은 아름다운 하프를 뜯고 뮤즈 여신들은 유쾌한 노래를 번갈아 부르며 향연을 즐겼다. 태양이 서산에 지자 절름발이 신인 헤파이스토스가 교묘한 재주를 부려 만들어 놓은 신들의 방으로 향했다.

제우스도 헤라와 함께 침실로 향했다.

아가멤논, 출전 명령을 내리다

제우스의 전령에게서 승전의 계시를 받은 아가멤논은 아카이아 군
에 출전 명령을 내린다. 천하의 영웅과 호걸들이 운집한 아카이아와
트로이 양쪽의 군세가 무척 볼 만하다.

모든 신과 전사들이 잠든 밤이 되어도 제우스는 좀처럼 잠을 이루지
못했다. 어떻게 하면 아킬레우스의 치욕을 씻고 그에게 영광을 돌릴 수
있을까 고민했기 때문이다. 그러다 결국 아가멤논에게 꿈으로 예시하는
것이 상책이라는 결론을 내렸다.
그는 꿈을 불러 명했다. "꿈이여, 아카이아 진영으로 가서 아가멤논 대
왕의 막사를 찾아라. 그리고 내가 말하는 것을 정확히 그에게 전하라. 마
침내 트로이 성을 함락할 기회가 이르렀으니 긴급히 아카이아 군에게 무
장을 하라고 명하라. 이 점에 대해서는 올림포스 신들 사이에도 어떤 이

의를 달지 못할 것이다. 헤라가 모든 신들에게 부탁한 것이니 재앙이 트로이 군을 덮치리라!"

제우스의 명을 받은 꿈은 급히 아가멤논의 처소로 찾아갔다. 마침 대왕은 잠에 곯아떨어져 있었다. 꿈은 대왕이 노인 가운데 가장 존경하는 넬레우스의 아들 네스토르로 변신한 뒤 그의 머리맡에서 속삭였다. "아트레우스의 아들이시여, 잠드셨습니까? 부디 내 말에 경청하소서. 나는 제우스께서 보낸 전령입니다. 신께서 모든 아카이아 군에게 곧 전투 준비를 하도록 분부하셨습니다. 이제야말로 트로이 성을 함락할 절호의 기회라고 말씀하신 거요. 올림포스의 신들 모두가 이에 찬동했습니다. 헤라께서 모든 신들에게 간청한 결과, 제우스께서 트로이의 운명을 거머쥐게 되셨습니다. 이를 명심하여 잠이 깰 무렵이면 잊지 말고 부디 신의 뜻대로 시행하십시오."

꿈이 떠나가자 대왕은 정말로 운명이 결정된 줄로만 믿게 되었다. 어리석게도 그는 제우스의 참뜻을 깨닫지 못한 채, 그날로 당장 프리암 시를 점령할 수 있으리라 믿었던 것이다.

하지만 전쟁은 아직 끝나지 않았고, 제우스는 트로이와 다나아 양군에게 더욱 커다란 비탄과 고통을 내릴 계획이었다.

대왕은 귓가에 신의 목소리가 쟁쟁한 채로 잠에서 깨어났다. 그는 벌떡 일어나 부드러운 옷을 입고 외투를 걸쳤다. 그러고는 신발과 은칼을 챙긴 뒤 대대로 내려온 왕홀을 집어들고 함대를 향해 걸어갔다.

이때 새벽의 신이 올림포스로 날아와 제우스를 비롯한 모든 신들에게 날이 밝았음을 고했다.

한편, 아가멤논 대왕은 전령에게 일러 사람들을 불러모으도록 했다. 전령들이 외쳐 부르자 모두들 서둘러 아가멤논 막사로 모여들었다. 대왕은 필로스의 왕 네스토르의 배 옆에서 노장들과 함께 회의를 열었다.

사람들이 다 모이자 그는 천천히 입을 열었다. "동지들이여, 간밤에 하늘로부터 꿈의 신이 다녀갔소이다. 그는 생김새며 음성이 분명히 네스토르와 같았소. 그가 내 머리맡에서 이렇게 말했소. '아트레우스의 아들이시여, 잠드셨습니까? 나라의 운명을 짊어진 몸으로, 이다지도 긴긴밤을 잠으로만 보내서야 되겠습니까? 부디 내 말을 경청하소서. 나는 제우스께서 보낸 전령입니다. 신께서 모든 아카이아 군에게 곧 전투 준비를 하도록 분부하셨습니다. 이제야말로 트로이 성을 함락할 절호의 기회라고 말씀하신 거요. 올림포스의 신들 모두가 이에 찬동했습니다. 헤라가 모든 신들에게 간청한 결과, 제우스께서 트로이 군의 운명을 거머쥐게 되셨습니다. 이를 명심하여 잠이 깰 무렵이면 잊지 말고 부디 신의 뜻대로 시행하십시오.' 이렇게 말하고는 사라졌소이다. 자, 그래서 난 꿈의 계시대로 우리 군의 전투 준비 상태를 긴급히 살펴보기 위해 여러분들을 부른 것이오. 우선 내 직접 군의 사기를 한번 시험해 보리다. 함대를 띄워 귀국하라고 말할 거요. 동지들은 곳곳에서 망을 보았다가 군사들에게 떠나지 말도록 역설하시오."

대왕이 말을 마치자 네스토르가 일어나 말했다. "동지들이여, 만약 다른 사람이 이런 말을 했다면 그저 헛소리라고 생각해 흘려들었을 거요. 하지만 우리 군의 최고 지휘관께서 그러한 꿈을 꾸셨으니, 우린 최선을 다해 병사들을 무장시켜야 되지 않겠소?"

네스토르가 말을 마치고 나서 앞장서서 밖으로 나가자 모두들 따라나갔다. 잠시 뒤 병사들이 벌떼처럼 달려나왔다. 여기저기서 꽃동산의 붕붕

거리는 벌떼처럼 병사들은 함대에서 또 막사에서 무더기로 쏟아져 나와 회의장으로 몰려들었다. 왕이 꾼 상서로운 꿈에 대한 소문이 들불처럼 병사들 사이로 번져 나가면서 그들의 발걸음을 재촉한 것이다.

회의장은 말과 병사들로 단숨에 아수라장이 되었다. 사방에서 떠들썩하니 일대 소란이 벌어졌다. 전령들이 고래고래 고함을 지르며 소란을 진정시키기 위해 애를 썼다. 이윽고 질서가 잡히면서 시끄러운 소리들도 가라앉았다.

마침내 아가멤논 대왕이 왕홀을 들고 일어섰다. 이 왕홀은 대장장이의 신인 헤파이스토스가 만든 것인데, 그는 이것을 크로노스의 아들 제우스에게 바쳤고, 제우스는 다시 아르고스의 전령인 헤르메스(머큐리, 전령의 신)에게 인도하였다. 그리고 헤르메스가 그것을 갖고 있다가 펠롭스에게 건네주자, 다시 얼마 안 있어 아트레우스 왕에게로 넘어갔다. 아트레우스 왕이 세상을 떠날 때 아우 티에스테스에게 물려주고, 이것이 다시 아가멤논에게 돌아온 것이므로, 이 왕홀은 아르고스의 전 국토와 바다의 많은 섬들을 다스리는 권위의 상징으로서 부족함이 없었다.

아가멤논은 이 왕홀에 의지해 군중에게 연설을 시작했다. "용맹한 나의 동지들이여, 제우스께서 이 사람을 당황케 하셨습니다. 오, 무정도 하시지! 신께서 내게 은밀히 말씀하시기를, 이 사람이 트로이의 성채를 함락시키고 무사히 귀국하게 되리라 하셨소. 그렇지만 보시는 바와 같이, 우리 앞에 드러난 신의 뜻은 멸망과 허위였소. 제우스께서는 내게 수많은 충성스런 병사들의 주검을 뒤로한 채 치욕을 안고 아르고스로 돌아가라 하시오. 아마도 고귀한 제우스께서는 이런 일을 퍽 즐기시는 듯하오. 그분은 아무도 대적하지 못할 힘으로 많은 대도시를 정복하셨으며, 또한 앞으로도 그러실 것이라 생각하오. 아카이아 대군의 오랜 성전이 이처럼 실패만을 맛보면서 흐지부지되어 내세울 만한 공적을 하나도 남기지 못한다면, 더구나 약한 적과 싸워 겨우 이런 정도의 결과만을 얻는다면, 앞으로 후손들에게 얼마나 부끄러운 일로 남겠소이까! 이것을 한번 생각해 봅시다. 가령 휴전을 맺은 뒤 양군의 병력을 조사한다고 합시다. 우리 군사들을 열 명씩 짝을 지어 팀을 만든 뒤, 트로이 시민을 총동원시켜 한 명씩 각 팀으로 배분해 술을 따르게 한다 할지라도, 술 따를 사람이 모자랄 것이오. 사실 우리 병사들의 숫자는 저들에 비해 터무니없이 많소. 하지만 트로이 군은 여러 고장에서 우수하고 강한 군사들을 동맹군으로 몰아와 우리를 어지럽히고 우리의 소원인 성 함락을 막고 있소. 그래서 우리는 어언 9년이란 세월을 흘려 보냈고 이제 배와 돛이 상할 정도가 되었소. 아마도 집에서는 처자들이 우리를 눈 빠지게 기다릴 테지만, 우리는 이처럼 일을 마치지 못한 채로 엉거주춤 남아 있소. 자, 이제 우리가 할 바를 말하고자 하오. 모두 함대에 올라 고국으로 돌아갑시다. 저 트로이 성은 난공불락이외다.”

아가멤논의 열변은 병사들에게 커다란 충격을 주었다. 병사들은 무서운 서풍이 옥수수 밭을 휘젓고 지나가듯 한꺼번에 동요하기 시작했다. 그들은 함성을 지르며 한꺼번에 함대로 몰려갔다. 그 소음은 가히 하늘을 찌를 정도로 시끌벅적했다.

이때 헤라가 이 광경을 굽어보고 혀를 끌끌 찼다. 이윽고 헤라는 아테나를 불러 말했다. “저런, 저것 좀 봐. 망망대해를 건너 이곳까지 와서 수많은 동지들을 잃고도 그냥 돌아가려나 봐. 헬레나는 아직도 트로이에 있는데도 저들은 빈손으로 돌아가려 하다니! 자, 어서 가서 저들의 출항을 만류해 봐야겠어."

아테나도 헤라의 말을 듣고 급히 아래로 내려왔다. 과연 병사들은 서로 다투어 출항을 서두르느라 정신이 없었다. 그러는 중에 우두커니 서 있는 오디세우스가 눈에 들어왔다.

아테나는 비탄에 잠겨 있는 그에게 다가가서 말을 건넸다. "오디세우스여, 이제 고향으로 돌아갈 작정이오? 프리암 사람들 수중에 헬레나를 남겨 둔 채 아무런 성과도 없이 떠난단 말이오? 자, 우두커니 서 있지만 말고, 어서 저들이 이 어이없는 출항 행진을 멈추도록 설득해 보시오."

여신의 목소리를 알아들은 오디세우스는 군중 속을 헤쳐 앞으로 나아갔다. 그러자 이타카에서 함께 온 그의 동료 에우리바테스가 그의 뒤를 바짝 따랐다. 오디세우스는 그 길로 곧장 가서 아가멤논 대왕을 만나, 그의 손에 들려 있던 왕홀을 받아 가지고 군중 속으로 들어갔다.

그러고는 영주나 지휘관들을 만날 때마다 붙들어 세우고 간곡하게 타일렀다. "동지들, 이게 어찌 된 일입니까? 좀더 참고 머물러 보도록 합시다. 아직 대왕의 의중이 어떤 건지 정확히 모르는 상황이 아닙니까? 그분은 다만 여러분들의 마음을 떠보았을 뿐입니다. 회의할 때 그분이 말하는 것을 듣지 않으셨소? 대왕에게 드리워진 영광은 제우스께서 내리시는 것이오. 전지전능하신 제우스께서 그분을 보호하시는 겁니다."

또한 그는 아우성치며 소란을 피우는 무리를 보면 왕홀로 그들의 등을 사정없이 치며 꾸짖었다. "왜들 이렇게 법석을 떠느냐? 진정 좀 하고서 내 말을 들어라, 이 겁쟁이들아! 전투에서도 네놈들은 아무짝에도 쓸모가 없겠구나. 사공이 많으면 배가 산으로 가는 법, 제멋대로들 굴면 저도 망하고 결국에는 나라도 망하는 법이다. 너희들의 진퇴는 오직 왕만이 결정할 수 있다. 천상의 신으로부터 모든 권리를 위임받은 왕 말이다."

이렇게 만류하며 돌아다니자 병사들은 막사와 함대를 떠나 다시금 회의장으로 몰려갔다. 마치 성난 파도가 절벽에 부딪치며 울부짖을 때처럼 온통 소음으로 들끓었다.

병사들이 입추의 여지도 없이 모였는데, 오로지 한 사람만은 여전히 화를 품고 빈정거렸다. 테르시테스라는 사나이였다. 그는 염치를 모르는 수다스런 재담꾼으로, 윗사람들에게 엉겨붙어 말썽이나 부리고 사람들을 웃기는 걸 즐겼다. 겉모습도 추잡해, 두 어깨가 가슴 쪽으로 오그라든데다 다리를 절었으며, 산처럼 뾰족한 머리통 위에는 솜털같이 가느다란 머리칼이 드문드문 나 있었다.

그러한 그가 아가멤논을 향해 무엄한 폭언을 퍼부었다. "왕이시여, 아직도 부족하시옵니까? 당신의 처소에는 보물이 산더미 같고 전리품으로 최고의 미인만 골라 차고 넘치는데, 아직도 황금이 탐이 납니까? 지배자가 부하들과 말썽을 일으킨다는 것은 그릇된 처사입니다. 당신네들은 모두가 천치 바보에 철면피고 치마를 두른 계집애들이지 대장부는 절대로 아니오! 자, 여기 잘난 왕만 남겨 놓고 우리 모두 귀국하는 배에 올라탑시다. 그래서 왕으로 하여금 전리품을 독차지한 사실을 깨닫게 하고 우리의 힘을 좀 보여줍시다. 당신보다도 훨씬 월등한 동료 아킬레우스를 얼마나 모욕했는가 생각해 보시오. 아킬레우스의 전리품인 여자를 빼앗아 차지하다니. 그러나 그분은 참으로 점잖은 분, 아니라고 부인한다면 왕이시여, 이것은 당신의 마지막 모욕이 될 것입니다."

오디세우스는 그가 아가멤논을 냉정하게 꾸짖는 것을 보고 얼굴을 찌푸렸다. "테르시테스여, 당신은 굉장한 웅변가구려. 하지만 입 좀 다물구려. 당신이야말로 우리 병사 중에서 가장 비루한 자가 아니오. 감히 대왕에게 욕설까지 퍼붓고, 군중을 부추겨 선동하다니! 우리는 아직 형세를 점칠 수도 없을 뿐만 아니라 귀국이 과연 가능한지 모르는 상황이오. 그런데 당신은 태연히 앉아 전우들이 대왕에게 가장 좋은 전리품을 진상했다고 대왕을 모욕하다니. 내 경고하건대 다시는 그 따위 소리를 지껄이지 마시오. 오디세우스의 목숨이 붙어 있는 한 또다시 그 따위 허튼 소리를 듣게 된다면, 당신을 발가벗겨 흠씬 두들겨 패줄 생각이니 각별히 입 조심하기를 바라오."

말을 마친 오디세우스가 휘두른 왕홀에 등과 어깨를 맞은 테르시테스는 뒤로 물러나면서 구슬피 눈물을 흘렸다. 그러자 모두들 폭소를 터뜨리며 오디세우스를 칭찬했다. 오디세우스가 왕홀을 잡고 일어서자, 아테나가 전령의 모습으로 나타나 병사들에게 조용히 할 것을 명했다. 그러자 사방 곳곳에서 그가 하는 말이 바로 옆에서 하는 말처럼 쏙쏙 들어왔다.

이윽고 오디세우스는 왕에게 충고를 하기 시작했다. "대왕이시여, 보시는 것처럼 병사들이 당신을 웃음거리로 만들고 있습니다. 또한 아르고스를 떠나올 때 왕께서 하셨던 약속을 모두 잊고 있습니다. 일리오스를 점령하기 전에는 절대로 돌아오지 않는다는 약속 말이죠. 그래서 병사들은 철없는 아이들이나 과부들처럼 쑥덕대면서 고국으로 돌아가려고 합니다. 누구나 건장한 사람은 아내와 한 달간만 떨어져 있어도 불안하고 초조한 법입니다. 그런데 우리는 자그마치 9년이나 전쟁을 하고 있으니 저들이 이러는 것도 절대로 무리가 아닙니다. 그러나 또한 빈손으로 고국에 돌아간다는 것은 정말 치욕적인 일이지요. 동지들이여, 우리 칼카스의 예언이 진실인지 아닌지 밝혀 봅시다. 한 가지 분명한 사실은 오늘 여러분 모두가 증인이라는 것이오. 그리고 운명이 모든 것을 빼앗아간 것은 아니라는 거요. 바로 지난번 아카이아 함대가 아우리스(트로이 원정대의 군함이 모인 곳)에 모여 프리아모스와 트로이 군을 습격하려 할 때였소. 우리는 성스런 신전에서 신들께 제물을 올렸는데, 아름다운 플라타너스 밑에서 맑은 샘물이 흘러나왔소. 그때 심상치 않은 조짐이 나타났던 거요. 제우스께서 친히 보내신, 무시무시한 얼룩뱀 한 마리가 신전 밑에서 나와 나무 위로 기어올라갔던 거요. 나무 맨 윗가지에는 어린 참새들이 모여서 상황을 살피고 있었는데 어미까지 합쳐 모두 아홉 마리였소. 그런데 그 뱀이 처량히 우는 새끼들을 집어삼키자, 어미는 나무 주위를 날아다니며 울부짖었소. 뱀도 오락가락하더니 이윽고 짹짹거리는 어미의 날개를 날름 물어 버렸소. 뱀은 새끼와 어미를 모두 잡아먹은 뒤에야 자신이 나타났을 때와 같이 돌 틈으로 모습을 감추었소. 우리는 모두들 서서 이 기적 같은 일을 유심히 보았소. 우리가 제물을 바친 결과 이런 이상한 징조가 나타났으므로 칼카스는 즉석에서 해명하여 이렇게 말하였소. '아카이아 시민이여, 왜 묵묵히 서 있소? 지금 우리는 제우스께서 기적을 나타내신 것을 보았습니다. 이것은 곧 성취될 일을 뜻하며, 그것은 청사에 길이 빛날 일입니다. 이 뱀이 참새 새끼와 어미를 합쳐 아홉 마리를 잡아먹은 것처럼 우리는 9년 동안 전화를 겪고 10년 만에야 그 큰 도시를 점령하게 되리라.' 이와 같은 그의 말이 이제 모두 그대로 이루어지는 모양이오. 자, 그러니 아카이아 동포들이여, 프리아모스의 저 성을 점령할 때까지 모두 함께 여기 머물러 공략합시다."

이 말을 듣자 사람들은 열광의 환호성을 지르며 갈채를 보냈다. 그 갈채와 함성의 메아리가 함대에까지 울려 퍼졌다.

이에 응수하여 게렌의 기사인 네스토르가 한마디했다. "여러분은 참으로 철없는 어린아이들 같구려! 우리의 언약과 맹세는 어디로 갔단 말이오? 아무리 여기서 말로만 떠들어 보았자 아무 이득도 얻지 못하오. 왕이시여, 예전처럼 확고한 결의로써 무사들을 지휘하시오. 그리고 이 겁쟁이들은 고국으로 돌아가도록 내버려둡시다. 우리라도 나서서 전능하신 제우스의 약속이 사실인지 아닌지 알아봅시다. 제우스께서는 우리가 트로이 전멸의 성업을 어깨에 메고 출항하던 바로 그날, 오른편에 번개를 내리쳐 길조를 보여주지 않았소? 그러니 트로이 여인과 잠자리를 하기 전에, 헬레나의 눈물과 투쟁의 복수를 할 때까지는 달아날 생각을 하지 말란 말이오. 도망치고 싶어하는 자들은 우리 앞에서 능지처참을 당한 후에나 배에 오르게 하구려. 자, 그러니 왕이시여! 제 말을 십분 고려하시기를 바라오. 병사를 부족과 동족별로 나누어 서로 도울 수 있도록 하시오. 이렇게 한다면 누가 용감하며, 누가 비굴한지를 한눈에 알 수 있을 것입니다. 그러면 도시를 점령하지 못했을 때 신의 뜻에 의해서인지 아니면 인간의 비굴함에 의해서인지를 알게 되겠지요."

아가멤논이 네스토르에게 답변했다. "네스토르여, 그대는 또다시 모든 동포들에게 최선의 등불을 밝히셨습니다. 나라에 그대와 같은 고문이 열 분만 더 있다면 얼마나 좋겠습니까! 그렇다면 프리아모스의 저 성도 삽시간에 우리의 손에 들어올 텐데! 하지만 제우스께서는 쓸데없는 알력과 논쟁만을 내게 내려 주신 모양입니다. 한 여자 때문에 아킬레우스와 싸우게 되다니. 더욱이 그 싸움을 내가 먼저 시작하게 되다니. 우리가 화해한다면 트로이의 멸망은 이제 시간 문제요. 자, 여러분들은 흩어져 식사를 하고 전투 준비를 하시오. 창을 갈고 방패를 매만진 뒤 말에 여물을 풍족하게 먹이고, 전차를 세심하게 점검하시오. 밤이 찾아와 우리를 떼어놓을 때까지 우리는 단 한 순간도 쉴 틈이 없을 것이오. 만에 하나 전쟁 준비를 게을리 한다든지 함대에서 꾀를 부리려고 하는 자가 보이면 그 자는 개와 독수리 밥 신세를 면치 못할 것이오."

그의 말이 끝나자 군중 사이에서 갈채의 함성이 진동했다. 마치 자욱하게 물안개가 치솟는 절벽으로 거센 남풍이 불어와 수증기를 몰아칠 때와 같았다. 병사들은 각자 배로 흩어져 식사를 마련하고, 각기 섬기는 신에게 제사를 올리며 전쟁에서 살아 돌아가게 해주십사 하고 기원을 올렸다. 아가멤논 대왕도 살진 5년 된 황소를 제우스에게 올렸다. 그리고 영주들과 병사들 중 어른들을 초대했다. 우선 네스토르와 두 명의 아이아스, 티데우스의 아들 디오메데스, 그리고 제우스만큼이나 총명한 고문 오디세우스였다. 불굴의 투사 메넬라오스는 자발적으로 참석했다.

이들이 모두 제물로 바칠 소를 둘러싸고 보릿가루를 손에 들자, 아가멤논 대왕이 다음과 같이 축원을 올렸다. "천상에 군림하시는 최대의 영광, 최고의 신이신 제우스시여! 프리아모스의 도성을 둘러엎어 불태우시고 헥토르의 속옷을 갈가리 찢어 버리기 전에는 해가 저물지 않게 하옵소서! 그의 백성들이 땅에 쓰러져 죽음을 당하게 하소서!"

그러나 제우스는 제물은 받되 축원을 들어주지 않고 고난의 풍파를 보냈다. 그들은 축원을 마치고 보릿가루를 뿌린 다음, 황소의 머리를 비틀어 죽인 뒤 가죽을 벗겼다. 그리고 넓적다리 살을 도려내어 두 장의 비계 사이에 그것을 말고 그 위에다 다시 날고기를 올려놓았다. 그런 다음 이것을 마른 장작 위에다 태워 그슬렸다. 모든 게 잘 구워지자 속에 있는 고기를 먼저 먹고 나머지는 잘게 썰어 꼬챙이에 꿰어 그을리니 모든 것이 먹기 좋게 익었다. 마침내 모두 만족스런 식사를 시작했다.

그들이 마음껏 먹고 마시자 네스토르가 입을 열었다. "왕이시여, 축복을 드립니다. 이제 회의는 충분했다고 생각되니 신께서 우리 손에 넘기신 성업을 지체 말고 이행하십시다. 어서 서둘러 전령을 보내 장병들을 모읍시다. 그리고 우리 모두 싸움터로 나갑시다."

아가멤논이 지체 없이 그의 말에 따라 참전 명령을 내리자, 전군이 곧 집결했다. 아가멤논 이하 모든 영주들과 막료들이 자신의 병사들을 배치시키기에 여념이 없었다. 아테나도 염소 가죽으로 만든 목도리를 두르고 그들 사이에 끼여 부대 한가운데로 지나다니면서 병사들의 가슴에 불굴의 투지와 용기를 불어넣어 주었다.

병사들이 행진해 돌진하자 청동의 빛깔이 천상에까지 반짝였다. 날짐승 떼가 초원과 강가로 날개를 파드득거리며 내려앉는 것처럼 병사들이 막사에서 모두 쏟아져 나와 돌진하는 태세가 실로 장관이었다. 온 대지가 말발굽 소리와 사람들 발자국 소리로 진동했다. 마치 파리 떼들이 외양간으로 까맣게 몰려들 듯이 아카이아 군은 트로이 성을 함락하고자 평원으로 물밀듯 나아갔다. 이들 가운데에 아가멤논 대왕이 유독 돋보였다. 그의 눈과 머리는 마치 제우스와 같았고, 아레스(마르스, 전쟁의 신)와 같은 허리띠를 두르고 있었으며 가슴은 포세이돈을 닮아 쫙 벌어져 있었다.

"올림포스에 임하시는 뮤즈시여, 세상만사를 친히 아시는 당신께서 말씀해 주소서. 다나아의 왕들은 누구누구이며, 장군은 또한 누구누구입니까? 제가 입이 열이고 쉴 줄 모르는 목청을 타고났다 하더라도, 전능하신 제우스의 따님인 뮤즈께서 이곳에 모인 용사들을 기억해 주지 않으신다면 어찌 일일이 호명할 수 있겠습니까. 하지만 미약한 제가 아는 한도에서 함대의 함장들과 함대들을 말씀드리겠습니다."

그가 신께 고한 내용은 이러했다.

보이오티아족은 페넬레오스·레이투스·아르케실라우스·프로토이노르·클로니우스 장군이 인솔했다. 이들은 암석지대인 아우리스, 쇼이누스, 스콜루스, 산악지대인 에테오누스, 테스페이아, 그라이아와 평야지대인 미칼레소스, 하르마, 에일레시온, 에리트라이, 엘레온, 힐레, 페테온, 오칼레아, 울창한 삼림지대인 메데온, 코파이, 에우트레시스, 비둘기의 고장 티스베, 코로네아와 할리아르투스 초원, 플라타이아와 글리사스, 테베, 온케스투스 성지, 영광의 포세이돈 삼림, 포도가 많이 나는 아르네와 미데이아, 해안지대인 니사, 안데돈 등지에서 15척의 배를 타고 왔다. 배에는 각각 120명의 청년이 배치되어 있었다.

또한 아스플레돈과 오르코메누스에서 온 병사들은 아레스의 아들 아스칼라포스와 얄메누스 형제가 인솔했다. 그들은 30척의 소함대를 거느리고 있었다.

포키스족도 참전했는데 인솔자는 나우볼루스의 손자들인 스케디오스와 에피스트로피오스 형제다. 그들은 키파릿수스와 암석지대인 피토, 크리사, 다우리스와 파노페우스, 아네모레이아와 히암폴리스, 그리고 케피수스 강 유역과 릴라이아에서 왔다. 그들이 탄 40척의 검은 배는 보이오티아족 왼편에 이어 대열을 정돈하고 있었다.

로크리스족은 오이레우스 왕의 아들인 날쌘 아이아스가 인솔했다. 그는 몸집이 작은 편이었지만 창을 들고 달리는 데에서는 모든 민족 중에서 단연 최고였다. 이들은 키누스, 오푸스, 칼리아루스, 벳사와 스카르페, 아름다운 아우게이아이, 보아그리우스 강 유역, 그리고 타르페와 트로니

온 등의 지방에서 검은 배 40척을 타고 왔다.

에우보이아에서 맹호 같은 기질의 아반테스족은 아레스의 후예이며 칼코돈의 아들인 엘페노르가 인솔해서 왔다. 이들은 카르키스와 에이레트리아, 포도지대인 히스타아이아, 해안지대인 케린투스, 디우스, 카리스투스와 스티라에서 온 사람도 있었다. 특히 날쌘 병사들은 머리를 기르고 창을 쓰는 군인들로, 적의 가슴을 찌르는 데에는 타고난 명수들이었다. 그들은 40척의 검은 배를 이끌고 왔다.

난공불락의 성채와 위대한 정신의 소유자 에레쿠테우스를 모신 아테나족도 왔다. 이들은 제우스의 딸인 아테나의 배려로 아테나 시에 정주한 종족이다. 이들을 인솔한 사람은 페테오스의 아들인 메네스테우스로, 기병을 다스리고 창병을 다스리는 데에서 네스토를 제외하고는 그를 당할 자가 없었다. 그들은 50척의 검은 배를 이끌고 왔다.

살라미스 섬에서 아이아스가 12척의 배를 이끌고 와서 아테나 전열에 세웠다.

또한 건장한 투사 디오메데스가 아르고스와 거대한 성벽으로 유명한 티린스, 헤르미오네와 아시네, 트로이젠에서 에이오나이, 포도지대인 에피다우로스, 아이기나와 마세스로부터 아카이아 장정들을 인솔해 왔다. 이들의 소함대는 80척이었다.

강력한 성채 미케네에서도 군대가 왔다. 또한 아드라스토스 왕이 다스리는 코린트·클레오나이·오르네이아이·아라이디레아·시시온에서도 왔다. 다음은 히페레시에와 험악한 고노엣사, 그리고 펠레네와 아이기온 및 아이지알로스 전역과 헤리케 평야에서도 왔다. 이들은 아가멤논 대왕이 통솔했으며, 100척의 함선을 거느리고 있었다. 그는 왕 중의 왕인지라

여러 영웅들 중에서 제1인자요, 자기 휘하에도 내로라 하는 영웅들이 많았다. 따라서 그의 병사 역시 최대 세력이었다.

한편 계곡이 많은 라케다이몬, 파리스, 스파르타, 비둘기의 고장 멧세에서 온 병사들은 아가멤논 대왕의 아우인 불굴의 맹장 메넬라오스가 이끌고 있었다. 브리세이아이와 아우게이아이, 아미클라이와 바닷가의 성을 에워싼 헬로스에서도 참가했다. 또한 라아스와 오이틸루스에서도 참가했다. 이들의 군함은 60척이었다. 이 싸움의 근원이 된 헬레나의 남편 메넬라오스는 보무도 당당하게 무리 속을 걸어다니며 병사들의 사기를 고취시켰다.

웅변에 뛰어난 네스토르가 필로스·아레네·트리온·아이피·키페릿세이스·암피게네이아·프텔레우스·헬로스·도리온의 병사들을 이끌고 왔다. 그들은 90척의 배를 거느리고 왔다.

안카이누스의 아들 아가페놀 왕의 통솔 아래 아르카디아와 아이피토스 묘지 근방에 있는 맨주먹에 능한 킬레네 산악지대에서도 군대가 왔다. 페네우스와 양떼들이 무리 지어 노는 오르코메누스, 리페, 스트라티에, 바람 부는 에니스페, 테게아, 아름다운 만티네아, 스팀페루스, 파라시에에서도 군사들이 왔다. 이들은 60척의 배를 거느리고 왔다.

부프라시온과 따뜻한 엘리스에서도 왔다. 이 부대에는 네 명의 선장이 각기 10척의 쾌속선을 맡고 있었으며, 다수의 선원은 에페아 사람들이었다. 이들 선장 중 두 명은 암피마코스와 탈피우스로, 악토르의 후예였다. 그리고 다른 두 선장은 디오레스와 폴리세이누스였다.

제우스의 총애를 받던 필레우스의 아들 메게스가 통솔해서 둘리키온과 성지 에키네안 섬에서도 무사들이 40척의 검은 배를 거느리고 왔다.

오디세우스는 용감한 케팔레니아 사람들을 지휘했다. 이들은 이타카와 네리톤, 크로킬레이아와 아이길리프스 고원, 자킨투스와 사모스의 주민들로, 본토는 이 섬들 맞은편에 있었다. 이들은 12척의 배를 거느리고 있었는데, 제우스와 맞먹는 지혜를 지닌 오디세우스가 통솔했다.

토아스가 아이톨리아족을 이끌고 왔다. 이들은 플레우론·올레누스·필레네·칼키스·칼리돈에서 검은 배 40척을 거느리고 왔다.

창의 명수 이도메네우스와, 전쟁신 아레스와도 같은 메리오네스가 통솔한 병사들도 왔다. 이들은 크노소스와 고르치스, 리크토스, 밀레토스, 리카스투스, 파이스투스와 리티온 등 크레테에 산재한 다수의 도시에서 왔다. 이들은 검은 배 80척을 거느리고 있었다.

헤라클레스와 아스티오케 사이에서 태어난 창의 명수 틀레폴레모스가 로데스족과 배 9척을 거느리고 왔다. 병사들은 로데스·린도스·이엘리소스의 세 지방과 백악질 지대인 카메이로스에서 왔다. 틀레폴레모스는 성장하자 늙어버린 종조부 리킴니오스, 즉 아레스의 후예를 살해한 인물이다. 그러고 나서 아버지의 다른 아들들과 손자들한테 위협을 받아 긴급히 피신해 로데스에 도착했다. 여기에서 신들과 제우스의 사랑을 한몸에 받아 부귀영화를 누리고 있었다.

또한 시메로부터 3척의 배를 이끌고 아글라이아와 카로푸스의 아들인 니레우스가 참여했다. 그는 다나아 군사 중에서 존엄한 아킬레우스 다음가는 최고 미남이었지만 몸이 허약하여 따르는 자가 적었다.

테살로스 왕의 두 아들인 페이디포스와 안티포스 또한 군함 30척을 이끌고 왔다. 이들은 니시루스·크라파투스·카수스·코스·칼리도니아 등에서 왔다.

펠레우스의 아들 아킬레우스는 50척의 배를 이끌고 왔다. 이들은 아르고스, 알루스, 알로페, 트라키스, 프티아, 미인의 나라 미르미돈에서 왔다. 그러나 미녀 브리세이스를 아가멤논에게 빼앗긴 아킬레우스는 분노하여 나타나지 않았다. 브리세이스는 악전고투 끝에 아킬레우스가 손수 택한 여자였기 때문이다.

아도메토스와 펠리아스의 가장 아름다운 딸 알케스티스 사이에서 낳은 아들 에우메로스는 보이베·글라피라이·이올코스에서 11척의 배를 이끌고 왔다.

명장의 사공 필로크테테스는 메토네·타우마키에·멜리보이아·올리존 지방의 노련한 사공들을 이끌고 왔다. 그러나 그는 성스런 렘노스 섬에서 독사에 물려 치명상을 입었기 때문에 그곳에 머물러 있었다. 그래서 결국 그들의 지휘는 오이레우스와 레네의 사생아인 메돈이 맡았다. 또한, 둘 다 유명한 의사인 포달리리오스와 마카온은 산골 이토메와 트리케, 오이칼리아에서 50척의 소함대를 이끌고 왔다.

제우스를 아버지로 모신 페이리토스의 아들 폴리포이테스가 아르깃사·기르토네·오르테·헬로네·올룻손 사람들과 40척의 검은 배를 이끌고 왔다.

또한 고우네우스는 22척의 검은 배를 이끌고 에니에네스와 용감한 페라이비아족 등을 거느리고 왔다. 이들은 사나운 폭풍지대인 도도나 일대에 사는 사람들로 아름다운 도시 티타레시우스 주위 땅을 경작하고 있었다. 그리고 페네우스 강변이며 나뭇잎이 나부끼는 펠리온 산에서 살고 있는 마그네테스족은 달리기를 잘하는 텐트레돈의 아들인 프로투스의 지휘 아래 40척의 검은 배를 이끌고 왔다.

이상 열거한 사람들이 다나아 전군의 중추요, 지휘관들이다. 이 중에서 최대 영웅은 누구이며, 말과 병사 중의 으뜸은 누구인가?

가장 뛰어난 말은 아도메토스의 두 암말로 에우메로스가 이끌고 왔다. 새처럼 빠른 이 말들은 나이와 털빛이 같고, 체구도 완벽하게 조화를 이루었는데, 궁술의 신 아폴론에 의해 페라이아에서 길러졌다. 인간들 중에는 아킬레우스가 떨치고 일어나지 않는 한, 텔라몬의 아들 아이아스가 최고의 무사였다. 아킬레우스는 그를 월등히 능가하며 또한 보다 훌륭한 말들을 소유하고 있었지만, 아가멤논과의 불화로 인해 함대 안에서 두문불출하고 있었다.

어쨌든 드디어 전군이 요원의 불길처럼 진군을 하니 대지가 그들의 발 밑에서 요동을 했다. 이런 가운데, 제우스는 바람처럼 날랜 이리스를 트로이 진영으로 보내 불길한 소식을 전하게 했다. 그들은 노소를 불문하고 전군이 성문에 모여 밀회 중이었다. 이리스가 프리아모스 왕에게로 가서 그의 아들 폴리테스의 목소리로 말을 전했다. 폴리테스의 임무는 아이시에테스의 무덤 위에 서서 적을 망보는 것이었다.

"왕이시여, 어찌 이러고 앉아만 계십니까? 전투가 촌각에 이르렀습니다. 일찍이 많은 전쟁을 겪었습니다마는 이런 대군은 본 적이 없습니다. 커다란 숲의 나뭇잎과 바닷가의 모래알처럼 어마어마한 병력이 우리 도시를 향해 오고 있습니다. 특히 헥토르 형님, 이제야말로 형님께서 직접 나서실 때입니다. 우리 주위에는 각양각색의 동맹군이 많이 있사오니 어서 지휘하여 싸움터로 이끄소서."

전령의 말을 알아챈 헥토르는 즉석에서 회의를 해산한 뒤 무장을 서둘렀다. 성문이 모두 열리자 병사들이 떼를 지어 쏟아져 나왔다. 보병, 기마

병, 대군의 발소리도 요란했다 그는 사방을 멀리 내다볼 수 있는 곳으로 미리네의 무덤이라고 불리는 바티에이아에 전군을 집결시켰다. 군사의 총 지휘는 번득이는 투구를 쓴 위대한 헥토르가 맡았다. 그는 휘하에 무장한 창기병과 정예병을 가장 많이 거느리고 있었다.

다르다니아 군은 안키세스와 아프로디테(버너스, 미의 여신) 사이에서 태어난 아에네아스가 맡고 있었다. 그 밖에 둘 다 나무랄 데 없는 투사인 안테노르의 아들 아르켈로쿠스와 아카마스가 있었다.

리카온의 아들 판다로스가 통솔한 젤레이아에서 온 동맹군은 가장 부유하게 사는 족속이었다. 메로프스의 두 아들 아드라스토스와 암피우스는 출중한 예언자인 아버지가 만류했는데도 참전했다. 이들은 아드레스테이아와 아파이수스의 땅, 피티에이아, 산악지대인 테레이아에서 병사들을 이끌고 왔다.

히르타코스의 아들 아시오스는 페르코테·프랙티우스·세스투스·아리스베의 군들을 이끌고 왔다. 아레스의 직계 자손인 힙포토스는 펠라스기의 창기병을 통솔했다. 아카마스와 페이로스는 트라키아 사람들을 이끌고 왔고, 트로이제누스 왕의 아들인 에우페모스는 키코네스 창기병을 인솔해서 왔다.

구부러진 활을 지닌 피라이크메스는 파이오니아 병사들을 지휘했다. 그들은 아시오스 강 유역의 아미돈에서 왔다. 에네티에서 온 장발의 필라이메네스는 야생 당나귀들을 키우는 파플라고니아 사람들을 이끌고 왔다. 그들은 파르테니우스 강 유역 키토루스와 세사몬과 크롬나, 아이기아루스, 거대한 에리티니 등지에서 살았다. 멀고먼 알리베 산지에서 온 아리조네족은 오디우스와 에피스트로피오스가 이끌고 왔다.

크로미스와 새점을 치는 엔노무스는 미시아족을 통솔했다. 그러나 아킬레우스의 손에 쓰러진 걸 보면, 그의 새도 액운을 예언하지 못했나 보았다. 포르키스와 아스카니우스는 프리기아족을 인솔했다. 그들은 전의와 적개심에 불타는 민족으로 멀리 떨어져 있는 아스카니아에서 왔다. 그리고 탈라이메네스의 아들들인 메스틀레스와 안티포스는 마이오니아족을 이끌고 왔다.

노미온의 멋진 아들들인 암피마코스와 나스테스는 밀레투스, 프티레스 산악지대, 마이안드로스 유역, 미칼레 고원지대 등에서 살고 있는 카리아족을 거느리고 왔다. 가여운 암피마코스! 그는 여자처럼 순금으로 치장하고 싸움터에 왔다. 그러나 그는 강에서 아킬레우스의 손에 쓰러졌고, 결국 그의 패물은 영리한 아킬레우스가 차지했다. 사르페돈과 글라우코스는 크산토스의 아늑한 고장에 사는 리키아족을 거느리고 왔다.

메넬라오스와 파리스, 결투를 벌이다

헥토르의 제안에 따라 메넬라오스와 파리스가 헬레나를 두고 결투를 벌인다. 메넬라오스의 월등한 무력에 목숨이 위태로워진 파리스를 여신 아프로디테가 구해 준다.

이와 같이 양군은 각기 지휘자의 인솔 아래 전열을 가다듬었다. 트로이 군이 함성을 지르며 진군하자 그 모습이 마치 오케아노스 강의 피그미족에게 죽음과 파멸을 안겨 준 학의 무리를 연상케 했다. 이른 아침에 개전한 아카이아 군은 결연한 모습으로 어깨와 어깨를 맞대고 진군했다. 남풍이 산과 산을 짙은 안개로 휩쓸듯이 그들은 평원을 돌진해 왔다. 돌팔매질을 할 정도의 아주 가까운 거리에 다다르자, 트로이 대열에서 한 명의 투사가 뚜벅뚜벅 걸어나왔다.

그는 프리아모스 왕의 아들로 헬레나의 현재 남편 파리스(알렉산드로스라고도 함)였다. 그는 양쪽 어깨에 표범 가죽을 걸치고 활과 칼을 찬 뒤 두 자루의 시퍼런 창을 휘두르며 도전해 왔다. 이에 굶주린 사자의 눈빛을 한 메넬라오스가 반겨 맞았다. 그의 모습은 마치 뿔 달린 수사슴이나 산 염소를 발견한 맹수와도 같아 보였다.

메넬라오스가 이처럼 성큼 앞으로 나서자 파리스는 그만 기가 질려 자기 대열로 도로 들어갔다. 마치 숲속에서 갑자기 뱀을 발견하고 소스라치게 놀라 허겁지겁 달아나는 아이처럼 보였다.

이 모습을 보고 있던 헥토르가 욕을 퍼부으며 꾸짖었다. "이놈, 이 천하에 몹쓸 겁쟁이 놈 같으니라고! 이 세상에 무엇 하러 태어나 말썽만 일으키느냐? 적들이 얼마나 비웃겠느냐! 네놈은 용기도 배짱도 없단 말이냐? 네놈이 예쁜 여인을 유혹해 고국으로 데리고 올 때도 그렇게 비열했느냐? 넌 아버지와 전 국민을 욕되게 하고 적에겐 기쁨을 주고 네 자신에겐 굴욕을 주기 위해서 태어났단 말이냐? 그래, 네놈은 메넬라오스를 대항할 자신도 없단 말이냐? 네 아내의 전남편이 어떠한 자인가를 알아볼 맘도 없단 말이냐? 네가 쓰러져 버린다면 아프로디테의 선물도, 네 아름다운 머리며 잘생긴 용모도 모두 만신창이가 될 것이다. 자, 트로이 군은 모두 다 겁쟁이로다. 아니라면 너는 죄악을 저지르기 훨씬 전에 돌로 뭇매를 맞았을 것이니라!"

이에 파리스가 기겁하여 변명했다. "형님 말씀이 옳습니다. 형님의 심장은 단단한 강철 같구려. 조선공이 젖 먹던 힘까지 모아 배를 만들 때 내리찍던 도끼처럼 강하고 억센 심장이여! 아프로디테의 사랑스러운 선물을 빙자하여 나를 모욕하지 마시오. 형님도 신께서 주신 선물을 내던지지는 못하리다. 누구든 애걸해도 얻을 수 없는 것을 뜻밖에 얻는다면 어찌 버릴 수 있겠습니까. 자, 그렇다면 좋습니다. 내가 싸우기를 원한다면, 양군을 땅에 앉히고 그 사이로 나를 밀어보내 헬레나와 나의 전 재산을 걸고 메넬라오스와 한판 승부를 겨루게 하십시오. 어느 편이 승리를 하든 간에 그 승리자가 여인과 재산을 차지하면 될 것 아니오. 그러고는 양군이 우의와 평화를 맺고 그들을 고향으로 돌아가게 하시오!"

이 말을 듣자 헥토르가 매우 만족스러워했다. 그리고 그는 양군 진영 사이로 나가 자기 부대를 향해 창을 흔들었다.

이때 정연하게 앉아 있는 트로이 군을 향해 아카이아 군이 활을 쏘고 창이며 돌을 던져댔다. 그러한 모습을 본 아가멤논 대왕이 자기 진영을 향해 큰소리로 외쳤다. "동지들이여, 쏘지 말지어다. 헥토르가 할 말이 있는 모양이다."

비로소 아카이아 군이 잠잠해지자 헥토르가 양군 사이에 나와 말을 하기 시작했다. "모두들 잠깐만 내 말을 들으시오. 이 전쟁의 장본인인 파리스로부터 전할 말이 있소이다. 그가 청하기를, 헬레나와 그의 전 재산을 걸고 메넬라오스와 한판 승부하기를 제안했소. 그러니까 승리하는 자가 여인과 재산을 가져가게 합시다. 그런 다음 양군은 우호와 평화를 맺도록 합시다."

모두들 쥐 죽은 듯이 조용해지자 메넬라오스가 소리쳤다. "나도 한마디 하리다! 참으로 좋은 말씀이오. 아카이아 군과 트로이 군은 평화를 회복해야 할 것입니다. 파리스와 내 개인의 싸움으로 인해 모두들 너무나 혹독한 희생을 치러야만 했소. 우리 둘 중에 누가 죽든 나머지 분들은 즉시 우의를 다짐하시오. 그러면 흰 숫양과 검은 암양을 각각 한 마리씩 가져다가 하늘과 땅에 바칩시다. 그런 다음 제우스께 바칠 또 다른 숫양을 준비하고 프리아모스 왕을 모시어 친히 선서를 하도록 합시다. 그의 두 왕자는 이 엄숙한 서약을 위반하는 일이 있어서는 아니 될 것이오. 젊은 사람의 마음은 항상 동요되기 쉬우므로 노인이 계시면서 앞뒤를 보살펴 양편에 가장 좋은 방법을 성찰하는 게 좋겠소.”

이 비참한 전쟁이 그칠 가망이 다소 엿보이자 양군은 모두 환영했다. 그래서 다들 전차를 정렬하고 병사들이 나와 무기를 던져 땅에다 모으니 이제 양군 사이의 간격은 얼마 떨어지지 않았다.

헥토르가 신속히 성으로 두 사람의 전령을 보내 양을 가져오는 한편, 프리아모스 왕을 모셔오게 했다. 아가멤논 대왕도 탈티비오스를 막사로 보내 양을 가져오도록 명하였다. 그 사이에 이리스는 헬레나의 시누이 라오디케의 모습으로 변장해 헬레나에게 나타났다. 라오디케는 프리아모스 왕의 가장 어여쁜 딸로 안테노르의 아들 헬리카온의 아내였다. 헬레나는 두 폭이나 되는 자색 비단을 짜서 자기 때문에 양군이 벌이는 전투 장면을 수놓고 있었다.

이리스는 그녀에게 다가가 이렇게 말했다. “언니, 이리 와서 저 놀라운 광경을 좀 보세요. 평원에서부터 모두 맹렬히 싸울 기세로 달려들더니 갑자기 모두 주저앉아 쥐 죽은 듯 창들을 모두 땅에다 세워두고 있어요! 그리고 파리스와 메넬라오스만이 언니를 걸고 결투를 할 작정이래요! 그래서 언니는 승리자의 아내가 된다고 해요!”

이 말에 헬레나는 가슴이 철렁 내려앉았다. 그 옛날의 남편과 고국, 가족들의 얼굴이 선하게 떠올랐기 때문이다. 그녀는 즉시 집을 나서서 성 서쪽의 스카이아 문으로 향했는데, 얼굴에는 눈물이 하염없이 흘러내렸다. 시녀 아이트레와 눈딱부리 클리메네가 그 뒤를 따르고 있었다.

프리아모스는 노인들에게 둘러싸여 누각에 앉아 있었다. 판토스와 티모이테스, 램프로스와 클리티오스, 일찍이 전장에서 명성을 날린 히케타온, 그리고 유식한 두 친구 우칼레곤과 안테노르 등도 있었다. 모두 옛날에는 쟁쟁한 투사로서 관록을 세웠고 지금은 뛰어난 언변가들이었다. 그들이 늙은 목소리로 지껄여대는 것이 마치 나무에서 매미들이 우는 소리와 같았다.

그들은 헬레나가 다가오는 것을 보고 낮은 소리로 지껄였다. "이 부인으로 말미암아 아카이아와 트로이 군이 수년간 싸워 온 것도 무리는 아니군. 하늘에서 천사가 내려왔다고 해도 과언이 아니야. 그러나 배를 타고 떠나 보낼망정 여기서 우리가 자식과 함께 멸망의 구렁에 들어선 안 되지."

그러나 프리아모스는 그녀를 가까이 불러 세웠다. "애야, 이리 와서 네 전남편과 가족, 그리고 동포들을 보거라. 나는 너를 책망하지 않는다. 오로지 원수의 대군을 보낸 신을 원망할 뿐이지. 저 깔끔하게 생긴 기골이 장대한 사나이는 누구냐? 저렇게 잘생기고 당당한 사나이는 내 일찍이 본 적이 없구나. 어느 모로 보나 머리끝에서 발끝까지 당당한 왕자의 풍채로구나."

헬레나가 대답했다. "왕이시여, 영광스럽습니다! 제가 파리스 왕자를 따라 신방이며 사랑하는 딸이며 친구들을 등지기 전에 얼마나 죽고자 하였사온지요. 그러나 그리 되지는 못하고 저는 슬픔에 애간장만 녹았습니다. 왕께서 물으시니 대답하겠습니다. 저분은 아트레우스님의 아들 아가멤논 대왕으로 탁월한 지휘자일 뿐만 아니라 창의 명수이옵니다. 부끄럽기 짝이 없사오나 저분은 저의 시아주버니가 되시는 분이십니다."

노왕은 감탄하여 중얼거렸다. "아트레우스의 아들이라, 진정 영광이구나. 그대의 보호를 받는 국민들은 참으로 행복하겠구나. 내 일찍이 포도가 무성한 프리기아까지 출정하여 수많은 프리기아 군과 아트레우스 백성과 출중한 미그돈 국민들을 본 적이 있지. 이들은 산가리오스 강변에서 진을 치고 아마존족을 맞아 싸웠는데, 지금 여기서 보는 아카이아 군처럼 대단하지는 않았다. 오 애야, 저기 저 아가멤논 대왕보다 머리는 작지만 가슴이 떡 벌어진 저 사람은 누구냐? 무기를 땅에 내리고 병사의 대열을 점검하는 저 사람 말이다. 꼭 흰 암양 떼 속을 뚫고 지나가는 털북숭이 숫양과도 같구나."

"저분은 라에르테스의 아들 오디세우스로, 암석 지대 이타카 태생이옵니다. 얼마나 지혜로운지 천지에 그가 알지 못하는 전략이나 묘안은 없다고 하옵니다."

이때 안테노르가 끼여들었다. "부인의 말씀이 모두 사실인가 봅니다. 전에 저도 오디세우스를 본 적이 있습니다. 부인과 관련된 사명을 띠고 메넬라오스와 함께 왔었지요. 마침 저의 집에서 대접하게 되어 그의 용모며 지략을 들을 기회가 있었습니다. 서 있으면 메넬라오스가 오디세우스의 어깨 위로 올라오지만 앉으면 오디세우스의 풍채가 더 위엄이 있었사옵니다. 메넬라오스는 청산유수 같은 언변을 가졌으되 꼭 필요한 말만 했습니다. 또한 오디세우스는 지혜가 풍부한 사람으로 땅을 똑바로 내려다보며 홀을 돌부처럼 뺏뺏이 붙잡고 있었사옵니다. 사람에 따라서는 미련하고 뚱하다고 할지 모르지만, 그가 힘찬 목소리를 토해내기 시작하자 마치 겨울에 함박눈이 내리듯이 무게 있고 부드러운 말들이 쏟아져 나왔습니다. 천하의 웅변가 중 그를 따를 자가 없었지요. 우리는 그가 그렇게

까지 뛰어난 인물이라고는 꿈에도 생각지 못했습니다.”

노왕은 다시 텔라몬의 아들 아이아스를 가리키며 물었다. “저기 다른 사람 머리 위로 넓은 어깨와 머리 하나쯤 더 있는 미남은 누구냐?”

헬레나가 다시 대답했다. “저 거인은 진정 힘의 표상으로 텔라몬의 아들 아이아스이옵니다. 그 맞은편에 신처럼 서 있는 사람은 듀칼리온의 아들 이도메네우스이고요. 메넬라오스는 그가 크레테에서 찾아오면 가끔 집에서 대접을 했었지요. 그 밖에도 아는 사람들이 보이는데, 제 친동생인 두 젊은 왕자는 보이지 않는군요. 어떠한 말이든 잘 다루는 카스토르와 권투 선수인 폴리데우케스 말이에요! 혹시 라케다이몬을 영영 떠나지나 않았는지? 분명히 왔을 터인데 제가 동포에게 갖은 치욕을 입혔으므로 전선에는 모습을 드러내지 않았는지도 모르겠습니다.”

그러나 헬레나는 아직도 모르고 있었다. 그들은 이미 라케다이몬에서 어머니인 대지의 품으로 돌아간 뒤였다.

이때 전령이 성에서 제물로 쓸 양과 염소 가죽으로 된 술병에 독한 술을 가져왔다. 이다이오스는 큼직한 병에 금잔을 들고 노왕한테 와서는 이렇게 전했다. “왕이시여, 트로이와 아카이아 양군의 수령들이 평원으로 오시어 친선을 맺기 위한 서약을 하시길 청합니다. 파리스 왕자와 메넬라오스가 헬레나 부인을 걸고 긴 창으로 싸우기로 한 모양입니다. 승리하는 자에게 부인과 재산을 준 뒤 두 나라는 화평을 이룬다는 서약을 하기로 서로 약속했답니다.”

노왕은 약간 떨렸지만 마구를 갖추게 하고 정성껏 채비를 했다. 노왕 일행이 평원에 다다르자 아가멤논 대왕과 오디세우스가 함께 일어섰다. 전령이 엄숙하게 제물을 바치고 큰 술잔에다 술을 따른 다음, 양쪽 왕의 손에 물을 부었다.

그리고 아가멤논이 조그만 칼을 꺼내 양의 머리털을 자르자 전령이 그 털을 양쪽 대표들에게 나눠주었다. 그런 다음 아가멤논은 양손을 들어 큰 소리로 축원을 올렸다.

"오, 제우스 아버지여! 최고의 영광이신 이다의 주신이시여! 만물을 두루 살피시는 대지와 하천이시여! 굽어살피시어 이 맹세를 성스럽게 지키게 하옵소서. 파리스가 메넬라오스를 멸한다면, 헬레나와 그의 재산을 차지하게 하소서. 우리는 함대를 이끌고 고국으로 아무 소리 없이 돌아가겠습니다. 하지만 메넬라오스가 파리스를 멸한다면, 그로 하여금 헬레나와 그의 재산을 포기하게 하고 트로이 군은 알맞은 보상을 아르지브 군에게 지불케 하옵소서. 만일 파리스가 쓰러졌을 때에도 프리아모스 왕 부자가 보상을 지불치 않을 경우에는 보상할 때까지 싸우겠습니다."

그러고는 아가멤논이 양의 목을 자른 뒤 술을 따라 불사의 신들에게 부었다. 이것은 트로이·아카이아 양군에 대한 똑같은 기원이었다. 그러나 제우스는 아직 이러한 계획을 달성케 할 의도가 없는 듯했다.

이에 프리아모스도 한마디 덧붙였다. "양군의 용사 여러분, 들으시오! 나는 성으로 돌아가겠소. 귀한 자식이 메넬라오스와 싸우는 것을 차마 보고 있을 수가 없소. 제우스께서, 아니 신들께서는 둘 중에 누가 죽을 운명을 타고났는가를 아실 것이오!"

그러고는 프리아모스 왕은 전차로 올라가 성으로 들어가 버렸다. 헥토르와 오디세우스는 먼저 장소를 정하고, 창 던지는 차례를 정하고자 투구에 넣은 주사위를 던졌다.

양편에서는 손을 들어 기원을 올렸다. "오, 전능하신 제우스시여, 어느 편이 양군에게 화근을 만들었습니까? 그자로 하여금 저승인 하데스로 내려가게 하옵시고, 우리 모두 친선을 도모하여 이 맹세를 꼭 지킬 수 있도록 허락하소서."

이에 헥토르가 투구를 흔들자 먼저 파리스의 주사위가 튀어나왔다. 모두들 말과 무기 옆에 열을 지어 앉는 동안 파리스는 무장을 했다. 먼저 다리에 번쩍이는 각반을 대고 발목에는 은으로 된 쬠쇠를 찼다. 다음에는 가슴에 갑옷을 걸치고 어깨 너머로 은장식이 달린 칼과 튼튼한 방패를 든 뒤 빛나는 투구를 썼다. 그리고 끝으로 알맞은 창을 잡았다.

한편 메넬라오스도 같은 모양의 무장을 했다.

이렇게 무장을 완벽하게 갖춘 두 사람이 뚜벅뚜벅 중앙을 향해 걸어나오자 모든 사람들이 숙연한 표정을 지으며 그들을 지켜보았다.

이윽고 정해진 자리에 마주 서자 둘은 서로 창을 흔들어 자신의 굳센 의지를 나타냈다. 먼저 파리스가 창을 던지자 메넬라오스가 방패로 날쌔게 막았다. 창은 방패를 뚫지 못한 채 끝이 구부러졌다.

메넬라오스는 자신이 창을 던질 차례가 오자 먼저 제우스에게 기원을 올렸다. "오, 제우스시여! 파리스에게 복수를 허락하소서. 그를 내 손에 쓰러지게 하시어 극진히 예의를 베푼 친구에게 악으로 보답한 자가 어떠한 꼴을 당하는지 스스로 깨닫게 하소서!"

그러고는 그는 파리스의 방패를 향해 창을 힘껏 던졌다. 창은 방패를 뚫고 나가 갑옷 속까지 파고들었지만 빗나가서 죽음만은 면할 수 있었다. 그러자 그는 곧 칼을 뽑아들어 투구의 뿔을 내리쳤다. 그러나 칼이 투구에 부딪히며 서너 조각으로 부러져 손에서 떨어졌다. 메넬라오스는 으르렁거리며 하늘을 향해 절규했다.

"오, 제우스시여! 무정도 하십니다. 처음엔 내 창이 빗나가 그를 찌르지 못하고 다음엔 칼이 부러지다니, 억울하옵니다!"

그는 얼른 말갈기를 잡아끌어 파리스를 자기 대열로 데려갔다. 파리스는 투구 끈이 턱밑을 바싹 죄어 숨이 막혔다. 그러자 이 모습을 지켜보던 아프로디테가 얼른 파리스의 투구 끈을 끊어 메넬라오스의 승리를 무위로 끝나게 만들었다. 메넬라오스는 빈 투구를 흔들어 자기 편으로 내던지고는 다시 파리스에게 덤벼들며 창으로 찌르려고 했다.

그 순간이었다. 전세가 파리스에게 불리하게 전개되자 아프로디테가 짙은 안개로 파리스를 감싸서 헬레나의 방에 내려놓았다. 그런 다음 아프로디테는 헬레나가 매우 사랑했던 늙은 부인의 모습으로 변장하고 헬레나를 찾아갔다.

헬레나는 많은 부인들과 함께 망루 꼭대기에 서 있었다. 여신은 그녀의 치맛자락을 건드리며 슬쩍 말을 걸었다. "자, 어서 궁으로 가시지요. 파리스 왕자께서 오시랍니다. 찬란한 의상과 치장을 하시고 침대에서 기다리고 계시지요. 마치 무도회에 가려는 모습처럼 싸우다 왔다고는 믿어지지 않을 정도로 편안한 모습이십니다."

이 말을 들은 헬레나는 혼란스러웠다. 그 아름다운 목소리며, 어여쁜 가슴, 빛나는 눈빛만으로도 여신임을 알아챘던 것이다. "정말로 이상하군요. 신께서는 어찌 나를 놀리시나요? 또다시 나를 머나먼 프리기아나 마이오니아로 데려가고자 하는 것은 아닌가요? 짐작하건대 이제 파리스가 죽었으니 나를 데려가고자 하는 것이군요. 당신이 여기에 머물러 많은 술책과 계획을 꾸미는 것도 그 때문이란 걸 압니다. 당신이나 가서 그를 보살피소서! 하늘에 계신 신이시여, 다시는 저 신이 올림포스를 밟지 못하게 하소서! 혹시 그에게 잘해 주면 아마도 그를 남편으로 모시게 될 날이 올지 모르니, 당신이나 시중을 들으시지요. 나는 가지 않을 테니 말입니다. 나는 그의 잠자리 시중을 절대로 들지 않을 거예요."

아프로디테가 벌컥 화를 내며 쏘아붙였다. "몰인정한 부인이여, 나를 더 이상 떠보지 마라! 아니면 내가 그대를 사랑한 만큼 미워할지도 모르니까! 게다가 트로이와 다나아 양군에게 서로 반목하게 하여 그대로 하여금 잔인한 운명의 고배를 마시게 할지도 모르느라."

헬레나는 겁이 나서 잠자코 따라가며 옷으로 몸을 꼭 감쌌다. 아프로디테가 희색이 만면하여 파리스 앞에다 헬레나의 의자를 놓아주었다.

헬레나는 그를 외면하고 앉아서 멸시하는 투로 말했다. "언제 전쟁터에서 돌아왔나요? 당신이 거기서 내 낭군이었던 그의 손에 쓰러지기를 바랐건만! 자, 어서 가서 메넬라오스와 다시금 싸우소서! 아니, 그만두소서. 메넬라오스와 결투를 하지 마소서. 더 이상 어리석은 짓은 하지 마소서. 당신은 그의 창에 쓰러질지도 모르니까요."

파리스가 대답했다. "나를 비웃지 마시오. 이번에는 아테나의 도움으로 메넬라오스가 이겼지만 다음 번엔 반드시 내가 이길 거요. 나 역시 나를 보호하시는 신이 계시니까. 그러니 우리 말다툼을 하지 말고 사랑이나 나눕시다! 내가 이토록 그대를 그리워한 적은 없었다오. 라케다이몬에서 그대를 데리고 오면서 처음으로 사랑을 주고받던 때도 이렇게 사랑이 일지는 않았소. 지금, 그 어느 때보다 그대를 사랑하오."

파리스의 열렬한 구애에 헬레나도 자신의 의지를 꺾고 그의 옆으로 다가가 누웠다.

한편, 메넬라오스는 성난 야수처럼 파리스를 찾아 사방팔방으로 헤맸다. 그러나 어디에서도 파리스의 그림자조차 찾아내지 못했다.

이윽고 아가멤논 대왕이 전군 앞에서 말했다. "들으시오, 트로이 군과 동맹군 여러분! 보시는 바와 같이, 승리는 메넬라오스의 것이 되고 말았소. 이제 그대들의 임무는 헬레나와 파리스의 재산을 이쪽으로 인도하고 후세에 길이 남을 보상을 무엇이든지 지불해야 하오."

이 소리에 온 아카이아 군이 함성을 지르며 갈채를 보냈다.

트로이와 아카이아, 전쟁을 재개하다

아테나의 꾐에 빠진 판다로스가 활을 쏘아 메넬라오스에게 상처를 입힌다. 이에 성난 아가멤논은 휘하의 장수들을 독려해 트로이 군과의 전쟁을 재개한다.

제우스와 모든 신들은 올림포스에 모여 헤베(제우스와 헤라의 딸로 접대를 맡음)가 따라 주는 술을 마시며 트로이에서 벌어지는 일들을 내려다보고 있었다.

그때 제우스가 갑자기 헤라를 골려 주어야겠다는 생각으로 이죽거렸다. "메넬라오스 편을 들고 있는 게 아마 헤라와 아테나일 테지. 자, 그들은 광경을 엿보는 데 흥미를 붙였지만, 파리스 편을 드는 아프로디테는 적극적으로 그를 도와준단 말야. 지금도 사지에서 파리스를 금방 또 구해 주는구려. 자, 우리는 이 문제에 대해 어떻게 해야 할 것인가를 생각해 보아야겠소. 그들에게 불을 질러 끝까지 싸우게 할 것인가, 아니면 화친을 도모하게 할 것인가를. 여러분, 프리암 성은 그냥 놔둔 채 메넬라오스가 헬레나를 데리고 아르지브로 돌아가게 하는 것이 어떻겠소?"

아테나와 헤라는 나란히 앉아 불만을 토로하는 중이었다. 아테나는 입을 꼭 다물고 있었지만, 헤라는 화를 참지 못하고 소리쳤다. "오, 참으로 지독한 분이시구려! 저보고 헛물만 켜라는 거군요. 프리암족을 멸하기 위해 제가 바친 정성을 생각해 보소서. 그러나 마음대로 하시되 내 말 한마디만 들으소서. 우리는 결코 당신의 뜻에 찬성치 않을 것입니다."

제우스도 화가 치밀어 소리쳤다. "인정머리도 없는 여자 같으니라구. 그대는 저 트로이를 잿더미로 만들지 못해 안달인데, 도대체 프리암족이 당신한테 무슨 잘못을 저질렀단 말이오? 그들을 꼭 없애야 속이 시원하단 말이오? 좋소, 내 한마디만 일러두리다. 행여 내가 그대들의 친지들에게 속한 도시를 멸하고자 하더라도 나를 막아설 생각은 하지 마시오. 그럼 나도 그대의 뜻을 기꺼이 따르리라. 하늘 아래 많은 도시들 중에서 나는 성스런 트로이를 가장 소중하게 여겼소. 프리아모스 왕이며 저 훌륭한 백성들은 제물과 제주를 끊이지 않고 내 제단에 바쳤소이다."

헤라가 눈을 크게 뜨고 제안했다. "그렇게 말씀하시니 저도 한 말씀 드리겠습니다. 저는 아르고스와 스파르타, 미케네를 가장 좋아합니다. 언제든 마음에 안 드시면 그곳을 모두 쳐부수소서! 저는 개의치 않을 테니까요. 제가 만류한들 무슨 소용이 있겠습니까? 당신이 저보다 강하시니 말입니다. 하지만 저 역시 크로노스의 장녀로, 출생으로 보나 당신의 배우자라는 위치로 보나 당신과 다름없는 신분입니다. 우리 서로 한 걸음씩 양보하지요. 그리고 다른 신들로 하여금 우리의 뜻에 따르도록 합시다.

아테나를 싸움터로 보내 트로이 군에게 맹세를 위반토록 책동해서 아카이아 군을 출전케 하는 것입니다."

제우스도 헤라의 의견을 흔쾌히 받아들였다. 그래서 즉각 아테나에게 말했다. "자, 어서 싸움터로 내려가서 먼저 트로이 군으로 하여금 맹세를 거두고 출전하게 하여라."

마침 자신이 원하던 명령이 떨어지자 아테나는 쏜살같이 땅으로 내려갔다. 아테나는 사공이나 군대에게 상서로운 징조를 보이듯이 온통 불꽃을 날리면서 무리 속으로 뛰어들어갔다.

이 모습을 본 트로이 군과 아카이아 군은 모두 어리둥절해하며 수군거렸다. "이는 격렬한 전쟁이 벌어질 징조야. 아니면 제우스께서 화친을 맺게 해주시는 것인지도 모르지."

이에 아테나는 트로이의 용감한 창병 라오도쿠스로 변신한 뒤, 판다로스를 찾아가 조용히 말했다. "판다로스, 자네의 그 뛰어난 솜씨를 한번 발휘해 보는 것이 어떻겠나? 메넬라오스를 급습해 보란 말일세! 그러면 자네의 이름을 떨칠 수 있을 뿐만 아니라 파리스와 온 트로이 시민이 자네에게 고마워할 걸세. 만일 메넬라오스 왕이 자네 화살에 맞아 죽는다면, 파리스 왕자는 자네에게 큰 포상금을 내릴 것일세. 자, 여기 와서 아폴론에게 기도를 올리게나. 자네가 고향으로 귀환하는 즉시 첫배의 제물을 올리겠다고 말일세."

어리석게도 그는 이 말에 넘어가 곧 염소 뿔을 갈아 만든 활을 꺼냈다. 그 활은 알프스 산에서 잡은 염소 뿔로 만든 것으로, 열여섯 뼘 정도 되는 뿔을 다듬은 다음 끝에다 금 고리를 단 것이었다. 활시위를 걸어 조심스럽게 땅에다 놓은 뒤, 그는 화살 통에서 한 번도 손대지 않은 깃털 달린 화살을 골라냈다. 그런 다음 지체 없이 궁술의 신 아폴론에게 귀국하는 날 첫배의 엄숙한 제물을 올리겠다고 기원하며 활시위를 잡아당겼다. 그러자 뎅그렁 소리를 내며 화살이 날쌔게 앞으로 날아갔다.

그러나 불사의 신들이 메넬라오스를 어찌 잊겠는가! 아테나가 맨 먼저 나서서 곤히 자는 아기에게서 파리를 쫓아 버리듯 화살을 빗나가게 했다. 화살은 정면을 향해 날아왔지만 결국 황금 혁대 장식을 치고는 이중 갑옷을 스쳐 지나갔다. 하지만 화살이 살갗을 스쳐 지나가 붉은 피가 넓적다리로 흘러내렸다.

이것을 본 아가멤논 대왕은 아연실색했다. 메넬라오스 자신도 놀랐으나 화살의 고리가 감긴 것이 밖으로 보이자 다시 정신을 차렸다.

비로소 아가멤논 대왕은 정신을 수습하고 입을 열었다. "사랑하는 아우여! 내 그대를 우리의 대표로 내놓은 것이 오늘 이 같은 결과를 초래했구나! 트로이 군이 그대를 쏘아 서약을 짓밟았으니 말야. 내 진실로 말하건대 트로이가 멸망해 프리아모스 왕과 백성들이 뿔뿔이 흩어질 날이 올 때까지 싸우리라. 그때는 제우스께서도 트로이 군이 함부로 서약을 깬 것을 아시고 그들에게 암흑의 재앙을 내리실 거야. 그러나 아우여, 이제 그대가 타고난 운명의 날을 맞이한다면 얼마나 고통스럽겠느냐. 난 지울 수 없는 치욕을 짊어진 채 아르고스로 돌아가야겠지. 동지들은 삽시간에 트로이 군에게 항복할 테고, 헬레나도 놔둔 채 귀향해야겠지. 게다가 트로이 시민은 그대의 무덤을 짓밟으며 이렇게 소리칠 거야. '아가멤논도 여기서처럼 다른 적들에게 대항하다 치욕을 얻을 것이다. 자, 보라! 그자는 용감한 메넬라오스를 버린 채 빈손으로 귀환하였다.' 오, 이러한 일이 일어난다면 대지여, 차라리 저를 삼켜 버리소서!"

그러자 메넬라오스가 아가멤논을 위로했다. "형님, 위험한 상처는 아닙니다. 그러니 병사들을 놀라게 하지 마소서. 우선 혁대가 저를 구했고, 청동으로 된 흉갑이 저를 살렸습니다."

아가멤논 대왕의 얼굴빛이 환해졌다. "오, 그렇다면 안심이구나. 의사에게 보여 상처를 치료해야겠다. 탈티비오스여, 어서 가서 마카온에게 메넬라오스를 살펴 달라고 해라. 메넬라오스가 활에 맞았다. 아마 트로이인이나 리키아 인이 쏘았을 거야."

탈티비오스는 그 길로 곧장 전열 속으로 뛰어들어 마카온을 찾아 자초지종을 설명했다. "마카온, 어서 갑시다. 아가멤논 대왕께서 메넬라오스의 상처를 보아 달라고 하오. 활을 잘 쏘는 궁수의 화살에 맞았소."

이 소식을 들은 마카온은 한걸음에 달려와 장군들 사이를 비집고 들어섰다. 마카온은 화살을 뽑아낸 뒤, 혁대와 갑옷과 그 밑의 흉갑을 풀었다. 그리고 상처를 찾아 피를 닦아낸 다음 진정제인 고약을 붙였다. 이 약은 존경하는 케이론이 그의 아버지에게 준 것으로, 그는 이미 그 약의 효험을 알고 있었다.

이렇게 메넬라오스를 분주하게 치료하는 동안, 트로이 군은 무장을 하고서 앞으로 전진하니 전쟁이 재개되었다. 아가멤논 대왕도 전력을 다해 전쟁을 준비했다. 그가 겁쟁이라든가 비굴하다든가 하는 모습은 어디에서도 찾아볼 수 없었다. 그는 전차와 말들을 부하 에우리메돈에게 맡기고 지칠 때까지 병사들을 독려하느라 여념이 없었다.

"아르지브 병사들이여, 공격을 늦추지 말고 나아가라! 엄숙한 서약을 깨뜨린 자는 독수리의 먹이가 될 것이다. 우리는 놈들의 성을 점령한 뒤 처자들을 끌고 갈 것이다!" 그러나 전쟁에 소극적인 자가 보이면 가차없이 꾸짖었다. "너희들도 자신을 투사라고 일컫는 건 아니겠지? 말이 좋아 무사이지 군인에겐 망신이로구나! 그대들은 수치심도 없는가? 온통 쏘다 니느라 지친 사슴 떼처럼 왜 이곳에서 서성거리는가? 설마 적들이 그대들의 함대까지 밀려올 때를 기다리는 건 아니겠지? 제우스께서 그대들을 보호할 날만을 기다리는 건 아닌가?"

아가멤논은 여기저기 들쑤시며 병사들에게 힘을 불어넣었다. 잠시 후 그는 이도메네우스의 지휘 아래 무장을 마친 크레테 병사들에게로 갔다. 선두에서 산돼지처럼 눈을 부라리고 서 있는 이도메네우스에게 아가멤논은 다정한 어조로 말했다. "이도메네우스여, 그대가 어디에 있건 나는 그대를 가장 믿소! 연석에서도 다른 사람들은 주는 대로 마셔 버리건만, 그대는 나처럼 마시고 싶은 만큼만 따라 마셨지. 자, 이제 전쟁에 나가 병사들에게 그대가 늘 자랑스러웠음을 보여주시오."

"대왕이시여, 이 몸이 당신의 충성스러운 신하라는 걸 보여 드리겠습니다. 그러니 다른 무리들을 재촉하여 되도록 빨리 싸우게 하소서. 서약을 배반한 트로이 군은 죽음과 재앙을 면치 못할 것입니다."

아가멤논은 흐뭇해하면서 그곳을 떠나 아이아스라 불리는 두 장수에게로 갔다. 그들은 굳센 기량을 지닌 젊은이들을 구름 떼처럼 몰고 전선을 휘저으며 앞으로 나아갔다. 창과 방패로 무장한 그들의 모습은 마치 시커먼 구름이 바다를 뒤덮은 것과도 같았다.

이 모습을 본 아가멤논은 몹시 기뻐하며 속마음을 털어놓았다. "그대들과 같은 장군들에게는 명령을 내릴 필요도 없구려. 용감하신 두 분 장군께서 부하들을 잘 이끄시니 말입니다. 오, 제우스와 아폴론, 아테나시여! 다른 모든 병사들도 이런 기개를 갖게 하소서! 그러면 트로이를 삽시간에 함락시켜 쑥대밭으로 만들 수 있으리다!"

다음에 아가멤논은 필로스의 네스토르에게로 갔다. 그는 펠라곤·알라스토르·크로미오스·하이몬·비아스 영주들을 배치시키고 있었다. 그리고 선두에는 말과 마부를 갖춘 전차를 배치시키고 그 중간에는 겁쟁이들을 배치시켜 싫든 좋든 싸우게 만들었고, 뒤로는 보병들을 배치시켜 마치 성벽과도 같은 전열을 만들었다. 그러고는 전차에 있는 무사들에게 마구 달리지 않도록 일렀다.

"자만심으로 서두르지 마라. 서둘러 나서지도 말고 뒤로 처져서도 안된다. 전열을 지켜 나아가지 않으면 반드시 패하고 말 것이다. 그러니 적의 전차가 있는 곳까지 나아가 창을 던져라."

네스토르는 전쟁을 해본 경험이 있었기 때문에 잘 알았다. 아가멤논 대왕은 기뻐하며 느낀 바를 솔직히 말했다. "네스토르여, 그대의 사지가 가슴속의 정열처럼 날쌔고 건강했으면 얼마나 좋겠소! 자, 나이는 어쩔 수 없구려. 진실로 그대 대신 다른 사람이 나이를 먹었으면 좋겠구려!"

네스토르가 이에 대답했다. "오, 대왕이시여! 저도 힘센 에레우탈리온을 벨 때처럼 젊었으면 좋겠습니다. 그러나 신들은 한번에 무엇이고 다 주지는 않으시지요. 대왕이시여, 그러나 염려 마소서. 나이 먹은 제가 할 수 있는 일이 있답니다. 젊은 전사들이 취해야 할 전략을 짤 수 있지요."

아가멤논은 매우 만족하여 메네스테우스가 서 있는 곳으로 향했다. 그 가까이에는 기지에 넘치는 오디세우스가 케팔레니아 병사들에 둘러싸여 있었다. 이들은 개전이 순식간에 이루어져 미처 알지 못했던 것이다.

그런데도 아가멤논은 그들을 강경하게 꾸짖었다. "메네스테우스여, 그대의 부친이 그대를 본다면 뭐라고 말하겠소? 무슨 계책이 숨어 있기에

후진에서 우물쭈물하고 있소? 그대들이야말로 선봉대로 나서야 하는 사람들 아니오. 그대들은 연회가 베풀어지면 1순위로 초대받는 사람들이오. 그런데 열 개 부대에 이르는 아카이아 병사들이 교전을 해도 지켜보고만 있단 말이오?"

오디세우스가 얼굴을 찌푸리며 언성을 높였다. "대왕이시여, 무슨 말씀을 하시는지요? 우리가 태만하다니, 어떻게 그런 말씀을 하실 수 있습니까? 과연 우리가 그런지 두 눈으로 똑똑히 보소서. 텔레마코스의 아비가 어떻게 원수들을 무찌르는지를."

이에 아가멤논이 웃으며 자신의 말을 얼른 철회했다. "오디세우스여, 내 어찌 그대의 지략을 모르겠소. 그대에게는 지시를 내릴 필요조차 없다는 걸 알고 있소. 그대의 충정을 내 모르는 바 아니니, 이리 와서 화를 풀도록 합시다. 내가 실언을 했소이다."

그런 다음 아가멤논은 말과 전차 사이에 서 있는 티데우스의 아들 디오메데스와 페르세우스의 아들 스테넬로스에게 다가갔다.

그들에게도 역시 따끔한 말로 꾸짖었다. "디오메데스여, 전쟁이 시작되었는데, 어찌 이렇게 서 있기만 하오? 그대 존귀하신 부친께서 이 모습을 보면 뭐라고 말씀하시겠소? 내 그분을 만나본 적은 없지만, 일찍이 그분을 당해 낸 자가 없다는 말은 들었소. 한번은 미케네로 병력을 보충하고자 폴리네이케스 왕자와 함께 손님으로 내방한 적이 있었다오. 마침 성스러운 테베 성을 공격하던 터라 지원병이 필요했던 거요. 그러나 제우스께서 불길한 징조를 보이시어 사람들의 마음을 얼어붙게 하셨소. 티데우스는 할 수 없이 돌아와 다시 카드메이아족인 에테오클레스의 집에서 열리는 연회에 참석했소. 물론 티데우스는 이방인이었지만, 태연하게 이들과 힘 겨루기를 하여 모두 넘어뜨렸소. 이에 분노한 카드메이아족은 그가 돌아가는 길에 40여 명의 젊은 복병을 숨겨 놓았소. 그러나 티데우스는 이 일을 눈치채고 그들을 모두 죽인 후에 한 사람만 돌려보냈소. 마이온 이라는 자로 신의 전조를 받아들여 살려준 것이오. 그대의 부친은 이런 사람이었소. 그런데 그 아들은 그다지 뛰어나지 못하구려."

디오메데스는 자신이 존경하는 대왕이었기 때문에 아무런 변명도 하지 않았다. 그러자 스테넬로스가 나서서 말했다. "대왕이시여, 사실을 아시는 분이 헛된 말씀을 하시다뇨? 우리는 우리 아버님들보다 훨씬 낫다는 걸 자부합니다. 우리는 제우스와 여러 신들의 징조를 믿고 일곱 대문의 테베 성채를 함락시켰습니다. 하지만 아버님들은 무모한 실책으로 멸하셨지요. 원컨대 우리를 그분들과 똑같이 여기지 마소서."

그러나 디오메데스가 그를 흘겨보며 타일렀다. "이 친구, 그만 입을 다물게. 나는 대왕께서 병사들의 전의를 앙양하시는 것을 기꺼이 받아들인다네. 대왕께서는 우리의 통솔자이시고 우리는 그 휘하의 부하일세. 만일 트로이 성이 멸망하는 날엔 대왕께 영광이 있겠지만, 지는 날엔 대왕께 비탄을 안겨주는 게 아닌가. 그러니 얼른 전열에 참여하세나."

그가 이렇게 말하며 전차에서 뛰어내리자 무기 부딪히는 소리가 시끄럽게 울려 퍼졌다. 이처럼 다나아 군대가 열을 지어 전진해 나가자 그 모습이 마치 파도가 열을 지어 기슭으로 몰려가는 모습과 흡사했다. 그런데도 간간이 장수의 명령 소리만 들릴 뿐, 사방은 쥐 죽은 듯이 조용했다.

그러나 트로이 군은 온통 시끌벅적해 마치 저잣거리 같았다. 이들은 저마다 자기 나라 말로 떠들어댔다. 마치 너른 들에 풀을 뜯던 수많은 암양 떼들이 젖을 짜 주기를 기다리며 울어대는 모습처럼 보였다.

이들의 지휘는 아레스와 아폴론이 맡아 지휘했다. 또한 파니크와 피에 굶주린 아레스의 친구이자 누이인 스트리페 등이 뒤에서 도왔다. 스트리페는 비참한 전쟁의 불씨를 간직한 여신으로, 발은 땅에 닿아 있었고 머리는 하늘에 닿을 정도로 키가 컸다.

비로소 양군은 창과 방패를 휘두르며 전투를 시작했다. 그러자 삽시간에 온 천지는 창과 방패, 칼들이 서로 부딪히는 소리로 진동했다. 사람들의 목이 여기저기서 잘려 나갔고, 쓰러져 신음하는 소리, 서로 싸우며 포효하는 소리 등 승리와 탄식이 엇갈리며 대지는 온통 시뻘건 피로 물들어 갔다. 갑작스런 장대비로 생겨난 급류가 수로를 따라 미친 듯이 흘러내려가듯 병사들이 우르르 몰려가며 함성을 내질렀다.

첫 번째로 안틸로코스가 선두 진영과 결전을 벌이는 에케폴루스를 베었다. 그가 쓰러지자 아반테스족의 지휘관인 엘페노르가 그의 갑옷을 벗기고 그를 끌어당겼다. 이때 아게노르가 엘페노르를 창으로 찔러 죽였고, 양군은 승냥이처럼 맹렬한 전투를 벌였다.

다음엔 아이아스가 시모이시우스를 베었다. 시모이스 강가에서 태어났다 하여 시모이시우스로 불린 그는 부모의 은혜를 갚을 겨를도 없이 젊은 나이에 아이아스의 창에 쓰러져 죽은 것이다. 아이아스가 창으로 그의 오른쪽 가슴을 찌르자, 쭉 뻗은 한 그루의 버드나무가 나무꾼에게 베어 허망하게 쓰러지는 것처럼 쭉 뻗어 버렸다.

이때 안티포스가 아이아스를 향해 창을 던졌지만, 엉뚱하게도 시모이시우스의 시체를 끌어내고 있던 레우코스의 샅에 맞고 말았다. 레우코스는 오디세우스의 절친한 친구였다. 친구를 눈앞에서 잃자 화가 머리끝까지 치민 오디세우스는 창을 던져 프리아모스 왕의 서자인 데모코온을 죽였다. 그러자 헥토르의 선봉대가 주춤거리며 물러섰다. 이제 기세가 등등해진 아카이아 군은 시체들을 끌어내며 계속 전진해 갔다.

페르가모스에서 이를 내려다보던 아폴론은 화가 치밀어 소리쳤다. "트로이 군이여, 진격하라! 원수인 아카이아 군에게 절대로 밀리지 마라! 아카이아 군은 쇳덩이가 아니니, 그대들이 앞장서 벨지어다. 더욱이 아킬레우스도 없는 전투가 아니냐!"

아폴론의 목소리가 쩌렁쩌렁 울려 퍼지자 아테나 역시 더욱 바삐 진중을 돌아다니며 아카이아 군이 머뭇거리지 않도록 독려했다.

그때 아마린케우스의 아들 디오레스한테 운명의 덫이 씌워졌다. 트라키아의 대장인 페이로스가 던진 돌에 오른쪽 발목을 맞은 것이다. 두 개의 건이 끊어진 그는 땅으로 고꾸라진 뒤 전우에게 몸을 의지한 채 숨을 몰아쉬고 있었다. 그때 다시 페이로스가 달려들어 창으로 그의 배를 찔러 눈을 감게 만들었다.

그러나 페이로스 또한 아이톨리아 사람 토아스의 창을 맞고 쓰러졌다. 그러나 토아스는 그의 갑옷을 챙기지 못했다. 머리에 상투를 한 트라키아 동료들이 그를 빙 둘러쌌기 때문이다. 이리하여 트라키아의 대장과 에페아 대장이 나란히 땅에 쓰러졌다. 그 밖에 많은 시체들이 널려 있었다. 비록 여신의 보호를 받아 머리카락 하나도 손상되지 않은 사람이라 하더라도 이 전투를 결코 가볍게 취급할 자는 없었다. 이처럼 이날 치러진 전투는 양 진영에 엄청난 인명 피해를 가져왔다.

디오메데스, 신들에게 도전하다

용장 디오메데스가 트로이 군을 격파하고, 아테나의 도움을 얻어 미의 여신인 아프로디테와 전쟁의 신인 아레스에게 차례로 상처를 입힌다.

그때 아테나가 디오메데스에게 용기를 불어넣어 공명을 떨치게 만들었다. 아테나는 늦여름 대양에서 금방 목욕을 하고 나온 찬란한 별처럼 그의 방패와 투구에 광채를 드리웠다. 그러고는 그를 갈수록 치열해지는 전투에 밀어 넣었다.

트로이의 군중에는 헤파이스토스의 사제인 다레스라는 부유하고 평판이 좋은 사람이 있었다. 그에겐 페게우스와 이다이오스라는 두 아들이 있었는데, 둘 다 뛰어난 무사였다. 이들은 전차를 이끌고 나와 디오메데스를 맞았다. 먼저 페게우스가 디오메데스에게 창을 날렸지만, 창은 왼쪽 어깨 너머로 빗나가 그의 털끝 하나도 건드리지 못했다. 이번에는 디오메데스가 창을 날리니 상대방의 가슴에 정통으로 꽂혔다. 페게우스가 전차에서 굴러 떨어지자 이다이오스가 뛰어나왔으나, 감히 형의 시체를 넘어서지는 못했다. 이에 헤파이스토스가 그의 늙은 아버지가 상심할까 봐 그를 몰래 구해 주지 않았다면, 자기 형과 운명을 같이했을 것이다. 디오메데스는 부하들에게 쌍두마차를 함대로 끌고 가라고 일렀다.

트로이 군은 이 두 사람의 참상을 보자 아연실색했다. 한 사람은 수레 옆에 죽어 나동그라져 있고, 또 한 사람은 간 곳이 없지 않은가?

이때 아테나가 아레스의 손을 잡고 말했다. "아레스, 아레스여! 잔혹하고 피에 굶주린 전쟁의 신이여! 제우스의 노여움을 사기 전에 이제 우리는 이 전쟁에서 손을 뗍시다. 제우스께서 어느 편을 총애하시든……."

이렇게 아테나는 아레스를 싸움터에서 끌고 나와 스카만드로스의 제방에 앉혀 놓았다. 이에 아카이아 군이 적장을 한 명씩 베었다. 먼저 아가멤논 대왕이 오디우스 장군에게 창을 날려 가슴을 관통시키자, 그는 바닥으로 쿵 소리를 내며 고꾸라졌다.

다음에는 이도메네우스가 전차에 오르려 하는 파이스토스의 어깨를 창으로 찔러 떨어뜨렸다. 그리고 마부들이 갑옷을 챙기는 동안 메넬라오스는 유명한 사냥꾼 스카만드리오스를 향해 창을 날렸다. 그는 아르테미스(다이아나, 사냥의 여신)가 숲속에 사는 모든 맹수를 잡게 할 정도로 사랑하는 장수였지만, 미처 아르테미스의 힘이 미치지 못했다.

또한 메리오네스는 못 만드는 게 없는 명인 페레클루스를 베었다. 그는 아테나가 매우 아끼는 사람으로, 무엇이든 그의 손에 들어가면 값진 물건이 되어 나왔다. 이 모든 재앙의 실마리가 되는 파리스의 그 훌륭한 배를 만든 장본인도 바로 그였다. 메리오네스가 페레클루스를 추적하여 오른쪽 궁둥이를 향해 창을 날리자 방광을 관통했다.

다음에는 메게스가 안테노르의 서자인 페다이우스의 뒷목을 예리한 칼로 내리쳤다. 한편, 에우리필로스는 힙세노르를 추격하여 칼로 베었다. 그는 강의 신인 스카만드로스의 사제로서 시민들로부터 신처럼 존경을 받아 왔다.

양군간의 피비린내 나는 전투는 이처럼 끊임없이 계속되었다. 그런데 티테우스의 아들 디오메데스로 말하자면, 어느 편을 위해 싸우고 있는지 모를 정도로 앞서 있었다. 그의 앞에서는 대부대라 하더라도 홍수가 질 때의 제방처럼 힘없이 무너져 버려 그를 당해 낼 자가 없었다. 이처럼 디오메데스가 온 평원을 닥치는 대로 휩쓸며 전진해 오자, 판다로스가 재빨리 그에게 활을 겨누어 오른쪽 어깨를 관통시켰다.

갑옷 위로 피가 흘러내리는 걸 본 판다로스가 크게 소리쳤다. "진격하라, 트로이 군이여! 용감한 트로이 병사들이여, 아카이아 군의 최대 용사가 부상을 당했도다. 진정으로 아폴론께서 나와 함께 하셨다면, 그자는 얼마 가지 않아 죽을 것이다!"

그러나 판다로스의 화살을 맞은 디오메데스는 판다로스가 호언장담한 것과는 달리 쓰러지지 않았다. 그는 얼른 스테넬로스에게 말했다. "스테넬로스, 빨리 전차에서 내려와 내 팔에서 화살을 빼주게."

스테넬로스가 단번에 뛰어내려와 어깨에서 화살을 뽑아내자 피가 솟구쳐 나왔다. 그러자 디오메데스가 아테나에게 간절히 축원을 올렸다. "아테나시여, 제 기원을 들어주소서. 일찍이 저의 아버님을 지켜 주신 신이시여, 다시 한 번 저에게 그 사랑을 베푸소서. 원컨대, 저자를 죽일 수 있도록 도와주소서. 저자는 제가 머지않아 햇빛을 보지 못할 거라고 큰소리를 치고 있습니다."

아테나 여신은 그가 움직일 수 있도록 사지에 힘을 불어넣어 주며 속삭였다. "디오메데스여, 두려워하지 마라. 내 그대 가슴에 선친의 용기를 불어 넣었도다. 그리고 그대의 눈에서 장막을 걷어냈으니, 누가 신이고 누가 인간인지 분간할 수 있을 것이다. 그러나 혹시 신이 그대를 시험하고자 할 경우엔 아프로디테 이외에는 아무하고도 싸우지 마라."

아테나가 말을 마치고 그의 곁을 떠나자 그는 다시 전투에 합류했다. 그는 예전보다 세 배나 더 기세 등등하게 싸웠다. 마치 사자가 털북숭이 양떼를 습격하다 양치기한테 미미한 상처를 입고, 오히려 더욱 사나워져 거세게 달려드는 모습이었다. 다시 트로이 군을 공격하게 된 그는 창으로 아스티노스의 가슴을 가격한 뒤 히페리온의 쇄골을 칼로 찔렀다. 그런 다음, 늙은 해몽가 에우리다마스의 두 아들인 아바스와 폴리에이도스를 추격해 죽였다. 이들은 아버지의 꿈 해몽의 효험을 보지 못했는지 영영 돌아오지 못할 강을 건너고 말았다. 이처럼 그의 눈에 띄면 누구든 여지없이 운명을 달리했는데, 파이노프스가 무척 사랑했던 두 아들 크산토스와 토온도 예외가 아니었다. 결국 이 두 사람도 싸늘한 주검이 되어 아버지에게 슬픔과 애통을 남기게 되었다.

디오메데스는 다시 에켐몬과 크로미오스를 공격했다. 사자가 풀을 뜯는 가축에게 느닷없이 달려들어 목을 물어뜯듯이, 그는 전차에 탄 두 사람을 공격해 죽여 버렸다. 이처럼 그가 혼자서 싸움터를 휘젓고 돌아다니자, 아에네아스는 안타까운 마음에 신과도 같은 판다로스를 찾아 싸움터를 헤매었다.

마침내 이 무시무시한 사나이를 찾아낸 그가 서둘러 말했다. "판다로스여, 그대는 활을 어디에 두었는가? 리키아에서는 절대로 상대할 자 없다던 그 명성은 어디로 갔는가? 싸움터를 종횡무진 누비며 패악을 저지르는 저 사나이를 보라. 얼마나 많은 용사들이 저자의 칼에 넘어갔는가. 저자는 분명히 우리를 모두 몰살시키려는 신이 변장해 나타난 게 아닌가 싶다. 인간에게 미치는 신의 노여움은 과연 무섭고도 잔인하구나!"

　이에 판다로스가 대답했다. "현명한 트로이의 고문 아에네아스 아닌가! 정말 저 사나이의 방패와 투구를 보면 디오메데스가 틀림없구려. 오, 신이 돕지 않고서야 어찌 저자가 혼자 저와 같은 능력을 발휘하겠는가? 분명히 신의 도움을 받는 거로다. 내 이미 시험 삼아 그의 오른쪽 어깨를 맞혔거늘, 불귀의 객이 되지 않고 저렇게 살아 날뛴다면, 필시 노한 신이 그의 곁에서 지켜 주고 있다는 증거요. 게다가 내겐 말도 없고 탈 전차도 없으니. 아버지께선 11대의 훌륭한 전차들을 외양간에 만들어 놓은 뒤 한 대당 말 두 필씩을 두어 흰 보리와 율무 등을 먹였소. 그리고 나한테 전차를 끌고 진두에서 지휘하기를 권하셨는데, 내가 듣지 않은 거요. 사실 난 그 말들을 너무나 사랑해 몰고 오지 않은 거요. 그래서 보병으로 참가해 활과 화살만 가지고 왔는데, 지금처럼 형편이 불리할 줄은 몰랐소. 나는 이미 디오메데스와 메넬라오스 그 두 투사를 쏘아 피까지 흘리게 했건만, 오히려 이들의 화만 부채질한 격이 되었소. 그러니 헥토르 왕자를 위해 활걸이에서 흰 활을 내리는 순간부터 이미 불운은 닥쳤던 것이오. 자, 이제 살아 내 고국에 다시 돌아가서 내 손에 들린 이 쓸데없는 활을 꺾어 불 속에 처넣지 않는다면, 난 정말 낯선 자가 내 머리를 자르더라도 한이 없을 거요."

이에 대해 아에네아스가 대답했다. "아니, 장군! 무슨 그리 나약한 소리를 하는 거요. 우리가 그와 끝장을 보기 전에는 결코 헛된 일을 하는 것은 아니오. 자, 내 전차로 올라오시오. 트로스의 말이 얼마나 빨리 달리는지 알려주리다. 이 말들은 싸움터에서 어떻게 달려야 하는지 잘 알고 있다오! 만일 제우스께서 디오메데스에게 또다시 승리를 허락하실지라도 이 말들은 우리를 도시까지 무사히 이끌고 갈 것이오. 자, 채찍과 고삐를 잡으시오. 나는 내려가 전투에 가담하리다. 아니면 그대가 디오메데스를 찌르시오. 그러면 난 전차를 끌겠소."

판다로스가 이에 기꺼이 대답했다. "아에네아스여, 그대가 고삐를 잡으시오. 말들은 그대의 것이니 이왕이면 몸에 익은 채찍을 맞는 게 더욱 효과적일 거요. 아마 말들은 그대의 목소리를 듣지 못한다면 놀라서 거칠게 달릴 뿐만 아니라, 제대로 움직이지도 않을 거요. 그리되면 우리가 실패하기 십상이니 그대가 말을 모시오. 내가 그를 창으로 찌를 테니." 그들은 전차에 올라타고 전속력으로 디오메데스를 향해 달렸다.

이에 스테넬로스가 그 모습을 보고 즉시 소리쳤다. "여보게, 친구! 저기를 보게나. 자네를 노리고 한 번도 패한 적이 없는 리카온의 아들 판다로스와 아프로디테의 아들 아에네아스가 진격해 오고 있네. 자, 돌아가세나. 이렇게 진두에서 호령할 때가 아니네. 목숨을 소중히 여겨야지!"

디오메데스가 찡그리며 말했다. "달아나자는 소리는 아예 하지도 말게나. 피한다거나 주저앉는 것은 내 사전에 없는 일이네. 나는 겁쟁이가 아니니 여기서 그들을 맞겠네. 비록 두 사람을 다 잡지는 못한다 해도 한 사람은 잡을 걸세. 자, 내 말 좀 들어보게. 만일 아테나께서 은총을 베풀어 저들을 치도록 허락하셨다면, 아에네아스의 말을 향해 돌진할 수 있을 걸세. 저 말은 제우스께서 가니메데스의 대가로 준 말의 혈통을 이은 천하 제일의 말 아닌가. 비록 안키세스 왕자가 라오메돈의 승낙도 받지 않은 채 씨를 훔쳤지만 말이네. 그때 여섯 마리의 망아지를 낳았는데, 그중 두 마리를 아에네아스에게 주었다네. 만일 내가 저 두 마리를 잡는다면 아주 커다란 명예를 얻는 것이네!"

두 사람이 이런 말을 주고받는데, 판다로스가 질주해 오며 소리쳤다. "티데우스의 위대한 아들이여! 내 화살은 그대를 쓰러뜨리는 데 실패했으니 이제는 창을 시험해 볼 차례구나!" 그러고는 디오메데스의 방패를 향해 창을 던졌다. 청동 창끝이 방패를 뚫고 나가자 판다로스가 소리쳤다. "배를 관통했으니 그대는 더 이상 살지 못하리라. 승전은 이제 나의 것이다."

이때 디오메데스가 침착하게 입을 열며 창을 던졌다. "명중이라고? 어림없는 소리. 방패의 신 아레스에게 네 놈들 중 어느 한 녀석의 피를 보이지 않는 한 싸움을 끝내지 않을 것이다!"

아테나가 판다로스의 코에 그 창을 명중하도록 유도했다. 창은 하얀 이빨을 뚫고 들어가 혀 밑을 자르니, 턱 밑으로 혀가 나왔다. 그가 땅바닥에 쿵 하고 쓰러지자, 번득이는 갑옷이 뎅그렁 소리를 냈다. 말들이 놀라 뒷걸음질치고, 그의 생명과 용기는 순식간에 사라져 버렸다. 그러자 아에네아스가 방패와 창을 들고 뛰어나왔다. 혹시 아카이아 병사가 시체를 끌고 갈까 봐 염려해서였다. 그는 사자처럼 전우의 몸에 걸터앉아서는 창과 방패로 앞을 막으며 누구든지 달려들면 죽이겠다고 소리쳤다. 하지만 디오메데스는 젊은 사람 둘이서도 도저히 들 수 없는 커다란 바위를 번쩍 들어올려 아에네아스의 사타구니를 향해 던졌다. 바위의 뾰족한 끝이 살을 파고들자 아에네아스는 무릎을 꿇으며 한 손으로 땅을 짚으니, 밤의 어둠이 그의 눈을 덮었다. 아에네아스의 사고를 본 아프로디테는 아무도 보지 못하도록 빛나는 옷자락으로 자식을 감싸 막아 주었다.

한편, 디오메데스의 부탁을 잊지 않은 스테넬로스는 아에네아스의 말에 뛰어올라 자기들 진영으로 달려갔다. 그리고 가장 친한 벗 데이필로스에게 맡긴 뒤 다시 전차에 올라 디오메데스를 찾아 질주했다. 그런데 디오메데스는 겁이 많은 여신 아프로디테를 뒤쫓고 있었다. 아프로디테는 아테나나 도시를 점령하는 에니오와는 달리 인간의 전쟁에 군림할 수 없는 신이라는 것을 알았기 때문이다.

한참을 추격하던 중 마침내 여신을 찾아낸 그는 여신의 예쁜 손에 창을 던져 상처를 냈다. 영원불변의 신의 옷이 찢어지며 팔목에서 피가 흘러내렸다. 신의 불멸의 피, 영광의 신의 혈맥을 달리는 영액이 흘러내린 것이다. 신은 인간과 달리 빵이나 술을 먹고 마시지 않기 때문에 피가 없고 따라서 죽지도 않는다. 여신은 크게 외마디 비명을 지르고는 아들을 놓아 버렸다. 그러나 아폴론이 아에네아스를 집어올려 검은 구름으로 감싸 구해 내니, 아무도 그의 생명을 빼앗지는 못했다.

그러자 디오메데스가 아프로디테를 향해 소리쳤다. "제우스의 따님이시여, 이 전쟁에서 손을 떼시오! 어리석은 여인들을 속이는 것만으로는 충분치 않소? 만일 전쟁에 간섭하고 싶으시다면, 앞으로 전쟁이라는 소리만 들어도 몸서리치도록 만들 것이오."

아프로디테가 고통으로 신음하며 달려가자 이리스가 바람처럼 날쌔게 그녀를 빼냈다. 아름다운 살갗이 엉망진창이 된 여신은 대단히 아파했다. 잠시 후 여신은 아레스가 전쟁터 왼쪽 구름 가까이에서 창과 말들과 더

붙어 앉아 있는 것을 보았다.

여신은 아레스 앞에 무릎을 꿇고 엎드려 간곡히 애원했다. "사랑하는 오라버니시여, 저를 구해 주소서. 올림포스 궁전으로 돌아가도록 말을 빌려주소서! 티데우스의 아들한테 손목에 상처를 입었습니다. 그놈은 제우스 아버지에게도 감히 대들 자입니다."

아프로디테는 아레스의 말을 빌려 타고 매우 고통스럽게 전차에 올랐다. 이리스가 뒤따라 탄 뒤 고삐를 잡고 말을 툭 치자, 말은 거침없이 내달렸다. 곧 올림포스 궁전에 무사히 다다른 아프로디테는 어머니 디오네의 무릎에 안겼다.

디오네가 그녀를 어루만져 주며 물었다. "내 딸아, 어느 녀석이 감히 너에게 이런 짓을 했단 말이냐? 도대체 무슨 잘못을 했다고 너에게 이런 상처를 남겼느냐?"

아프로디테가 대답했다. "오, 어머니! 거만한 디오메데스가 저를 쳤습니다. 제가 가장 사랑하는 아들 아에네아스를 구한다고 이렇게 상처를 입혔답니다. 트로이와 아카이아 군의 전쟁은 이제 신들에게 대항하는 전쟁으로 변했어요."

"얘야, 좀 아플지라도 꾹 참아야 된다. 우리 올림포스에 살고 있는 신들은 인간의 일들 때문에 고난을 겪지 않으면 안 될 만큼 서로간에 많은 말썽들을 일으켜 왔단다. 아레스는 오토스와 에피알테스한테 13개월 동안 청동 감옥에 감금당해 심히 고통을 받아야 했단다. 만일 그들의 계모인 에리보이아가 헤르메스에게 그 사실을 알려 주지 않았다면, 아레스는 파멸의 길을 갈 뻔했지. 다행히도 헤르메스가 아레스를 몰래 빼내 왔기에 망정이지 큰일날 뻔했단다. 헤라 역시 헤라클레스가 쏜 세 개의 갈고리가 달린 화살을 오른쪽 가슴에 맞아 심한 고통을 당했고, 하데스(플루토, 저승의 신)도 마찬가지였지. 제우스의 아들 헤라클레스가 지옥의 문에서 그를 향해 쏜 화살에 맞아 치명상을 입었단다. 어깨를 관통당한 하데스는 고통이 너무나 심해 간신히 의술의 신 파이에온의 고약을 바르고 나았지. 물론 하데스도 불사의 몸이긴 했지만 그렇게 당했단다. 오, 그런데 너마저 당하다니, 대담무쌍한 놈이로구나. 아테나가 선동한 대로 따라 하다니, 그는 참으로 어리석은 바보로구나. 정말 지각이 없는 자야. 신과 겨루는 자는 오래 살 수 없다는 것쯤은 알고 있을 터인데, 그는 이제 집으로 돌아갈 수 없을 거야. 자, 난 아드라스토스의 딸이며, 그의 훌륭한 아내인 아이기알레아를 잠에서 깨워 아카이아 군 가운데 가장 용감한 디오메데스의 죽음을 슬퍼하게 해야겠구나."

디오네는 양손으로 아프로디테의 다친 팔목에서 영액을 씻어내며 말했다. 그러자 팔은 차츰 나아지고 통증도 가셨다.

그 장면을 목격한 아테나와 헤라가 제우스를 조르기 시작했다. 아테나가 먼저 시작했다. "제우스 아버지시여, 이런 말 한다고 역정을 내지 마십시오. 당신의 딸 아프로디테가 아카이아 부인을 꾀어 그녀가 끔찍이 사랑하는 트로이 군과 결혼시키려고 했나 봅니다. 그러던 중 그 부인의 황금 브로치에 그 가냘픈 손을 찔렀다고 합니다."

제우스가 빙그레 웃으며 아프로디테를 불러 타일렀다. "애야, 전쟁은 너하고 맞지가 않아. 그러한 일은 아테나와 아레스에게 맡기고, 넌 사랑과 결혼 일에만 열중하거라."

이렇게 대화를 나누는 동안 대담한 디오메데스는 아에네아스가 아폴론의 보호 아래 있다는 걸 알면서도 그에게 덤벼들었다. 물론 위대한 신을 괴롭히자는 것이 아니라, 단지 아에네아스의 갑옷을 벗기고 싶었을 뿐이다. 하지만 세 번이나 아에네아스를 죽이려고 뛰어들었으나, 번번이 아폴론의 방패에 의해 허사로 돌아갔다.

그러나 그가 물러서지 않고 다시 악마처럼 달려들자, 참다 못한 궁술의 신 아폴론이 고함을 질렀다. "디오메데스여, 조심하라! 신과 감히 겨룰 생각을 하다니! 인간과 불멸의 신은 엄연히 다르거늘, 네 행동이 참으로 지나치구나."

그제야 디오메데스도 궁술의 신 아폴론의 노여움이 두려워 한 걸음 물러섰다. 이에 아폴론은 아에네아스를 페르가모스의 자기 신전으로 데려다 놓았다. 그곳에서 레토와 아르테미스가 그를 정성껏 치료하고 보살펴주었다. 한편, 아폴론은 아에네아스의 갑옷을 입은 허수아비를 만들어 놓고는 아카이아와 트로이 양군이 가죽 방패며 둥그런 방패를 밀고 당기게 만들었다.

그리고는 아레스에게 소리쳤다. "오, 아레스, 살인광이여! 피에 굶주린 도시의 파괴자여! 자, 저 디오메데스라는 자를 끌어내는 것이 어떻겠소? 저자는 아프로디테의 손목에 상처를 입히는 것도 모자라 나에게 덤벼들었소! 제우스에게도 대들 위인이오"

그러자 무시무시한 아레스가 발이 빠른 장군 아카마스로 변신해 트로이 전열로 들어가 그들을 독려했다. "오, 프리아모스의 후예들이여! 그대들은 어찌 아카이아 군에게 살육을 맡기고 손을 놓고 바라보고만 있는가! 여기 우리 헥토르만큼이나 존경받던 안키세스의 아들 아에네아스가 쓰러져 있소. 자, 저 소란으로부터 용감한 전우를 데려올 수 있도록 나를 도와주시오."

그러자 사르페돈이 헥토르를 꾸짖었다. "헥토르여, 그 옛날 용기는 어디로 갔소? 그대는 동맹군의 힘을 빌리지 않더라도 형제와 친척들만으로 충분히 도시를 지킬 수 있노라고 늘 말하지 않았소. 그런데 한 사람도 눈에 띄지 않으니 다 어디 갔단 말이오? 아니 그들은 사자에게 쫓기는 개떼처럼 우왕좌왕하더이다. 우리는 당신네의 동맹군으로, 멀고먼 타향에서 왔소. 그렇소. 우리 리키아 군은 멀고먼 크산토스라는 곳에 사랑하는 처자와 누구나 탐내는 재산을 전부 놔두고 왔소. 비록 아카이아 군이 승리를 거두어 내게 할당되는 전리품이 하나도 없을지라도 목숨을 걸고 싸울 작정이오. 그런데 당신은 그저 바라만 보고 자기 전우에게 처자나마 지키라는 말조차도 않는구려! 이제 적은 당신을 그물에 걸려든 생선처럼 여겨 눈 깜짝할 사이에 고귀한 당신의 도시를 전멸시킬 것이오. 그러니 어서 가서 동맹군에게 이 도시를 지켜 달라고 청하시오. 그렇게 해서 적들의 접근을 막으시오."

그제야 헥토르는 마음이 움직여 쌍창을 사방팔방으로 휘저으며 돌격하라고 소리쳤다. 병사들은 적을 향해 진격하기 시작했다. 아카이아 군도 이에 완강하게 맞서자 다시 전투가 팽팽해졌다. 전차들이 사방에서 굴러다녔고 말발굽 소리가 진동하며 먼지가 일어 마치 타작을 하는 마당처럼 전쟁터는 삽시간에 하얗게 뒤덮였다.

아레스는 트로이 군을 돕기 위해 어둠으로 가렸으며, 아테나가 없는 틈을 타 아폴론이 이른 대로 병사들 사이를 헤집고 다니며 독려했다. 한편 아폴론의 도움으로 다시 살아난 아에네아스를 보고 병사들은 매우 기뻐 함성을 지르며 용기 충천했다.

그러나 그들은 그에게 말을 걸 틈이 없었다. 아폴론과 아레스, 스트리페 등에 의해 야기된 혼란으로 분주했기 때문이다.

한편, 아카이아 군을 독려하는 사람들은 두 아이아스와 오디세우스, 디오메데스였다. 트로이 군의 공격을 두려워하지 않는 그들은 마치 제우스가 구름 한 점 없이 맑은 날 산정에 몰아 놓은 구름들처럼 확고부동했다. 북풍의 신과 몰아치는 광풍들, 저 검은 구름을 헤치는 바람들이 모두 잠들었을 때처럼 말이었다.

다나아 군은 이렇게 적에게 꼼짝 않고 맞섰고, 아가멤논은 그 속에서 우렁찬 목소리로 말했다. "전우들이여, 용기를 잃지 마라! 그대들에게 만인의 시선이 머물러 있다는 걸 명심하라! 비겁한 자는 치욕을 남기고, 죽기를 각오하는 자는 반드시 살리라. 그러나 도망치는 자는 죽음을 면치 못하리라."

말을 마친 그는 날쌔게 창을 던져 아에네아스 옆에 있던 페르가수스의 아들 데이코온을 맞혔다. 데이코온은 트로이 군이 프리아모스의 아들처럼 우러러보는 존재였다. 창이 방패를 뚫고 배를 찌르자, 그는 곧바로 고꾸라졌다.

이 모습을 본 아에네아스는 디오클레스의 쌍둥이 아들 크레톤과 오르실로코스를 죽였다. 하천의 신 알페우스의 후예인 디오클레스는 페레에 사는 부자였는데, 두 아들이 아가멤논을 위해 전투에 참가했다가 변을 당한 것이다.

그 참혹한 광경은 본 메넬라오스는 창을 휘두르며 밀려오는 무리 속을 뚫고 들어갔다. 아에네아스가 메넬라오스를 죽일 수 있도록 아레스가 선동한 것이다. 이에 네스토르의 아들 안틸로코스가 끼여들었다. 메넬라오스와 아에네아스가 서로 팽팽하게 노려보며 한판 겨루려 하는 순간, 안틸로코스는 메넬라오스 옆에 우뚝 섰다. 결국 대담한 아에네아스도 두 사람을 상대로 싸울 수 없음을 알고 뒤로 물러섰다.

메넬라오스는 필라이메네스, 즉 파플라고니아의 주장을 창으로 찔러 쇄골을 관통시켰다. 또한 안틸로코스는 전차에서 말을 다루고 있던 마부 미돈을 향해 돌을 던진 뒤 칼로 관자놀이를 찔렀다. 그가 비틀거리며 진창 속으로 곤두박질치자, 안틸로코스는 그 말들을 채찍질하여 자기 진영으로 몰고 갔다.

전열 건너편에서 이 광경을 본 헥토르가 고함을 지르자, 아레스와 에니오가 달려왔다. 에니오와 아레스는 무서운 창을 좌우로 휘두르며 헥토르를 호위했다.

디오메데스는 아레스를 보자 몸서리를 치며 급히 후퇴했다. "동지들이여, 저기 창의 명수라고 하는 헥토르를 보라! 사람의 탈을 쓰고 있는 아레스가 호위하고 있도다. 모름지기 인간은 신의 적수가 될 수 없는 법, 진영으로 퇴각하라. 우리는 신들에게 대항할 수는 없다!"

그가 진두 지휘하는 동안 헥토르는 뛰어난 용사 메네스테스와 안키아로스를 베었다. 이 모습을 본 위대한 텔라몬의 아들 아이아스는 셀라구스의 아들 암피우스를 창으로 무찔렀다. 암피우스는 부자로 파이수스에서 살고 있었는데, 프리아모스 부자를 위해 전투에 참가했다가 전사를 한 것이다. 아이아스는 암피우스의 갑옷을 벗기려고 안간힘을 썼으나, 빗발치는 창들로 인해 갑옷을 벗기는 데 결국 실패했다. 자기 자신도 그들에게 죽임을 당할지도 모른다는 생각이 들어 허둥지둥 도망쳐 나온 것이다.

이처럼 처절한 전투가 계속되었다. 이때 헤라클레스의 아들 틀레폴레모스와 제우스의 아들 사르페돈이 서로 싸워야 하는 기막힌 운명에 놓이게 되었다.

틀레폴레모스가 사르페돈을 향해 소리쳤다. "제우스의 아들 사르페돈이여, 누가 그대를 리키아의 지휘자라 하겠는가? 그대처럼 전사답지 못한 자가 어찌 제우스의 아들이라 할 수 있겠는가? 사자의 용기를 지닌 내 아버지 헤라클레스를 보라. 단지 6척의 배와 몇 되지 않는 사람을 지휘하여 트로이 시를 쑥대밭으로 만들었지 않았는가! 똑같이 제우스의 아들이면서 그대는 겁쟁이로구나. 설령 그대가 살아 있다 해도 트로이 군에게는 별 도움이 될 것 같지 않구나. 그러므로 이제 난 널 하데스 궁으로 보낼 것이다."

이에 사르페돈이 대답했다. "건방진 틀레폴레모스여, 너의 아버지가 트로이를 멸한 것은 라오메돈이 어리석었기 때문이지. 하지만 이번에는 네가 내 창을 받아야 할 것이다. 이곳이 바로 너의 무덤이 될 것이다. 이제 넌 나에게 영광을 돌리고, 지옥에는 영혼을 바치게 될 것이다."

이와 동시에 두 사람은 서로를 향해 창을 겨누었다. 사르페돈의 창이 틀레폴레모스의 목을 관통했고, 틀레폴레모스의 창이 사르페돈의 왼쪽 넓적다리를 찔렀다. 하지만 사르페돈은 그의 아버지가 생명을 보존했으므로 목숨은 부지한 채 전우들이 옮겨갔다. 그러나 어느 누구도 그의 다리에 박힌 창을 뽑아내어 그를 걷게 할 엄두를 내지 못했다. 왜냐하면 그것 말고도 그들은 돌보아야 할 일이 너무나 많았기 때문이다.

한편, 싸늘한 시체로 변해 버린 틀레폴레모스는 아카이아 군이 운반해 갔다. 이토록 참혹한 광경을 본 오디세우스는 분개한 나머지 사르페돈을 추격할까, 아니면 리키아 군을 더 죽일까 고민했다.

그러나 제우스의 아들을 죽일 운명이 못 되는 것을 안 아테나는 그의 마음을 리키아 군에게 쏠리도록 만들었다. 여기서 그는 코이라누스·알라스토르·크로미오스·알칸드로스·할리우스·노이몬·프리타니스를 죽였다. 그러나 헥토르가 이를 발견하고 번개처럼 달려왔다. 만일 헥토르가 저지하지만 않았다면, 오디세우스는 더 많은 리키아 병사들을 죽였을 것이다.

헥토르가 달려오는 걸 본 사르페돈은 매우 기뻐하며 소리쳤다. "헥토르여, 나를 구하여 그대의 성에서 죽게 하구려. 아마도 나는 사랑하는 아내며 귀여운 아들을 행복하게 해줄 팔자는 못 되나 보오!"

그러나 헥토르는 그의 말에 아랑곳하지 않고 싸움터를 향해 쏜살같이 달려가 많은 사람들을 죽였다. 그제야 전우 펠라곤이 사르페돈을 참나무 밑으로 옮겨와 넓적다리에서 창을 빼냈다. 잠시 정신을 잃은 사르페돈은 북풍이 불자 정신을 차려 일어났다.

이처럼 아레스와 헥토르가 앞장을 서자 다나아 군은 갈피를 잡지 못하고 여러 진지에서 후퇴했다. 그럼 헥토르와 아레스에게 가장 먼저 죽임을 당한 자는 누구인가? 바로 테우트라스였다. 그리고 다음은 말을 길들이는 오레스테스와 트레쿠스, 오이노마오스, 헬레노스, 그리고 케피시스 호숫가 힐레에 사는 오레스비우스였다.

한편, 다나아 군의 전세가 아주 불리해지자 헤라는 아테나를 불러 자신의 심정을 토로했다. "아테나여, 우리의 언약이 허사로 돌아가는 걸 보고만 있어야 하는가? 우린 이미 메넬라오스에게 일리오스를 멸망시킬 것이라 약속했는데. 아레스가 저토록 날뛰어 만사를 그르치고 있으니, 어떻게 해야 전세를 뒤바꿀 수 있는지 연구해 봐야 할 것 같소."

헤라의 제안에 아테나는 기꺼이 따랐다. 이에 헤라는 말들에게 황금 장식의 마구를 맨 뒤, 전차에 여덟 개의 살이 달린 청동 바퀴 두 개를 능숙하게 고정시켰다. 이 바퀴는 삭지 않는 금테에 청동 타이어를 빙 둘러 감은 기적의 물건이었다. 또한 바퀴 통은 각각 은으로 되어 있었다. 몸체가 금인데다 은띠가 단단히 매여 있는 전차는 차체 앞에 은 멍에 채가 있어, 그 끝에다 금 멍에를 메우고 금 고삐를 달았다. 마지막으로 헤라는 말들에게 멍에를 씌웠다.

한편, 아테나는 제우스의 갑옷을 입고 어깨에는 술이 달린 염소 가죽의 망토를 두른 다음, 싸움터에 나갈 준비를 마쳤다. 과연 위엄 있는 모습이었다.

왜냐하면 공포·투쟁·용기·충격·의심·경이와 상징의 신이 그녀를 감싸고 있었기 때문이다. 머리에는 뿔이 두 개에 혹이 네 개 달린 순금제의 투구를 썼는데, 거기엔 100개 도시의 투사들이 새겨져 있었다. 아테나가 거대한 창을 쥐고 전차에 발을 들여놓으니, 그 위용이 온 대지에 뻗쳤다. 정말 전능하신 그 아버지의 그 딸이었다. 이윽고 헤라가 채찍을 휘두르자 하늘 문이 저절로 열렸다. 여신들은 조용히 말을 몰았다.

그들은 제우스가 올림포스의 상상봉에 홀로 앉아 있는 것을 발견했다. 헤라는 말을 멈추고 크로노스의 아들 제우스에게 말했다. "제우스시여, 아레스의 이 무법한 행동을 어찌 두고만 보십니까? 그는 아카이아 사람들을 몰아내기 위해 온 대지를 피로 물들이고 있습니다. 정말 온당치 못한 일이지요. 게다가 아르테미스와 은활의 신 아폴론은 법도라곤 눈곱만큼도 없는 자를 꼭두각시처럼 움직여 마음 편히 재미를 보고 있습니다. 제우스시여, 이제 제가 나설 것입니다. 그래도 역정을 내시겠습니까?"

크로노스의 아들 제우스가 대답했다. "좋소. 아테나를 싸움터로 보내시오. 아테나는 그를 따끔하게 혼내 줄 수 있는 방법을 알고 있으니까!"

마침내 헤라가 말을 채찍질하니, 말들은 전속력으로 달려갔다. 신마(神馬)가 시모이스와 스카만드로스 두 강이 합류하는 곳까지 다다르자, 헤라는 말을 구름 속에 얼른 감추었다.

시모이스 강가엔 신들이 먹는 곡식이 널려 있어서 말들을 먹이고 감춰두기에 적당한 곳이었다. 두 여신은 한 쌍의 비둘기처럼 다나아 군을 구하기 위해 지상으로 내려갔다.

이윽고 사자나 산돼지처럼 용맹한 투사들 속에 있는 디오메데스의 모습이 보였다. 헤라는 용사 스텐토르의 모습으로 변장했다. 그러고 나서 소리쳤다. "아르지브의 동포여, 어찌 이러고도 그대들을 뛰어난 무사라고 말할 수 있는가! 부끄럽도다. 용맹스럽기 위해서는 용맹스럽게 행동해야 하는 법! 일찍이 아킬레우스가 싸움터에 나타났을 때에는 트로이 군은커녕 개미 새끼 하나 문밖에 얼씬거리지 못했다. 왜 그랬겠는가? 그의 군센 창을 두려워했기 때문이다. 그런데 지금은 어떠한가? 트로이 군이 오히려 공격권을 쥐고 있도다."

헤라는 병사들 사이를 누비면서 사기를 독려했다.

한편, 아테나는 판다로스에게서 입은 상처를 치료하고 있는 디오메데스의 곁으로 달려갔다. 그는 방패의 널찍한 끈을 잡아 올려 피와 땀을 씻어내는 중이었다.

여신은 그의 곁으로 다가가 멍에를 잡으며 책망했다. "그대는 아버지 티데우스만 못하오. 선친은 비록 체구가 자그마하셨는데도 투사였소. 카드메이아족과 더불어 담판을 지으러 테베로 파견되었을 때였소. 내 친히 그분에게 싸우지 말라고 권하였지만, 그분은 젊은 용사들과 함께 그들을 모두 무찔렀소. 하지만 그대는 내가 그대를 보호하면서 전심전력 싸우기를 바라는데도 이미 기진한 모양이오. 아니면 겁이 났는지도 모르지. 이러한 그대를 어찌 티데우스의 자제라 하겠소?"

이에 디오메데스가 답변했다. "전능하신 제우스의 따님이시여! 내 마음속 깊은 얘기를 아뢰리다. 내가 이렇게 있는 것은 두려움도 아니요, 주저함도 아닙니다. 여신께선 저에게 이렇게 말씀하셨지요. 아프로디테 이외에는 다른 어떠한 신들과는 싸우지 말라. 바로 그래서 지금 제가 물러서 있습니다. 왜냐하면 전쟁의 신 아레스가 전면에 나왔기 때문이지요."

"디오메데스여, 그대는 참으로 용사 중의 용사로다. 이제 내 그대와 함께 있으리니, 아레스나 또한 어떤 신도 두려워하지 말라. 아레스에게로 곧장 달려가 물리쳐라. 저 사악하고도 구제 불능인 싸움꾼, 미치광이! 어제만 해도 헤라와 내 앞에 나타나 아르지브 군을 돕겠다고 버젓이 말해 놓고도 지금은 트로이 편을 들고 있다."

여신은 흥분한 나머지 디오메데스 옆자리에 앉아 있는 스테넬로스를 끌어낸 뒤 그 자리에 앉았다. 무서운 여신과 거대한 장사를 실은 전차가 잠시 삐걱거렸다.

아테나는 말들의 고삐를 쥔 채 아레스를 향해 채찍질했다. 그 순간 아레스는 오케시우스의 아들로 아이톨리아족에서는 최고로 꼽히는 페리파스를 쓰러뜨린 뒤 갑옷을 벗기는 중이었다. 아테나는 아레스의 눈을 피하기 위해 눈에 보이지 않는 투구를 썼다.

이 모습을 본 아레스는 죽은 자를 내팽개친 채 디오메데스를 향해 곧장 달려와 멍에와 고삐 너머로 창을 날렸다. 그러나 아테나가 창을 받아 전차 위로 넘겨 버렸다. 그와 동시에 디오메데스가 아레스를 향해 창을 던지자 아테나는 그 창이 아레스의 배를 향하도록 조정해 놓았다. 디오메데스는 아레스의 배를 쿡 찌른 다음 도로 뽑았다. 배를 찔린 아레스는 9천 명, 아니 격투중인 만 명의 군사가 외치는 듯한 큰 소리를 질렀다. 이 고함소리를 들은 양군은 모두 벌벌 떨었다.

이때 강한 회오리바람이 일면서 크고 검은 기둥 같은 것이 하늘로 날아 올라갔다. 아레스는 곧 신들이 임하는 올림포스에 이르렀다. 처참하기 이를 데 없는 모습으로 제우스 옆으로 다가간 그는 음울한 어조로 투덜거렸다. "아버지시여, 이 무법한 짓들을 어찌 보고만 계십니까? 우리 신들은 어찌 참고만 살아야 합니까? 더욱이 우리가 아버지에게 화가 나는 것은 저기 저 항상 고약한 짓거리만 하는 미치광이 같은 딸을 그냥 놔두시기 때문입니다. 우리는 어떠한 일이 있어도 모두 당신에게 순종하지 않습니까? 그런데 아버지께선 유독 그녀가 하는 짓은 전혀 개의치 않습니다. 아무리 자식이라 해도 기세를 키워 주지 마소서. 자, 그녀가 한 짓을 보소서. 저 젊은 싸움꾼 디오메데스를 부추겨 불사의 신들에게 닥치는 대로 칼질을 하게 합니다. 그리고 아르테미스의 팔목에 부상을 입혔고, 다음엔 악마처럼 저에게 달려들었습니다. 정말 발이 빠르지 않았다면, 저는 송장이 되어 가장 불행한 자가 되었을지도 모릅니다. 아니 설령 산다 해도 절름발이가 되었을지도 모르지요."

이에 제우스가 얼굴을 찌푸리며 꾸중을 했다. "보기 싫으니 훌쩍이지 마라, 전쟁 신이여! 넌 오로지 알력과 투쟁과 전쟁뿐, 어찌 내가 너를 좋아하겠느냐. 완고하고 참을성 없는 성격은 네 어미 헤라의 성미를 빼다 닮았다. 내가 할 수 있는 일은 내 손을 움직이지 않고 네 어미를 제어하는 것이다. 너를 이런 지경에 빠뜨린 것도 모두 그녀의 계획이다. 하지만 너

86

역시 내 자식이므로 더 이상 고생시키지는 않겠다. 아마 네가 아닌 다른 신이 이따위 말썽을 일으켰다면 벌써 추방시켰을 것이다."

그러고는 치료의 신 파이에온을 불러 아레스를 치료했다. 파이에온이 진정제인 약초를 붙이자, 우웃병에 무화과즙이 젖어드는 것처럼 금세 상처가 아물었다. 그는 목욕을 하고 산뜻한 옷으로 갈아입은 뒤 아주 만족스럽고도 명랑한 얼굴로 제우스 옆에 앉았다.

한편, 헤라와 아테나는 인류의 적인 아레스의 잔인한 성공을 망쳐 놓고 제우스의 궁궐로 다시 돌아왔다.

트로이, 아카이아의 맹공에 밀리다

  헥토르는 아카이아의 맹공에 고전하는 트로이 군을 독려하느라 분주히 돌아다닌다. 그가 전열을 가다듬고 있는 사이, 파리스가 다시 싸움터로 돌아온다.

  트로이와 아카이아 양군은 시모이스 강 및 크산토스 강 유역에서 혈전을 벌이고 있었다. 아이아스가 트로이 부대로 뛰어들어 트라키아족에서는 첫 손가락에 꼽히는 용사인 아카마스를 죽여 처음으로 아카이아 군에게 서광을 보여주었다.
  다음은 디오메데스가 아리스베의 부자요, 만인의 사랑을 받는 자였던 악실루스라는 테우트라누스의 아들을 죽였다. 인덕이 높았던 그였는데도 어느 누구도 선뜻 구하겠다고 나서지 않았다. 그는 전차를 끌던 부하 칼레시우스와 함께 황천길에 올랐다.

그리고 에우리알로스가 드레수스와 오펠티우스를 벤 뒤 쌍둥이인 아이세푸스와 페다수스를 추격했다. 이들은 오만한 라오메돈의 맏아들인 부코리온과 샘의 님프인 아바르바레아 사이에서 태어난 아들들이었다. 결국 에우리알로스의 손에 죽임을 당해 갑옷과 투구까지 벗긴 채 나뒹굴어야만 했다.

또한 아스티아낙스는 폴리포이테스를, 오디세우스는 페르코테의 피디테스를, 테우크로스는 고귀한 아레타온을 베었다. 그리고 네스토르의 아들 안틸로코스는 아블레루스를 쓰러뜨렸고, 아가멤논 대왕은 엘라토스를 찔러 죽였다. 레이투스는 달아나는 필라쿠스를 잡았고, 에우리필로스는 다시 멜란티우스를 처치했다.

그 다음 메넬라오스는 아드라스토스를 사로잡았다. 그의 말들이 평원을 이리저리 달아날 때, 그는 나뭇가지에 부딪혀 전차에서 굴러 떨어졌다. 겁에 질린 아드라스토스는 그의 무릎을 잡고 살려 달라고 애걸했다. "아트레우스의 아드님이시여, 저를 살려주소서! 저의 아버지는 부자이고 집에는 청동, 금, 철 세공품 등 무수한 보화가 있으므로 몸값을 많이 받을 수 있을 것입니다. 제가 이곳에 살아 있다는 말을 들으면 아버지는 기꺼이 거액의 몸값을 드릴 것입니다!"

메넬라오스가 이를 흔쾌히 승낙하고 아카이아 함대로 데려가라고 명할 때에 아가멤논이 큰 소리로 외쳤다. "아우여, 그렇게 호락호락 넘어가지 마라! 그대는 트로이 군에게 그렇게 대우를 받았는가? 한 놈도 살려두어서는 안 된다. 뱃속에 든 어린애까지도 놓아주지 말고 그들이 슬퍼할 새도 없이 전멸시켜라!"

형의 말이 옳았으므로 메넬라오스는 아드라스토스를 아가멤논에게 넘졌다. 그러자 아가멤논이 그의 옆구리를 찌른 뒤 그의 가슴에 발을 얹고 창을 잡아 뺐다.

이에 네스토르가 큰 소리로 사람들에게 용기와 힘을 불어넣었다. "다나아 동지들이여! 어느 누구도 전리품에 급급해 시체에 얼씬거리지 말지어다. 우리의 임무는 전리품을 잔뜩 싣고 막사로 돌아가는 것이 아니라 눈앞의 적을 죽이는 것이다. 그리고 전투에 이기면 그때 전리품을 챙겨도 늦지 않으니라."

이 무렵 트로이 진영에서는 프리아모스의 아들이며 훌륭한 예언자인 헬레노스가 아에네아스와 헥토르를 독려했다. "헥토르와 아에네아스여, 그대들의 어깨가 무겁도다. 트로이 군과 리키아 군은 전투나 전략으로 최고인 그대들을 전적으로 믿고 있노라. 그러니 더 이상 지체하지 말고 싸우시오. 또한 무리들이 성안으로 들어가지 못하도록 대열을 정비한 뒤 자리를 지키시오. 그리고 헥토르여, 성으로 돌아가 어머니에게 노부인들을 성 위 아테나 신전에 모이라고 하시오. 어머니가 가장 소중하게 아끼는 옷과, 아직 채찍을 맞아 본 적이 없는 1년 된 어린 암소 열두 마리를 아테나 신전에 바치도록 하시오. 그래서 여신이 우리를 동정하시어 디오메데스를 성스런 트로이에서 쫓아낼 수 있도록 하시오. 그자야말로 가장 난폭한 무사로 우리에게 패배를 안겨 주는 장본인이라고 해도 과언이 아니오! 아킬레우스조차 이처럼 무시무시하지는 않았도다. 그는 틀림없는 미치광이로, 감히 그와 어깨를 겨룰 자가 없을 것이외다."

헥토르는 헬레노스의 말을 듣고 전차에서 뛰어내려 싸움터의 구석구석을 돌아다니면서 병사들을 독려하며 전투 의지를 고취시켰다. 마침내 트로이 군이 다시 전열을 가다듬고 대항하자 아카이아 군은 한 발 물러서게 되었다. 트로이 군이 다시 대항하는 것을 본 아카이아 군은 하늘의 신이 그들을 돕고 있으리라 생각했다.

이때 헥토르가 크게 외쳤다. "용맹스럽고 고매한 트로이 전사들이여, 사나이답게 싸우라! 내 성안으로 들어가 우리의 여인들에게 천상에 계신 신들께 축원을 올리고, 엄숙한 제물을 올리라고 말하리라."

이렇게 말한 뒤 헥토르는 성으로 들어갔다.

그러자 히폴로코스의 아들 글라우코스와 티데우스의 아들 디오메데스가 맹렬한 기세로 서로를 향해 달려들었다. 서로 얼굴을 마주 볼 때쯤 디오메데스가 먼저 입을 열었다. "그대의 이름은 무엇인가? 내 일찍이 싸움터에서 그대를 본 기억이 없다. 게다가 당돌하게도 내 긴 창과 겨루고자 하다니, 참으로 불행할지어다. 그러나 그대가 하늘에서 온 신이라면 나는 싸우지 않겠노라. 그토록 용감했던 드리아스의 아들 리쿠르고스조차 신과 대전하고는 장수하지 못했다. 리쿠르고스는 디오니소스(바커스, 술의 신)의 유모들을 산으로 이끌고 갔다. 이때 유모는 신성한 요술 지팡이를 내던졌고, 디오니소스는 달아나다 바다에 빠졌다. 이에 깜짝 놀란 테티스가 그를 품안에 받았다. 결국 화가 난 신들은 리쿠르고스의 눈을 멀게 했다. 스스로를 화를 자초한 셈이었다. 따라서 나는 영광된 신과 대항하여 싸우진 않겠다. 그러나 그대가 초로와 같은 인생이라면 오라. 순식간에 멸망의 구렁텅이에 빠지게 해주리라."

이에 글라우코스가 대답했다. "교만한 디오메데스여, 왜 내 이름을 묻느냐? 인간 세상은 한갓 낙엽과도 같은 것, 봄에 피어났다가 가을에 쓸쓸하게 지는 게 바로 인간 세상 아니냐. 한때 융성하면 언젠가는 소멸하는 게 사람 사는 이치이거늘. 좋다, 내 가문을 말해 주마. 말의 고장 아르고스 벽지에 에피레란 도시에는 일찍이 인간으로서는 최고로 총명하다던 아이올로스의 아들 시지프스라는 사람이 살았다. 그는 슬하에 글라우코스라는 아들을 두었고, 글라우코스는 천상의 미모와 고상한 인품을 지닌 벨레로폰을 낳았다. 그러나 제우스의 비호 아래 그 고장을 정복한 프로이토스는 벨레로폰을 모함하여 아르고스 땅에서 축출했다. 왜냐하면 프로이토스의 아내 안테이아가 그를 흠모했는데 벨레로폰이 마음을 허락지 않았기 때문이다. 부인은 프로이토스에게 그에 관해 이렇게 모함했다. '프로이토스여, 벨레로폰을 죽이세요! 그렇지 않으면 당신이 죽어요. 그 자가 나를 힘으로 차지하려 해요.' 이 소리를 들은 프로이토스는 매우 노했지만, 직접 죽이지는 않고 불길한 신임장을 들려 그의 장인이 있는 리키아로 보냈다. 죽이라는 흉계를 가득 적은 신임장과 함께 보내 장인이 처치하도록 하였던 것이다. 이리하여 그는 안전하게 크산토스 강가 리키아에 이르렀다. 그 광대한 영토를 다스리던 왕은 9일 동안 소를 아홉 마리나 잡아 그를 후히 대접했다. 10일째 되던 날 새벽, 왕은 그에게 프로이토스가 보내는 신임장을 보여 달라고 말했다. 사위로부터 온 치명적인 전언을 판독한 왕은 벨레로폰에게 노략질을 하는 키마이라를 죽여 달라고 요청했다. 이 짐승은 신의 혈통을 받고 태어난 것으로, 머리는 사자요 꼬리는 뱀이고 몸통은 염소의 모습이었는데, 숨쉬는 것이 활활 타오르는 불길이었다. 벨레로폰은 하늘로부터 전조를 계시받아 이 괴물을 죽였다. 다음으로 그는 스스로 최대의 혈투였다고 말하는 무시무시한 솔리미와 싸웠다. 세 번째로 그는 남성적인 여인족 아마존족을 멸했다. 그러나 그가 무사히 돌아온 것을 본 왕은 또 다른 계략을 꾸몄지만 그것도 허사로 돌아갔다. 즉 그 나라에서 가장 강한 자들을 추려 복병을 시켜 그를 죽이도록 하였으나 오히려 복병이 돌아오지 못한 것이다. 마침내 왕은 그가 정말 신의 아들임을 깨달았다. 그리고 그를 거기에 머물도록 하여 사위로 삼았고, 자기의 영토 중 반을 주었다. 또한 리키아인들은 가장 좋은 땅으로 과수원과 농지를 주었다. 그리하여 그는 이산드로스와 히폴로코스, 라오다메이아 등 자식 셋을 얻었다. 그리고 제우스가 라오다메이아와 관계하여 쇠비늘 갑옷의 사르페돈 왕자를 낳았다. 그러나 벨레로폰은 결국 신들의 증오를 사게 되어 알레이아 평야를 떠도는 외로운 방랑자가 되었다. 그의 아들 이산드로스는 솔리미족과 싸우다 아레스한테 살해되었고, 딸 라오다메이아는 아르테미스가 화가 난 나머지 죽였다. 다만 히폴로코스만이 살아남았는데, 바로 내가 그의 아들이다. 아버지는 나를 트로이로 보내면서 에피레와 리키아 전역에서 최고의 가문인 조상의 명예를 더럽히지 말라고 엄격히 분부하셨다. 자, 그러면 이제야 나의 혈통과 자랑스러운 가문을 알겠느냐?"

디오메데스는 이 말을 듣고 기뻐하며 창을 땅에 꽂고 친절하게 말을 걸어왔다. "그대와 나의 가문은 먼 조상 때부터 교류가 있었구려! 나의 할아버지이신 오이네우스께서는 용감무쌍한 벨레로폰을 20일 동안이나 유숙시킨 적이 있었소. 그분들은 헤어질 때 우정의 선물까지 교환하셨지. 오이네우스께서는 진홍빛으로 빛나는 띠를 주셨고, 벨레로폰께서는 금으로 된 양손잡이가 달린 잔을 주셨소. 내가 떠나올 때까지 그 잔은 집에 있었소! 그러니 지금부터 나는 당신의 좋은 친구가 될 거요. 내가 또 리키아에 가면 당신 역시 마찬가지로 대접하리라 생각하오. 자, 우리 마주치게 된다면 서로 피합시다. 내가 벨 사람은 트로이 군도 그 동맹군도 얼마든지 많소. 또한 그대가 칠 아카이아 군도 수없이 많이 있을 거요. 자, 그럼 우리 서로 갑옷을 교환하여 우의를 다진 뒤 사람들에게도 그것을 널리 알립시다!"

두 사람은 전차에서 내려와 악수를 하고 옷을 바꿔 입었다. 하지만 글라우코스는 제정신이 아니었다. 왜냐하면 그가 디오메데스와 갑옷을 바꾸는 것은 금과 구리를 바꾸는 것이요, 소 백 마리와 아홉 마리를 바꾸는 것과 다를 바 없었기 때문이다.

한편, 헥토르가 성안으로 들어가자 부인들이 우르르 몰려와 그들의 형제와 남편, 친지의 소식을 물었다. 헥토르는 묵묵히 그들에게 신들께 축원을 올리도록 권한 다음 프리아모스의 장대한 궁전으로 갔다. 그 안에는 광택이 나는 석조로 된 방이 50개나 있었는데, 프리아모스의 아들들은 여기서 그들의 부인과 더불어 기거했다. 정원 맞은편에 열을 지어 서 있는 열두 채의 석조로 된 방에는 딸과 사위들이 기거했다.

그의 인자한 어머니는 그를 반갑게 맞으며 가장 아름다운 딸 라오디케에게로 데려갔다. "애야, 어찌하여 싸움터를 떠나 이곳에 왔느냐? 오호라, 제우스께 축원을 올리기 위해 왔나 보구나. 내 술을 좀 가져올 테니, 제우스 아버지와 다른 모든 신들께 신주를 올려라. 그리고 너도 술을 한잔 하는 것이 좋을 것 같구나. 가여운 것, 안색이 말이 아니구나. 지쳤을 때의 한잔 술은 보약이니라!"

"어머니, 제게 술을 권하지 마십시오. 그러면 소심해질 뿐만 아니라 정신도 흐트러질 것입니다. 또한 부정한 손으로 감히 제우스께 신주를 바칠 수는 없습니다. 진흙과 피투성이 속에서 이처럼 혼이 났는데도 제우스께 축원을 올린다니, 저도 어떻게 되었나 봅니다. 어머니, 친히 노부인들을 모아 아테나 신전으로 가셔서 구운 제물을 올리소서. 그리고 간직하신 옷

중에서 가장 좋은 것을 아테나의 무릎에 올리소서! 그리고 여신께서 저 잔인 무도한 티데우스의 아들 디오메데스를 우리의 성스런 도시 밖으로 쫓아낸다면 아직 채찍 맛을 모르는 암소 열두 마리를 제물로 올리겠다고 약속하소서. 저는 파리스를 찾아 할 말이 있습니다. 오, 대지가 그놈을 삼켜 버리기만 한다면! 그놈 때문에 신들께서 트로이에게, 위대한 프리아모스에게, 프리아모스의 자식들에게 크나큰 재앙을 내린 걸 생각하면, 그놈이 하데스 궁으로 간다 해도 여한이 없겠습니다."

헥토르의 어머니는 노부인들을 모으라고 하인들을 성으로 보낸 뒤 옷을 보관해 둔 옷방으로 내려갔다. 이 의상들은 파리스가 바다를 건너 왕족인 헬레나를 신부로 맞이하여 돌아올 때 시돈에서 가져온 것이었다. 그녀는 옷장에서 아테나에게 바칠 아주 화려한 장식이 달린 긴 의상을 꺼내 신전으로 향했다. 그러자 많은 노부인들이 그녀 뒤를 따랐다.

그들이 아테나 신전에 도착하자 안테노르의 부인인 아테나의 제사장 테아노가 문을 열었다. 테아노가 의상을 여신의 무릎에 올리고 축원을 올렸다. "천상의 아테나시여, 우리 도시의 수호신이시여! 디오메데스가 스카이아 문 앞에서 쓰러지게 하옵소서! 그리고 우리를 동정하신다면 이 신전에 채찍 맛을 보지 못한 1년 된 암소 열두 마리를 제물로 올리겠습니다!" 그러나 테아노의 축원을 아테나가 받아들일 리가 없었다.

한편, 헥토르는 파리스의 저택으로 발길을 옮겼다. 그 저택은 프리아모스 궁과 헥토르의 궁 옆에 위치해 있었는데, 이 나라에서 최고의 건축가들이 지은 거대한 누각이었다. 헥토르는 청동 날에 황금으로 단단히 입힌 길이 11큐빗의 긴 창을 들고 들어갔다. 마침 파리스는 침실에서 갑옷과 방패와 동체 갑옷, 굽은 활을 손질하고 있었다. 그 옆에는 아르지브의 헬레나가 시녀들에게 일감을 지시하고 있었다.

헥토르는 파리스를 보자마자 꾸짖었다. "아우여, 어찌 이곳에 있는가? 이 모두가 그대 때문에 일어난 일이거늘, 누구보다도 먼저 앞장서야 할 그대가 위축되어 방에만 숨어 있다니, 말이 되는가? 어서 이곳이 불길에 휩싸이기 전에 나오게!"

이에 파리스가 대답했다. "헥토르 형님, 저는 꾸지람을 당해도 마땅하옵니다. 지당한 말씀이고 말고요! 그러나 제가 이곳에 있는 것은 나약해서가 아니라 가슴이 아프기 때문입니다. 조금 전에 헬레나도 저를 타일러 싸움터로 돌려보내려고 애썼습니다. 물론 저 자신도 그것이 현명한 일이라는 걸 압니다. 무장을 갖출 테니 잠깐만 기다리십시오. 아니, 먼저 가시지요. 뒤따라가겠습니다."

헥토르가 아무런 대꾸도 하지 않자 헬레나가 얼른 말했다. "시아주버님, 부끄럽사옵니다. 저는 화만 몰고 오는 몹쓸 존재인가 봅니다. 오, 제가 이 세상에 태어나던 날, 회오리바람이 몰아쳐 이 몸을 산꼭대기로 데려가거나 아니면 날뛰는 바다 속으로 휩쓸어갔으면 좋았을 텐데. 하지만 이런 운명을 타고난 이상 저는 더욱 뛰어난 사람과 짝이 되기를 바랍니다. 어떠한 일이 있어도 굴하지 않는 사람을 원했습니다. 하지만 이 양반은 줏대가 없고, 아마 언젠가는 오늘의 실수를 깨우칠 날이 있겠지요. 시아주버님, 들어오셔서 앉으세요. 우리들 때문에 일어난 전쟁으로 매우 상심하시는 줄 아옵니다. 이 모두가 저의 수치와 이 양반의 들뜬 마음 때문입니다."

번쩍이는 투구를 쓴 헥토르가 대답했다. "친절한 헬레나여, 나에게 앉으라고 하지 마시오. 나는 한시도 지체할 수가 없습니다. 내가 없으면 곤란한 일이 한두 가지가 아니지요. 부디 나의 아우를 잘 돌보아 주시오. 내가 문을 빠져나가기 전에 그가 나를 쫓아오게 하시오. 나는 먼저 집으로 가서 처자의 얼굴이나 봐두어야겠습니다. 앞으로 또다시 처자를 보게 될지 알 수가 없으니까요. 내가 원수의 손에 쓰러지는 것이 아마 신의 뜻인가 봅니다."

이렇게 작별 인사를 한 뒤 헥토르는 자기 집으로 갔지만 아내 안드로마케가 보이지 않았다. 그녀는 아이와 시종 하나를 데리고 성벽 위로 가서 슬피 울고 있었기 때문이다.

헥토르는 하녀들에게 물었다. "마님께서 어디로 가셨는지 아느냐?"

하녀가 대답했다. "왕자님, 사실대로 말씀드리자면 마님께서는 일리오스의 높은 성벽으로 올라가셨습니다. 우리 군대가 위기에 처해 있다는 소리를 들었기 때문이지요. 마님께서는 마치 실성한 사람처럼 황급히 그곳으로 가셨습니다."

이 말을 들은 헥토르는 스카이아 문으로 가서 가장 사랑하는 부인을 만났다. 안드로마케는 테베의 플라쿠스 숲에 위치한 킬리키아의 왕 에티온의 딸이었다. 그녀는 남편을 보자마자 달려왔고, 어린애를 품에 안은 유모가 그 뒤를 쫓았다. 헥토르는 아들을 스카만드리오스라고 불렀지만 다른 사람들은 아스티아낙스(위대한 폐하라는 뜻)라고 불렀다. 왜냐하면 헥토르가 일리오스의 유일한 구원자였기 때문이다.

헥토르는 아들을 보고 조용히 웃었다. 그러나 안드로마케는 여전히 눈물을 흘리며 남편의 손을 꼭 잡고 말했다. "여보, 어쩌면 좋아요. 당신의 용기는 당신한테 파멸을 가져오겠지요! 곧 원수들이 몰려들어 당신을 벨 테니까요! 오, 저는 당신이 없다면 차라리 죽는 게 나아요. 이제 저는 천

애 고아가 될 거예요. 아버지를 비롯한 저의 일곱 형제는 한날에 아킬레우스한테 살해당했지요. 테베의 여왕이었던 어머니는 활의 명수 아르테미스한테 죽임을 당했고요. 헥토르시여, 당신은 나의 아버지이자 어머니며, 형제이자 그리운 남편이라는 걸 잊지 마세요! 그러니 제발 전쟁터로 가지 마세요. 당신 자식을 고아로 만들거나 나를 과부로 만들 생각이 아니면 제발 가지 마세요!"

헥토르가 대답했다. "부인, 내 어찌 그것을 모르겠소. 하지만 어떡하겠소. 나는 트로이의 남녀노소 앞에 얼굴도 들지 못할 짓은 하지 못하오. 여태껏 내가 배워 온 것은 진두에서 용감히 행동하는 것과, 아버지나 나의 명예를 살리는 거였소. 그러나 운명은 야속하게도 성스런 일리오스가 멸망할 모양이오. 오, 가여운 당신! 내가 무엇보다 슬퍼하는 것은 당신이 어느 아카이아 군사의 노예가 되는 일이오. 그것은 어머니 헤카베나 프리아모스 왕, 착하고 진실한 나의 용사들이 적의 면전에서 죽임을 당하는 것보다 나에게 더한 고통이라오. 당신이 아르고스에 끌려가서 노예살이를 해야 하는 걸 생각하면……. 오, 원망스러운 일이여! 혹자는 이런 말도 하겠지. '저 여자가 헥토르의 처다. 트로이 전쟁 당시 가장 힘이 셌던 트로이의 용사 헥토르 말이다.' 오, 당신의 통곡을 듣기 전에, 당신이 끌려가는 것을 보기 전에 내 죽어서 땅속 깊이깊이 묻히면 좋으련만."

이렇게 말을 마친 그가 양팔을 벌려 어린아이를 안았다. 하지만 아이는 청동 투구와 그 위의 깃털 장식이 심하게 흔들리는 것을 보고 놀라 울음을 터뜨리며 유모의 가슴으로 파고들었다.

헥토르는 재빨리 투구를 벗어 내려놓고는 아들에게 입을 맞추고 두 손으로 안아 올리며, 제우스와 그 밖의 신들에게 기원했다. "아, 하늘의 모든 신들이시여! 이 자식이 장성해 트로이 시민 중에서 가장 출중한 인물이 되어 트로이를 다스리게 하소서. 이 아이가 출정할 때는 사람들로 하여금 이놈이 제 아비보다 훨씬 뛰어나다고 말하게 하소서! 또한 이 아이가 가는 곳마다 승리하게 하여 그 어미의 마음을 기쁘게 할 수 있도록 하소서!"

그리고 헥토르는 어린애를 아내의 품에 넘겨주었다. 그녀는 아이를 안으며 눈물의 미소를 지었다. 남편은 마음이 무너지듯 아팠지만 용기를 내어 말했다. "여보, 너무 서러워하지 마시오. 운명이 아니라면 나를 황천에 보낼 자는 없소. 그러니 이제 집으로 돌아가 길쌈이며 집안 일을 돌보고 시녀들에게 일을 시키시오. 전쟁은 남자가 할 일, 일리오스 시민 중에서도 특히 내가 해야 할 일이오."

헥토르가 깃털 장식을 단 투구를 들자, 그의 아내는 그를 계속 뒤돌아보며 집으로 향했다. 그녀의 눈에서는 눈물이 비오듯 흘러내렸다. 그녀가 집으로 돌아오자 시녀들이 모두 통곡을 했다. 그들은 헥토르가 아직 살아 있는데도 한탄을 했다. 헥토르가 감히 아카이아 병사들의 손을 벗어나 싸움터에서 돌아오리라고는 생각지 못했기 때문이다.

파리스도 지체하지 않았다. 무장을 갖추자 곧 최대의 속력을 내어 성을 지나갔다. 마치 종마가 마음껏 먹은 후 굴레를 벗어버리고 뛰노는 것처럼 그는 서둘러 전쟁터로 향했다. 그러다가 막 사랑하는 아내와 헤어진 형 헥토르를 발견했다.

파리스가 먼저 입을 열었다. "형님, 바쁘실 텐데 제가 너무 시간을 지체했습니다. 죄송합니다!"

이에 헥토르가 말했다. "아우여, 올바른 마음을 가진 사람이라면 네가 싸움터에서 한 일을 가지고 널 얕잡아 보지는 않을 것이다. 너는 잘 싸웠으니까. 그런데 자꾸만 뒤로 빼는 걸 보면 진심으로 싸우고 싶은 마음이 없나 보구나. 그 점이 형으로서 안타깝고 부끄러운 것이다. 모든 동포들이 너로 인해 죽음을 무릅쓰고 싸우건만, 넌 사람들의 악평에만 귀를 기울인다는 거야. 자, 가자. 제우스께서 일찍이 우리들에게 집안의 홀에서 주연을 올리기를 허락하신다면, 트로이로부터 불사의 신들께 감사하는 주연을 올리는 것을 허락하신다면. 오래지 않아 트로이 시민들을 만족시킬 것이다."

헥토르와 아이아스, 혈투를 벌이다

헥토르와 아이아스가 일대일로 혈투를 벌이지만, 승부를 내지 못한다. 잠시 휴전을 약속한 양군은 전사자들을 화장한 뒤, 술과 고기를 먹으며 휴식을 취한다.

헥토르와 파리스는 전의를 불태우며 성문을 나섰다. 이들을 본 트로이 군은 마치 험난한 파도와 싸우던 사공이 순풍을 만난 것처럼 반가워했다. 파리스는 나오자마자 철퇴의 명수 아레이토스 왕의 아들인 메네스티오스를 죽였다. 그의 고향은 아르네로 어머니가 암소의 눈을 한 필로메두사였다. 그리고 헥토르는 에이오네우스의 목을 창으로 찔러 죽였다. 또한 리키아의 대장인 글라우코스도 전차로 오르는 덱시오스의 아들 이피노스를 창으로 찔러 다시는 일어나지 못하도록 했다.

이에 올림포스에서 이 광경을 지켜보던 아테나는 서둘러 일리오스로 내려왔다. 또한 트로이 군의 승리를 바라고 있던 아폴론은 여신이 오는 것을 보고 페르가모스에서 출발했다.

참나무 옆에서 여신과 마주친 아폴론은 먼저 입을 열었다. "제우스의 따님이시여, 어찌 이 고장까지 오셨습니까? 혹시 다나아 군에게 승리를 돌리기 위해서입니까? 트로이 군이 지더라도 그대는 동정하지 않으시겠죠. 자, 우리 이렇게 하는 게 어떻겠습니까? 오늘은 일단 휴전하고 나중에 싸우는 겁니다. 여신들께서는 그 도시를 부술 계획이신 것 같으니까요."

아테나가 대답했다. "좋아요. 나도 여기 오면서 그런 생각을 했답니다. 그런데 어떻게 싸움을 중지시키지요?"

"헥토르와 다나아 군에서 한 명 추천해 결투를 하게 합시다. 그러면 아카이아 군이 자극을 받아 헥토르와 대전할 사람을 보낼 거요."

아테나도 이에 동의했다. 한편, 이들의 약속이 예언자인 헬레노스의 마음속에 예감으로 나타났다.

그는 헥토르에게 다가가 말했다. "제우스와도 같은 지혜를 가지신 사랑하는 형님, 잠깐 이 아우의 말을 들으세요. 형님께서는 아카이아 군 중 가장 힘센 자에게 도전한 뒤 양군으로 하여금 보게 하소서. 형님은 아직 이 세상을 하직할 운명이 아닙니다."

이 말을 들은 헥토르는 기뻐하며 양군 사이로 나가 병사들을 모두 자리에 앉혔다. 아가멤논 역시 아카이아 군을 똑같이 자리에 진열시켰다. 두 마리의 독수리로 변신한 아폴론과 아테나는 큰 참나무에 올라앉아 이 장면을 내려다보았다. 방패와 투구, 그리고 창을 곤두세우고 정연하게 앉아 있는 병사들의 모습은 마치 검은 구름이 몰려들어 파도를 덮는 모습과 흡사했다.

헥토르가 먼저 전군을 향해 연설하기 했다. "트로이와 아카이아 양군들이여, 잠시 내 말을 들으시오. 천상에 계시는 제우스께서는 우리에게 전쟁의 무거운 짐을 지워 서로 살육을 하도록 하였소. 아마 이 전쟁은 트로이 성이 점령당하거나 아니면 그대들이 굴복하거나 둘 중 하나가 될 것이오. 그러니 우선 그대 병사 중에서 가장 힘센 장군이 있는 줄 알고 있소. 자, 제우스를 증인으로 해서 그 장군과 겨루고 싶소. 다만 내 청을 들어주었으면 좋겠소. 만일 내가 이 자리에서 죽었을 경우 내 갑옷을 전리품으로 가져가되, 몸은 트로이 동포들이 화장할 수 있도록 해주시오. 대신 아폴론이 내게 성공을 허락하신다면 나 역시 그 갑옷을 벗기어 궁술의 신 아폴론의 신전 앞에 걸어 놓고, 몸은 돌려주어 넓은 헬레스폰트 땅에 장례를 치를 수 있도록 하겠소. 그러면 먼 후대에 사람들은 이렇게 말할 것이오. '저기 오래 전 헥토르한테 쓰러진 자의 무덤이 있구려.' 이리하여 내 명성은 길이 전해질 것 아니겠소."

헥토르의 말을 들은 아카이아 병사들은 침묵을 했다. 그들은 거절하기에는 부끄러웠고 수락하기에는 겁이 났다.

마침내 이 광경을 보던 메넬라오스가 일어나 날카롭게 그들을 비난했다. "오, 그대들은 허풍선이들이구나! 사내 대장부답게 나오는 자가 없다니. 다나아 군 중에서 헥토르를 상대할 자가 한 명도 없다면 이것이야말로 수치요, 불명예로다. 체면도 명예도 없는 그대들이여, 앉은자리에서 진흙과 함께 썩어 문드러질지어다! 내 몸소 저자와 싸우리라! 운명의 끈은 하늘의 신께서 잡고 있는 터."

그는 이렇게 말한 뒤 무장을 하기 시작했다. 메넬라오스는 헥토르의 적수가 되지 못했다. 이에 아가멤논 대왕이 얼른 아우의 오른손을 잡고 만류했다. "메넬라오스, 미쳤느냐? 이 따위 미친 짓을 하다니, 아무리 네가 힘이 셀지라도 자기보다 강한 자와 싸우는 건 미련한 법! 헥토르는 아킬레우스까지도 두려워 떠는 투사가 아니냐. 너는 어서 전열로 돌아가 앉으라. 다른 투사를 내보내리라."

그의 말에 메넬라오스도 주저앉아야 했다. 왜냐하면 그의 말이 모두 사실이었기 때문이다.

그러자 네스토르가 일어나 말했다. "자, 병사들이여! 오늘 이 모습을 미르미돈 군의 지휘자요, 뛰어난 웅변가였던 펠레우스가 보면 뭐라 하겠는가. 영웅호걸의 사적을 즐겨 말하던 그가 만일 헥토르 앞에서 전전긍긍하는 우리의 모습을 보았다면, 아마 통곡했을 것이오. 오, 제우스 아버지와 아테나, 아폴론이시여, 필로스족과 아카이아족이 켈라돈 급류 옆에서 싸울 때처럼 내 몸이 젊다면 얼마나 좋겠는가. 당시 내 상대로는 기골이 장대한 투사 에레우탈리온이었는데, 그는 아레이토스 왕의 갑옷을 입고 있었다오. 아레이토스는 누구인가? 사람들은 그가 철퇴로 적군들을 무찌른다 하여 철퇴 인간이라 불렀소. 그런데 리쿠르고스의 계략에 휘말려 죽게 되었고 그의 갑옷은 리쿠르고스의 차지가 되었소. 그 후 리쿠르고스는 그 갑옷을 충복 에레우탈리온에게 준 것이오. 에레우탈리온은 이 갑옷을 입고 정예의 장사들에게 도전했고 사람들은 모두 몸서리를 치며 덤비지 못했다오. 그러던 중 내가 그를 상대로 나서게 되었던 것이오. 비록 가장 나이가 적었지만 과감하게 맞서니 아테나 여신께서 나에게 승리를 돌렸소. 그는 내가 벤 자 중에서 가장 강했고 최대의 장사였소. 내게 그때와 같은 젊음만 있다면, 헥토르와 당장이라도 싸울 수 있을 텐데. 아카이아의 최고의 무사들이여, 정녕 그대들 중에 헥토르와 대항할 자가 한 명도 없단 말이오?"

노인의 야멸찬 비난에 아홉 사람이 일어섰다. 먼저 아가멤논 대왕이 뚜벅뚜벅 걸어나왔고, 그 뒤를 디오메데스가 따랐다. 그리고 두 아이아스와 이도메네우스, 군신과 손색이 없는 그의 부하 메리오네스, 명문 태생의 에우리필로스, 토아스, 오디세우스가 그 뒤를 따랐다.

이때 다시 게렌의 기사 네스토르가 말했다. "자, 그럼 제비를 뽑아 결정합시다. 여기서 뽑히는 용사야말로 아카이아 군의 영광이며, 무사히 결투를 마친다면 그 자신도 마음의 보상을 얻게 되리다."

아가멤논 대왕의 투구에 제비를 던졌다. 한편, 병사들은 손을 들어 신들에게 빌었다. "오, 제우스 아버지시여, 텔라몬의 아들 아이아스의 제비가 뽑히도록 하소서. 아니면 디오메데스나 미케네의 왕으로 하소서!"

게렌의 기사 네스토르가 투구를 흔들자 병사들이 축원했던 대로 텔라몬의 아들 아이아스의 제비가 튀어나왔다. 아이아스는 자신의 제비라고 말한 뒤 병사들을 향해 소리쳤다. "동지들이여, 내가 뽑혀서 얼마나 반가운지 모르겠소. 내가 헥토르 왕자를 물리치게 됐으니 말이오. 자, 내가 무장을 할 동안 제우스에게 축원을 올리시오. 내가 달아나고 싶어하지 않는데 나를 달아나게 할 만한 강자는 없소."

그래서 모두들 크로노스의 아들 제우스에게 축원을 올렸다.

"오, 가장 위대하시고 영광되신 제우스 아버지시여! 텔라몬의 아들 아이아스에게 승리와 고결한 명예를 허락하소서! 그러나 당신이 헥토르 역시 사랑하시어 그를 보호하고자 하신다면, 그들에게 똑같은 힘과 영광을 돌리소서!"

그 동안 텔라몬의 아들 아이아스는 번쩍이는 청동으로 무장을 한 뒤 무시무시한 아레스가 병사들을 이끌고 전투에 나아갈 때처럼 기운차게 나아갔다. 거대한 아이아스가 엄격한 얼굴에 미소를 띤 채 긴 창을 휘두르며 성큼성큼 나오는 모습을 본 아르지브 병사들은 의기양양해진 반면, 트로이 병사들은 하얗게 질려 떨었고 헥토르조차도 간담이 서늘해졌다. 그러나 싸움을 건 이상 물러설 수도, 그렇다고 무리 속으로 달아날 수도 없었다. 아이아스는 병기 제조의 명장 티키오스가 만들어 준 일곱 겹의 황소 가죽에 청동을 입힌 방패를 가지고 있었다.

이윽고 텔라몬의 아들 아이아스가 헥토르의 바로 앞에까지 다가와 우렁찬 목소리로 위협했다. "헥토르여, 이제 그대는 다나아 군 중에 어떠한 투사들이 있는가를 알게 되리라! 비록 아킬레우스가 아가멤논과 불화로 이곳에 참석하지 않았지만, 우리에겐 능히 그대와 맞서 싸울 만한 병력이 있다는 것을. 자, 그대가 먼저 공격을 하라!"

"나의 경애하는 선배인 텔라몬의 아들 아이아스 왕자여, 전투에 무지 몽매한 부녀자처럼 나를 놀리지 마시오. 나도 싸우고 죽이는 법쯤은 충분히 알고 있소이다! 방패를 어떻게 다루는지, 전차들 틈으로 어떻게 돌진해 들어가는지, 가까이에서 하는 싸움에는 아레스 춤의 스텝이 필요하다는 사실쯤은 알고 있단 말이오. 하지만 당신 같은 사나이에게 교활한 방법을 쓰고 싶지는 않소. 내 그대를 무찌를 수 있음을 이 기회에 온 세상에 보여주리다!"

그는 말을 마치자마자 창을 겨누어 던졌다. 창은 방패의 여섯 겹을 뚫은 다음 일곱 겹에서 멈췄다. 다음에는 아이아스가 긴 창을 던지자 그것은 헥토르의 방패를 뚫고 들어가 갑옷까지 뚫어 버렸다. 그러나 다행히도 옆구리를 아슬아슬하게 비켜 나가 목숨은 건질 수 있었다. 두 사람은 각각 창을 뽑아 마치 사자와 산돼지들처럼 혈투를 벌였다.

이번에는 헥토르가 아이아스를 향해 창을 던졌으나 뚫지 못하고 오히려 끝이 구부러졌다. 다음엔 아이아스가 뛰어들어 헥토르의 목을 찌르는 바람에 헥토르가 피를 흘리며 물러났다.

그러나 헥토르는 이에 지지 않고 땅에서 크고 울퉁불퉁한 돌을 집어들어 아이아스를 향해 던졌다. 그러자 아이아스는 더 큰 돌을 머리 위로 빙빙 돌려 온 힘을 다해 던졌다. 이 거대한 돌은 둥근 방패를 산산조각으로 부서뜨리며 헥토르를 쓰러뜨렸다. 하지만 아폴론이 다시 일어서게 해 혈전은 계속되었다.

이때 양군에서 두 명의 전령이 나타났다. 한 명은 아카이아 편에서 온 탈티비오스요, 또 한 명은 트로이 편에서 온 이다이오스였다.

먼저 이다이오스가 엄숙한 목소리로 말했다. "그대들이여, 이제 그만 싸우구려. 왜냐하면 제우스께서 두 분을 모두 사랑하고, 또한 두 분이 무사임을 우리 모두 잘 알고 있기 때문이오. 이제 밤이 닥쳤으니 밤의 여신에게 복종함이 타당하오."

이에 아이아스가 대꾸했다. "이다이오스여, 그러면 헥토르에게 약속을 받으시오! 싸움을 걸어온 자가 헥토르이기 때문이오. 그러니 그가 하는 대로 나는 따를 작정이오."

가만히 듣고 있던 헥토르가 대답했다. "아이아스여, 그대야말로 그대의 종족 중에서 창의 최고 고수로다. 오늘은 이 정도에서 끝내고 후일 다시 또 겨루도록 하는 게 어떻겠소. 자, 밤이 다가오니 밤의 여신께 복종하는 게 좋을 것이오. 난 성으로 돌아가 나를 위해 신들께 축원을 올리고자 모인 트로이의 병사들과 부인들을 위로하리다. 또 하나 부탁할 것은 우리

서로 선물을 교환하여, 진정 혈전을 벌였지만 친구로서 헤어졌다고 온 세상이 알도록 합시다."

그렇게 말한 다음 헥토르가 은장식이 있는 칼과 칼집, 잘 만든 식대를 아이아스에게 주자, 아이아스는 반짝이는 자줏빛 허리띠를 내놓았다.

이리하여 두 사람은 자신의 진지로 돌아갔다. 자기들의 대장이 무적장군 아이아스의 손에서 무사히 살아 걸어오는 것을 보자 트로이 군의 기쁨은 이루 말할 수 없었다. 한편, 아카이아 군에서도 아이아스가 승리의 자랑을 안고 돌아오는 것을 보자 기쁨이 복받쳤다.

아가멤논 대왕은 그의 막사에서 향연을 베풀었다. 제우스의 신전에 5년 된 황소를 잡아 올린 뒤, 황소 고기를 잘게 썬 다음 꼬챙이에 꿰어 정성껏 불에 구워 내놓았다. 모두들 만족하여 성찬을 즐겼으며, 특히 아이아스에게는 아가멤논 대왕이 손수 등심을 잘라 주었다.

모두들 마음껏 먹고 마시고 나자 지혜로운 고문관인 네스토르가 일어서서 입을 열었다. "왕이시여, 그리고 아카이아 군의 용맹한 투사들이여, 이 벌판에는 많은 동지들이 잠들어 누워 있습니다. 아레스 군신이 스카만드로스 강변에서 동지들이 죽자 그 영혼을 하데스 궁에 머무르게 한 것처럼 우리도 내일은 잠시 휴전을 한 뒤 전사자들을 실어다 함대 가까운 곳에서 화장합시다. 그래서 우리가 귀국할 때 그 유골들을 자식들에게 안겨주는 것이 우리가 응당 해야 할 도리일 거요. 또한 우리 함대와 막사를 보호하도록 성벽을 쌓읍시다. 그리고 밖으로는 성벽 가까이 참호를 파서 트로이 군을 들어오지 못하게 합시다."

그의 말에 사람들은 만장일치로 찬성했다.

한편, 트로이 군 역시 프리아모스 궁 문전에서 모임을 가졌다. 안테노르가 먼저 입을 열었다. "트로이 병사들이여! 내 여러분에게 한 가지 제안하겠소이다. 아르지브의 헬레나와 그녀의 재산을 아트레우스의 아들들에게 돌려보냅시다. 우리는 엄숙한 언약을 깨뜨리고 싸움에 임했으므로 승산이 없소이다."

이에 이때 헬레나의 남편 파리스가 일어서서 항의했다. "안테노르여, 난 그대의 제안에 찬성할 수 없소이다. 아마 신들이 그대의 예지를 빼앗아 갔나 보오. 자, 트로이의 용감한 장부들이여, 나는 아내를 버릴 수가 없소. 대신 아르고스에서 가져온 재물과 내 재물을 내놓겠소."

이 말을 들은 프리아모스 왕이 친히 일어서서 말했다. "트로이 동포들과 동맹군 여러분, 오늘은 예전과 같이 지내되 날이 밝는 대로 이다이오스를 보내 이 모든 싸움의 장본인인 파리스의 제안을 전하게 합시다. 또한 그들이 이에 동의한다면, 전사자를 화장할 때까지 잠시 휴전토록 하는 것도 제안합시다."

그들은 모두 대왕의 충고를 받아들인 뒤 뿔뿔이 숙소로 흩어졌다.

이튿날 아침, 이다이오스는 함대로 가서 다나아 군들 앞에서 큰 소리로 말했다. "아르고스의 제왕과 아카이아의 고명하신 장군들이여! 프리아모스 왕과 파리스의 말씀을 여러분에게 전하기 위해 왔소이다. 파리스가 전에 가져왔던 재산은 물론이거니와 자신의 재산을 내주겠답니다. 하지만 메넬라오스의 아내는 절대로 포기할 수 없다고 하셨습니다. 또한 이의가 없으시다면, 전사자를 화장할 때까지 일시 휴전을 하자고 제의했습니다."

모두 쥐 죽은 듯이 조용히 듣고 있다가 디오메데스가 먼저 입을 열었다. "자, 보물이든 헬레나든 파리스의 제의를 수락하지 맙시다. 멸망의 굴레가 이미 트로이 시민들에게 단단히 씌워져 있다는 것은 바보 천치도 아는 터이오!"

이 말에 모두 환성을 올리며 찬동했다.

아가멤논 대왕이 전령에게 대답했다. "이다이오스여, 그대의 메시지에 대한 아카이아 군의 반응이 바로 회신에 대한 답이오. 그러나 전사자에 대한 제안은 받아들이겠소. 아무도 쓰러진 자의 몸이 불의 위안을 받는 것조차 반대할 사람은 없을 테니까. 헤라의 부군이신 제우스로 하여금 우리의 증인이 되게 합시다!"

그가 왕홀을 모든 신들에게 들어올리자 이다이오스는 일리오스로 돌아갔다.

전령 이다이오스가 돌아와 전한 말을 듣고 트로이 군은 시체를 화장시킬 준비를 했다. 한편, 아르지브 군도 시체를 나르고 나무를 가져와 화장할 준비를 했다. 어느덧 해는 뉘엿뉘엿 오케아노스 강 쪽으로 지기 시작했다. 그러나 시체를 분간할 도리가 없는 병사들은 뜨거운 눈물을 흘리며 피를 씻어낸 뒤 전차에다 실어야 했다. 양군은 슬픔에 싸여 전우의 시체를 장작더미 위에 쌓고 화장을 한 다음 각기 진영으로 돌아갔다.

이튿날 빛과 어둠이 살을 섞는 새벽 무렵, 아카이아 군에서 선발된 자들이 화장한 장작더미 주위에 모였다. 그런 다음 그곳에 커다란 무덤을 만들었다. 그리고 무덤을 잇대어 높은 성벽을 쌓아 함대와 막사를 보호하도록 했다. 밖으로는 방벽 가까이 깊고 넓은 참호를 파고 그 안에다 뾰족한 막대기를 꽂아 놓았다.

제우스 앞에 모여 있던 신들은 이 거대한 과업을 주시했다. 이윽고 지진의 신 포세이돈이 먼저 입을 열었다. "제우스 아버지시여, 아직도 지구상에 불사의 신들에게 소원을 말하는 인간이 있습니까? 자, 저기를 보십시오. 아카이아 군이 저토록 커다란 성벽을 쌓고 굉장한 참호를 파는데도 신들에게는 아무런 제물도 바치지 않았나이다. 아마 이 성벽에 대한 소문은 해가 뜨는 곳이라면 어디든지 퍼져 나갈 텐데도 말이죠. 그러면 아폴론과 내가 라오메돈을 위해 쌓았던 성벽은 안중에도 없겠지요."

이 말을 들은 제우스가 매우 화를 냈다. "그대 지진의 신이여, 그게 무슨 말인가? 그대처럼 강력하고 위력적인 신이 저들의 과업을 질투하다니. 자, 아카이아 군이 고국으로 돌아갈 때가 되면 저 성벽을 부숴 바닷속에 처넣을 것이오. 그러면 아카이아 군의 저 성벽도 끝장이 날 테지!"

해가 떨어지자 아카이아 진영에서는 소를 잡고, 렘노스에서 에우네오스가 보낸 술을 마시며 저녁을 즐겼다. 특히 에우네오스는 아가멤논과 메넬라오스에게 1,000갈론이나 되는 술을 선물로 보내 왔다. 아카이아 군은 술을 받는 대신 청동이며 쇠, 더러는 가죽, 소 혹은 노예 등으로 화답했다. 그들은 날이 새는 줄도 모르고 잔치를 즐겼다.

트로이 군 역시 모든 도시에서 환락에 지칠 줄 몰랐다. 그러자 제우스는 이들에게 천둥을 보내 무서워 떨게 만들었다.

제우스, 트로이를 돕다

제우스는 아킬레우스가 참전하기 전까지 신들이 전쟁에 개입하는 걸 금지시킨다. 그는 홀로 번개를 날려 트로이 군을 돕고, 이에 힘을 얻은 헥토르는 아카이아 군을 몰아붙인다.

새벽의 신이 장밋빛 손가락을 펼칠 무렵, 제우스는 올림포스 정상에서 신들의 회의를 소집했다.

"신들이여, 내 말을 명심하여 들을지어다. 이제 어느 신이든 자신의 이익을 위해 트로이 군이든 다나아 군이든 어느 한 쪽을 돕는다면, 벼락을 맞아 매우 불행한 죽음을 당하리라. 아니면, 내 그를 타르타루스의 어둠 속에 집어넣어 하늘이 높은 만큼 하데스가 얼마나 깊은지를 깨닫게 하리라. 자, 존경하는 신들이여! 그대들이 날 시험해 보고 싶으면 마음껏 시험해 보라. 그러면 내가 증명해 보일 테니. 모든 신들은 힘을 합쳐 하늘에다 황금 사슬을 달아 힘껏 당겨 보라. 그래도 나를 땅에 떨어뜨리지는 못할 것이다. 하지만 난 그대들 모두를 올림포스 상상봉에 매어 놓을 수 있다. 나는 신이나 인간들 중에서 가장 전능한 신이므로!"

그의 무시무시한 말에 신들은 감히 입을 열지 못했다. 이윽고 아테나가 용기를 내어 입을 열었다. "크로노스의 아들이며, 왕 중의 왕이시고, 신 중의 신이신 우리들의 아버지시여! 아버지의 위력이 불가침이라는 걸 익히 아옵니다. 그러나 어찌 다나아 창병이 파멸되고 불행한 운명을 당한 걸 모른 체할 수 있겠습니까? 그런데도 아버지께서는 저희에게 뒷짐지고 구경하시길 바라십니다. 물론 저희는 아버지의 명령을 어기지 않을 것입니다. 하지만 적어도 아르지브 병사에게 적절한 조언을 주어 그들이 모두 멸망하는 걸 막아주옵소서."

제우스는 딸의 말을 듣자 빙그레 웃었다. "트리토에서 태어난 사랑스런 나의 딸아, 용기를 내거라. 내 본뜻은 그게 아니니라!"

말을 마치고 제우스는 황금빛으로 빛나는 갈기와 날랜 청동색 다리를 가진 한 쌍의 말을 수레에다 맸다. 그러고는 황금의 옷을 걸친 뒤 황금 채찍을 들고 수레에 올라 채찍질을 했다. 수레는 하늘과 땅 사이를 전속력으로 달려 그의 신전이 있는 이다 산의 봉우리 갈가로스에 다다랐다. 그는 말을 풀어 구름 속에 숨겨놓은 뒤 매우 만족하여 상상봉에 홀로 앉아 도시와 아카이아 함선을 내려다보았다.

아카이아 군과 트로이 군은 전투할 준비를 하고 있었다. 이윽고 양군이 서로 맞부딪치자 방패와 방패가, 창과 창들이 부딪치며, 그야말로 아비규환의 혈투가 이어졌다. 시간이 지날수록 대지는 죽음의 비명소리와 승리의 고함소리가 섞여 메아리쳤고 피가 범벅되어 질퍽거렸다.

해가 중천에 떠오르자 제우스는 금 저울을 펴들었다. 그리고 그 저울에 트로이 군과 아카이아 군의 슬픈 죽음의 운명을 달아보았다. 그가 저울을 들어올리자 아카이아 군이 무거워 아래로 처졌다. 그러자 제우스는 천둥을 울려 아카이아 군에게 번개를 내리쳤다.

이에 병사들은 물론이거니와 용감한 장수인 이도메네우스나 아가멤논, 두 아이아스도 서 있기는커녕 퇴각할 수밖에 없었다. 그 중에 파리스의 화살에 말의 머리가 맞은 게렌의 기사 네스토르만이 꼼짝할 수가 없었다. 화살이 말의 머리 정통에 맞아 박히자 말은 고통으로 몸부림쳤다. 이에 다른 말들도 일대 소동을 일으켰다.

이 광경을 본 용감한 헥토르가 비호같이 쫓아왔다. 만일 디오메데스가 고함을 쳐서 오디세우스에게 도움을 청하지 않았더라면, 노장은 당장에 목숨을 잃었을 것이다.

"오디세우스여, 겁쟁이처럼 어디로 도망가시오? 그대의 어깨가 창으로 꿰뚫리지 않으리라 어찌 보장할 수 있겠소? 그러니 이 자의 불같은 공격에서 네스토르를 구하도록 도와주시오!"

그러나 오디세우스가 듣지 못하고 그냥 지나치자 디오메데스가 달려가 네스토르에게 소리를 질렀다. "노병이시여, 나의 전차로 들어오시어 트로스의 말이 어떤가 좀 보십시오. 이 말들은 내가 아에네아스에게서 가져온 것으로 아주 잘 달릴 뿐만 아니라, 싸움터에서 어떻게 해야 하는지 요령도 알고 있지요. 자, 우리 두 사람이 곧장 트로이 군을 향해 나아갑시다. 내 창이 헥토르의 것만큼 날쌘지 그에게 보여줍시다."

네스토르는 디오메데스의 말에 동의하고 그의 전차에 옮겨 탔다. 그러고는 고삐를 잡고 말을 재촉하여 곧장 헥토르에게로 달려갔다. 디오메데스가 돌격해 오는 헥토르를 향해 창을 던졌다.

그러나 데바이우스의 아들인 마부 에니오페우스의 심장을 맞혔을 뿐이었다. 헥토르는 마부의 죽음을 보고 격노했으나, 그냥 버려두고 다른 마부를 찾을 수밖에 없었다.

이때 트로이 군은 치명상을 입었다. 이 모두를 지켜보던 제우스는 무시무시한 청천벽력 같은 번갯불을 디오메데스의 말 앞에 던졌다. 그러자 말은 깜짝 놀라 전차 밑으로 기어들었고 네스토르는 고삐를 놓쳤다.

이에 겁에 질린 네스토르가 디오메데스에게 말했다. "디오메데스여, 말을 돌려 이곳을 벗어납시다. 제우스의 섭리로 오늘의 싸움은 적의 승리로 돌아간 것 같소. 신께서 마음을 돌리실 때는 우리도 이길 수 있을 거요. 그때까지라도 잠시 물러납시다."

"노장이시여, 옳으신 말씀입니다. 하지만 난 죽도록 모욕을 당하겠지요. 헥토르가 공식 석상에서 자랑할 것을 생각해 보시오. '티데우스의 아들이 나를 보자 자기 부대로 뺑소니를 쳤어!' 생각만으로도 나는 죽는 게 낫다고 생각하오!"

네스토르가 다시 정중한 말로 타일렀다. "그대는 참으로 명문가의 자식답구려! 하지만 걱정하지 마시오. 아무도 그대를 겁쟁이니 약질이니 하는 헥토르의 말을 믿지 않을 테니."

이리하여 그가 말을 돌려 싸움터를 빠져나가자 헥토르와 트로이 군은 환성을 올리며 창을 빗발치듯 던져댔다.

헥토르가 쫓아오며 목소리를 높였다. "티데우스의 아들이여! 너는 항상 최대의 성찬을 받으며 영광된 자리를 차지했겠지. 하지만 이제 너에게서 그러한 영광은 사라졌을 것이다! 너는 계집만도 못한 자, 비열한 꼭두

각시처럼 도망치는구나! 내 결코 네 따위가 우리의 성벽을 기어올라 부녀자들을 납치하지 못하게 하리라!"

디오메데스는 잠시 진퇴양난에 빠졌다. 그가 세 번이나 머뭇거리자 전지하신 제우스는 그때마다 이다 산상에서 천둥을 내려보냈다. 이는 트로이 군에게 승리를 안겨 주리라는 신호였다.

이것을 깨달은 헥토르가 소리쳤다. "트로이와 리키아, 다르다니아와 나의 동지들이여, 그대들은 장부답게 싸워 이기라! 제우스께서 나에게 승리와 영광을 내리시고 적에게는 불길을 내리심이 명백하도다. 저 원수들의 성벽을 보라. 그것은 우리들을 막는 데 전혀 도움이 되지 않을 것이다. 말들은 그까짓 참호쯤은 껑충 뛰어넘을 것이다. 그리고 나서 내 함대를 불살라 아르지브 병사들을 몰살하리라!"

그렇게 말을 마친 뒤 헥토르는 자기의 말들을 불러댔다.

"크산토스와 포다르구스, 아이톤과 람포스야, 너희들이 제몫을 할 때가 왔다! 주인 마님이신 안드로마케가 구유에 늘 넣어주던 꿀맛 같은 밀을 상기해 보라. 남편을 제쳐놓고 너희들에게 먼저 주었지! 그러니 어서 달려 네스토르의 둥근 방패를 빼앗으란 말이다. 모두가 지구상에서 이름난 것들로 순금 창이고 방패이니라! 그리고 헤파이스토스가 손수 만든 디오메데스의 영광의 갑옷을 빼앗자! 이 두 가지만 빼앗는다면 바로 오늘밤 안에 아카이아 군은 도망치리라."

헥토르의 호언에 분개한 헤라가 부들부들 떨며 포세이돈에게 소리쳤다. "지진의 신이여, 어찌 그토록 위대한 능력을 갖고 있으면서 다나아 군이 멸망하는 것을 보고만 있는가? 헤리케와 아이가이에서 다나아 사람들이 얼마나 많은 제물을 올렸는지 설마 잊은 건 아니겠지? 다나아 편에서 있는 우리가 트로이 군을 쳐부수기로 결심한다면, 그분은 혼자 이다에 있을 게 아니오!"

포세이돈이 매우 격한 목소리로 말했다. "헤라여, 쓸데없는 소리는 아예 하지도 마시오. 제우스는 우리들 모두를 합친 것보다 월등히 강해 절대로 대적할 수가 없소."

한편, 함대와 성벽에 이르기까지 전차들과 병사들로 들끓었다. 맹렬한 아레스와도 같은 헥토르가 파죽지세로 공격해 오자 제우스는 벌판을 그가 차지하게 했다. 헤라가 아가멤논의 마음을 움직이지만 않았다면 헥토르는 즉석에서 아카이아 함대들을 재로 만들었을 것이다.

아가멤논은 자줏빛 의상을 질질 끌며 모든 함대의 한복판에 있는 오디세우스 함대의 높직한 선체에 올라섰다. 그러고는 텔라몬의 아들 아이아스의 진지를 향해, 혹은 아킬레우스의 진지를 향해 외쳤다. 자신의 용기와 힘을 신뢰하고 있는 이들은 두 끝 선상에다 배들을 끌어다 놓았었다.

"아르지브 병사들이여, 스스로 비겁한 족속임을 수치로 알라. 단지 외모만 용맹스럽게 보이는구나. 우리가 했던 호언장담은 어디로 가버렸는가. 고기는 동이로 먹고, 술은 섬으로 마시던 렘노스에서 그대들은 일당백, 아니 이 백인들 문제없다고 큰소리치지 않았는가. 그런데 지금은 우리 모두가 단 한 사람을 못 당한다니, 말이 되는가. 헥토르 하나가 삽시간에 우리의 함대를 큰 불바다로 만들다니! 오, 제우스 아버지시여! 이 저주받은 항해 도중에 그대 신전을 그냥 지나쳐본 적이 없었던 걸 기억하소서. 오로지 트로이 성을 멸하겠다는 일념으로 항상 기름과 살진 고기를 태워 올렸나이다. 하오니 이제 한 가지 은총만이라도 베풀어주소서. 오, 제우스시여! 우리가 트로이 군에게 이토록 무참하게 패하지 않도록 여유를 주소서!"

아가멤논의 축원에 제우스는 감동했다. 제우스는 즉시 그들에게 가장 유능한 독수리 한 마리를 보내 제우스 신전 옆에 새끼 사슴을 떨어뜨리도록 했다. 병사들은 그 새가 제우스가 보낸 것임을 깨닫고 더욱 맹렬히 트로이 군에게 돌격했다.

다나아 병사들 중에서 가장 먼저 앞장선 자는 바로 디오메데스였다. 디오메데스는 프라드몬의 아들 아젤라오스를 베었다. 그러자 아트레우스의 아들 아가멤논과 메넬라오스가 달려들었고, 용감한 두 아이아스와 이도메네우스, 그리고 전쟁에는 신출귀몰한 충복 메리오네스가 달려왔다. 그리고 에우아이몬의 아들 에우리필로스가 달려왔고, 그 다음은 테오크로스가 활을 들고 아이아스의 큰 방패 뒤로 숨었다. 그는 아이아스가 방패를 들면 병사를 겨누어 쏘고, 맞히면 어린애가 어머니 치마폭 뒤로 숨듯이 얼른 방패 뒤로 숨었다.

테오크로스가 쓰러뜨린 트로이 병사는 오르실로쿠스, 오르메노스, 오펠레스테스, 다이토르, 크로미우스, 신과 같은 리코폰테스, 폴리아이몬의 아들 아모파온, 멜라니포스였다.

이들이 모두 테오크로스의 활 앞에 쓰러지는 것을 본 아가멤논 대왕은 매우 기뻐하며 격려해 주었다. "테오크로스여, 그대 장부 중의 장부로구나! 그대는 다나아 군의 희망이요, 그대의 아버지 텔라몬의 희망이로다! 비록 서자일지라도 그대는 진정 아버지의 명성을 타향에서 드높일 수 있게 되었도다. 만일 전능하신 제우스와 아테나께서 트로이 성의 점령을 내게 허락하신다면, 그대는 내 다음으로 가는 상을 받게 하리라. 세 발 솥이나 전차가 딸린 한 쌍의 말, 혹은 그대 품에 안길 부인 등등!"

"가장 점잖으신 아드님이시여, 저를 다그칠 필요는 없습니다. 저는 항상 있는 힘을 다해 싸워 왔으니까요. 하지만 여덟 개의 날카로운 활을 날리어 모두 용감한 젊은이들의 몸에 꽂았지만, 저 미친개만은 명중시킬 수가 없군요."

그는 또다시 헥토르를 겨누어 날렸지만 맞지 않았다. 다만 그 화살은 프리아모스와 여신과 같이 아름다운 카스티아네이라의 아들인 고르기티온의 가슴을 맞혔다. 무거운 투구를 쓴 그의 머리가 축 어깨로 늘어진 것이 마치 양귀비가 비를 맞고 처진 것과도 같았다.

다시 한 번 테오크로스가 헥토르에게 화살을 날렸지만 이번에도 역시 맞추지 못했다. 아폴론이 그의 화살을 빗나가게 해 마부 아르케프톨레무스가 젖가슴을 맞아 그 자리에서 죽어 버렸다.

헥토르는 마부의 죽음을 보고 매우 슬퍼하면서 친동생 케브리오네스를 불러 고삐를 잡게 했다. 그러고 나서 무서운 고함을 지르며 전차에서 뛰어내려 돌을 집어들고 테오크로스를 향해 던졌다. 돌은 테오크로스의 쇄골을 맞혔고 그는 힘을 잃은 채 고꾸라졌다. 그러자 자기 동생을 지키고 있던 아이아스가 곧 달려들어 얼른 방패로 그를 가렸다. 동시에 메키스테우스와 알라스토르가 심하게 신음하는 테오크로스를 일으켜 세워 함대로 옮겼다.

다시 제우스가 트로이 군의 용기를 북돋워주자 헥토르를 선두로 트로이 군은 아카이아 군을 참호까지 몰아갔다. 헥토르는 마치 무서운 사냥개가 산돼지나 사자를 쫓아 옆구리며 엉덩이를 물어뜯는 것처럼 아카이아 군을 끈기 있게 추격했다.

아카이아 군은 도중에 많이 잡혀 죽기는 했으나 드디어 참호와 말뚝을 건너뛰어 함대에 들어와 숨었다. 그리고 함대에 숨어서 다투어 하늘의 신들에게 축원을 올렸다. 헥토르가 있는 힘을 다해 말을 몰며 날뛰는 모습은 마치 고르곤의 눈이나 피에 굶주린 군신 아레스와 같았다.

이 비통한 광경을 보고 있던 헤라가 아테나에게 말했다. "그대 전능하신 제우스 따님이여, 정녕 다나아 군이 전멸할 때까지 수수방관하겠는가? 한 사람의 공격으로 멸망해 버리는 걸 보시오. 참으로 기가 막힌 일이오. 헥토르가 미치광이처럼 날뛰며 이미 도를 넘고 있소이다!"

헤라의 말에 아테나가 동의했다. "저도 저 자가 다나아 군의 손에 죽었으면 하고 바란답니다. 하지만 아버지 역시 저 자처럼 실성하셔서 화만 내고 밤낮 방해만 하시니. 아버지는 에우리스테우스로 인해 고통을 받고 있던 헤라클레스를 제가 구해 주었다는 걸 잊고 계신가 봐요. 헤라클레스가 하늘에다 호소를 할 때마다 아버지는 저를 내려보내 구하셨지요. 이럴 줄 알았다면 에우리스테우스가 그를 염라대왕 하데스에게 보냈을 때 절대로 그가 스틱스 강을 건너오지 못하도록 했을 텐데. 하지만 이젠 아버지께서 테티스에게만 귀를 기울이시고 저를 미워하시니. 이것이 모두 다 테티스의 계략입니다. 그녀가 아버지의 무릎에 입을 맞추며 아킬레우스가 승리하게 해 달라고 축원했기 때문입니다! 걱정하지 마세요. 아버지가 또다시 저를 부를 날이 오겠지요. 자, 그러니 말을 준비시켜 주세요. 저는 들어가서 무장을 하고 나올 테니까요. 우리가 싸움터에 나타나는 걸 보고 번쩍이는 투구의 헥토르가 어떻게 하는지 보시지요."

이에 반대할 이유가 없는 크로노스의 딸 헤라는 말에다 금으로 된 마구를 채웠다. 그리고 방패의 신인 아테나는 손수 만든 찬란하게 수놓은 옷을 벗고 아버지가 전쟁 때 입는 튜닉을 입었다. 또한 무시무시한 여신들이 인간의 군대를 멸할 때 쓰는 굉장히 무거운 창을 들고는 노기등등한 모습으로 전차에 올랐다. 헤라가 말들을 살짝 건드리자 하늘 문이 저절로 열리며 달려나갔다.

이 모습을 지켜본 제우스는 몹시 화가 나서 황금의 날개 이리스를 불러 명령을 내렸다. "날랜 이리스여! 어서 가서 저들을 돌아오게 하라. 그러나 내 눈앞에는 얼씬거리지 못하게 하라. 내 다짐해 둔 것을 실행에 옮길지도 모르니. 그들이 모는 말들을 병신으로 만들고 그들을 전차에서 떨어뜨린 뒤 전차를 박살낼 것이다. 아마 10년이 흐른다 해도 내 벼락의 상처는 낫지 않겠지. 그러면 빛나는 눈의 딸도 제 아비와의 싸움이 무엇을 의미하는지 깨달을 것이다. 항상 내가 하는 말은 무엇이든 반항하는 헤라에게는 화낼 것도 없다. 그녀의 버릇에는 이미 이골이 났으니까!"

이리스는 폭풍처럼 달려 바로 문 앞에서 그들을 제지하고 제우스의 전갈을 알렸다. "어디를 이다지도 급히 가십니까? 크로노스의 아들께서 그대들에게 아르지브를 돕지 말라고 분부를 내렸거늘, 설마 실성한 것은 아니지요? 제우스께서 지금 화를 내고 계십니다. 그대들이 모는 말들은 병신으로 만들고 그대들을 전차에서 떨어뜨린 뒤 전차는 박살내 버리겠답니다. 10년이 흘러도 그대들의 벼락맞은 상처가 낫지 않을 거랍니다. 그러면 자기한테 대적한 것에 대해 그 의미를 깨닫게 될 거라고 말씀하셨습니다."

이리스의 말에 헤라가 말했다. "제우스의 따님이여, 우리 인간들을 위해 제우스와 싸우는 것은 삼가는 게 좋을 듯싶소. 살고 죽는 것은 그들의 운명이니까. 제우스께서 친히 참작하셔서 판단을 내리시겠지."

그들은 실로 몹시 불만스러웠지만 전차를 돌려 다른 신들 사이에 있는 황금 의자로 돌아갔다.

한편 제우스는 이다에서 신들이 모여 있는 올림포스로 갔다. 제우스가 황금 옥좌에 앉으니 거대한 올림포스가 그의 발 밑에서 흔들리는 것처럼 보였다. 아테나와 헤라는 제우스로부터 멀찍이 앉아 한마디도 하지 않은 채 뚱하니 앉아 있었다.

제우스가 이를 눈치채고 먼저 말을 건넸다. "아테나와 헤라여, 무슨 불만이 그리 많소! 트로이 군을 그렇게도 미워하는 줄은 내 미처 몰랐소이다. 하지만 사태가 어찌 되든 올림포스의 신들은 감히 나에게 대항할 수가 없소. 스스로를 돌보시오. 전쟁의 참상을 보기도 전에 그대들이 먼저 위력을 잃을지도 모르니. 다시 한 번 이르건대, 벼락이 떨어지면 그대들은 올림포스 궁전으로 타고 돌아올 전차도 없어질 것이오."

이 소리를 들은 아테나와 헤라는 화가 머리끝까지 치밀어올랐다. 아테나는 아버지에 대한 분노와 원한이 용솟음쳤으나 입술을 깨문 채 참고 있었다.

그러나 헤라는 복받치는 감정을 억누르지 못하고 드디어 폭발하고 말았다. "크로노스의 무시무시한 아들이시여! 지금 무슨 말씀이십니까? 당신의 위력을 당해낼 자 없다는 건 익히 잘 아는 터입니다. 하지만 이렇게 나가다가는 천신만고 끝에 만리 타향에 온 다나아 군이 전멸하고 말 것입니다."

제우스가 대답했다. "헤라여, 날이 밝기 전에 그대의 그 사랑스런 눈으로 다나아 군의 참사를 보게 될 거요. 아킬레우스가 뱃전에서 분기해 일어서기 전까지 헥토르로 하여금 전투를 멈추지 않게 하리다. 쓰러진 파트로클로스의 시체를 빼앗고자 무서운 혈전이 갑판에서 벌어지는 게 운명이오. 설사 그대가 야페투스와 크로노스가 있는, 태양신 히페리온의 광명이나 부드러운 바람결에 전혀 위안을 받지 못하는 타르타루스의 동굴 속에 던져진다 해도 내 개의치 않겠소. 그대는 체면도 모르는 자니."

헤라는 남편에게 대답할 말을 찾지 못했다. 이때 찬란한 태양 광선이 오케아노스로 저물어가고 암흑의 밤이 기름진 대지로 깔렸다. 트로이 군은 빛이 사라지는 것을 애석해했지만 아카이아 군은 대환영을 보냈다. 세 번이나 축원을 올려 밤의 암흑을 맞은 것이었다. 이에 헥토르는 휘하 장병을 모아 강가 빈터에서 회합을 열었다. 거기는 시체들이 말끔히 치워진 곳이었다.

헥토르는 길이가 11큐빗이나 되며 번쩍이는 청동 날과 금 고리가 달린 창을 움켜쥐고 일장 연설을 했다. "트로이 군과 다르다니아 동맹군이여! 내가 트로이로 귀향하기 전에 그리스 함대와 병사들을 전멸시키리라 생각했었소. 그런데 어둠이 먼저 닥쳐와 오히려 적의 함대를 구했소. 자, 이제 우리는 밤의 명령을 받들어 저녁 식사를 준비토록 합시다. 서둘러 성으로 가서 향기로운 술과 빵, 소와 살진 양을 끌고 오시오. 그리고 장작을 듬뿍 모아 새벽이 올 때까지 날이 샐 때까지 훤히 횃불을 밝히어 아카이아 병사들이 도망가는가를 감시합시다. 그들이 출항하는 것을 내버려두어선 안 되오. 다시는 이 땅에서 전쟁을 일으키면 안 된다는 것을 확실히 가르쳐 줍시다. 성 도처로 사람들을 보내 성벽을 에워싸라고 하시오. 그리고 내일 새벽에는 무장을 든든히 하여 적의 함대를 무찌릅시다. 나는 디오메데스가 과연 나를 성으로 후퇴시킬 힘이 있는지 시험해 보리다. 내일이면 그 자가 내 실력을 알아보게 되리다. 그 자가 나의 첫 희생자가 될 것이며 그의 동료들이 그를 에워싸며 쓰러질 것이오. 정말 내가 다나아 군을 멸망시켜 아테나, 아폴론처럼 존경을 받으면 좋으련만."

혝토르의 열변은 트로이 군으로부터 대단한 갈채를 받았다. 그들은 서둘러 성에서 술과 음식, 소와 살찐 양을 날라와 마음껏 먹고 마셨다. 물론 신들에게 황소 100마리를 제물로 올리는 것도 잊지 않았다.

사방은 햇불로 불야성을 이루어 크산토스 강과 함대 사이를 환하게 밝히니 뾰족한 봉우리며 갑(岬)들이며 산골짜기 빈터가 대낮처럼 보였다. 이렇게 수천의 햇불이 평원에 타오르고 햇불마다 50명의 장부들이 앉아 있었다. 말들은 전차 옆에서 흰 보리와 호밀을 먹으며 새벽이 밝아오기를 기다리고 있었다.

아가멤논, 아킬레우스에게 화해를 청하다

트로이 군의 공세로 궁지에 처한 아가멤논은 아킬레우스에게 사절을 보내 도움을 청한다. 그러나 가슴에 분이 삭지 않은 아킬레우스는 아가멤논의 청을 냉정하게 거절한다.

이렇게 트로이 군이 감시를 하자 아카이아 군은 형언할 수 없는 고통을 겪어야 했다. 북풍 보레아스와 서풍 제피르 등 트라키아에서 불어오는 바람에 들썩이는 바다처럼 아카이아 군은 고통스러웠다. 당황한 아가멤논은 전령을 보내어 모두 회의장에 조용히 모일 것을 전했다. 병사들이 안타까운 심정으로 회의장으로 모여들었다. 아가멤논은 벼랑에서 흘러내리는 폭포처럼 눈물을 쏟아냈다.

그는 눈물을 훔치고 나서 일동에게 말했다. "아르고스의 모든 장군들과 영주들이여, 무정한 신 제우스께서는 일찍이 트로이 성을 멸하고 금의

환향할 것을 내게 약속하셨소. 하지만 이제 내게 속임수를 부려, 무수한 동포들의 생명을 버린 채 수치스럽게 빈손으로 돌아가라 하시오. 이처럼 수많은 도시의 영주를 죽이는 게 전능하신 신의 뜻인가 보오. 자, 이제 우리는 마음을 가다듬은 뒤 고국으로 탈주할 길을 찾읍시다."

아가멤논의 말을 들은 아카이아 병사들은 오래도록 슬픔에 잠긴 채 자리를 뜨지 않았다.

이윽고 디오메데스가 침묵을 깨뜨리고 열변을 토해 놓았다. "대왕이시여, 이 말씀을 드리는 것을 당연한 예로 생각하오니 노하지는 마십시오. 대왕은 지난번 모든 병사들 앞에서 저를 비겁자라고 책망하셨습니다. 노소를 불문하고 그 사실을 모두 알고 있지요. 대왕이시여, 제우스께서는 당신에게 부와 영예의 왕홀을 주셨습니다. 그러나 용기는 주시지 않았나 봅니다. 자, 우리 전우들이 말씀대로 그렇게 겁쟁이들 같습니까? 만일 심중에 귀향하실 의향이 있으시다면 당신이나 가십시오. 길은 얼마든지 열려 있으니까요. 바다에는 미케네에서 당신이 이끌고 온 거대한 함대가 있지 않습니까. 하지만 우리는 저 트로이 성을 완전히 함락할 때까지 남을 것입니다. 아니 진실로 가고 싶은 자는 보내십시오. 하지만 우리 두 사람, 스테넬로스와 저는 이곳에서 목적을 달성할 때까지 전투를 계속하겠습니다. 우리를 보내신 것은 신이니까요."

디오메데스의 말에 모두들 감탄하여 갈채를 보냈다.

이에 네스토르가 일어섰다. "티데우스의 아들이여, 그대는 전장에서도 일인자요, 토론장에서도 어느 무사보다 으뜸이로다. 우리 중에서 진실한 인간이라면 아무도 그대의 말을 반박하지 못하리다. 하지만 그대는 아직 젊소. 그대는 나의 막내아들 뻘이지. 그런데도 그대는 우리 장군들과 무사들에게 고귀한 조언을 남겼소. 자, 여러분보다는 한 살이라도 더 먹은 내가 말을 하겠소. 아가멤논 대왕 역시 내 말을 무시하지 못할 것이오. 우선 우리는 현실을 직시할 필요가 있소. 일단 젊은 청년들은 성찬을 마련하고 참호와 성벽 사이에서 파수를 봅시다. 그리고 대왕께서는 연로한 장군들을 불러 연회를 베푸는 게 좋겠소. 많은 사람들이 자리를 함께 하면 대왕께서는 현명한 충언을 들을 수 있을 거요."

그들은 네스토르의 조언대로 실천에 옮겼다. 완전 무장을 한 젊은이들이 여기저기에 배치되었다.

전체 일곱 경비대를 세웠는데 각 대의 지휘관 밑에 100명의 무사를 두어 긴 창으로 모두 무장을 했다. 한 경비대는 네스토르의 아들 드라시메데스의 지휘 아래 서고, 다음엔 투사 아스칼라포스와 얄메누스의 휘하에, 또 다른 패는 메리오네스와 아파레우스, 데이피루스의 지휘 아래, 그리고 크레온의 아들 리코메데스 휘하에 있었다.

한편, 아가멤논은 노장들을 소집하여 연회를 베풀었다. 식사를 마치자마자 네스토르가 먼저 일어나 말했다. 실로 용기 있는 이 거대한 노장은 언제나 자기 생각을 명확하고 조리 있게 표현했는데, 마치 길쌈의 명수가 천에다 무늬를 짜내는 것과도 흡사했다.

"만인의 왕이신 대왕이시여, 제우스께서는 대왕께 은혜를 베풀어 백성들을 염려할 수 있는 정의를 구현하도록 하셨습니다. 그러므로 무엇보다 말하고 듣고 또한 공공의 복리를 위하여 행동하시는 것이 당신의 직분이라고 생각합니다. 그러니 제 생각을 남김없이 솔직하게 말씀드리겠습니다. 대왕께서 아킬레우스한테서 브리세이스를 빼앗아 그를 노하게 한 이후, 저보다 더 좋은 대책을 생각한 사람은 아마도 없었을 것입니다. 그때 제가 강력히 단념하시기를 권했지만 거만한 성미에 넘어가 신들이 즐겨 찬양하는 위대한 장수를 모욕했습니다. 하지만 이미 때는 늦었을망정 그를 달랠 도리를 강구하여 겸손한 사과와 화해의 선물로써 그를 회유해 봅시다."

아가멤논 대왕이 대답했다. "노장이여, 그대는 나의 어리석음을 올바로 꾸짖어 주었소. 내가 그때는 정신이 나갔나 보오. 제우스께서 수천 수만의 인간보다 더 사랑하시고 기리는 장수, 지금도 아카이아 군을 모욕하시면서까지 이 장수를 높이시기에 여념이 없는 장수를 욕보이다니. 그러나 이제는 마음을 돌이켜 속죄의 길로 굉장한 선물을 내리려고 하오. 여러분 앞에서 내가 제공할 훌륭한 선물을 열거하겠소이다. 한 번도 불에 닿지 않은 세 발 솥 7벌, 황금 덩어리 10개, 번쩍이는 큰 냄비 20개, 경마에서 계속 상을 탄 말 12필이오. 이 말들을 갖는 자는 돈에 궁색하다는 말을 들을 리가 없으리다! 또한 내가 레스보스를 점령했을 때, 골라 뽑은 세상에서 제일가는 미녀들 7명도 보내리다. 이 여인들과 함께 내가 데려왔던 브리세이스를 돌려보내리다. 하늘에 대고 맹세컨대, 난 그녀와 동침한 적이 없을 뿐만 아니라 손도 댄 적도 없소이다. 그리고 후일 프리암 성의 점령을 신들이 허락하신다면, 전리품 분배에 그를 참여시켜 황금과 청동으로 함대를 채우게 하고, 헬레나 다음 가는 아주 어여쁜 트로이 여인 20명을 고르도록 하겠소. 그리고 우리가 아르고스로 돌아가면 그를 내 사위로 삼아 내 사랑하는 아들 오레스테스와 동등하게 그를 대우하리라. 나에게는 크리소테미스와 라오디케, 이피아나사라는 세 딸 중 한 명을 선택하여 가장 많은 지참금과 함께 아킬레우스에게로 데려가게 하리다. 그리고 일곱 군데의 부유한 도시를 그에게 주리다. 카르다밀레, 에노페, 히레 초원지대, 성스런 페라이, 전원의 안테이아, 아름다운 아이페이아, 포도가 무르익은 페다수스 등, 모두 모래 땅 필로스의 변두리를 따라 해안에 위치해 있소. 그 도시에는 양떼·소떼를 거느리고 비교적 풍족한 생활을 누리는 시민들이 살고 있는데, 자기의 종족들과 더불어 아킬레우스를 숭배할 것이며, 그에게 순종할 것이외다. 그가 마음만 돌려준다면 이 모두를 실천하리다. 더욱이 나는 연상인데다 명색이 대왕이오."

게렌의 기사 네스토르가 답변했다. "아가멤논 대왕이시여, 참으로 잘 생각하셨습니다! 이 정도의 선물이라면 감히 무시할 사람이 없으리다. 그러면 곧 대표를 펠레우스의 아들에게 보냅시다. 우선 포이닉스를 지도자로 하여 아이아스와 오디세우스를 따르게 합시다. 자, 원컨대 손을 씻고 엄숙히 제우스께 축원을 올려 자비를 호소합시다."

네스토르의 말은 모두를 기쁘게 했다. 하인들은 곧 물을 부어 손들을 씻게 하고, 사환들은 예의 바른 태도로 돌아다니며 술을 따랐다. 그들은 제주를 올리고 잔을 채워 마신 다음 아가멤논 대왕의 막사를 떠났다.

네스토르가 좌중을 둘러보면서 특히 오디세우스에게 저 무서운 아킬레우스를 설복시키기 위한 말들을 똑똑히 말해 주었다. 아이아스와 오디세우스는 파도 소리가 요란한 해변을 걸어가며 지진의 신 포세이돈에게 아킬레우스를 타이르는 데 성공하게 해 달라고 축원했다.

미르미돈의 막사와 함대에 다다른 그들은 하프를 뜯고 있는 아킬레우스를 발견했다. 이 하프는 에티온 시를 함락시켰을 때 전리품으로 얻은 것이었다. 파트로클로스가 그 맞은편에서 앉아 있었다. 오디세우스를 선두로 두 사자가 다가가자 아킬레우스가 깜짝 놀라 일어났다.

아킬레우스가 이들을 맞아 인사했다. "어서들 오시오! 전우들을 뵈오니 참으로 반갑습니다. 비록 나야 화가 잔뜩 나 있지만 그대들은 내 가장 친한 벗들 아니오."

그러고는 멋진 자색 담요에 앉힌 뒤 옆에 있던 파트로클로스에게 일렀다. "여보게, 어서 독한 술과 잔들을 가져오게. 막역한 친구들이 내 집을 찾아오셨어."

파트로클로스는 불 옆에 고깃덩어리를 놓고, 염소 다리와 양의 다리, 또한 맛있는 살찐 돼지 등심도 내놓았다. 그러고는 불을 지피는 동안 꼬챙이에 꿰었다. 불길이 죽자 그는 재 위의 석쇠에 있는 꼬챙이들을 나무 시렁에 놓고 소금을 발라 다시 석쇠를 놓았다. 그리고 고기가 잘 구워지자 접시에 꺼내 놓았다.

아킬레우스는 오디세우스의 맞은편 벽에 기대어 파트로클로스에게 일러 신에게 제물을 올리라고 했다. 파트로클로스가 불 속에다 제물을 던져 넣자 좌중은 앞에 놓인 훌륭한 음식을 만족하게 먹었다. 그 뒤 아이아스가 포이닉스에게 고개를 끄덕였다.

오디세우스가 이를 알아차리고 잔에 술을 가득 부어 아킬레우스를 향해 축배를 올렸다. "아킬레우스여, 그대의 건강을 비오! 정말 그대가 영광스런 향연을 베풀어주어 감사하오. 하지만 향연을 대접받는 것이 우리의 용무는 아닙니다. 장군이시여, 우리는 커다란 재난에 직면해 있소. 그대의 도움이 없을 경우, 우리 함대가 전멸을 당할지도 모르는 상황까지 왔습니다. 지금 트로이 군은 우리의 함대를 둘러싸고 야영하고 있는 중이오. 적군의 횃불이 불야성을 이루었고, 그들은 우리가 함대를 타고 도망칠 것이라고 믿고 있소. 제우스께서 번개를 보내어 그들에게 유리한 징조를 주신 거요. 헥토르가 자만하여 기뻐 날뛰는 꼴은 마치 성난 광인과도 같소. 그는 새벽이 밝는 대로 우리 함대에서 군기를 찢어 타오르는 불 속에 던지겠다고 언명했소. 우리를 전멸시키겠다고 호언장담이 대단하오. 나 역시 신들이 그의 호언대로 이행하는 것은 아닌가, 혹은 이곳 트로이 땅에서 죽는 것이 우리의 운명은 아닌가 하여 두렵소. 자, 그러니 우리 아카이아 군을 구해 주시오. 이를 거절한다면 그대도 반드시 후회할 날이 있으리다. 가능한 한 너무 늦기 전에 숙고하시어 파멸로부터 다나아 병사들을 구해 주시오. 나의 다정한 벗이여, 그대의 부친 펠레우스께서 그대를 아가멤논에게로 출정시킬 때 말씀한 바를 기억하시오. '애야, 아테나와 헤라가 너를 인정만 하신다면, 승리의 월계관은 너의 머리에 씌워지리라. 하지만 네가 명심할 것은 교만한 마음에 자갈을 물리는 일이다. 그리고 알력을 피하라. 그러면 온 겨레가 노소를 불문하고 널 존경할 것이다.' 설마 부친의 당부를 잊은 것은 아니지요? 그대 가슴을 괴롭히는 원한을 개의치 마시오. 그대가 마음만 들려준다면 아가멤논은 충분한 보답을 제공한다 했소. 내 말 좀 들어보시오."

그러고 나서 오디세우스는 아가멤논 대왕이 그에게 주겠다는 물품 목록과 언약에 관해 장황하게 말해 주었다.

그리고 덧붙여 말했다. "하지만 그대의 화가 아직도 풀리지 않는다면 무엇보다 풍전등화와 같은 처지에 선 아카이아 동포들을 동정해 보시오. 그들은 그대를 신과도 같이 찬양할 것이며, 그대의 명성은 온 천하에 퍼질 것이오. 이제 그대는 헥토르를 무찌를 수 있으리다. 그는 호언하기를 모든 다나아 군 중에는 자기와 어깨를 겨룰 자가 없다는 것이오."

아킬레우스가 대답했다. "오디세우스 장군이여, 내 속마음을 솔직히 말하겠습니다. 사실 나는 한 가지는 말하고 다른 한 가지는 가슴속에 묻어 놓는 그 친구를 지옥문처럼 미워하오. 아가멤논 대왕이나 다나아 어떤 사람의 말도 듣지 않을 작정이오. 밤낮 싸움터에서 싸워 봤자 아무 보람도 없기 때문이오. 집에 있으나 온종일 싸우나 그 소득은 전혀 다를 게 없소. 겁쟁이든 용사든 하등 차이가 없다는 말이오. 나는 마치 철없는 새끼에게 온 힘을 다해 한입 두입 먹이를 물어다 주고 자기는 불행히 죽어버리는 새나 다름없소. 수많은 긴긴날을 피투성이로 싸우며 보냈건만 그모두가 한 사람에게 귀한 것을 찾아 돌려주기 위함이었소! 내가 싸워 함대로 부순 도시가 열둘이요, 뭍에서 싸운 도시가 열하나였소. 이 모든 싸움에서 값나고 귀한 보물은 모두 아가멤논 대왕에게 바쳤소. 그는 함대 뒤에서 기다리고 있다가 그것을 모두 차지하여 눈곱만큼만 내게 떼어 주고는 나머지는 모두 가져갔소! 더러는 영주며 장군들에게 상으로 주어 모두 자기 것을 안전하게 보존하고 있지만 나만은 그한테 도로 빼앗겼소! 내가 좋아하는 여인을 빼앗아 갔으니 그녀를 잘 간직해 동침이나 하라고 이르시오! 무엇 때문에 아르지브 군이 트로이 군과 싸우고 있소? 바로 아름다운 헬레나 때문이 아니오? 세상에서 아내를 사랑하는 사람이 아트레우스의 아들들뿐이오? 정상적인 인간이라면 누구나 자기 부인을 사랑하고 아낄 줄 아는 법이오. 내 비록 창의 힘으로 그녀를 얻었을망정 그녀를 진심으로 사랑하는 것도 역시 마찬가지요. 그런데 그는 내 손에서 그녀를 빼앗아 간 거요. 다시는 나를 설득하지 마시오. 난 그 자의 인품을 너무나 잘 아니까. 오디세우스여, 그대와 다른 영주들이 그를 도와 함대를 구하시오. 사실 나 없이도 이미 많은 것을 해 왔소. 성벽을 쌓고 그 주위로 깊은 참호도 파서 말뚝들을 박았는데, 아직도 헥토르를 못 밀어냈단 말이오? 하지만 내가 싸움터에 있을 때에는 헥토르가 감히 성을 떠나 싸워 보려고도 하지 못했는데. 언젠가 홀로 나와 맞부딪친 적이 있었는데 구사일생으로 빠져나갔었소. 하지만 지금은 헥토르와 싸우기 싫소. 내일 난 제우스와 모든 신들에게 제물을 올린 다음 함대를 띄우겠소이다. 만일 포세이돈께서 순조로운 항해만 허락하신다면 사흘이면 프티아에 도착하겠지요. 이 원망스런 항해를 떠날 때 그곳에다 많은 재물을 남겨두었었소. 또한 여기서 얻은 금, 붉은 구리, 장식 띠를 맨 여인 등을 가져가겠소. 대왕께 내 말을 전해 주시오. '또다시 다른 사람을 속이려 든다면 온 세상이 분개하리라'고. 그 자는 한낱 추한 개에 지나지 않으니 나를 똑바로 쳐다보지도 않을 것이오. 나는 아주 사소한 직책조차도 맡지 않을 작정이오. 제우스께서 그에게서 이성을 빼앗아 버린 지 이미 오래요. 그의 선물도 진저리가 나오. 혼자의 힘으로 지푸라기 하나를 얻은 게 아닐진대 말이오. 그는 지금 제공한 것보다 열 배, 스무 배, 아니 그가 세상에 갖고 있는 모든 것, 나아가 앞으로 가질 수 있는 것도 나에게 제공해야 할 것이오. 그가 나에게 오르코메누스의 재산, 혹은 집집마다 보물로 채워졌다고 하는 이집트 테베의 전재산을 준다 해도, 아니 해변의 모래알만큼 준다 해도 날 모욕한 대가로 충분치가 않소! 그리고 아가멤논의 딸을 내 아내로 삼지는 않겠소. 아름답기가 아프로디테에 못지 않고 그 솜씨가 아테나를 능가할지라도 나는 원치 않소! 나보다도 훌륭한 사람을 고르게 하구려. 왜냐하면 신들이 나를 무사히 집으로 돌아갈 수 있도록 해주신다면 펠레우스께서 친히 신부감을 택해 주실 것이오. 헬라스와 프티아에도 신부감은 얼마든지 있소. 그들 중에서 내 맘에 드는 여자를 골라 아내로 정하리다. 고향에 있을 때 나는 종종 천생연분의 반려자요, 펠레우스의 많은 재산을 기꺼이 관리하고 싶어하는 여자를 만나 혼례를 올리리라 마음을 먹었소. 사실 내게 생명이란 것은 평화시의 일리오스의 전재산보다, 궁술의 신 아폴론의 신전 돌마루에 산더미처럼 쌓아 놓은 금은 보화보다 더 소중한 것이오. 소나 살찐 양, 세 발 솥이나 말 역시 마찬가지로 돈으로 살 수 있는 것들이지만, 인간의 생명은 훔칠 수도 살 수도 없는 것 아니오. 한번 숨이 넘어가면 만사는 끝이오. 내 어머니 테티스는 내가 종말을 맞이하는 데는 두 가지의 길이 있다 말씀하셨소. 만일 내가 여기에 남아서 싸운다면, 죽을지는 모르지만 이름은 영원히 남을 것이고, 반대로 내가 귀향해 버리면 명성은 사라지겠지만 장수하고 요절은 당하지 않으리라 하셨소. 진정 그대들도 일리오스를 끝장내지 못할 바에는 귀향하시오. 전능하신 제우스께서 일리오스에게 보호의 손길을 뻗친 것이 분명하오. 그러니 이제 돌아가거든 아카이아 영주들에게 성명을 발표하여 좀더 현명한 대책을 강구하시오. 그들이 마음먹고 있는 방안이란 내가 화를 풀지 않는 한 어려울 것 같소. 그리고 강요하는 것은 아니지만, 포이닉스는 여기 좀 남아서 나와 함께 쉬고 있다가 내일 고향으로 돌아가는 것이 어떻겠소?"

그들은 그의 완강한 거절을 듣자 한동안 말문을 열지 못했다.

이윽고 나이 든 포이닉스가 아카이아 함대 생각에 눈물을 흘리며 말했다. "아킬레우스여, 그대의 가슴이 아직도 분노로 들끓어 진정 귀향하고자 결심을 했다면, 내 어찌 혼자 여기에 남아 있으리오. 그대는 내가 책임을 지고 데리고 왔소. 그대의 늙으신 부친께서 그대를 아가멤논 대왕에게로 보낼 때 나를 함께 보내셨소. 당시 그대는 어린애에 지나지 않아 전쟁이나 전술에 전혀 경험이 없었소. 그래서 부친께서 우수한 웅변가나 투사가 되는 길 등을 가르치라고 나를 보내셨소. 그러니 내 어이 그대와 떨어져 이곳에 남아 있으리오. 설사 신께서 친히 내게서 나이를 거두어 나로 하여금 아름다운 미녀의 고장 헬라스를 처음 떠날 때처럼 젊고 굳세게 해준다 할지라도 안 될 말이오. 나는 아버지, 오르메노스의 아들 아민토르와의 불화로 피해 왔던 것이오. 모두가 아버지의 첩 때문이었소. 아버지가 첩을 너무 위하고 나의 어머니를 학대하자 어머니는 나에게 서모를 겁탈하라고 애원했소. 내가 그렇게 하자 아버지는 노발대발하며 퓨어리즈(복수의 세 여신)에게 나의 슬하에 자식을 절대로 두지 못하도록 빌면서 저주했소. 물론 제우스며 무서운 페르세포네(지하세계의 여신) 같은 신들이 그의 축원을 들어주었소. 나는 격분하여 아버지를 칼로 찌르려고 했지만 한 불사의 신이 나를 제지시켰소. 그는 어찌 내 아버지를 죽인 살인자라는 낙인이 찍혀야 옳으냐고 반문하셨소. 하지만 노한 아버지의 집에서는 차마 살 수가 없었소. 벗이며 친척들이 모두 몰려와서 그대로 머물러 살기를 간청했소. 살진 양을 잡는다, 소를 잡는다, 돼지를 잡는다 하면서 내게 술을 권했소. 그들은 9일 동안이나 내 침실을 지키고 있었소. 번갈아 불침번을 서며 불을 끈 적이 없었소. 그러나 10일째 되던 날 밤, 나는 파수 보는 사람들과 일하는 하녀들의 눈을 피해 무사히 정원 담을 뛰어넘을 수 있었소. 그래서 헬라스의 너른 초원을 가로질러 마침내 양의 어머니라 불리는 기름진 토양의 프티아에 이르러 펠레우스 왕에게로 간 것이오. 왕께서는 나를 아버지가 자식을, 유산상속을 받을 외아들을 대하듯이 하셨소. 나에게 부귀를 베푸시고 많은 백성을 주시어 돌로페스 족의 장으로서 프티아의 변경에서 살게 하셨소. 그리하여 내 오늘의 그대를 이렇게 키워 놓았소." 그가 잠시 말을 끊고 좌중을 둘러보았다.

숨을 돌린 그는 말을 이었다. "자랑스러운 아킬레우스여! 나는 진정으로 그대를 아낀다는 걸 알 거요. 내가 그대를 무릎에 앉혀 먼저 그대에게 먹을 것을 남몰래 주고 그대는 나 없이는 식사를 하러 가지도 않았소. 몹쓸 애들처럼 물을 흘려 얼마나 내 웃옷을 많이 적셨던고! 그렇소이다. 신께서 나에게는 자식을 점지해 주지 않으셨으므로, 그대는 내 아들이었소! 그대가 어느 때고 멸망과 치욕에서 나를 건질 날이 있으리라는 희망을 안고 그대를 내 자식으로 여겼었소. 장한 아킬레우스여, 이제 그대의 무정한 마음을 녹이시오. 미덕이나 영광, 위력에 있어서 그대보다 위대한 신들조차 움직일 때가 있거늘 그대도 마음을 돌리시오. 신들 역시 과오를 저지른 인간이 진심으로 제물의 향기를 올리면서 호소하면 마음을 돌린다는 걸 알고 있잖소. 기도의 신은 제우스의 따님으로 절름발이에 주름살 투성이인데 죄의 신을 따라다닌다오. 그러나 죄의 신은 강하고 걸음이 빠르기 때문에 천하 각지로 돌아다니면서 인간을 떨어뜨릴 준비를 한다오. 인간이 기도의 신에게 가까이 다가와 존경을 표하면, 신은 그 간청을 들어주지만 그렇지 않으면 제우스에게로 가서 죄의 신이 그를 따라다니도록 청하여 다시금 실수를 하고 벌을 받게 한다오. 그러니 자, 아킬레우스여, 모름지기 이 제우스 따님들을 존경으로 대하도록 하시오. 만일 아가멤논에게서 이와 같은 많은 선물이 제공되지 않았고 또 다른 언약이 없었다면, 아무리 아르지브 사람들의 요청이 긴급하고 강력할지라도 내 감히 원한을 잊고 그들을 도우라고 그대에게 강요되지는 않았을 것이오. 하지만 그는 화를 풀고 나아가 후일을 약속했소. 또한, 사절을 보내는 데 있어서도 아르지브 사람들 중에서 가장 고명한 인사로, 그대의 막역한 친구들을 택했소. 그리고 끝없는 분노에 사로잡혔던 그 옛날 영웅들의 사적을 생각해 보시오. 선조 영웅들 역시 선물에는 움직였고 간청에는 풀어졌

136

소. 그리 새로운 사실은 아니지만 잊혀지지 않는 게 하나 있소. 모두 내 친지고 지인이니 말하리다. 쿠레테스족과 아이톨리아족은 칼리돈 시 앞에서 서로 싸운 적이 있었소. 아이톨리아족은 시를 수비하고 쿠레테스족은 공격했소. 이 전쟁은 오이네우스가 과수원에서 수확한 제물을 아르테미스 여신에게 바치지 않았기 때문에 일어났던 것이오. 오이네우스는 자신이 과실을 저질렀다는 사실조차 모르고 있었소. 어쨌든 노한 궁술의 여신은 탐욕의 큰 송곳니를 지닌 산돼지를 보내 과수원을 엉망진창으로 만들어 놓았소. 그러나 오이네우스의 아들 멜레아그로스가 여러 도시로부터 사냥꾼과 사냥개를 모아 그 산돼지를 죽였소. 왜냐하면 적은 사람으로서는 도저히 다룰 수 없을 정도로 큰 놈이었소. 하지만 여신은 그 돼지의 머리와 가죽을 가지고 쿠레테스와 아이톨리아 간에 격심한 알력을 일으켜 놓았소. 그러나 사태는 쿠레테스에게 불리하게 돌아갔소. 그들은 수는 많았지만 성 밖에서 자기의 위치를 유지할 수가 없었소. 이때 아이톨리아족이었던 매우 분별 있는 인간 멜레아그로스는 어머니 알다이아와의 불화로 아내와 함께 집에 머물러 있었소. 그의 아내는 복사뼈가 예쁜 마르펫사의 딸인 아름다운 클레오파트라였소. 그녀의 아버지는 이다스였는데, 그는 당시 마르펫사를 위해 포이보스 아폴론을 향해 활을 들 정도로 최고의 장사였소. 그런데 그와 그의 어머니가 불화한 이유는 그가 외삼촌을 죽였기 때문이오. 그의 어머니는 땅을 치며 하데스와 무서운 페르세포네를 부르짖으며 자식이 죽음의 벌을 받기를 축원했소. 냉혹한 복수의 신이 어둠 속을 오락가락하다가 에레부스에서 그녀의 소리를 들었소. 바로 그때 성벽이 습격을 받아 성문 근처에서 야단법석이 일었소. 아이톨리아의 노장들은 간부 사제들을 멜레아그로스에게 보내어 많은 기증품을 약속하고 자기들을 도와주기를 간청했소. 그들은 칼리도니아 평야에서 반은 포도원 지대고 반은 경작지인 가장 기름진 땅 50에이커를 그에게 준다고 말했소. 그리고 나이 든 기사 오이네우스는 그 거대한 방문 앞에서 두 문을 두드리며 열심히 간청했소. 그의 누이들과 어머니도 간곡히 부탁했지만 그는 자신의 의지를 굽히지 않았소. 그의 동료들과 막역한 친지들 또한 애원했지만 모두들 그를 움직이지는 못했소. 그러나 결국 그의 방이 쿠레테스족들의 습격을 받자 그도 가만히 있을 수가 없었소. 게다가 그의 사랑하는 아내는 사람들이 죽어 넘어지고 집이 불타 쓰러지는 모습, 부인들과 아이들이 적들에게 끌려가는 모습을 눈물로써 애걸하며 말했소. 그제야 그의 가슴은 찢어지는 듯 아파 갑옷으로 무장하고 나갔소. 그리고 아이톨리아족을 구해냈으나, 결국 그들이 약속한 굉장한 선물은 전혀 받지도 못했소. 자, 원컨대 그대도 그런 식으로 이끌어 가지 마시오. 아킬레우스여! 그대가 돕기 전에 함대가 다 타버린다면 원통하지 않소. 선물이 손에 들어올 때 받으시오. 아카이아 사람들은 그대를 신처럼 우러러보리다. 하지만 선물도 못 받고 전투에 참가한다면, 그대가 승리를 거둘지라도 영광은 얻지 못하리다."

아킬레우스가 답변했다. "내 오랜 친구이자 존경하는 포이닉스여, 난 그 따위 영광이 필요하지 않습니다. 아가멤논의 비위를 맞추기 위해 더 이상 애통과 신음으로써 내 마음을 어지럽히지 마시오. 하지만 내가 드릴 말씀은 당신이 그에게 친절을 베풀 필요가 없다는 것이오. 내가 당신을 얼마나 존경하는지 알 것입니다. 그러니 나와 함께 있어 나를 괴롭히는 자를 괴롭혀 주시지요. 그리고 나와 함께 영광을 같이 나눕시다. 소식은 다른 사람들이 전할 테니 당신은 여기 묵으면서 편안히 쉬셨다가 날이 밝으면 귀향 여부를 생각하시지요."

아킬레우스는 말을 마친 뒤 파트로클로스에게 포이닉스의 잠자리를 보살피도록 조용히 고개를 끄덕였다. 이는 또 따른 사람에게는 돌아가라는 암시이기도 했다.

이에 아이아스는 오디세우스에게 말했다. "지략의 오디세우스여, 돌아갑시다. 헛걸음을 했나 봅니다. 비록 반가운 소식은 아닐망정 우릴 기다리는 사람들에게 전해야지요. 아킬레우스는 몹시 흥분해 있어서 동료의 애정뿐만 아니라 우리가 얼마나 자신을 숭배하는지조차 모르는 것 같소. 무정한 사람이구려! 비록 사람이 누군가를 죽였을 때 죽인 자는 가장 가까운 친척에게 완전히 보상을 함으로써 당당해지고, 상대방은 그 값을 받음으로써 성질을 죽이는 법이오. 그러나 아킬레우스 당신은 참으로 반석처럼 무자비하구려. 과연 이게 신의 뜻이라면…… 이제 우리는 당신에게 최상의 것, 일곱 가지 제안을 하고 거기에다 또 수많은 보화를 더하고자 하오. 자, 마음을 돌려보시오. 당신의 가풍을 생각해 보시오. 그리고 우리는 다나아 백성의 사절로서 이곳에 온 게 아니라, 당신과 가장 가깝고 친하게 지냈기 때문에 이곳에 온 것이오."

아킬레우스가 답변했다. "아이아스여, 지당하신 말씀이외다. 하지만 모든 것을 돌이켜볼 때 아직도 화가 가라앉지 않는다오. 아가멤논은 마치 내가 경우도 의리도 없는 불량배나 된 듯이 동포 앞에서 나를 멸시했소! 아무튼 가서 소식을 전하시오. 나는 헥토르 왕자가 미르미돈족의 함선과 막사까지 와서 화염으로 에워쌀 때까지는 전쟁에 참여하지 않겠다고. 그리고 헥토르가 아무리 강할지라도 곧 잡히고 말 것이오."

사절들은 성스런 술을 마신 뒤 돌아갔다. 파트로클로스는 포이닉스의 잠자리를 위해 지체 없이 푹신한 양털로 짠 천이며 리넨 침구와 더불어 담요들을 가져왔다. 여기서 노인은 누워 날이 밝기를 기다렸다.

한편, 아킬레우스는 장미처럼 어여쁜 디오메데와 함께 누웠다. 그 반대편에는 파트로클로스가 이피스와 함께 누웠다.

사절이 아가멤논의 막사에 도착하자 모두들 일어서서 금잔을 들어 축배를 올렸다.

그런 다음 아가멤논이 먼저 경과를 물었다. "수고하셨소, 오디세우스 장군, 어찌 되었소? 아킬레우스가 우리 함대의 절박한 병화를 막아 준답디까? 아니면 여전히 오만한 성미를 버리지 않았습디까?"

참을성 있는 오디세우스가 입을 열었다. "아가멤논 대왕이시여, 아킬레우스는 아직 화가 풀리지 않아 당신과 당신의 선물을 물리쳤습니다. 그리고 당신 스스로 동지들과 더불어 동포를 건질 대책을 세우라 했습니다. 또한, 날이 밝는 대로 자기는 돌아가겠다고 말하며 우리에게도 귀향하기를 권했습니다. 트로이 시는 제우스께서 보살피므로 종말을 보지 못하리라는 것이지요. 여기 아이아스와 두 전령한테 물어 보소서. 그리고 노장 포이닉스는 그곳에 남아 묵고 있습니다. 날이 밝는 대로 함께 떠나자고 아킬레우스가 붙잡았기 때문이지요."

오디세우스의 말에 모두 아연실색한 얼굴이었다. 그들은 한참 동안 벙어리처럼 있었다.

이윽고 디오메데스가 침묵을 깨뜨렸다. "아가멤논 대왕이여, 도대체 펠레우스의 아들에게 간청했다는 것이, 수많은 보화를 주기로 제의했다는 것이 매우 섭섭한 일일 뿐입니다. 그는 언제나 오만했습니다. 이번에 대왕께선 그를 더욱 오만해지도록 부채질을 하셨고요 자, 이제 우리는 그가 남든지 돌아가든지 내버려둡시다. 신께서 그의 마음을 돌리시면 싸움터에 나타나겠지요. 대신 우리 모두 성찬을 즐기고 단잠이나 잡시다. 그리하여 어둠이 자취를 감추고 새벽의 신이 장밋빛 손가락을 뻗칠 무렵, 일찍이 군마를 정비하여 친히 솔선하여 지휘하소서!"

그의 말에 모두들 만족하여 진심으로 갈채를 보냈다. 그래서 모두 각기 막사로 돌아가 밤의 은혜를 누리었다.

양군, 서로를 정탐하다

야간 정탐에 나선 디오메데스와 오디세우스가 트로이의 정탐꾼 돌론을 벤 뒤에 적진을 탐색한다. 그러고는 트라키아 왕의 말을 탈취해 무사히 아카이아 진영으로 돌아온다.

모든 아카이아의 영주들은 깊이 잠들었건만, 아가멤논은 잠을 이루지 못했다. 전군의 총사령관인 그는 걱정으로 잠을 이룰 수가 없었다. 그는 어찌할 바를 몰랐다. 제우스가 번갯불을 보내고 비와 우박의 격류를 쏟을 때처럼 마음속에는 격랑이 일었다.

평원에 트로이 군의 야영이 불야성을 이루고 있는 것을 보는 것만으로도 대왕은 간담이 서늘해졌다. 게다가 나팔 소리, 북소리, 사람들의 고함 소리 등 온통 소란이 뒤섞여 울려오는 것이 아닌가! 다시 아카이아 군과 함대 쪽으로 머리를 돌린 그는 머리를 잡아뜯고 괴로워하며 제우스에게 축원을 올렸다.

그러고 나서 네스토르를 찾아가 전군을 건질 계책에 관해 논의해 보아야겠다고 생각했다. 그는 서둘러 무장을 한 뒤 걸음을 옮겼다.

메넬라오스 역시 걱정이 되어 한잠도 이루지 못했다. 다나아 군에게 닥쳐올 일을 생각하니 가슴이 뛰었다. 이 머나먼 원정의 동기요, 기나긴 악전고투의 장본인이 자기 자신이 아닌가!

그는 얼룩 표범 가죽을 등에 걸치고 청동 투구를 머리에 쓴 다음 창을 잡았다. 그리고 형인 아가멤논 대왕을 깨우러 나갔다. 마침 형은 함대의 고물에서 어깨에 갑옷을 걸치고 있었다.

메넬라오스가 먼저 말을 꺼냈다. "형님이시여, 어인 일로 이리 무구를 갖추시나이까? 밀정을 보내기라도 하실 생각이십니까? 그런 일을 감당할 사람이 있을지, 캄캄한 어둠 속을 혼자서 뚫고 들어가 적진에서 정탐을 한다면 그자야말로 용맹한 장부이겠지요!"

이에 아가멤논이 대답했다. "그래, 우린 아르지브 군사와 함대를 구할 계략을 짜내야 한다. 자, 제우스께서 헥토르의 제물을 우리 것보다 낫게 여기시나 보다. 여태껏 헥토르 혼자 몸으로 우리를 이토록 유린한 적은 없었다. 그는 신의 자식도 여신의 자식도 아니건만, 우리 동포한테 뼈아픈 상처를 남겼다! 자, 어서 달려가 아이아스와 이도메네우스를 불러 오거라. 나는 네스토르를 찾아가 파수를 만나 명령하라고 해야겠다. 지금 네스토르의 아들이 파수의 지휘를 맡았으니 말이다."

메넬라오스가 말했다. "그러면 저는 거기 머물러 형님을 기다릴까요? 아니면 먼저 명을 전달하고 이리로 돌아올까요?"

"그곳에서 기다리게나. 그래야 길이 어긋나지 않지. 가는 길에 사람들을 불러일으키되, 성과 이름을 부르고 지나친 위엄을 부리지 말게나. 우리가 하인 노릇을 해야 하네. 태어날 때부터 제우스께서는 이 무거운 짐을 우리에게 지워 주셨으니 말일세!"

아가멤논은 아우를 떠나 보낸 뒤 병사들의 지도자인 네스토르에게로 향했다. 그는 함대 옆의 막사에서 깊은 잠에 빠져 있었다. 그 옆에는 방패와 투구, 두 자루의 창 등 무기가 놓여 있었다. 또한 부하들을 전선에서 지휘할 때 늘 두르던 빛나는 띠도 있었다.

그는 팔꿈치를 괴고 일어나 아가멤논을 쳐다보았다. "누구요? 모두 잠든 이 밤중에 무엇 때문에 온 거요? 노새들 때문이요, 아니면 친구 때문이오?"

아가멤논이 대답했다. "네스토르여, 아가멤논이오. 목숨이 붙어서 사지를 움직이는 동안은 고뇌와 슬픔을 짊어져야 할 아트레우스의 아들 아가멤논이오. 전쟁과 병사들 때문에 잠이 오지 않습니다. 마치 바늘방석에 앉은 듯 사지가 떨리고 있소. 당신도 역시 잠이 깨셨으니 우리 함께 파수 보는 데에 가면 어떻겠소. 그들이 파수를 제대로 보고 있는지 가봅시다. 적은 바로 앞까지 접근해 있소이다. 혹시 밤을 틈타 기습해 올지도 모르는 일 아니오?"

게렌의 기사 네스토르가 말했다. "만인의 왕 아가멤논이시여, 제우스께서 헥토르가 마음먹은 대로 해 주지는 않을 것입니다. 만일 아킬레우스 장군이 마음을 돌린다면 헥토르는 우리보다 더 큰 역경에 부닥치리라 생각되옵니다. 물론 저는 당신을 따르겠습니다. 그리고 용감한 디오메데스와 오디세우스, 걸음이 빠른 아이아스, 그리고 건장한 메게스도 깨우지요. 또한 텔라몬의 아들 아이아스와 이도메네우스 왕을 모셔 왔으면 좋겠습니다. 다른 함대들은 가까이 있으나, 그들의 함대는 멀리 떨어져 있으니 말이외다. 그러나 난 메넬라오스를 사랑하고 존경하는 만큼 그를 책망 좀 해야겠나이다. 그는 어이 이 모든 고난을 당신에게만 맡기고 잠만 자고 있습니까? 그도 이러한 수고를 나누어 가져야 합니다."

아가멤논 대왕이 말했다. "경이시여, 내 그대의 책망을 기쁘게 받아들인다오. 그는 때때로 태만할 때가 있소. 하지만 이는 그가 인색하거나 성의가 부족해서가 아니라, 내가 선봉장이 되길 기대하고 있기 때문이오. 그러나 오늘밤엔 나보다 먼저 깨어나 왔습니다. 그래서 방금 장군께서 지명한 분들을 부르러 그를 보냈지요. 그들이 성문 밖 초소에서 기다리고 있을 거요. 그러니 가서 만나봅시다."

네스토르는 서둘러 튜닉에 장화를 신었다. 그리고 북슬북슬한 자색 털로 된 소매 없는 코트에 띠를 묶었다.

그 다음 서슬이 푸른 창을 들고 함대들이 늘어선 곳으로 나갔다. 그리고 지혜로운 오디세우스를 소리쳐 깨웠다.

그러자 오디세우스가 막사에서 나오며 물었다. "왜 그러시오? 밤중에 왜 막사 근처를 오락가락하시오?"

네스토르가 대답했다. "오디세우스 장군이여, 아카이아 군이 전멸할 위기에 봉착했으니 어서 따라오시오. 싸울 것인가, 아니면 도망갈 것인가를 서로 상의할 만한 사람을 몇몇 더 깨워 봅시다."

말이 떨어지기 무섭게 오디세우스는 즉시 막사로 들어가 어깨에다 방패를 걸머메고 나왔다. 먼저 그들은 무장을 풀지 않은 채 동료들과 함께 누워 있는 디오메데스를 발견했다. 창들은 뾰족한 창끝을 모아 땅에 꼿꼿이 세워놓아 희끗희끗 빛나는 품이 멀리서 보기에 하늘에서 빛나는 번갯불과 흡사했다.

네스토르는 그를 발로 흔들어 깨우고 꾸짖는 어조로 말했다. "이 사람아, 웬 잠을 밤새도록 자는가? 적들이 목전에 있는데 이렇게 잠이 온단 말이오?"

디오메데스는 깜짝 놀라 후닥닥 일어났다. "노장군이여, 그렇게 고된 중에서도 쉬지를 않으시다니. 다나아 군 중에 사람을 깨울 만한 젊은이가 없단 말입니까?"

네스토르가 대답했다. "여보게, 옳은 말이긴 하네. 내게도 출중한 아들이 있었지. 부르러 다닐 만한 사람이야 흔해 빠졌네. 그러나 우리의 운명이 경각에 달려 있는 형편이고, 위기일발 생사의 분수령이 칼날 위에 얹혀 있는데 그걸 따져 무얼 하나. 자, 가게. 나보다 젊은 그대가 달려가 메게스와 걸음이 빠른 아이아스를 깨우게."

디오메데스는 커다란 사자 가죽을 어깨에 쓰고 창을 쥐었다. 그리고 곧 나가서 두 사람을 깨워 데리고 왔다. 그들은 파수를 보고 있는 병사들 주위를 돌며, 진지에서 잠을 자지 않고 깨어 앉아 무기를 갖추고 있는 장수들을 찾아냈다.

파수 보는 개가 무서운 야수가 다가오는 것을 발견했을 경우 소동을 피우는 소리를 듣고 양이 놀랄 때처럼 모두들 잠에서 깨어났다. 평원을 향해 머리를 돌리자 적이 다가오는 소리가 들렸다.

노장은 현장을 보고 흐뭇해하며 이들을 독려했다. "동지들, 경계를 게을리 하지 마시오! 까딱하면 적에게 먹힐지도 모르니까!"

네스토르가 참호를 빠져나가자 참모로서 부른 장군들이 뒤를 따랐다. 메리오네스와 네스토르의 용맹스러운 아들도 그 뒤를 따랐다. 그들은 시체가 없는 빈터에 앉았다. 그들은 그곳에 자리를 잡고 앉아 서로 토론을 시작했다.

네스토르가 서두를 꺼냈다. "동지들이여, 적진으로의 잠입을 감행할 자신이 있는 분이 안 계시오? 그곳에 가면 그들의 의중을 살필 수도 있지 않을까 하는데. 즉, 그들의 계략을 알아보잔 말이오. 과연 지구전을 펼 작정인지, 아니면 성으로 퇴각했다가 다시 칠 것인지 이 모든 것들을 알아내 감쪽같이 돌아올 수도 있을 법한데. 그리하면 그의 명성은 하늘만큼 높아지고 아울러 보상을 톡톡히 받게 되리라. 이 함대의 영주마다 새끼양이 딸린 검은 암양을 선사할 것이오. 또한 그는 만찬이며 향연에 항상 초대를 받으리다."

잠시 동안 모두 아무 말이 없었다.

그러다가 디오메데스가 입을 열었다. "네스토르 장군이여, 제가 즐거이 적진에 뛰어들겠습니다. 그런데 누군가 저와 동반한다면 자신이 더할 것이며 마음도 놓이게 될 것입니다. 두 사람이 합세하면 한 사람이 보지 못한 것을 알아낼 수가 있으니까요. 만일 홀로라면 수단이 충분치 못해 지략이 약한 법입니다."

그러자 몇 사람이 디오메데스와 동행하겠다고 나섰다. 아레스의 심복인 두 아이아스도 가기를 원했고, 메리오네스와 네스토르의 아들도 열망했다. 그리고 메넬라오스와 끈기 있고 과감한 모험을 즐기는 오디세우스도 역시 희망했다.

일이 이에 이르자 아가멤논 대왕이 말했다. "내가 가장 아끼는 디오메데스여, 동반자를 스스로 정하시오. 지원자가 너무 많으니 이들 중 적격자를 데려가시오. 그리고 높은 가문이나 지위 문벌을 어려워하여 삼가는 법이 없도록 하시오." 그는 메넬라오스를 염두에 두고 말을 일렀다.

이에 디오메데스가 답변했다. "정말로 마음에 있는 동지를 구한다면 만인 중의 최고 인물, 예지에 출중하고 만사 대책에 고매한 기상이며 아테나의 총아이신 오디세우스 장군이 최고지요! 만일 장군께서 함께 가주신다면 화염을 뚫고라도 안전하게 통과할 수 있을 것입니다. 그분이야말로 전략 전술에는 이미 관록이 있는 명장이니까요!"

오디세우스가 서둘러 말했다. "디오메데스 장군이여, 분에 넘치는 찬사를 거두시오. 좋든 나쁘든 모두가 나를 알고 있는 터, 그러면 갑시다. 밤이 이슥하고 새벽이 가까이 오고 있소. 보시오, 별들이 중천으로 옮겨가오. 이미 밤이 3분의 2 이상 흘러 3분의 1밖에는 남지 않았소."

그래서 두 사람은 무장을 갖췄다. 트라시메데스는 디오메데스에게 양날의 칼과 방패를 주었다. 그리고 머리에 깃털과 꼭지가 없는, 젊은이들이나 쓰는 것으로 모자라 불리는 것을 썼다.

메리오네스는 오디세우스에게 활과 화살통, 칼을 잘 막는 가죽으로 된 투구를 주었다. 이 투구는 아우톨리코스가 엘레온에서 아민토르의 집에 침입해 들어가 훔쳐온 것이었다. 안에는 가죽끈으로 튼튼한 그물을 떠서 꿰맸으며 밖은 산돼지 이빨로 여러 줄의 무늬를 놓은 것이었다.

이렇게 두 사람은 무장을 한 뒤 떠났다. 아테나는 좋은 징조로 그들의 오른편으로 백로를 보냈다. 어두워서 그들에겐 잘 보이지 않았으나 우는 소리가 들려 알았다.

이를 들은 오디세우스가 기뻐하며 아테나에게 축원을 올렸다. "들으소서, 방패의 주신 제우스의 따님이시여! 제가 가는 곳마다 굽어살피시는 아테나시여, 다시금 은총을 베푸소서. 다시금 적의 간담을 서늘케 할 공적을 이루고 무사히 돌아올 길을 허락하소서."

이어 디오메데스도 축원을 올렸다. "제우스 따님이시여, 아버님 티데우스가 아카이아의 사절로서 테베에 갈 때처럼 저를 이끌어 주소서. 그때 당신의 은혜로서 자리를 함께 하여 주시어 커다란 공적을 이루었나이다. 원컨대, 이번에도 함께 하여 주시어 무사하도록 돌보아 주소서. 그러면 이마가 넓고 아직 멍에도 메어 보지 못한 1년 된 암소를 금으로 뿔을 싼 채 제물로 올리겠나이다."

아테나는 이 축원을 들었다. 그들은 위대한 제우스의 딸에게 기도를 마치고 이미 목숨을 끊긴 피로 얼룩진 시체들 가운데를 기웃거리는 두 마리의 사자처럼 길을 재촉했다.

한편, 트로이 군 역시 헥토르가 잠을 재우지 않고 영주와 장군 등 거물급 회의를 소집하여 자신의 의견을 피력하고 있었다. "내가 말하는 대로 하는 자에게는 크게 보상을 내릴 것이오. 전차 한 대와 아카이아 진영에서 최고의 말 두 필을 줄 것이오. 아울러 무한한 영광을 누리게 될 것이오. 누구든지 함대 가까이 가서 적의 동태를 살피고 오란 말이오."

이 말에 모두 침묵했다. 이때 유명한 전령인 에우메데스의 아들 돌론이 나섰다. 그는 금과 청동을 많이 가진 부자로, 흉측하게 생겼지만 발이 매우 빠른 자였다.

그가 일어나서 말했다. "헥토르여, 제가 적의 함대로 가서 그들의 동정을 염탐해 오겠습니다. 그러나 우선 당신의 홀을 들어 아킬레우스가 타는 훌륭한 전차와 말들을 주겠다고 맹세하소서. 그러면 내 당신의 훌륭한 염탐꾼이 되어 그대를 실망시키지 않겠습니다. 아가멤논의 함대에 이를 때까지 직행하여 그들의 동태를 살피고 오겠습니다."

헥토르는 왕홀을 들어 맹세했다. "제우스시여, 친히 굽어살피소서! 트로이의 시민 중 어느 누구도 그 말들을 끌게 하진 못하리다. 오로지 그대만이 그 말들을 소유하는 기쁨을 누리게 될 것이다."

헥토르의 이 맹세는 기대할 만한 것은 되지 못했으나 돌론을 적진에 가도록 움직였다. 그는 어깨에 활을 메고 회색의 늑대 가죽을 뒤집어쓰고 담비 가죽 모자를 썼다. 그리고 시퍼런 창을 들고 아카이아 함대를 향해 떠났다. 그는 병사들과 말들을 뒤로 하고 열심히 질주해 갔다.

이 모습을 본 오디세우스가 디오메데스에게 얼른 속삭였다. "디오메데스여, 어떤 자가 적진에서 오고 있소. 첩자인지 시체를 훔치려는 자인지 정확히 모르지만, 우리를 지나쳐 가도록 두었다가 잡읍시다. 그러나 만일 그 자가 우리보다 빠르거든 그대가 창을 들고 트로이 진영으로 가지 못하도록 우리의 함대까지 유인하시오."

그들은 이렇게 약속하고 시체 사이에 몸을 숨겼다. 돌론은 추호의 의심도 없이 곧장 그들을 지나쳐 갔다. 그가 노새로 하루갈이 밭의 너비만큼 멀리 갔을 때 두 사람은 추격했다. 그러자 그는 자기를 데리러 트로이 진영에서 온 동료인 줄로 생각하고 걸음을 멈추었다.

그러나 창 던질 거리쯤 다가오자 적임을 알아챈 그는 최대 속력을 내어 달아났다. 디오메데스와 오디세우스는 그를 그의 진영에서 멀어지게 하려고 계속 추격해 갔다. 얼마쯤 추격해 갔을 때 아테나가 디오메데스에게 힘을 주었다. 디오메데스가 공적을 세우게 하기 위해서였다.

디오메데스는 창을 번쩍 쳐들고 소리쳤다. "서라, 서지 않으면 당장 네 목숨을 끊으리라!"

그는 일부러 빗나가게 겨냥해 그의 오른쪽 어깨를 스쳐 지나가도록 했다. 그는 공포로 새파랗게 질려 그 자리에 멈춰 섰다.

두 장수가 헐떡거리며 쫓아와 그를 잡자 그는 울음을 터뜨리며 애원했다. "살려주십시오! 몸값을 바치리다. 우린 금이며 청동과 연철이 많습니다. 아버진 내가 포로가 되었다는 소리를 들으면 만족할 만큼 몸값을 지불하실 것입니다."

오디세우스가 말했다. "겁내지 마라. 이실직고하렸다. 이 시간에 혼자서 어디를 간단 말이냐? 시체를 뒤지고 싶어선가, 아니면 헥토르가 우리의 행동을 정탐하라고 보냈는가?"

돌론이 사지를 부들부들 떨며 실토했다. "헥토르가 저를 현혹시켰습니다. 그는 유명한 아킬레우스 장군의 말과 전차를 준다고 언약하고, 적진에 잠입하여 동태를 알아오라고 했습니다."

오디세우스가 만면에 미소를 지으며 말했다. "아킬레우스의 말이라면 진정 탐낼 만하지! 약간 신성을 가진 아킬레우스 말고는 그 말은 인간으로서는 다루기 힘든 동물이지. 어쨌든 묻는 말에 사실대로 답하라. 헥토르 장군과 어디서 작별했나? 그의 말과 무기는 어디에 두었는가? 또한, 감시는 어떠하며 야영지는 정비가 되었는가? 그들의 전술은 무엇인가? 우리 함대 앞에서 멈추어 있을 작정인가, 아니면 이젠 적에게 타격을 주었으니 도시로 퇴각할 것인가?"

돌론이 대답했다. "사실대로 말씀드리겠습니다. 헥토르와 참모진들은 일로스의 분묘 옆에서 회의 중입니다. 파수꾼들에 대해 말씀드리자면, 불이 있는 곳마다 서로서로 파수를 보지요. 물론 여러 나라에서 온 동맹군들은 잠을 자고 트로이 군에게만 파수를 맡겼습니다."

오디세우스는 이에 만족하지 않고 계속해서 물었다. "자, 그러면 그들은 트로이 군과 섞여서 자고 있는가, 아니면 따로 떨어져서 자고 있는가? 숨김없이 말하라."

"바다 쪽으로는 카리아 병사들과 궁수인 파이오니아, 렐레게스, 카우로네스, 영특한 펠라스기가 자리를 잡고 있습니다. 만일 당신이 트로이 진영으로 들어가고자 하신다면, 맨 가장자리에는 트라키아 병사들과 그들의 왕인 에이오네우스의 아들 레소스가 있지요. 그의 말들은 제가 일찍이 본 것 중 가장 훌륭하고 힘이 센 것들입니다. 눈보다도 더 희고 바람보다 더 빠르지요! 또한 그의 전차는 금과 은으로 장식되어 있고 황금 무기는 신들에게나 어울리는 것입니다. 자, 제가 한 말이 사실인지 아닌지를 알아보시지요."

디오메데스는 그를 뚫어져라 바라보다가 말했다. "돌론, 너를 놔줄 수는 없다. 정보는 고맙지만 너를 놓아 보내면 다시 와서 정탐하거나 싸울 것이다. 그러니 후환을 없애기 위해 널 베어야겠다."

돌론이 사정을 했지만 디오메데스는 여유를 주지 않았다. 그는 칼로 돌론의 몸 한가운데를 쳤다. 그런 다음 그의 머리에서 담비 가죽 모자를 벗기고 늑대 가죽과 구부러진 활, 긴 창을 벗겨 높이 들어올리고 아테나에게 감사를 올렸다. "여신이시여, 이것을 받아 주소서. 우리에게 보다 더 속력을 내게 하시어 트라키아족이 있는 곳으로 보내 주소서."

그는 축원을 마치고 위치를 알리는 표시로 전리품을 나뭇가지에 매어 놓았다. 그러고는 다시 피로 얼룩진 길을 더듬어 트라키아 병사들이 잠에 빠져 있는 곳으로 갔다. 그들의 훌륭한 무기는 질서정연하게 세 줄로 놓여 있었고 각기 옆에는 한 쌍의 말이 서 있었다. 레소스는 한가운데에서 자고 있었는데, 옆에는 빠른 말들이 전차에 고삐가 매어져 있었다.

오디세우스가 이를 알아채고 속삭였다. "디오메데스, 돌론이 말하던 자가 저기 있소. 자, 말들을 풀든지, 아니면 저 자를 죽이시오."

이때 아테나가 디오메데스에게 힘을 불어넣었다. 그리하여 그는 적들을 가차없이 죽였다. 칼이 급소를 찌를 때마다 아우성이 퍼졌고 땅에는 유혈이 낭자했다. 그 짧은 시간에 무려 열두 명이나 죽였다. 오디세우스는 그를 뒤따르면서 말이 나아갈 자리를 터놓기 위해 시체들을 길 밖으로 밀어젖혔다. 마침내 디오메데스가 열세 번째로 레소스를 베자 왕은 숨을 헐떡이며 몸부림쳤다.

한편, 오디세우스는 전차에서 발을 구르는 말들을 풀어 가죽끈으로 한데 묶고는 활로 쳐서 몰았다. 그러고는 휘파람을 불어 디오메데스에게 신호를 보냈다. 그러나 디오메데스는 다른 용맹스런 업적을 성사시킬 궁리를 하고 있었다.

이때 아테나가 와서 말했다. "디오메데스여, 함대로 돌아가시오. 그러지 않으면 다른 신이 그대를 추격하도록 할지도 모르오!"

여신의 목소리를 알아차린 디오메데스는 날쌔게 말에 뛰어올라 오디세우스와 함께 아카이아 함대를 향해 속력을 냈다.

그러나 은활의 아폴론도 아테나가 디오메데스를 돌보고 있는 것을 보고 더 이상 방관하지는 않았다. 그는 즉시 레소스의 친척이며 트라키아 지휘자의 한 사람인 히포콘을 깨웠다. 그는 깜짝 놀라 일어나 보니 눈앞에 끔찍한 광경이 벌어져 있었다. 그가 고함을 지르자 주위는 한바탕 소동이 일어났다.

한편, 오디세우스와 디오메데스가 오는 소리를 네스토르가 가장 먼저 듣고 소리쳤다. "영주들이여, 장군들이여! 내가 잘못 들은 것인가? 아니

말달리는 소리를 분명히 들었소. 오디세우스와 디오메데스가 달려오는 것이라면 좋으련만! 최고 용장들이 해나 입지 않았는지 염려스럽소."

말을 마치기도 전에 두 사람이 들이닥쳤다. 다른 장수들은 매우 기뻐하며 악수를 하고 축하를 아끼지 않았다.

네스토르가 먼저 인사를 했다. "오디세우스여, 말해 주시오. 참으로 자랑스럽구려! 이 말들을 끌고 오다니, 정말로 트로이 진영에 들어갔었소? 아니면 어느 신이 선물한 거요? 내 비록 늙었을망정 항상 전선에서 움직였거늘 이런 말을 본 적이 없었소. 아마 신께서 이 말들을 준 것임에 틀림없소. 그대들 두 분은 제우스와 아테나에게 총애를 받는 터니까!"

오디세우스가 대답했다. "아카이아 군의 영예이신 네스토르시여! 신께서 마음이 있으시다면 이보다 더 좋은 말도 줄 수 있겠지요. 신들은 전능하시니까요. 그러나 이 말들은 막 도착한 트라키아 것이랍니다. 디오메데스 장수께서 트라키아 왕과 열두 명의 무사들을 무찔렀습니다. 그리고 우리는 헥토르가 보낸 정탐꾼도 베었습니다."

그는 폭소를 터뜨리며 디오메데스의 막사로 말들을 끌고 갔다. 오디세우스는 돌론에게서 빼앗은 피투성이의 물건을 자기 배의 고물에 매달고 아테나에게 제물을 올릴 준비를 했다. 그리고 바다로 들어가 정강이며 목이며 넓적다리의 땀을 씻어내고 욕조에 들어가 목욕을 했다. 이렇게 목욕을 마치고 올리브 기름에 온몸에 바른 후에 식탁에 마주앉아 술이 가득든 술통을 가져와서 아테나 여신에게 성스런 축배를 올렸다.

아가멤논, 부상을 당하다

헥토르가 공세를 취하면서 전세가 차츰 트로이 쪽으로 기울기 시작한다. 아가멤논 대왕을 비롯해 많은 장수가 부상을 입은 아카이아 군에는 두려움과 패배감이 점점 짙어진다.

새벽의 신이 일어났을 때, 제우스는 아카이아 군에게 갈등의 신인 스트리페를 보내 전쟁의 증표를 보여주었다. 여신은 중앙에 위치해 있는 오디세우스의 검은 거선 옆에 와서 함성을 질러 아카이아 군으로 하여금 전쟁 의지를 북돋워 주었다. 그 순간 그들에게는 전투를 하는 것이 고향 땅으로 가는 것보다 달콤하게 느껴졌다.

아가멤논은 전쟁 준비를 하도록 명하고 자신도 무장을 갖추었다. 먼저 그는 은 고리가 달린 멋진 각반을 두르고 키니라스에게서 선물로 받은 갑옷을 입었다. 이 갑옷은 검푸른 에나멜이 열 줄, 금이 열두 줄, 주석이

스무 줄이나 박여 있고, 목을 향해 에나멜 용 세 마리가 기어오르는데, 마치 제우스가 인간들에게 전조를 알리는 무지개와도 같았다. 그리고 어깨에 찬 칼자루에는 순금 장식이 박여 있었고, 은으로 된 칼집과 황금 장식 띠가 달려 있었다.

또한 몸을 충분히 감출 수 있는 방패의 몸체는 청동으로 열 개의 원이 새겨져 있었고, 그 안에는 하얀 주석으로 된 스무 개의 양각 돌기가 박여 있었으며, 가운데에는 검은 에나멜 돌기가 박여 있었다. 게다가 방패의 중심부에는 무시무시한 고르곤의 머리가 새겨져 있었고, 방패 끝은 은으로 되었는데, 그 위에는 목 하나에 머리가 셋이나 달려 칭칭 감고 있는 푸른 에나멜의 용이 새겨져 있었다.

아가멤논은 두 개의 뿔과 네 개의 깃털 장식이 달린 투구를 썼다. 마침내 그가 청동 날이 번쩍거리는 두 자루의 창을 들자 창공으로 치솟는 불꽃처럼 찬란해 보였다. 아테나와 헤라는 미케네의 왕을 축하해 천둥을 보냈다.

이제 각기 마부에게 명령을 내려 말들을 참호 가까이 대기시켜 놓고 투사들이 도보로 전진을 하자 불멸의 함성이 새벽 하늘 높이 진동했다. 그들은 마부들보다 먼저 참호에 도착했다. 그러자 제우스는 이들에게 갑자기 소나기를 퍼부어 수많은 용장들을 황천으로 내려보내겠다는 전조를 보였다.

한편, 트로이 군 진영은 평원 언덕 기슭 반대편에서 헥토르와 비길 데 없는 폴리다마스, 트로이인으로부터 존경을 받고 있는 아에네아스, 안테노르의 세 아들인 폴리보스와 아게노르, 아카마스 등이 집결해 있었다.

헥토르의 둥근 방패와 청동 갑옷, 투구는 운명의 별처럼 가장 눈에 띄었다. 이처럼 그는 전군의 맨 앞에 나타나기도 하고 뒤에 처진 사람들을 독려하기도 했다.

트로이와 아카이아 군들은 한 부농의 밭에 세워 놓은 보리나 밀 다발처럼 장사진을 이루고 있었다. 그들은 이리 떼처럼 싸웠는데 그 어느 쪽도 우열을 가릴 수 없었다.

이를 본 스트리페는 매우 기뻐했다. 자기 혼자서만 전투에 참여했기 때문이다. 다른 신들은 올림포스 계곡의 자기 궁전에 조용히 머물러 있었다. 그들은 트로이 군에게 승리를 안겨주려 하는 제우스에게 모두 불만이었다. 그러나 제우스는 개의치 않았다. 제우스는 홀로 떨어져 앉아 트로이 성과 아카이아 함대가 서로 죽고 죽이는 모습을 즐겨 내려다보고 있었다.

이윽고 아침이 되자 투창이 서로의 진영에 비오듯 쏟아져 목숨을 빼앗아 갔다. 나무꾼의 창자에서 맛있는 점심 생각이 치밀어오를 때쯤 되자, 다나아 군이 떠들썩한 고함을 지르며 적군을 무찔렀다.

아가멤논이 선봉이 되어 비에노르와 그의 동료이자 마부인 오일레우스를 죽였다. 그러고 나서 아가멤논은 죽은 자들의 튜닉을 벗겼다. 그런 다음 그는 프리아모스의 두 아들 이수스와 안티포스를 쫓아갔다. 서자인 이수스는 전차를 몰았고 적자인 안티포스는 옆에서 싸우고 있었다.

이 두 사람은 이다 산 기슭에서 양을 치고 있을 때 아킬레우스가 잡았다가 몸값을 받고 놓아준 적이 있었다.

이번에는 아가멤논이 창으로 이소스의 가슴을 찌르고, 안티포스의 귀밑을 칼로 쳐서 죽였다. 아가멤논은 그들의 갑옷을 벗기고 나서야 그들이 프리아모스의 아들들이라는 걸 알았다. 그러나 트로이 군은 도망치기에 바빠 아무도 그들을 구해 낼 수가 없었다.

다음으로 아가멤논은 안티마코스의 아들인 페이산드로스와 히폴로코스를 잡았다. 안티마코스는 헬레나를 메넬라오스에게 돌려주는 것을 가장 강력히 반대했던 사람이었다.

아가멤논이 사자처럼 거센 기세로 달려들자 그들은 살려 달라고 애원했다. "살려주십시오, 대왕이시여! 몸값을 많이 받게 해드리겠습니다. 아버지 안티마코스의 집에는 청동에 금에 연철 등 수많은 보화가 있으므로 우리가 생포되었다는 사실을 알게 되면 기꺼이 내놓을 것입니다!"

그러나 아가멤논은 추호의 동정도 보내지 않았다. "너희들이 안티마코스의 아들들이라면, 더욱 죽어야 한다. 너희 아버지는 메넬라오스와 오디세우스가 사절로 갔을 때 메넬라오스를 지체 없이 죽이라고 했다. 그런데 너희들을 살려 두라고? 어림도 없는 일이지. 그 끔찍한 모욕의 대가를 지불해야지!"

그는 말이 끝나기 무섭게 페이산드로스의 가슴을 창으로 찌르고 이어 전차에서 뛰어내리는 히폴로코스의 팔과 머리를 칼로 베었다. 그리고 이들을 내버려둔 채 병사들이 몰려 있는 곳으로 달려갔다.

무장한 다른 아카이아 병사들도 그의 뒤를 따라 기수는 기수끼리 보병은 보병끼리 싸웠다. 벼락같이 빠른 말의 발걸음은 하얗게 먼지를 일으키며 평원을 덮었다. 아가멤논 왕이 적들을 추격해서 죽여 없애니 아카이아 군의 기쁨은 헤아릴 수 없었다.

헥토르는 제우스의 보호로 인해 살육과 유혈과 난투로부터 벗어나 있었다. 그러나 아가멤논은 무섭게 부하들을 격려하며 헥토르를 추격했다. 돌진하는 병사들은 구름 떼처럼 평원의 한가운데를 가로질러 야생의 무화과나무를 통과해 트로이 성으로 돌진해 갔다.

아가멤논은 고함을 지르며 추격에 추격을 가했다. 그가 지나가는 곳마다 핏방울이 튀었다. 그러나 스카이아 문 근처 참나무가 있는 곳까지 이르자 잠시 전진을 멈추고 다른 병사들이 오기를 기다렸다. 동시에 트로이 병사들은 사자의 공격을 받아 놀란 황소처럼 평원을 달아나기에 정신이 없었다. 하지만 사자가 소를 잡아 내장을 먹듯이 아가멤논이 가는 곳마다 그들을 끊임없이 참살하여 무수한 병사들이 속절없이 전차 위에서 쓰러졌다.

그러나 그들이 높은 성벽의 성에까지 이를 무렵, 제우스는 이다 산 봉우리에 앉아 손에 벼락을 쥐고 전령인 이리스를 불렀다. "이리스야, 어서 가서 헥토르에게 전하라. 아가멤논이 살기 등등하게 전선 선봉에서 살상을 일삼을 동안은 자기 병사들에게 싸우도록 명령하고 헥토르 자신은 피하도록 하라고. 그러나 아가멤논이 상처를 입고 전차에 올라 물러서는 순간 힘을 줄 테니 해가 기울 때까지 참살을 계속하라고 일러라."

바람처럼 날랜 이리스가 이다 산 봉우리에서 내려와 헥토르에게 다가가서 말했다. "가장 지혜로운 헥토르 왕자여, 나는 제우스께서 보낸 전령이오. 아가멤논이 살기 등등하게 전선 선봉에서 살육에 골몰하는 동안은 그대는 잠시 전선에서 물러나시오. 그러다가 그가 상처를 입고 전차에 올라 물러가는 순간 제우스께서 힘을 주실 테니, 해가 질 때까지 참살을 감행하시라는 분부십니다."

헥토르는 완전 무장을 한 채 전차에서 뛰어내려 창을 휘두르며 병사들 틈에 여기저기 나타나 부하들을 규합하고 모두 힘껏 싸울 것을 독려했다. 그 결과 트로이 군은 당장 아카이아 군과 맞서게 되었다.

한편, 아카이아 병사들도 전세를 증강시켰다. 이리하여 싸움은 더욱 치열해졌다.

아가멤논은 선봉에 설 의향으로 맹렬히 앞으로 내달았다. 이때 안테노르의 아들로 크고 잘생긴 트라키아의 이피다마스가 대적해 왔다. 그의 외조부 키세우스는 그를 어려서부터 데려다가 키웠는데, 이피다마스를 붙들어 두기 위해 자기 의붓딸과 혼인시켰다. 그러나 그는 그녀와 결혼하자마자 12척의 함대를 이끌고 일리오스로 와서 이날 아가멤논과 접전을 하게 된 것이다.

아가멤논이 먼저 창을 던졌으나 빗나갔다. 그 다음엔 이피다마스가 아가멤논의 갑옷 밑에 두른 띠를 찌르자 창끝이 은 띠에 닿아 납덩이처럼 구부러졌다. 이때 아가멤논이 그의 창을 잡아채 칼로 그의 목을 내리쳐 죽였다. 이피다마스는 이렇게 영원히 잠들고 말았다. 불행한 사람! 그는 아내에게 많은 것을 주었음에도 불구하고 신혼을 즐기지도 못한 채 동포를 위해 싸우다 쓰러진 것이다.

안테노르의 장남인 코온은 아우가 쓰러지는 것을 보자 눈앞이 캄캄해졌다. 그는 아가멤논이 눈치채지 못하게 옆으로 가서 팔꿈치 아래쪽을 찔렀다. 그러자 창에 찔린 아가멤논은 몸을 부들부들 떨면서도 기세 등등하게 코온에게 달려들었다. 그래서 결국 이피다마스의 다리를 끌며 동료들에게 구원을 청하던 코온을 단칼에 베어 이피다마스 몸 위로 쓰러지게 했다. 이렇게 안테노르의 아들들은 아가멤논 손에 황천객이 되었다.

팔에서 피가 흐르는 동안에도 아가멤논은 창과 칼, 커다란 돌덩이를 던지며 혈투를 멈출 줄 몰랐다. 하지만 시간이 흐르자 통증이 심해졌다. 이 통증은 에일레이티아이라는 헤라의 딸들이 보내는 것으로 아프기가 여인이 해산할 때의 진통과도 같았다.

그는 괴로운 나머지 전차에 올라 마부에게 함대로 돌아가라고 명령하며 큰소리로 다나아 군에게 말했다. "동지들! 장군들과 아르지브의 영주들이여! 함대를 방어하시오. 제우스께서는 나에게 트로이 군과 온종일 싸우는 것을 허락지 않는군요!"

아가멤논을 태운 전차는 함대를 향해 출발했다. 대왕의 가슴은 온통 땀으로 범벅이 되고, 배는 먼지로 더러워져 있었다.

아가멤논의 퇴각을 본 헥토르는 전군에게 다음과 같이 소리쳤다. "트로이와 리키아, 그리고 다르다니아 전사들이여! 용기를 내시오. 적의 최고 사령관이 떠나갔소. 제우스께서는 내게 대승을 약속하셨소. 전차에 올라 적을 공격하시오. 커다란 전공을 세울 수 있을 것이오."

이와 같이 그는 모두에게 힘과 용기를 불어넣었다. 마치 사냥꾼이 산돼지나 사자를 향해 사냥개를 몰아세우듯 헥토르는 아카이아 군을 향해 트로이 병사들을 재촉했다. 그는 그 자신 최전선에 서서 바다의 검푸른 물을 성난 파도로 만드는 질풍같이 적진 속으로 돌진해 들어갔다.

헥토르가 참살한 자의 전모는 어떠한가? 먼저 아사이우스, 그리고 아우토노스, 오피테스, 클리티오스의 아들 돌로프스, 오펠티우스, 아겔라우스, 아이심누스, 오루스, 용감한 히포노스 등의 순이었다. 그리고 그 외에도 마치 태풍이 물결 위를 치는 것처럼 헥토르의 손에 수없이 많은 용사들이 죽어갔다.

이렇게 완전히 절망적인 멸망의 순간이 닥쳐오자 오디세우스만이 전장에 남아 디오메데스를 불렀다. "디오메데스여! 우리의 결의는 어디 가고 이게 웬일이오? 내 옆으로 와서 나를 도우시오. 헥토르가 우리 함대를 함락한다면 영원한 치욕을 면치 못할 것이오."

"내가 가서 꼼짝 않으리다. 그러나 제우스께서 적들에게 승리를 내리신다면 우리로서도 도리가 없을 것이오." 디오메데스가 이렇게 말하며 팀브라이우스의 왼쪽 가슴을 창으로 찔러 전차에서 떨어뜨리자, 오디세우스 역시 그의 마부인 몰리온을 처치했다.

두 영웅은 무리 속으로 거세게 달려들어 곤궁에 빠진 한 쌍의 산돼지가 사냥개 무리에게 대들 듯이 광포한 살육을 감행했다. 이처럼 그들이 되돌아서서 반격하자 후퇴하던 아카이아 군은 반가운 휴식을 취할 수 있었다.

그들은 뛰어난 예언자인 멜롭스의 두 아들을 죽였다. 멜롭스는 아들들에게 전쟁에 나가 목숨을 버리지 말라고 일렀지만, 그들은 이를 듣지 않고 참전해 변을 당했다. 디오메데스가 그들의 훌륭한 갑옷을 벗기는 동안 오디세우스는 히포다무스와 히페이로쿠스를 죽였다.

한편, 이다 산에서 내려다보던 제우스는 전쟁의 불길을 피차 동등하게 펼치도록 조정했다. 디오메데스가 아가스트로푸스의 관절을 창으로 찌르자 그는 한참을 비척비척 도망치다가 마침내 고꾸라졌다. 이 모습을 본 헥토르가 트로이 군을 대동하고 고함을 지르며 역습했다.

그러자 디오메데스가 당황한 나머지 곁에 있는 오디세우스에게 소리쳤다. "저기 헥토르가 어마어마한 속도로 진격해 오고 있소. 우리 자리를 지키고 서서 방비합시다."

디오메데스는 말을 마치기 무섭게 헥토르를 겨냥해 창을 던졌으나 부딪혔지만 완전히 뚫지는 못했다. 창은 아폴론의 선물인 그 세 겹의 투구를 뚫지 못한 것이다. 그러나 이 타격으로 헥토르는 무리 속으로 주춤 물러서 무릎을 꿇고 앉았다. 이 모습을 본 디오메데스는 다시 창을 던졌다. 그러나 헥토르는 전차를 타고 필사적으로 달아났다.

이에 디오메데스가 그를 쫓아가며 소리쳤다. "이놈아, 오늘은 용케도 살아났다만 어느 신이든 나를 도와주신다면 넌 그때는 죽은목숨이다. 내가 당장 죽여줄 테니."

그는 말을 마치고 아가스트로푸스의 무장을 벗기기 시작했다. 그러나 파리스가 오랜 옛날 통치자인 다르다노스의 아들 일로스의 무덤 위 기둥에서 디오메데스를 겨냥해 활을 쏘았다. 마침 디오메데스는 아가스트로푸스의 가슴에서 갑옷을 벗기는 중이어서 그 활이 오른쪽 발바닥을 뚫고 땅에 꽂혔다.

이 모습을 본 파리스가 뛰쳐나와 조롱하며 소리쳤다. "내 활은 허탕친 일이 없다니까. 다음엔 네 뱃속을 뚫어 주마. 그러면 트로이 군이 이 악몽으로부터 고난을 겪지 않으련만."

디오메데스는 아주 침착하게 대꾸했다. "활밖에는 아무 것도 모르는 놈, 이 색마야! 만일 나와 일대일로 싸운다면 네 활은 아무 소용이 없겠지. 게다가 겨우 내 발을 스쳤을 뿐인데 잘난 체는 억세게 하는구나. 비겁자가 쏜 화살은 무디다는 것을 알아라. 내가 쏜 것과는 다르지. 난 한 번만 쏘면 치명상을 줄 테니 말이다. 그러면 그자의 아내는 얼굴이 상하고 자식은 고아가 되겠지."

디오메데스는 오디세우스의 뒤에 앉아 화살을 뽑았으나, 그 통증이 이루 형용할 수 없을 정도였다. 그는 전차에 뛰어올라 함대 있는 곳으로 향했다. 이제 오디세우스는 완전히 사면초가였다. 다른 아르지브 병사들은 감히 앞에 나서려고 하지 않았다.

오디세우스는 불안한 나머지 자기 자신을 타일렀다. '제기랄, 어찌될 것인가? 두려운 듯이 도망치면 전세는 더욱 불리해질 텐데. 그렇다고 혼자 잡히는 것은 안 될 말! 제우스께서 다나아 병사들을 도망치게 하셨다 하더라도, 비록 자기 몸에 상처를 입을지라도 영웅은 꿋꿋이 자기의 위치를 지키는 거야.'

이러한 생각을 하는 동안 어느새 트로이 군이 그를 빙 둘러쌌다. 그를 급습하려는 것이 마치 사냥꾼과 사냥개들이 산돼지를 급습하는 것과도 같았다. 트로이 군은 오디세우스를 향해 달려들었다.

그러나 오디세우스는 먼저 데이오피테스의 어깨를 창으로 찌른 뒤, 토온과 엔노무스, 케르시다마스를 죽였다. 그리고 여기서 멈추지 않고 히파소스의 아들인 카로프스를 창으로 찔러 죽였다.

그러자 신과도 같은 소쿠스는 동생 카로프스를 돕기 위해 급히 달려와 소리쳤다. "지모와 싸움으로 명성이 자자한 오디세우스여! 오늘은 그대가 히파소스의 두 아들을 죽여 큰 공을 세우거나, 아니면 내 창이 그대의 목숨을 빼앗거나 할 것이다."

이렇게 말한 뒤 오디세우스의 방패를 쳤다. 그의 육중한 창은 방패와 갑옷을 뚫고 들어가 옆구리의 살갗을 찢었다. 그러나 아테나가 창이 관통하도록 내버려두지 않았다.

치명적인 상처가 아님을 깨달은 오디세우스는 소쿠스에게 말했다. "불행한 젊은이여, 이제 죽음의 그림자가 너에게 드리워졌구나. 오늘 중으로 넌 이 세상 사람이 아닐 것이다."

소쿠스는 도망치기 시작했으나 이미 오디세우스의 창을 피할 수는 없었다. 가슴을 관통당한 그가 고꾸라지자 오디세우스가 기뻐 소리쳤다.

"오, 히파소스의 아들 소쿠스여! 죽음이 너무 빨리 찾아왔구나. 곧 있으면 독수리들이 너를 산산조각 낼 테지. 그러나 내가 죽으면 내 동포들이 영광의 장례를 베풀어주리라."

오디세우스는 말을 마친 뒤 자기의 몸에 박힌 소쿠스의 창을 뽑아냈다. 그러자 피가 솟구쳐 나와 트로이 군이 함성을 지르며 몰려들었다. 오디세우스는 뒤로 주춤거리며 동료들에게 세 번이나 구원을 요청했다.

이 외침을 들은 메넬라오스가 옆에 있는 텔라몬의 아들 아이아스에게 말했다. "아이아스여, 저 구원을 요청하는 목소리는 오디세우스의 목소리가 아니오. 우리가 어서 가서 구해야 하겠소. 만일 그가 재난이라도 당한다면 생각만으로도 소름이 돋을 지경이오."

두 사람은 오디세우스의 목소리가 들렸던 곳을 향해 말들을 몰았다. 트로이 군은 상처 입은 수사슴을 황갈색의 재칼들이 에워싸고 있듯이 오디세우스를 에워싸고 있었다. 수많은 트로이 군이 한꺼번에 오디세우스를 괴롭혔지만, 투사는 안간힘을 쓰며 그 무리들을 막았다.

이때 텔라몬의 아들 아이아스가 큰 방패를 들고 달려와 그 옆에 우뚝 섰다. 그러자 트로이 군은 사방팔방으로 달아났다. 이와 동시에 메넬라오스가 오디세우스의 손을 잡고 전차에 태웠다. 아이아스는 프리아모스의 서자 도리클루스를 죽인 뒤, 판도쿠스와 리산드로스, 피라수스, 필라르테스에게 상처를 입혔다. 위력의 아이아스는 평원을 무섭게 위압하며 사람과 말들을 죽였다. 마치 산골의 개울이 홍수로 인해 나무며 흙덩이들을 휩쓸어 가는 형세와도 같았다.

헥토르는 이 소식을 전혀 모른 채 스카만드로스 강가에서 싸우고 있었다. 여기에서는 대량 학살이 감행되었는데 끊일 줄 모르는 고함이 네스토르와 이도메네우스의 근처에서 일어나고 있었다.

헥토르는 젊은 아카이아 병사들을 몰아대고 있었다. 만일 파리스가 세 개의 미늘이 달린 화살로 명의인 마카온의 오른쪽 어깨를 쏘지 않았더라면 아카이아 군은 아직도 물러서지 않았을 것이다.

이윽고 이도메네우스가 네스토르에게 말했다. "영광스런 네스토르시여, 즉시 마카온을 데리고 함대로 돌아가소서. 군의란 병사 여러 명보다 더 소중한 법, 그는 화살을 뽑고 자신의 상처를 고칠 것입니다."

네스토르는 지체하지 않고 즉시 전차에 올라 명의 마카온을 옆에 태우고 떠났다. 그가 말을 채찍질하자 한 쌍의 말은 함대를 향해 달렸다.

한편 헥토르 옆에 있던 케브리오네스는 트로이 군이 뒤로 쫓기는 것을 보고 이렇게 말했다. "헥토르시여, 우리들은 이곳에서 최대의 혈전을 벌였지만, 다른 트로이 군까지도 뒤죽박죽입니다. 텔라몬의 아들 아이아스가 이들을 몰아붙였기 때문이지요. 넓은 방패를 보면 그가 분명해 보입니다. 말과 전차를 돌려 최대의 고전을 하는 그곳으로 가시지요."

그리고 케브리오네스가 말들에게 채찍을 가하자 말들은 양군 사이에 널린 방패며 시체를 밟고 넘어갔다. 드디어 차축이 피에 잠기고 전차 바퀴에서 핏방울이 튀어 젖었다. 헥토르가 격전지를 뚫고 들어가 다나아 군을 혼란으로 몰아넣었다. 그러므로 그의 창은 잠시도 가만히 있을 새가 없었다. 창이며 칼, 그리고 큰 돌을 가지고 진중을 누비면서도 텔라몬의 아들 아이아스만은 피했다.

이때 제우스가 아이아스의 마음에 공포감을 불어넣었다. 아이아스는 기가 꺾인 채로 적의 무리를 훑어본 뒤 방패를 등으로 옮겼다. 그리고 천천히 조심하면서 동지를 향해 뒷걸음질쳤다. 그러면서 사자가 개나 농부에게 쫓기어 외양간에서 물러서는 것처럼 두리번거렸다.

이와 같이 아이아스는 트로이 군의 바로 앞에서 본의 아니게 퇴각을 하자니 울화가 치밀어올랐다. 하지만 그는 여전히 당나귀처럼 고집이 셌다. 당나귀는 밭에 들어가 농작물을 먹을 때에 아무리 회초리를 맞아도 먹는 걸 멈추지 않는다. 결국 실컷 먹은 뒤에야 그곳을 돌아 나오는 게 당나귀의 성질이었다.

이처럼 트로이 군이 위대한 아이아스를 창으로 계속 찌르며 쫓아올 때마다 아이아스는 귀찮다는 듯 물리치고는 다시 함대로 향했다. 그러나 결국 그가 함대로 몰려오는 트로이 군을 막아낸 셈이었다. 그의 큰 방패에는 피의 맛을 아는 창들이 여러 개 찍혀 있었다.

에우아이몬의 아들 에우리필로스가 빗발치듯 날아드는 창을 피해 물러서는 아이아스를 보고는 얼른 지원했다. 그는 파우시우스의 아들 아피사온의 횡경막을 찔러 쓰러뜨린 다음 무구를 벗겼다. 그러나 이 모습을 본 파리스가 재빨리 화살을 겨누어 그의 오른편 넓적다리를 명중시켰다.

에우리필로스는 절룩거리며 소리쳤다. "전우들이여, 아르지브의 지휘관들이여! 대항하라! 여기 아이아스가 강적과 맞서 싸우고 있으니 그를 지키시오. 달려와 텔라몬의 아들 아이아스를 도우시오!"

그의 말에 다나아 군은 큰 방패를 어깨에 걸치고 창을 준비했다. 또한 아이아스도 동료들 앞에 이르러 적을 마주보고 우뚝 섰다. 이렇게 하여 또다시 혈전이 벌어졌다.

한편 네스토르는 마카온을 부축해 함대로 향하고 있었다. 거대한 함대에 서서 싸움을 지켜보던 아킬레우스가 그가 누군지 알아채고 파트로클로스를 불렀다.

이에 파트로클로스가 나오며 왜 그러는지 묻자 아킬레우스가 대답했다. "동지여, 아카이아 군의 위기가 목전에 다다르게 되었나 보오. 어서 가서 지금 부상당해 온 자가 누구인지 네스토르에게 물어 보시오. 뒷모습이 꼭 아스클레피오스의 아들 마카온 같은데, 말이 어찌나 빠른지 미처 얼굴을 보지 못했소."

한편, 네스토르와 마카온은 네스토르의 막사에 도착해 자리를 잡고 앉았다. 헤카메데가 그들을 위해 술을 걸러 올렸다. 그녀는 아킬레우스가 테네도스를 점령했을 때 노인에게 선사한 여인으로, 도량이 넓은 아르시노우스의 딸이었다.

헤카메데는 두 사람 앞에 푸른 에나멜 다리가 달린 식탁을 놓고 술안주로 양파와 묽은 꿀과 가루로 된 보리 식사를 올려놓았다. 그리고 옆에는 노인이 고향에서 가져온 희귀한 금잔을 내놓았다. 그 금잔은 손잡이가 네 개 달려 있었는데, 손잡이마다 모이를 먹는 금 비둘기 한 쌍씩이 새겨져 있었다. 밑으로는 받침대가 두 개 있었는데, 이 잔을 술로 채우면 잘 들어올리지 못할 정도로 무거웠다. 그러나 노장 네스토르만은 거뜬하게 들었다.

이 잔에다 부인은 프람니안 포도주로 끓인 죽과 치즈 가루와 흰 보릿가루를 뿌린 죽을 담아 내놓았다. 이때 신과도 같은 파트로클로스가 나타났다. 노인이 의자에서 일어나 그를 맞이하여 자리를 권했다.

"장군이시여, 앉을 시간이 없습니다. 불굴의 장군께서 당신이 데리고 온 부상자가 누구인지 알아오라 하셨는데, 이미 마카온님이라는 것을 알았습니다. 돌아가서 곧 알려드려야죠. 그가 어떤 분인지는 장군께서도 잘 아실 것입니다. 무서운 사람, 옥에서도 티를 찾아내실 분이니까요."

게렌의 기사 네스토르가 대꾸했다. "무엇 때문에 부상자를 찾는지 정말 이해할 수가 없소이다. 우리한테 들이닥친 난관을 모른단 말이오? 여기 막사 안에는 최고의 명장들이 다쳐 누워 있소이다. 디오메데스뿐만 아니라 오디세우스와 아가멤논 대왕도 다쳐 누워 있소이다. 에우리필로스 또한 넓적다리에 화살을 맞았고, 또한 여기 방금 내가 데려온 이분도 화살에 맞았소. 상황이 이러한데 용감한 장부 아킬레우스는 그토록 동정도 없는 사람이란 말이오? 혹시 우리 함대가 화염에 뒤덮여 동지가 모두 몰살될 때를 바라는 것 아니오? 나도 이제 전과 같지 않아 힘도 끈기도 없소. 엘리스인과 싸울 때처럼 젊고 강하다면 오죽이나 좋겠습니까! 그때 나는 엘리스에 살던 용사 이티모네우스를 죽였소. 자기 소를 보호하고자 선두에서 싸우던 그를 내가 투창을 던져 죽인 거요. 그러자 자연히 주위에 있던 사람들이 동요했고, 우린 50마리의 소와 수많은 양을 포함해서 돼지며 염소 떼 등 엄청난 노획품을 끌고 왔다오. 내가 첫 번째 전쟁에 참가해 그토록 많은 노획품을 몰고 오자, 넬레우스께서는 무척이나 기뻐하셨소. 그러고는 필로스의 지도자들이 회의를 소집하여 분배를 했소. 실은 필로스에 있는 우리는 어려운 고비에 놓여 있었소. 이미 옛날에 헤라클레스가 와서 우리 정예의 용사들을 쓰러뜨렸기 때문이오. 그래서 넬레우스의 열두 아들 중 나 하나만 살고 모두 몰살되었소. 상황이 이러하니 에페아족은 기고만장해 우리를 깔보았던 거요. 엘리스로부터 받을 게 많았던 내 부친께서는 많은 소와 양떼를 고른 뒤 나머지를 분배했지요. 그리고 우리는 일을 수습한 다음 온 도시에 걸쳐 신께 제전을 베풀었소. 그런데 사흘 후에 에페아족이 충분한 병력을 갖추고 다시 공격해 왔소. 비록 어리고 전쟁 경험이 없는 두 몰리온이 함께 온 거요. 그들은 트리오잇

사라는 곳에 모여 정복을 꾀하고 있었소. 이때 아테나가 밤에 우리에게 와서 전투 준비를 하라고 한 거요. 그러나 내가 참가하는 것을 원치 않았던 넬레우스는 내 말을 감추어 버리셨소. 그래도 나는 아테나가 조종하는 대로 도보로 가서 우리 기병들보다도 오히려 잘해 냈소. 우린 온 힘을 기울여 정오가 될 무렵 신성한 알페우스 강으로 갔소. 거기서 우선 제우스와 포세이돈, 그리고 아테나에게 제물을 올린 뒤 식사도 하고 무장한 채로 잠을 잤소. 그 동안 에페아족은 도시를 함락할 작정이었으나 전쟁신이 막았던 거요! 우리는 제우스와 아테나를 부르짖으며 그들을 대적했소. 먼저 내가 아우게이아스의 사위인 몰리우스를 무찔러 말을 빼앗았소. 그의 부인은 약초에 관해 잘 알고 있던 아가메데였소. 어쨌든 에페아족은 대장이 쓰러지는 것을 보자 뿔뿔이 흩어졌소. 나는 돌풍처럼 이들을 몰아쳐 50대의 전차를 빼앗았소. 나의 창에 맞은 전차들은 이리저리 뒹굴다가 엎어졌소! 실은 몰리온의 아버지인 포세이돈이 그들을 구름으로 싸서 데려가지만 않았더라면, 두 몰리온을 다 죽였을 것이오. 이때 우리가 승리한다는 제우스의 신호를 받은 우리는 거침없이 그들을 추격해 부프라시온의 밀밭이며 올레니아 바위지대와 알리시온 언덕까지 몰고 갔소. 아마 아테나가 우리를 돌아가게 하지 않았다면 더욱 추격했을 거요. 우리는 다시 필로스로 돌아가 신들 중에서는 제우스에게, 인간 중에서는 바로 나 네스토르에게 감사를 올렸소. 나도 한때는 그랬었소. 그러나 아킬레우스의 용맹은 아킬레우스 혼자만의 용맹이외다. 아마 우리가 전멸할 때엔 그도 통곡할 것이오. 내 다정한 벗이여, 그대의 아버지 메노이티우스가 아가멤논에게로 그대를 보낼 때 뭐라고 말했소? 그 말이 아직도 생생하오. 난 오디세우스와 함께 전국에서 보충병을 모으고 있었소. 그때 메노이티우스

170

와 그대, 그리고 아킬레우스가 함께 있는 것을 보았던 거요. 노왕인 펠레우스는 정원에서 제우스에게 제사를 드리고 있었으며 그대들은 고기 먹기에 분주했소. 우리를 발견한 아킬레우스가 놀라 일어나 반가이 맞았고, 내가 그대와 아킬레우스에게 종군하라고 요청했소. 그대들이 기꺼이 따라오겠다고 하자 모두들 충고를 했소. 펠레우스는 자기 아들에게 싸움터에서 선봉에 서기를 일렀고, 메노이티우스는 그대에게 이렇게 말했소. '얘야, 아킬레우스는 지위가 너보다 위요, 또 힘도 세다. 하지만 네가 연상이니 아킬레우스에게 조언을 많이 하거라. 그럼 그는 따를 게야.' 그런데 그대는 부친의 분부를 잊었나 보구려. 여보시오, 장군. 다시 한 번 아킬레우스에게 말해 보시오. 친구의 설득은 가장 효과가 있으니까. 그러나 만일 아킬레우스가 신의 계시로 인해 망설이고 있다면, 그대라도 출전할 수 있도록 말해 보구려. 그리고 그대가 그의 갑옷을 빌려 입고 싸움터에 나가게 해 달라고 해 보시오. 그럼 트로이 군이 그대를 아킬레우스로 착각하고 머뭇거릴 거요. 그럼 잠시 숨이라도 돌리게 되리다!"

네스토르의 말에 파트로클로스는 가슴이 사무쳐 얼른 그곳을 빠져 나왔다. 그는 오디세우스의 함대 근처를 지나가다 넓적다리에 화살을 맞은 에우리필로스가 절룩거리며 나오는 것을 보았다. 그는 온몸이 땀과 피로 범벅이었지만 두려워하는 표정은 아니었다.

이를 본 파트로클로스가 자신의 마음을 솔직히 토로했다. "오, 친애하는 에우리필로스여! 우리는 과연 악마 헥토르를 저지할 수 없단 말이오? 정말 트로이의 개밥이 되어야 할 팔자란 말이오?"

에우리필로스가 대답했다. "파트로클로스여, 이제 우리를 구할 자는 없습니다. 우리 정예의 용사들은 이미 화살이나 창에 맞아 쓰러졌거나 누위 있소. 그러나 그대는 나를 살릴 수 있을 거요. 함대까지 데리고 가서 화살을 뽑아내고 아킬레우스에게서 들은 고약을 발라 주시오. 아킬레우스가 케이론한테서 배웠다던 그 약 말이오. 그대도 알다시피, 의사 중 의사인 마카온은 부상을 당해 치료를 하고 있고, 또 한 사람은 트로이 군과 맞서 싸우고 있다오."

파트로클로스가 말했다. "에우리필로스여, 어떻게 하면 좋겠소? 나는 지금 아킬레우스한테 가야 하지만, 위급한 그대부터 치료해야겠구려."

그는 에우리필로스를 안아 자기 막사로 데려가 자리에 뉘었다. 파트로클로스는 넓적다리에서 날카로운 화살촉을 뽑은 다음 피를 따뜻한 물로 씻어냈다. 그리고 약초 뿌리를 손으로 잘게 부수어 상처에 뿌렸다. 잠시 후 피가 멎고 상처가 아물기 시작했다.

트로이, 아카이아의 보루를 무너뜨리다

트로이와 아카이아 양군은 성벽을 사이에 두고 일대 격전을 벌인다. 제우스의 도움을 받은 헥토르가 관문을 부수고, 아카이아 군은 함대로 후퇴한다.

파트로클로스가 에우리필로스를 돌보는 동안, 밖에서는 양군 사이에 일대 혼전이 벌어지고 있었다. 튼튼한 성벽을 쌓고 참호를 파놓았건만 파죽지세로 밀고 들어오는 트로이 군을 막아내지는 못했다. 마땅히 신에게 바쳐야 할 제물을 잊은 결과치고는 참으로 혹독했다.

게다가 헥토르가 살아 있고 아킬레우스가 여전히 참가하지 않는 한, 거대한 아카이아 성벽은 결코 온전하지 못할 운명처럼 보였다.

그러나 포세이돈과 아폴론은 트로이의 최고 장수들이 아카이아 장수들과 더불어 쓰러지고, 남은 사람들이 10년 만에 트로이 성을 함락한 뒤에야 이 성벽을 없앨 작정을 하고 있었다.

　어쨌든 지금은 성벽 근처에서 양군이 강하게 접전을 함으로써 성벽의 목조부가 흔들거렸다. 제우스의 채찍에 쫓긴 아카이아 군은 헥토르를 피해 함대에 처박혀 있었다.

　헥토르는 마치 성난 태풍과도 같이 아카이아 군을 마음껏 몰아붙였다. 그러나 참호를 넘으라고 격려하는 헥토르의 말에도 말들은 가장자리에서만 울어대고 있었다. 참호가 너무 넓어 건너뛰기가 두려웠던 것이다. 게다가 아카이아 군은 그곳에 튼튼하고 빽빽하게 말뚝을 세워 놓은 상태였다. 그러므로 전차는 넘어갈 수가 없었다.

　이때 폴리다마스가 헥토르 옆으로 와서 입을 열었다. "헥토르 장군이여, 우리가 참호를 넘으려고 하는 것은 미친 짓이오. 이 참호는 절대로 건널 수 없습니다. 말뚝을 박고 양쪽에 벽을 쌓아 전차가 건너갈 수가 없소. 만일 적이 우리를 역습한다면 이 깊은 참호에서 우리는 엉망진창으로 뒤섞여 트로이에 전황을 알릴 사람조차 살아남지 못할 거요. 자, 일단 말들을 참호 옆에 대기시켜 놓고 걸어서 진격합시다. 진정 죽음의 운명이 적에게 드리워져 있다면 저들은 저항치 못할 것이오."

　그의 조언을 흔쾌히 받아들인 헥토르는 완전 무장을 하고 전차에서 뛰어내렸다. 그러자 다른 트로이 병사들도 모두 전차에서 내렸다. 그런 다음 그들은 다섯 부대로 편성하여 각각 지휘자를 따랐다.

　헥토르와 폴리다마스 아래에는 최대 부대와 최강군이 따랐고, 케브리오네스도 제3의 지휘자로서 그들과 동반했으므로 헥토르는 자기 전차에 그보다 못한 다른 무사를 남겨 놓았다.

　제2부대는 파리스와 알카투스, 아게노르가 지휘하고, 제3부대는 프리

아모스의 두 아들 헬레노스와 데이포보스가 지휘했다. 그리고 히르타코스의 아들 아시오스가 동반했는데, 그의 크고 윤기 흐르는 말들은 아리스베와 셀레이스 강으로부터 데려온 것이었다.

제4부대는 안키세스의 아들 아에네아스가 지휘했고, 싸움의 명장인 안테노르의 두 아들 아르켈로쿠스와 아카마스가 그를 따랐다. 그리고 사르페돈은 영예로운 동맹군을 인솔했으며, 보좌로서 누구보다도 출중한 글라우코스와 아스테로파이우스를 택했다. 이 같은 대군이 정렬하여 적진으로 돌진했다.

그 중 히르타코스의 아들 아시오스는 마부와 말을 남겨 놓지 않고 적진을 향했다. 어리석게도 그는 일리오스로 돌아갈 팔자가 아니었다. 결국 듀칼리온의 아들 이도메네우스의 창에 일생을 마칠 불길한 운명이었던 것이다. 그는 아카이아 병사들의 함대 왼편을 향해 진격했다.

마침 함대 왼편은 문이 빗장도 걸지 않은 채 열려 있었다. 문지기들이 피난해 오는 동지들을 위해 열어 놓았던 것이다. 그가 이곳을 향해 돌격하자 그의 부하들도 귀청을 찢을 듯한 함성을 올리며 뒤를 따랐다. 그러나 불행히도 가장 뛰어난 무사가 문을 지키고 있었다. 호전적인 라피드족의 후손임을 자랑하는 두 용장 페이리토스의 아들 폴리포이테스와 아레스처럼 잔인한 레온테우스였다.

이 두 사람은 거센 비바람에도 끄떡없는 굵직한 참나무처럼 문에 서서 아시오스의 공격을 저지했다. 가죽 방패를 들고 있는 아시오스 왕과 야메누스, 오레스테스, 아시오스의 아들 아다마스, 토온, 오이노마오스 등은 세차게 공격을 늦추지 않았다.

이러한 모습은 마치 산돼지 한 쌍이 개나 사람의 무리를 만난 형국이었다. 양편에서 공격하는 모습이며, 맞아서 죽을 때까지 송곳니를 갈며 바드득거리는 모습이라니! 접전이 치열해질수록 무구가 가슴에 부딪히는 소음이 바로 이러했다.

그러나 이들이 트로이 군을 향해 큰 돌을 집어던지자 마치 우박이 소나기로 쏟아지는 것처럼 우수수 떨어졌다. 그러자 투구와 방패가 돌들에 부딪히는 소리가 무시무시하게 울려왔다.

이때 아시오스는 절망하여 두 넓적다리를 치며 초조히 외쳤다. "오, 제우스시여, 당신은 또 거짓말을 하셨군요. 아카이아 군이 우리의 격분을 막을 만한 힘이 없지 않나요. 그들은 마치 기슭 바위 틈에 집을 짓고 사는 말벌 떼처럼 굴에서 나오지 않은 채 사냥꾼이 지나가기를 기다리는 모양입니다. 단지 두 사람뿐인데 문을 버리지 않을 모양입니다!"

한편, 다른 트로이 병사들은 다른 쪽 문을 공격하고 있었으나, 어찌 그 모든 이야기를 다 이를 수 있겠는가. 불길이 돌벽을 휘감아 타오르자 아르지브 군은 죽을힘을 다해 함대를 방어했다. 그러므로 그들에게 호의를 베풀던 모든 신들은 깊은 수심에 싸였다.

그러나 두 라피드족은 여전히 문을 굳건히 지키고 있었다. 마침내 폴리포이테스가 다마쿠스의 투구를 찔러서 뇌수를 흩뿌리니, 싸움의 운명도 끝나고 말았다. 그런 다음 그는 필론과 오르메노스를 죽였다. 이즈음 레온테우스는 히포마쿠스를 찌른 뒤 안티파테스를 죽였다. 그 다음에는 메논과 야메누스, 오레스테스를 차례로 쓰러뜨렸다.

한편 헥토르와 폴리다마스가 이끄는 병사들은 아직도 참호 주위에 집결한 채 망설이고 있었다. 최대 부대요, 최강 부대인 이들은 함대를 전멸시켜 불사르려는 의지가 가장 투철한 부대이기도 했다.

그런데 이들이 참호를 넘으려 할 때 한 전조가 나타났다. 독수리가 피가 뚝뚝 떨어지는 뱀 한 마리를 움켜쥔 채 병사들의 왼편을 날았던 것이다. 하지만 뱀이 독수리의 목 근처를 물자 독수리는 뱀을 사람의 무리 속으로 떨어뜨리고 말았다. 그러고는 소리를 치며 날아가 버렸다.

이 풍경을 본 트로이 군은 몸서리를 치며 제우스에게서 온 나쁜 전조라고 생각했다. 이윽고 폴리다마스가 헥토르에게 말했다. "헥토르여, 그대는 내가 의견을 내놓을 때마다 나를 비난하였소. 결코 다른 의견을 수용한 적이 없었기에 난 언제나 그대를 지지해야 했소. 그러나 다시 말해 보리다. 함대의 점령을 목표로 한다는 건 무리요. 이 전조처럼 될 승산이 크외다. 독수리가 살아서 피를 흘리는 큰 뱀을 잡았지만 결국 놓치고 만 것처럼 우리가 바로 그럴 모양이오. 우린 성벽을 허물고 적을 물리칠지라도 결국엔 혼란 속에 되돌아가야만 하리다. 그래서 수많은 전우만 잃을 징조요. 제발 내 말을 가볍게 듣지 마시오."

헥토르는 눈살을 찌푸리며 핀잔했다. "폴리다마스여, 그 따위 소리라면 듣지 않겠소. 무슨 얼빠진 소리를 하는 거요. 지금 와서 새가 무슨 소용이오? 새가 오른쪽으로 향하거나 아니면 왼쪽으로 날거나 내 상관할 바 아니오. 우리는 인간과 신을 두루 지배하시는 제우스의 섭리에 복종하고 있소. 항상 옳고도 유일한 길은 가정을 위하여, 조국을 위하여 싸우는 일이오. 싸우라! 그대는 왜 싸움을 두려워하는가? 자, 그대가 맡은 바를 피하려 하거나 남을 피하도록 사사한다면, 그대는 그 자리에서 죽고 말리라. 여기 내 칼이 울고 있소!"

헥토르가 잘라 말하고 전진하니 부하들이 함성을 지르며 **따랐다**. 이때 제우스가 일진 광풍을 몰아쳐 아카이아 함대를 먼지로 뒤덮었다.

그러자 더욱 자신만만해진 헥토르와 트로이 군은 성벽을 무너뜨리려고 갖은 짓을 다했다. 돌을 잡아 빼거나 버팀벽의 도리들, 그리고 땅속에 묻어놓은 돌들을 마구 쑤셔 올려 끌어낸 다음 침입을 감행코자 했다.

그러나 다나아 병사들의 저항도 만만치 않았다. 성벽을 기어오르는 적을 방패로 막아 떨어뜨렸다.

아카이아 군의 두 아이아스는 성벽 위에서 병사들에게 방어하도록 지휘하기도 하고 격려하기도 하면서 바쁘게 돌아다녔다.

어떤 병사에게는 부드러운 말로 타이르기도 하고, 당황한 병사에게는 심히 꾸짖기도 했다. "아카이아 동지들이여! 최고의 대장이든 약관의 병사든 간에, 적의 함성에 바보처럼 달아나지 맙시다. 모두 대항하시오. 그러면 제우스께서 천둥 번개로써 적을 몰아낼 것이외다!"

이처럼 양군의 싸움은 제우스께서 인간 세상에 함박눈의 총공세를 펼칠 때와 비슷했다. 제우스는 높은 산이며 절벽, 언덕과 경작된 논밭을 온통 눈으로 뒤덮었다. 그리고 항구며 기슭이며 물결이 출렁이는 온 바다로 쏟아졌다.

이처럼 양군에서 던지는 돌멩이들이 폭설처럼 쏟아졌다. 한편에서는 아카이아 군이 트로이 군에게, 한편에서는 트로이 군이 아카이아 군에게 돌을 던져 성벽을 따라 무서운 소음이 하늘 높이 울렸다.

그러나 제우스가 사자와 같은 사르페돈을 아르지브 병사를 향해 보내지 않았다면 헥토르와 트로이 군은 감히 성벽의 문과 단단한 빗장을 부수지 못했을 것이다.

사르페돈이 방패와 함께 두 개의 창을 들고 움직이는 모습은 마치 오랫동안 굶주렸던 퓨마가 양 우리로 뛰어들려고 애쓰는 것과도 같았다. 이

178

와 같이 사르페돈은 성벽을 공격하여 흉벽을 무너뜨렸다.

  그런 다음 그는 글라우코스에게 말했다. "글라우코스여, 우리가 어찌하여 리키아에서 최고의 영예를 누렸던가? 왜 우리를 보통 사람보다 위대한 인간으로 취급하는가? 또한 크산토스 유역의 과수원이며 밀밭도 최고의 것으로 차지하는가? 우리가 여기 불타는 전쟁의 도가니 속에서 선두에 나서지 않으면 안 되는 이유가 바로 그것이 아니던가. 그러면 사람들은 이렇게 말하리다. '진실로 우리의 왕과 지휘자가 최고의 고기와 술을 먹는 건 당연하다. 이들은 항상 앞장서서 싸우니까!' 글라우코스여, 우리가 우물쭈물해서는 안 되는 이유가 바로 그것이다. 이 싸움을 피해 늙지도 죽지도 않는다면 나도 마땅히 피해 보리다. 그러나 지금은 무슨 짓을 하든 간에 무수한 죽음만이 우리를 에워싸고 있으니. 자, 나가자. 우리가 적의 명예를 올려주든, 적이 우리의 명예를 올려주든."

  글라우코스 역시 그에 못지 않았다. 그들은 부대를 이끌고 전진했다. 마침 보루를 맡으면서 이 광경을 본 메네스테우스는 성벽을 휘돌아보며 동료를 구해 줄 장수를 찾았다. 마침 두 아이아스와 막사로부터 금방 도착한 테오크로스가 그들 가까이 서 있는 것을 보았다. 그러나 사방이 소음으로 가득 차 있어 큰 소리로 불러도 그들은 돌아보지 않았다. 그래서 메네스테우스는 전령 토오테스를 아이아스에게 보냈다.

  "토오테스여, 속히 달려가 아이아스를 모셔 오너라. 되도록이면 두 분 다 모셔 오너라. 그러지 않으면 미구에 모두 전멸되리라. 그러나 만일 그곳도 빠져 나올 수 없는 상황이라면 텔라몬의 아들 아이아스만이라도 오도록 할 것이며, 유명한 궁수인 테오크로스도 동반토록 전하라."

  전령은 즉시 아카이아 성벽을 따라 그들에게 이르러 말했다. "두 아이아스 장군님이시여, 저희 사령관인 메네스테우스께서 잠시 오셔서 도와주셨으면 합니다. 아주 긴급한 일로, 도와주지 않으면 우리는 전멸한답니다. 그러나 만일 여기 또한 적에게 쫓기고 있다면 텔라몬의 아드님이신 아이아스 장군님만이라도 유명한 궁수인 테오크로스 님과 함께 오시라고 하셨습니다."

텔라몬의 아들 아이아스는 이를 승낙하고 곧 오이레우스의 아들 아이아스에게 말했다. "아이아스여, 리코메데스와 함께 이곳을 지휘하시오. 나는 저쪽으로 가서 그들을 구한 다음 곧 돌아오겠소."

텔라몬의 아들 아이아스는 테오크로스와 함께 출발했다.

그리하여 그들은 성벽 안쪽을 따라 메네스테우스가 있는 망루에 이르렀다. 거기서 다다른 그들은 사태가 긴박함을 깨달았다. 리키아의 맹장들은 시커먼 폭풍우처럼 흉벽으로 쏟아져 나와 함성을 지르며 접전을 벌이고 있었다.

텔라몬의 아들 아이아스는 흉벽 옆에 쌓아둔 울퉁불퉁한 돌을 집어 사르페돈의 동료 에피클레스를 죽였다. 혈기 왕성한 젊은이라도 들기 어려운 돌을 아이아스가 높이 쳐들어 내리치자 에피클레스의 투구와 두개골이 산산조각 났다.

한편, 벽을 올라가는 글라우코스의 어깨를 테오크로스는 활로 쏘아 그의 전투에 종지부를 찍었다. 글라우코스는 아카이아 병사들이 눈치채지 못하도록 되도록 조용히 성벽에서 물러났다.

그러나 사르페돈은 그가 사라지는 것을 보고 몹시 서글펐지만 전투를 계속해 테스토르의 아들 알크마온을 창으로 찔렀다. 그런 다음, 그 강한 팔로 흉벽을 잡고 와락 잡아채어 큰 구멍을 뚫어 놓았고 결국 많은 병사들을 통과하게 만들었다.

그때 아이아스와 테오크로스가 함께 그를 공격했다. 그러나 제우스는 자신의 아들을 보호했으므로, 테오크로스와 아이아스의 창을 맞았어도 창 끝이 들어가지 않아 살아남을 수 있었다.

그는 약간 주춤거리며 소리쳤다. "리키아 병사들이여, 전진하라! 내 아무리 강할지라도 나 혼자서는 길을 열기가 어렵다. 날 따르라! 수가 많으면 많을수록 유리한 법이니!"

이 위대한 지휘자의 고함에 트로이 군은 서로 앞장서 밀고 나갔다. 그러나 아르지브 군도 필사적으로 방어했다. 따라서 리키아 군이 함대까지 가는 데에는 힘이 충분치 못했고, 아카이아 군 역시 성벽에서 이들을 격퇴하는 데 역부족이었다. 이것은 두 사람이 아주 좁은 곳의 경계를 정하려고 다투는 것과도 같았다.

이처럼 양군은 흉벽을 사이에 두고 혈전을 벌였다. 따라서 망루와 흉벽이 양군의 피로 범벅이 되어 있었다.

그 형국은 마치 충실한 침모가 손에 저울을 들고, 한편에는 추, 한편에는 털을 놓아가며 자식을 벌어 먹이고자 보잘것없는 품삯을 벌 때와도 같았다.

마침내 제우스가 헥토르의 손을 들어주어 헥토르는 아카이아 성벽에 선두로 들어가게 되었다.

헥토르는 부하들에게 큰 소리로 외쳤다. "자, 오르라, 트로이 군이여! 이 성벽을 부수고 배에 불을 지르라!"

이 고함을 들은 트로이 병사들은 순식간에 창을 들고 성벽 위로 기어올라갔다. 헥토르는 성문 앞에 놓인 돌을 한 개 집었다. 밑은 두툼하고

위는 뾰족한 돌로 두 사람이 들어도 끄떡도 하지 않을 만큼 컸다.

그러나 제우스가 가볍게 해주었으므로 헥토르는 혼자서 거뜬하게 들어올려 성문으로 가져갔다. 그런 다음 성문 중앙을 향해 힘껏 던졌다. 그러자 문이 삐걱거리며 빗장이 부러졌다.

결국 헥토르가 해낸 것이다. 살아 있는 인간으로서는 도저히 그를 막을 수가 없었다. 그는 몸을 돌려 트로이 병사들에게 진군하라고 독려했다. 그러자 그의 부하들은 성벽을 통과해 쏟아져 들어갔으며, 이에 다나아 군은 함대로 도망쳐 달아나느라 정신이 없었다.

헥토르, 함대 앞까지 진격하다

트로이의 공세에 아카이아가 함대 앞까지 밀려나자, 지진의 신 포세이돈이 은밀히 아카이아 군을 돕는다. 이도메네우스가 용맹을 떨치며 아카이아 군에 사기를 불어넣는다.

제우스가 헥토르와 트로이 군으로 하여금 함대까지 진격하게 한 이상 격전과 참화는 계속되었다. 제우스는 명기수인 트라키아족, 백병전에 능숙한 미시아족, 말 젖을 먹는 고상한 힙페몰기족, 인류 중에서 가장 준법정신이 강한 아비이족 등을 유심히 내려다보았다.

그러나 더 이상 트로이에 대해서는 관심을 갖지 않았다. 이미 어느 누구도 감히 트로이 군이나 다나아 군을 돕고자 발길을 돌리지는 못할 것이라고 생각했기 때문이다.

한편 포세이돈은 결전의 광경에 매혹되어 바라보았다. 바다에서 나와 사모스 산의 최고봉에 오르니 프리암 시와 아카이아 함대가 훤히 내려다보였다. 이곳에 앉아 아카이아 군이 형편없이 몰리는 것을 보자 갑자기 제우스에 대해 화가 치밀어올랐다.

포세이돈은 큰 걸음으로 네 걸음째에 목적지인 아이가이에 도착했다. 그곳에는 바닷속 깊숙이 영원히 썩지 않는 찬란한 황금 궁전이 있었다. 거기서 그는 전차와 금빛 갈기를 휘날리는 말 두 필에 마구를 달았다. 또한 자신도 황금 의상을 걸치고 잘 만들어진 황금 채찍을 쥔 다음 전차에 올라 채찍질했다.

그러자 깊은 바다는 기꺼이 그 앞에서 갈라져 길을 만들어 주었다. 차축에 물도 안 묻을 정도로 말들은 재빨리 파도 위를 뛰어넘어 테네도스와 임브로스 사이에 있는 거대한 동굴로 향했다. 지진의 신 포세이돈은 여기서 말들의 고삐를 풀고 금 족쇄로 발목을 채운 다음 먹이를 주었다. 그러고는 아카이아 진영을 향해 걸음을 옮겼다.

그 동안 트로이 군은 헥토르를 바짝 따르며 더욱 앞으로 진격하고 있었다. 이들은 함대를 점령하여 적을 궤멸시키리라 생각했다. 그런데 지진의 신 포세이돈이 아카이아 군의 편을 들고 나선 것이다.

포세이돈은 우선 큰 목소리의 칼카스로 변신한 다음 두 아이아스에게 말했다. "두 아이아스여, 끝까지 싸우라. 물러설 마음을 먹지 말지어다! 진정 겁을 내어 도망치지 말라. 적군이 넘어온다 해도 진지를 기필코 지켜내라. 오, 용사여! 저 헥토르 미치광이가 가는 곳마다 불길에 휩싸일까 걱정이구나. 어느 신이든 그대들의 가슴에 적을 몰아낼 용기를 주셨으면 좋으련만. 그러면 그가 아무리 용빼는 재주가 있다 해도, 그대들의 함대에 오르지 못할 텐데!"

이렇게 말을 마친 포세이돈이 요술 지팡이로 그들을 툭툭 쳐서 불굴의 용기를 넣어주자 그들은 사지가 가벼워지며 몸놀림이 더욱 예리해졌다. 그리고는 포세이돈은 독수리가 새를 낚아챌 때의 모습으로 번개같이 그곳을 빠져 나갔다.

　그때 오이레우스의 아들이 먼저 텔라몬의 아들에게 말했다. "아이아스여, 이는 올림포스에 계시는 신이 분명하오. 우리를 격려하고자 접술가이자 예언자인 칼카스의 모습으로 변신한 거요. 발뒤꿈치와 무릎을 보니 금방 알겠소. 신께서 저렇게 말씀하시니 더욱 용기가 생기는구려."

　이에 텔라몬의 아들 아이아스가 대답했다. "나 역시 그렇소. 창이 가볍고 발은 춤출 때처럼 날 것 같소. 헥토르와 다시 한 번 겨뤄도 결코 질 것 같지가 않소!"

　그곳을 떠난 포세이돈은 패주병들이 잠시 숨을 돌리는 후방으로 갔다. 그들은 기진맥진하여 함대 옆에 아무렇게나 누워 있었다. 이미 패전을 벗어날 가망이 없어 보여서 그런지 모두 기가 죽어 있었다.

　포세이돈은 우선 테오크로스와 레이투스, 페넬레오스, 토아스, 데이필로스, 메리오네스, 안틸로코스 등을 격려하면서 다음과 같이 소리쳤다. "아르지브 병사들이여, 부끄럽지 않은가? 그대들이야말로 우리 함대를 지켜야 할 최후의 보루가 아닌가! 그런데도 이렇게 누워만 있다니. 나는 이 두 눈으로 꿈에도 본 적이 없는 조짐을 보았다. 트로이 군이 우리 함대로 진격해 오다니! 여태껏 그들은 간이 콩알만한 사슴의 새끼로, 재칼이나 표범, 늑대들의 밥이었다. 우리와 대적할 엄두도 내지 못하던 자들이었단 말이다. 그런데 그들이 적반하장으로 우리를 무너뜨리다니, 모두가 무능한 지도자에 태만한 부하들 때문이로다. 하지만 아킬레우스를 모욕한 이유로 우리의 대왕 아가멤논이 마땅히 책망을 받아야 할지라도, 죽기까지 싸우는 게 우리의 의무가 아닌가. 자, 군중의 최고 인사들인 그대들이 본분을 지키지 않는다는 것은 패배의 지름길로 가는 것이로다. 동지들이여, 각자 자신의 영예를 생각할지어다. 적장 헥토르가 문들을 부수고 빗장을 없앤 지금 우리 함대를 향해 진격하고 있노라."

포세이돈의 말에 자극을 받은 병사들이 즉각 두 아이아스 장군의 주위로 모여들어 아레스 군신이나 아테나 여신조차도 감히 경시하지 못할 강군이 되었다.

즉, 최강의 무인들이 창과 창, 방패와 방패, 병사와 병사들로 뚫고 들어갈 수 없는 울타리를 구축하고 있었다. 따라서 그들이 머리를 움직일 때마다 투구의 깃털들이 움직이며 창들은 서로 포개졌다.

한편, 한 덩어리가 된 트로이 군은 헥토르를 선두로 거침없이 쳐들어왔다. 마치 소낙비에 갑자기 불어난 물에 밀려 쏟아져 내려온 둥근 돌과도 같았다.

하지만 평원에 다다르면 속도를 내지 못하듯이 헥토르가 막사와 함대를 덮치려고 했으나, 대부대에 부딪쳐 여의치 않았다. 뜻밖에도 강력한 아카이아 군의 저항에 부딪히자 헥토르는 머뭇머뭇 물러섰다.

이윽고 찢어지는 듯한 목소리로 그는 트로이 군을 독려했다. "트로이와 리키아, 그리고 다르다니아의 투사들이여, 적의 장벽이 우리 손에 들어오는 것이 경각에 달렸도다! 기어이 적은 내 창에 무릎을 꿇고 말리라. 나는 신 중의 신, 천둥의 신인 제우스께서 보내신 바니까!"

그러자 프리아모스의 아들 데이포보스가 자신만만한 걸음으로 방패를 세운 채 진격했다. 이때 아카이아의 메리오네스가 그에게 창을 던졌다.

186

하지만 창은 황소 가죽 방패를 뚫지 못했고, 데이포보스는 자연스럽게 방패를 돌려대며 공격을 무위로 돌려세웠다.

메리오네스는 화가 치밀었지만 물러설 수밖에 없었다. 막사에 가서 다른 창을 가져와야 했기 때문이다.

그러나 혈전은 계속되었다.

가장 처음 텔라몬의 아들 테오크로스가 멘토르의 아들 임브로스를 죽였다. 페다이움에 살고 있던 그는 프리아모스가 친아들 이상으로 사랑했는데, 그의 서녀인 메데시카스테를 아내로 삼을 예정이었다. 하지만 테오크로스의 창에 귀밑을 찔려 죽은 것이다.

테오크로스가 그의 갑옷을 벗기기 위해 달려들자 헥토르가 달려오며 창을 던졌다. 그러나 테오크로스는 이를 보고 재빨리 고개를 숙이는 바람에 크테아토스의 아들인 암피마코스의 가슴에 맞았다. 헥토르는 암피마코스의 관자놀이에서 투구를 벗기기 위해 뛰어나왔다. 그때 아이아스가 헥토르에게 창을 날렸지만, 둥근 방패 꼭대기에 맞아 허사가 되고 말았다. 온통 무구로 싸매어 살이 드러나지 않았기 때문이다.

그러나 이 타격으로 인해 헥토르가 움찔 물러서자, 아카이아 군이 즉각 반격했다. 암피마코스는 스티키우스와 메네스테우스가 데려갔고, 임브로스는 두 아이아스가 들고 갔다. 두 아이아스는 시체를 끌어다 갑옷을 벗긴 다음 암피마코스의 전사에 대한 보복으로 임브로스의 목을 잘라 허공에서 흔든 뒤 적진으로 날리니, 임브로스의 목이 헥토르의 발 밑에 떨어져 흙투성이가 된 채로 뒹굴었다.

손자인 암피마코스의 죽음을 본 포세이돈은 몹시 화가 나 아카이아 군을 선동하고 돌아다녔다. 마침 그는 오금에 상처를 입은 전우를 만나고 오는 이도메네우스를 만났다. 이도메네우스는 전투에 참가하기 위해 자기 막사로 향하던 중이었다.

이때 포세이돈은 안드라이몬의 아들이며 온 펠레우론과 칼리돈 고원 지대의 영주인 토아스의 목소리로 말했다. "크레테의 영주여, 그대들의 위용은 어디로 갔는가? 보이지 않는 대기 속으로 사라졌는가?"

이도메네우스가 대답했다. "토아스여, 책망할 필요 없소이다. 우리는 싸울 테니까요. 우리 중 겁을 내거나 비겁한 짓을 하는 자도 더더욱 없소이다. 생각건대, 전능하신 제우스께서는 우리가 타국에서 멸하기를 바라시는 모양입니다. 그러나 토아스여, 그대는 항상 다른 사람들이 실의에 빠지는 것을 보면 용기를 북돋워 주었소. 계속 굽히지 말고 충고를 잊지 말아 주시기 바랍니다."

이에 포세이돈이 흔쾌히 대답했다. "이도메네우스여, 살겠다고 싸움을 회피하는 자는 고향 땅을 밟지 못할 거요. 당장 개밥에 도토리 신세가 될 것이오! 자, 무기를 가지고 따라오시오. 비록 단둘일망정 단결하면 힘이 될 것이오. 우리 둘이 최선을 다해 싸워 봅시다."

포세이돈은 다시 접전지로 돌아가고 이도메네우스는 막사에서 무장을 갖추고 두 개의 창을 잡은 뒤 뚜벅뚜벅 걸어나왔다. 마치 그 모습이 크로노스의 아들이 인간에게 보내는 번갯불처럼 번쩍번쩍 빛났다. 그가 막 막사를 나설 즈음 충복 메리오네스를 만났다.

이도메네우스가 먼저 말했다. "나의 메리오네스여, 어찌 전선을 떠났는가? 그대 역시 부상을 당했단 말인가? 아니면 내게 전갈이라도? 나는 막사에 가만히 앉아 있기는 싫네. 죽을 때까지 싸우고 싶어."

"장군이여, 창을 가지러 왔습니다. 제 것이 데이포보스의 방패에 맞아 부러지고 말았기 때문이지요."

"창이라고? 내 막사 입구에는 반짝반짝 빛나는 것이 스무 개나 될 걸세. 트로이 군 전사자들에게서 빼앗은 것들이지. 적들과 멀리 떨어져 싸울 생각이 없어서 창이며 방패며 빛나는 갑옷을 잔뜩 쌓아 놨지!"

"저도 그렇습니다. 제 막사엔 트로이 군의 창이 수두룩하지요. 저 역시 장군 못지 않게 본분을 잊지 않고 살았습니다. 아마 장군은 아실 테지만 항상 싸움터의 선봉에 나섰었지요."

"그런 뻔한 소리는 왜 하는가? 최고의 복병을 뽑아보면 누가 용기가 있고 누가 겁쟁이인지 알 수 있지! 겁쟁이는 시시때때로 얼굴색이 변하며 몸을 제대로 가누지 못할 뿐만 아니라, 죽는 것만을 생각하니 가슴이 두근거리고 이가 덜덜 떨리지. 그러나 용감한 사나이라면 안색이 변하기는 커녕 겁내거나 두려워하지도 않으며 오로지 싸우기만을 바라네. 그렇게 되면 아무도 감히 그대의 용기나 기량을 무시할 수 없지. 만일 자네가 싸우다가 칼이나 화살에 맞는다면, 그곳은 뒤통수나 등이 아니라 가슴이나 배를 찔릴 것이네. 자, 이제 유치한 얘기는 그만하고 내 막사로 가서 튼튼한 창을 가져오게나."

메리오네스는 지체 없이 청동 창을 가지고 나와 당당하게 이도메네우스의 뒤를 따랐다. 두 사람은 마치 인류의 재앙인 아레스가 아들 판을 대동하고 싸움터로 돌진할 때처럼 청동으로 무장하고 싸움터로 나갔다.

메리오네스가 먼저 입을 열었다. "장군님, 어디로 가는 편이 유리하겠습니까? 아마 중앙이 가장 위급한 지역 같은데요."

이도메네우스가 대답했다. "중앙에는 두 아이아스와 뛰어난 궁수인 테오크로스가 있다. 이들은 헥토르가 제 아무리 강하다 하더라도 능히 대적하리라. 만일 제우스만 헥토르의 손을 들어주지 않는다면, 우리 함대를 불사른다는 것은 맨손으로 절벽에 오르는 것과 같을 게야. 텔라몬의 아들 아이아스는 뼈가 으스러진다 해도 산 사람에겐 굴복하지 않는 사람이고! 발이 빠르기로는 아킬레우스를 당해내지 못할지 몰라도, 싸움에 있어서 만은 겨뤄 봐야 알겠지. 그러니 우리는 왼편으로 가세나."

메리오네스와 이도메네우스는 왼편 전선에 이르렀다. 이 모습을 본 트로이 군은 일제히 덤벼들었다. 그러자 여기저기서 죽이고 베는 등 일대 격전이 벌어졌다. 이곳은 금세 길고 날카로운 창들로 밀림을 이루었고, 번쩍이는 투구와 갑옷, 그리고 방패들이 눈이 부실 정도로 번득였다.

크로노스의 강력한 두 아들이 의견 충돌을 일으킴으로써 양군에게 가져온 끔찍한 전쟁의 모습은 이러하였다. 제우스는 헥토르와 트로이 군에게 승리를 보내어 아킬레우스의 이름을 과시하고자 했다. 그러나 온 아카이아족을 전멸시킬 의도는 아니었고, 오로지 아킬레우스를 찬미하게 하고 싶었던 것이다. 한편, 아카이아 편이었던 포세이돈은 바다에서 몰래 빠져 나와 그들을 원조했다. 그러나 제우스와는 한 형제로서 손위이기 때문에 포세이돈은 늘 사람의 탈을 쓰고 은밀히 도울 수밖에 없었다. 그리하여 두 신은 많은 장수들을 희생시키면서도 끊어지지도 또한 늦춰지지도 않도록 전쟁의 밧줄을 놓지 않고 있었다.

이때 백발이 희끗희끗한 이도메네우스가 다나아 병사들을 지휘하여 트로이 군에게 대적했다. 그는 먼저 프리아모스 왕의 제일 예쁜 딸 카산드라에게 청혼했던 카베수스의 오트리오네우스를 죽였다.

그가 요란스러운 소리를 내며 땅에 쓰러지자 이도메네우스가 외쳤다. "오트리오네우스여, 프리아모스가 딸을 그대에게 주기로 했다니, 천하의 행운아 아닌가! 자, 우리의 제의도 들어보게나. 우리는 그대가 프리암 성을 함락한다면, 아가멤논의 제일 예쁜 딸을 데려가게 해주겠네."

말을 마친 이도메네우스가 그의 발을 잡아끌자 아시오스가 그를 구하러 달려왔다. 아시오스가 이도메네우스를 단번에 무찌를 생각으로 다가오자 이도메네우스가 먼저 그의 목을 찔렀다. 그러자 아시오스는 마치 참나무가 쓰러지듯 전차 앞에 사지를 뻗고는 피로 물든 땅을 움켜잡았다. 마부는 얼이 빠진 채 돌아갈 생각조차 하지 못했다. 이때 네스토르의 아들 안틸로코스가 그를 찌른 뒤 말을 몰고 갔다.

그때 데이포보스는 아시오스의 복수를 하고자 이도메네우스에게 창을 던졌다. 하지만 이도메네우스는 얼른 큰 방패 뒤에 몸을 숨겨 피했다.

그러나 그 창은 곧바로 날아가 히파소스의 아들 힙세노르(전에 죽은 사람과는 다른 사람임)의 횡경막을 찔렀다.

이에 데이포보스가 기세 등등해져 무서운 소리로 고함을 질렀다. "비록 아시오스가 여기 쓰러졌지만, 그를 하데스까지 모실 자를 내가 마련해 놓았노라. 그러니 가벼운 마음으로 여행할 수 있겠지!"

그는 호언장담을 하여 안틸로코스의 적개심을 부채질했다. 그는 얼른 달려가서 두 동료 에키우스의 아들 메키스테우스와 알라스토르가 시체를 운반해 가도록 인도했다.

한편 이도메네우스는 적을 황천으로 보내든가 아니면 자신이 죽든가 한다는 마음으로 전의를 불태웠다. 그는 다음으로 아이시에테스의 아들이며 안키세스의 사위인 알카투스를 무찔렀다. 안키세스의 맏딸 히포다메이아는 동년배 중에서 미모나 솜씨, 총명함이 특출해 트로이에서 최고의 남성이 그녀를 아내로 삼았던 것이다. 이런 그가 포세이돈의 도움을 받은 이도메네우스의 손에 목숨을 앗긴 것이다. 이도메네우스의 창이 알카투스의 심장에 꽂히자, 아직 고동이 멎지 않아 창 자루가 심하게 흔들렸다. 그러자 아레스 군신이 그 흔들림을 잠재웠다.

이도메네우스는 의기양양하여 커다란 소리로 외쳤다. "데이포보스여, 한 사람 때문에 셋이 죽다니, 공정한 처사는 아니로다. 그러니 어서 다가서라. 그러면 제우스의 후예인 내가 어떻게 상대했는지 알려주마! 제우스의 아들 미노스는 듀칼리온을 낳았고 듀칼리온은 나를 낳았지. 그래서 내가 드넓은 크레테 왕국의 왕이 되었느니라."

데이포보스는 어떻게 해야 할지 잠깐 머뭇거렸다. 그러다가 결국 그는 항상 불만에 차 있는 아에네아스를 불렀다. 아에네아스는 프리아모스 왕이 적당한 포상을 하지 않자 뒷전에서 소극적으로 참여하고 있었다.

데이포보스가 그에게 다가가 말했다. "아에네아스 장군, 나와 함께 그대의 매부 알카투스를 구합시다. 그는 그대를 기른 분 아니오! 이도메네우스가 방금 그를 죽였다오."

이 말에 격분한 아에네아스가 이도메네우스에게로 달려갔다. 그러나 이도메네우스는 깊은 산 속 후미진 곳에서 사람들을 기다리는 산돼지처럼 그를 맞았다. 마치 산돼지가 뻣뻣한 털을 곤두세우며 번쩍이는 눈과 하얀 송곳니를 드러내듯이 이도메네우스 역시 꼼짝하지 않고 아에네아스가 덤비기만을 기다렸다.

그 동안 그는 아스칼라포스, 아파레우스, 데이필로스, 메리오네스 그리고 안틸로코스에게 자신의 마음을 솔직히 전했다. "전우들이여, 날 좀 도와주시오. 세상에 드문 명수인데다 젊고 강한 아에네아스가 전 속력을 내서 달려오고 있소. 내가 저처럼 젊기만 하다면 혼자 대결할 텐데!"

그의 말을 들은 동료들은 곧 당당하게 그의 옆으로 붙었다. 한편 아에네아스도 데이포보스와 파리스, 아게노르 등 트로이 군의 장군들을 불렀다. 그러자 부하들도 함께 따라와 마치 양떼가 숫양을 따라 움직이는 것처럼 보였다. 이 모습을 보자 아에네아스는 가슴이 뭉클해졌다.

그리하여 이들은 알카투스의 시신을 놓고 접전을 벌였다.

먼저 아에네아스가 이도메네우스를 향해 창을 던졌다. 하지만 그가 살짝 피하자 땅에 꽂혔다. 그러자 이도메네우스는 오이노마오스의 갑옷 자락을 찔러 그를 쓰러뜨렸다. 그러나 이도메네우스는 간신히 창을 뽑았을 뿐 무구를 벗기진 못하였다. 그는 이제 지칠 대로 지쳐 다른 사람의 공격을 피할 수도 없는 지경에 이르렀다.

그래서 그가 천천히 물러서는데 데이포보스가 다시 창을 던졌다. 그러나 그것은 빗나가 아스칼라포스의 어깨에 꽂혔다. 아레스의 아들인 아스칼라포스는 흙을 손아귀에 움켜쥐고 넘어졌다. 아레스는 제우스에 의해 올림포스 산에 감금되어 이 사실을 모르고 있었다.

싸움터에서는 아스칼라보스를 둘러싸고 널리 격투가 벌어졌다. 데이포보스가 그의 머리에서 투구를 벗겼으나 이때 메리오네스가 쏜살같이 달려들어 팔 위쪽을 찔렀으므로 투구가 땅에 떨어졌다. 그러자 데이포보스의 동생 폴리테스가 데이포보스의 허리를 안아 마부가 기다리고 있는 전차로 달려갔다. 그리하여 그들은 고통에 울며 도시로 돌아갔다.

한편 아에네아스는 칼레토르의 아들 아파레우스의 목을 창으로 찔렀다. 그러자 머리가 한편으로 축 처지면서 방패와 투구가 나동그라지더니 죽음으로 빠져들었다.

이때 안틸로코스가 도망치는 토온의 뒷목을 끊었다. 그런 다음, 그에게 달려들어 갑옷을 벗기려 하자 트로이 군들이 득달같이 몰려와 공격했다. 하지만 지진의 신 포세이돈이 지켜주고 있었으므로 쏟아지는 투창도 그를 어떻게 하지 못했다. 그는 지칠 줄 모르며 적을 무찔렀다.

또 한쪽에서는 헬레노스가 접전 끝에 데이필로스의 관자놀이를 트라키아 칼로 베어 투구를 떨어뜨렸다. 아카이아 병사는 떨어진 투구를 집어 올렸으나 데이필로스는 이미 죽음의 강을 건너간 뒤였다.

이를 본 메넬라오스가 몹시 격분하여 헬레노스에게 창을 겨누었다. 하지만 헬레노스도 가만히 있지 않고 화살을 당겼다. 두 사람은 동시에 날렸다. 헬레노스는 메넬라오스의 갑옷 심장부를 명중시켰으나 갑옷을 뚫지는 못했다.

그러나 메넬라오스는 활을 잡았던 헬레노스의 손을 맞혀 활과 함께 꿰뚫었다. 헬레노스는 팔을 옆으로 축 늘어뜨린 채 얼른 동료들이 있는 곳으로 갔다. 그러자 아게노르가 창을 잡아 뽑은 뒤 양모를 잘 꼬아서 만든 팔매 끈으로 묶어 주었다.

이번엔 페이산드로스가 메넬라오스에게 덤벼들었다. 먼저 메넬라오스가 창을 던졌으나 빗나갔고, 페이산드로스도 메넬라오스의 방패를 공격했으나 뚫을 수가 없었다. 그런데도 페이산드로스는 자신의 승리를 확신하고 있었다. 이때 번쩍이는 도끼를 꺼내어 맞서는 페이산드로스에게 메넬라오스가 창을 가지고 덤벼들었다. 메넬라오스는 창으로 미간 사이를 명중시켰다. 그러자 그의 이마가 쪼개지면서 눈알이 튀어나왔다.

승리에 찬 메넬라오스가 그의 가슴을 발로 짓밟고 무구를 벗기며 승리를 외쳤다. "이 버릇없는 트로이 군이여! 온갖 모욕과 만행을 저지른 뒤에도 만족을 모르는구나. 이 더러운 개들아! 제우스께서는 틀림없이 너희 도시를 전멸시키실 것이다. 손님으로 왔다가 나의 아내를 강탈한 자들아, 참으로 무례하고도 뻔뻔하구나. 하지만 너희 뜻대로 되지는 않을 것이다! 오, 제우스 아버지시여! 인간은 물론이고 모든 신들보다 위에 계신 이여! 어찌 이처럼 무도한 인간들에게 은혜를 내리시나요? 전투밖에 모르는 이들의 손을 어찌 들어주십니까?"

메넬라오스는 말을 마치고 시체에서 피에 젖은 갑옷을 벗겨 부하에게 주었다. 그런 다음 다시 전투에 참가했다. 이때 그는 하르팔리온의 공격을 받았다. 그는 거의 맞닿을 만큼 가까이 다가와 메넬라오스를 창으로 찔렀으나 꿰뚫지 못해 주춤거리며 조심조심 돌아보았다.

이때 메리오네스가 쏜 화살에 오른쪽 엉덩이를 맞아 그는 파플라고니아의 전우들 품안에서 마지막 숨을 거두었다. 용감한 파플라고니아족 동료들은 그를 전차에 실어 비통한 심정으로 일리오스로 데려갔다. 그의 아버지 또한 피눈물을 흘리며 뒤를 따랐지만 결국은 복수를 하지 못했다.

이 소식을 들은 파리스는 몹시 격분했다. 왜냐하면 파플라고니아족은 그의 손님이었기 때문이다. 그래서 그는 그의 손님에 대한 복수의 화살을 겨누었다. 결국 그 화살에 예언자 폴리두스의 아들 에우케노르가 맞아 암흑 속으로 떨어졌다. 에우케노르는 트로이로 출항하기 전에 노부 폴리두스가 한 예언을 통해 이미 자기 운명을 알고 있었다.

이처럼 양군은 치열하게 싸우고 있었다. 그러나 헥토르는 배 왼쪽에서 이들이 쓰러지고 있는 걸 전혀 모른 채 싸우고 있었다. 그는 아직도 성벽을 밟고 들어간 그 자리에 머물러 있었다. 그곳은 아이아스와 프로테실라오스의 함대들이 기슭을 따라 매어진 곳으로 가장 지대가 낮은 곳이기도 했다.

여기서 헥토르가 날뛰자 아테나의 정예 용사들조차 그를 밀어내지 못했다. 이들의 선봉장은 메네스테우스로, 페이데스와 스티키우스, 굳건한 비아스를 부하로 거느리고 있었다.

에페아족의 지휘자는 필레우스의 아들 메게스와 암피온, 그리고 드라키우스였다. 프티아족은 오이레우스 왕의 서자로 아이아스와는 형제지간인 메돈과 포다르케스가 지휘했다. 이 두 사람은 선봉에 서서 보이오티아 병사들과 함께 함대를 방어했다.

한편, 발이 빠른 오이레우스의 아들 아이아스는 텔라몬의 아들 곁에서 조금도 움직이지 않았다. 그들은 마치 땀을 뻘뻘 흘리며 고랑을 일구는 한 쌍의 소처럼 말없이 어깨를 나란히 한 채 서 있었다.

특히 오이레우스의 아들 아이아스가 지휘하는 로크리스 부대는 백병전의 무사가 아니라 활을 잘 다루는 군대였다. 그들은 양모를 꼬아서 만든 팔매로 트로이 군을 끊임없이 공격을 가했다. 이에 헥토르와 트로이 군은 빗발치는 화살 속에 혼란스러워했다.

만일 폴리다마스가 또다시 헥토르에게 조언을 하지 않았다면, 트로이 군은 어쩔 수 없이 수치를 무릅쓰고 물러섰을 것이다. "헥토르여, 그대는 너무나 완고해 충고를 듣지 않는구려. 하지만 다시 한 번 말하리다. 지금 그대를 둘러싸고 불타는 격전이 벌어지고 있소. 우리 군은 성벽을 무너뜨린 후 함대 안에 흩어져 적과 싸우고 있단 말이오. 하지만 우리가 함대를 함락할 것인가, 아니면 아직 안전할 때 물러갈 것인지를 장수들과 의논해야 하오. 진정 나는 아카이아 군의 반격을 받지 않을지 걱정스럽소이다."

헥토르는 이 말에 주저 없이 말했다. "좋소. 내 전선으로 가서 장수들과 의논한 뒤 곧 돌아오리다."

헥토르가 대열을 지나가자 마치 산처럼 우뚝 돋보였다. 그는 사람들을 불러모았고 사람들은 판토스의 아들 폴리다마스에게로 모여들었다.

이때 헥토르는 사방을 돌아보며 데이포보스와 헬레노스 왕자, 아다마스, 아시오스 등을 찾아다녔다. 하지만 이들이 보일 리가 없었다. 두 사람은 아카이아 군한테 목숨을 잃고, 나머지는 부상을 입고 성으로 돌아갔기 때문이다. 이러한 가운데 파리스가 부하를 격려하고 있는 것을 발견했다.

그는 가까이 가서 질책했다. "이 계집에 미친 색골아! 데이포보스는 어디 갔고, 헬레노스 왕자, 아다마스, 아시오스는 어찌 되었느냐? 오, 이제 트로이 대성은 무너졌구나."

파리스가 대답했다. "형님은 무고한 사람을 책망합니다. 형님께서 공격을 시작할 때부터 저도 여기서 당당하게 싸웠는데 말이죠. 데이포보스와 헬레노스는 부상을 입고 성으로 갔고, 다른 전우들은 죽었습니다. 어쨌든 명령만 내리십시오. 진심으로 복종하겠습니다. 우리의 힘이 미치는 한, 이 전쟁에서 우리가 승리할 것이라 생각합니다."

파리스는 형의 마음을 가라앉힌 뒤 그를 따라 가장 심하고 무서운 소란의 도가니로 들어갔다. 거기에는 케브리오네스와 폴리다마스, 팔케스, 오르타이우스, 용감한 폴리페테스, 팔미스, 그리고 힙포티온의 두 아들 아스카니우스와 모리스 등이 있었다. 제우스가 이들에게 용기를 불어넣었으므로 무서운 태풍처럼 돌진해 나아갔다. 트로이 군은 번뜩이는 청동으로 무장하고 지휘자의 뒤를 따라 나아갔다.

맨 앞에 선 헥토르는 두꺼운 가죽에 청동을 입힌 방패를 앞세운 채 사방으로 적진을 살펴보며 전진했다. 그러나 아카이아 군은 제자리에서 꼼짝도 하지 않았다.

먼저 아이아스가 뚜벅뚜벅 걸어나와 대항했다. "이놈들, 어디 덤빌 테면 덤벼라! 너희가 아무리 그래도 소용없다. 네 소원대로 우리가 호락호락 물러날 것 같으냐? 어림없는 소리! 우리는 너희 성을 함락시키기 전에는 여기서 한 발짝도 물러서지 않을 것이다. 너로 말하자면 죽을 때가 가까워 왔다. 제우스를 비롯한 모든 신들께 축원을 올려라. 네 말이 매보다도 빨리 달려 성으로 데려다 주기를."

이때 오른편으로 독수리 한 마리가 높이 떴다. 아카이아 군은 이 전조를 보고 함성을 질렀다. 이에 헥토르가 답변했다. "이 굼벵이 같으니라구! 무슨 귀신 씻나락 까먹는 소리냐. 나는 전능하신 제우스와 헤라 여신의 아들처럼 존경받고 있다. 내 이 손으로 너희 아르지브 군을 한 놈도 남김없이 전멸시킬 것이다. 자, 그러니 대항하라."

헥토르가 이렇게 외친 뒤 진군하자 전군이 소리를 지르며 뒤따랐다. 아카이아 군도 이에 뒤질세라 함성을 올리며 트로이 군과 대적했다. 양군의 함성이 얼마나 우렁찬지 제우스가 있는 하늘 나라에까지 울렸다.

제우스, 헤라의 꾐에 넘어가다

헤라가 제우스를 유혹하여 잠을 재운다. 그 틈을 타 포세이돈이 적극적으로 아카이아 군을 거들고 나서면서, 헥토르가 부상을 입고 트로이 군은 수세에 몰린다.

막사에서 술을 마시며 한숨을 돌리던 네스토르는 밖에서 들려오는 함성에 신경이 날카로워졌다. "마카온이여, 무슨 큰일이라도 일어났나 보구려. 내 좀 돌아보고 올 테니, 그대는 헤카메데가 물을 데워 상처를 씻어줄 때까지 잠시 기다리구려."

그는 말을 마치기가 무섭게 그의 아들 트라시메데스의 방패를 집었다. 자기 것은 아들이 가져갔기 때문이다. 그러나 그가 서 있는 곳에서도 이미 성벽이 무너지고 그들의 병사가 트로이 병사들에게 쫓기는 게 보였다.

그러나 그는 거센 바람을 기다리는 파도처럼 전투에 참가할 것인가,

아니면 아가멤논을 찾아볼 것인가 잠시 망설였다. 그러다가 결국 아가멤논을 찾기로 마음먹고 전선을 뒤로한 채 걸었다. 도중에 네스토르는 상처를 입고 함대에서 나오는 디오메데스와 오디세우스, 아가멤논 대왕과 마주쳤다.

이들의 함대는 싸움터에서 멀리 떨어진 바닷가에 정박되어 있었다. 기슭이 아무리 넓어도 모든 함대를 매어놓을 수는 없었기 때문에, 자연히 뒤로 갈 수밖에 없었던 터였다. 마침 장군들은 전군이 돌아가는 상황을 보고자 나왔던 것이다. 그들은 몹시 당황한 상태였다.

아가멤논 대왕이 먼저 입을 열었다. "넬레우스의 아들 네스토르여, 어이 그대는 싸움터를 떠났는가? 나는 적장 헥토르의 호언이 실현될까 봐 두렵소! 그는 우리의 함대를 모두 불사르고 우리를 전부 죽이기 전에는 트로이로 돌아가지 않는다 했소. 그런데 지금 그 말이 사실로 되어가는구려. 전군이 아킬레우스처럼 나에게 원한을 품고 자기 함대의 고물 밑에서조차 싸우지 않는 게 확실하오."

네스토르가 말했다. "그렇습니다. 이제 전세는 제우스조차 바꿀 수 없을 정도로 명백해졌습니다. 난공불락의 아성인 줄로만 알았던 성벽은 무너졌고, 뱃전에서 이토록 격전이 벌어져 멈출 틈도 없습니다. 똑똑히 보십시오. 이제 승리의 여신은 우리의 편이 아닙니다."

"네스토르 장군이여, 그대의 말처럼 우리가 세운 장벽이 쓸모 없이 되었소. 제우스의 뜻은 아카이아 시민이 이곳 타향에서 멸망하는 것인가 보오. 자, 내 부탁을 들어주시오. 바다 가까이에 있는 함대들의 닻을 올리고, 축복의 밤이 오기를 기다려 그들로 하여금 싸움을 멈추게 할 수 있나 봅시다. 그렇소. 야반도주를 해서라도 이 곤경을 벗어남이 옳을 듯하오."

오디세우스가 눈을 부릅떴다. "대왕이시여, 무슨 소리를 하십니까. 그런 말을 입에 올리다니, 부끄러운 줄 아십시오. 우린 마지막 한 사람이 죽어 넘어질 때까지 싸우겠습니다. 여기에 어떻게 왔습니까? 그런데 그냥 떠나자니요? 다시는 그런 말씀 마십시오. 말단 병사가 그런 말을 해도 안 되거늘 하물며 전 민족의 우두머리요, 왕의 칭호를 받는 분이 그런 소리를 하시다니, 참으로 실망입니다. 우리는 이제 졌습니다. 만일 함대를 띄우는 것을 보면 병사들은 싸우려 들지도 않고 뒤만 돌아보며 꽁무니만 뺄 테니까요. 그렇습니다. 우리의 지휘관이신 대왕이시여, 그것은 우리를 전멸시킬 계획입니다!"

"오디세우스 장군이여, 그 냉혹한 질책은 내 가슴을 속속들이 찢어 놓는구려. 전우들이 함대를 띄우는 건 취소하겠소. 다만 누구든 좀더 나은 의견이 있다면 말해 주시오. 그러면 난 정말 기쁠 것이오."

이때 디오메데스가 일어났다. "우리 중에서 가장 나이 어린 자가 나선다고 꾸짖지 않으신다면 감히 말씀드리겠습니다. 저는 훌륭한 혈통을 이어받았지요. 지금은 테베의 무덤에 누워 계시지만 포르테우스의 혈통을 이어받으신 티데우스가 제 아버지이기 때문입니다. 포르테우스께서는 아그리우스와 멜라스, 그리고 저의 조부 오이네우스를 두셨지요. 그리고 아버지 티데우스께서는 제우스 등 신들의 뜻을 받들어 아르고스에 정주하셔서 아드레스투스의 따님과 결혼하셨고요. 많은 토지와 가축의 무리가 있었고, 나라에서 가장 이름이 난 창의 명수였습니다. 그러한 후손의 명예를 지키기 위해서라도 저는 전투를 계속할 것입니다. 부상을 입는다 해도 그땐 다른 병사들을 독려하면 됩니다."

모두 이 말에 동의하여 아가멤논이 앞장서서 싸움터로 향했다. 지진의 신 포세이돈은 이들이 가는 것을 보고 늙은이로 변신해 뒤따랐다.

그리고 아가멤논의 오른손을 잡고 조용히 말했다. "왕이시여, 아킬레우스가 지금 얼마나 기뻐하겠습니까! 그는 지각이라곤 털끝만큼도 없는 자가 아니오. 자, 그 어리석음으로 땅을 치게 만듭시다. 그리고 트로이 장수들과 지휘자들이 넘어온 저 평야를 다시 먼지투성이로 만들 날이 다가온다는 것도 알아두시오. 그대의 눈으로 그들이 도시로 달아나는 것을 보게 되리다."

말을 마친 포세이돈이 크게 소리를 지르며 평원을 향해 질주했다. 이 소리는 마치 구천 혹은 만 명의 장정이 혈전 중에 외치는 소리처럼 컸다. 따라서 아카이아 군의 가슴속에는 싸우고 싶은 마음이 용솟음쳤다.

한편 황금 옥좌에 앉아 있던 헤라는 이를 지켜보며 좋아했다. 자기의 아우이자 남편의 아우이기도 한 포세이돈이 전쟁에 분주한 것을 보니 마음이 놓였다. 하지만 이다 산에 앉아 있는 제우스의 모습이 보이자 진절머리가 저절로 쳐졌다. 어떻게 남편을 속인단 말인가? 갑자기 좋은 생각이 떠올랐다. 이다 산을 찾아가 그를 유혹하면 고요하고 향기로운 단잠이 그의 눈과 마음에 내리겠지!

그리하여 헤라는 아들 헤파이스토스가 지어준 방으로 들어갔다. 그 방에는 다른 신들이 열 수 없는 비밀의 자물쇠로 잠그는 문들이 달려 있었다. 헤라는 문을 잠그고 정성스레 목욕을 한 뒤 신들만이 쓰는 부드럽고 향내나는 기름을 발랐다. 아마 향기가 제우스의 궁전과 천상천하에까지 진동할 것이다. 다음에 빛나는 머리를 빗어 길게 땋아내린 뒤 늘어뜨렸다. 아테나가 그녀를 위해 아름다운 무늬를 수놓은 번쩍번쩍 빛나는 신의 를 입고 가슴에는 금 브로치를 꽂아 단단히 고정시켰다. 또 백 개의 술이 달린 띠를 허리에 맨 뒤 어여쁜 귀에는 세 개의 오디로 된 귀걸이를 달았다. 머리에는 햇빛과도 같이 흰 아름다운 베일을 쓰고 발에는 멋진 구두를 신었다.

이렇게 완벽하게 차려입은 헤라는 아프로디테를 불러 은밀히 말했다. "얘야, 청이 있는데 좀 들어다오. 또 다나아 군 편을 든다고 화를 내지 말고."

"고귀하신 왕비시여, 원하시는 바를 말씀하소서! 제가 할 수 있는 일이라면 힘닿는 데까지 하겠습니다."

재치 있는 헤라가 말했다. "나에게 인간과 불사의 신들을 모두 행복하게 하는 너의 사랑과 갈망의 매력을 다오. 지금 신들의 아버지인 오케아노스와 어머니인 테티스를 찾아 화해시키고 싶다. 전능하신 제우스께서 크로노스를 땅과 바다 밑으로 밀어 넣었을 때, 두 분은 나를 레아 손에서 빼앗아 보호하고 돌봐주셨다. 그러니 그냥 있을 수 없지. 만일 내가 그분들을 설득해 옛날로 돌이킬 수만 있다면, 소원이 없겠구나."

아프로디테가 빙그레 웃었다. "그런 말씀이라면 거절해선 안 되지요. 당신은 전능하신 제우스의 품에서 잠드시는 분인데요."

아프로디테는 가슴에서 온갖 매력을 수놓은 끈을 내놓았다. 그 끈에는 사랑이 있고, 갈망이 있고, 애인의 달콤한 속삭임이 있고, 가장 총명한 자의 마음마저 속아 넘기는 감언이설이 있었다.

아프로디테는 이것을 헤라의 손에 놓으며 말했다. "자, 여기 있으니 가슴에 넣으세요. 이 끈에서 만사가 움직입니다. 당신이 원하는 대로 될 겁니다."

헤라는 미소를 지으며 그것을 가슴에 넣었다. 아프로디테가 거처로 돌아가자 헤라는 올림포스 상상봉에서 뛰어내려 명기수의 나라 트라키아의 눈같이 흰 산 위를 달려 맨 위 봉우리를 걸어갔다. 헤라의 발은 편평한 땅에 닿지도 않았다. 아토스로부터 바다를 넘어 렘노스로 건너가니, 토아스 왕가였다.

여기서 죽음의 신의 아우인 잠의 신을 만나 손을 잡고 간곡히 말했다. "모든 신들과 온 인류의 신이신 잠의 신이시여, 나를 도와주소서. 전에도 들어주셨던 것처럼 다시 들어주신다면 내 영원히 그대에게 감사하리다. 내 제우스 옆에서 사랑의 잠을 자면, 곧 그분을 잠들게 하여 주소서. 그럼 순금으로 만든 불후의 의자를 선사하리다. 내 아들 헤파이스토스로 하여금 최고로 정성을 들여 만들게 하고, 또 그대가 식사를 할 때 아름다운 발을 올려놓는 받침대도 만들게 하리다."

잠의 신이 대답했다. "가장 고귀하신 여왕이시여! 나는 다른 불사의 신, 오케아노스의 강까지도 재울 수 있습니다. 하지만 제우스께는 그분이 분부하시지 않는 한 그 일을 하면 안 됩니다. 전에도 한번 그대의 청으로 했다가 혹독한 경험을 한 바 있지요. 제우스의 패기에 찬 아들 헤라클레스가 트로이를 함락했을 때 말입니다. 마침 제우스를 잠재운 뒤 그대는 바다에 태풍을 일으켜 헤라클레스를 벗들로부터 먼 곳인 작은 섬 코스로 쫓아버렸지요. 제우스께서는 깨어나 매우 노했고, 누구보다도 먼저 나를 찾으셔서 호통을 치셨습니다. 만일 인간과 신을 제압하는 밤의 신이 구해주지 않았다면, 나는 아마 바다로 내던져졌겠지요! 내가 밤의 신에게로 피신한 뒤에야 제우스께서는 마음을 푸셨습니다. 그런데 또다시 그토록 무시무시한 짓을 하라니요."

헤라가 말했다. "잠의 신이시여, 그런 걱정은 하지 마시오. 제우스가 자기 아들을 위하듯이 트로이 군을 위해 그대에게 화를 내지는 못할 것이오. 이보시오, 내 그대에게 젊고 아름다운 신을 줄 터이니 장가가구려! 그대가 항상 원하는 파시테아를 맞이하게 하리다!"

이에 잠의 신이 흔쾌히 승낙했다. "좋습니다. 스틱스 강의 어길 수 없는 물로 맹세를 하시지요. 한 손으론 어머니인 대지를 짚고, 또 한 손으론 번쩍이는 바다를 짚으시오. 그리고 크로노스와 더불어 모든 신들께 증명하도록 언약하시오. 맹세코 젊은 미의 신, 즉 내가 항상 그리던 파시테아를 내게 보낸다고 말이오!"

헤라는 그가 요구한 대로 타르타로스 아래 티탄으로 불리는 모든 신들을 증인으로 내세워 맹세를 했다. 그러고 나서 두 신은 렘노스와 임브로스를 뒤로 하고 산골 시내 속 야수의 품인 이다로 향했다.

이곳에 이르자 잠의 신은 제우스의 눈을 피하기 위해 가장 키가 큰 소나무 위로 기어올라갔다. 이 나무는 안개 속을 뚫고 올라가 높은 하늘까지 이르렀다. 그는 이 가지 위에 명금으로 변신하여 앉아 있었다. 신들은 그 새를 칼시스, 인간은 키민디스라 불렀다.

한편 이다 산 꼭대기 갈가로스로 급히 올라가는 헤라의 모습이 제우스의 눈에 띄었다. 그 순간 제우스는 헤라를 처음 보았을 때처럼 사랑의 불길이 타올랐다. 당시 그들은 부모들도 말리지 못할 정도로 격정에 휘말렸었다.

제우스가 그녀에게 다가와 말을 걸었다. "헤라여, 무슨 일로 이곳까지 온 거요? 수레도 말도 안 보이는데."

재치 있는 헤라가 대답했다. "저는 저를 키워 주신 모든 신들의 아버지 오케아노스와 어머니 테티스를 뵈러 가는 길입니다. 그래서 두 분의 오래

된 불화를 풀어 드리려고요. 두 분이 잠자리도 식사도 함께 하시지 않은 지가 참으로 오래 되었지요. 그래서 당신께 말하려고 이곳에 온 것입니다. 만일 말없이 그곳에 가면 당신이 노할 것 아닙니까?"

구름의 신 제우스가 말했다. "헤라여, 그 여행은 연기하도록 하오. 그리고 우리 사랑의 기쁨을 누려 봅시다! 참으로 지금처럼 사랑에 빠진 적이 없다오. 저 신들과 다름없는 페이리토스를 낳은 익시온의 아내와 사랑할 때도 이렇지는 않았소. 아니 영광스런 페르세우스를 낳은 아크리시우스의 딸, 날씬한 복사뼈를 지닌 다나에와의 사랑도 이만큼은 아니었소. 미노스와 라다만티스를 낳은 포이닉스의 딸과 사랑을 속삭일 때도, 디오니소스를 낳은 세멜레와, 힘센 헤라클레스를 낳은 테베의 알크메네를 사랑할 때도 이렇지는 않았소. 더욱이 데메테르 여신을 사랑할 때도, 그리고 레토를 사랑할 때도 아니 진실로 그대를 사랑할 때도 이렇진 않았소. 진정 지금처럼 달콤한 욕망이 나를 사로잡은 적은 일찍이 없었소!"

헤라가 말했다. "크로노스의 아드님이여, 설마 세상이 다 보는 산꼭대기에서 사랑을 하자는 건 아니겠지요? 어떤 신이 우리가 함께 자는 것을 보고 다른 신들에게 말하면 어쩌지요? 아마 저는 궁으로 돌아갈 수도 없을 것입니다. 그러니 당신이 진정 원하신다면, 헤파이스토스가 지은 제방으로 가시지요."

"헤라여, 신이 보든 인간이 보든 무엇이 두렵단 말이오. 내 황금의 구름을 주위로 잔뜩 모아 가장 강렬한 태양신도 못 보게 하리다."

이렇게 말하며 제우스가 아내를 품에 안자 이슬에 젖은 로터스, 크로커스, 부드럽고 두터운 히아신스 등이 땅 위로 쑥쑥 솟아올라 푹신한 침대가 되었다. 여기에 두 신이 눕자 금빛 구름이 몰려와 반짝이는 이슬방울이 뚝뚝 떨어졌다.

제우스가 갈가로스 꼭대기에서 아내의 품에 안겨 사랑에 빠질 때, 잠의 신은 서둘러 포세이돈을 찾아 소식을 알렸다. "자, 이제야 길이 트였소이다! 제우스께서 지금 잠들어 계시니 다나아 군에게 승리를 베푸시오! 헤라가 그분을 잠자리로 유인해 내 친히 달콤한 잠에 묻어 놓았소."

이 말을 들은 포세이돈은 싸움터로 달려들어 외쳤다. "아카이아 병사들이여, 이대로 주저앉고 말 것인가? 아킬레우스가 없다고 헥토르한테 승리를 안겨 주어도 되는가? 자, 내 말을 듣고 따르라. 가장 좋은 방패와 투구, 가장 긴 창을 들고 전진하자. 내가 앞장을 서겠다. 헥토르도 감히 내 무기 앞에서는 견뎌내지 못할 것이다."

이렇게 말하자 모두들 포세이돈의 말에 따랐다. 디오메데스와 오디세우스, 아가멤논 대왕은 부상을 입었음에도 불구하고, 사방을 돌아다니며 부하들을 독려했다. 지진의 신 포세이돈이 섬광처럼 빛나는 칼을 들고 지휘하자 감히 어느 누구도 그에게 덤벼들 자 없었다.

드디어 헥토르와 포세이돈이 부딪히게 되었다. 그러자 양군의 함성이 천지 사방을 날려보낼 것처럼 우렁찼다. 일찍이 이런 함성은 없었다. 거센 바람이 나무를 휩쓸 때에도 성난 파도 소리도 이토록 높지는 않았다.

헥토르가 먼저 아이아스에게 창을 던졌다. 창은 방패 끝 부분은 맞혔지만 상처를 주지는 못했다. 그러자 헥토르가 잠시 멈칫하며 물러섰고 이번에는 아이아스가 큰 돌을 집어 헥토르한테 던졌다. 돌은 헥토르의 쇄골 부분을 맞혀 그는 그 자리에서 벌러덩 나자빠졌다. 그러자 창과 투구, 방패가 나동그라지며 요란한 소리를 냈다.

이를 본 아카이아 군은 함성을 지르며 곧장 달려나왔다. 하지만 주위에 폴리다마스와 아에네아스, 아게노르, 리키아의 왕 사르페돈, 글라우코스 등 여러 명이 진을 치고 헥토르를 보호했다. 그의 동료들은 몹시 신음하고 있는 그를 성으로 옮겼다. 그들은 크산토스 강 하구에 이르러 헥토르를 땅에 눕힌 뒤 물을 끼얹었다. 그제야 그는 눈을 떴다가 피를 울컥 토한 다음 다시 정신을 잃었다.

헥토르가 실려가는 것을 본 아르지브 군은 용기 백배하여 트로이 군을 공격했다. 누구보다도 먼저 날랜 오이레우스의 아들 아이아스가 사트니우스의 옆구리를 찔러 쓰러뜨렸다. 사우니우스는 사트니오이스 강가에서 가축 떼를 돌보고 있던 이노프스에게 님프가 낳아 준 아들이었다. 양군은 그의 시신을 서로 빼앗기 위해 싸움을 벌였다. 폴리다마스는 그를 구하기 위해 달려와 프로토이노르의 오른쪽 어깨를 공격해 쓰러뜨렸다.

이에 폴리다마스가 큰 소리로 신이 나서 외쳤다. "자, 보았느냐! 내 창이 명중하는 걸. 저 놈은 하데스 궁에 떨어질 때 내 창을 기대겠지."

그의 조롱에 프로토이느르의 가까이 있었던 아이아스는 더욱 분개했다. 그리하여 그는 폴리다마스가 물러가는 틈을 타서 재빨리 창을 던졌지만, 폴리다마스가 몸을 살짝 피하는 바람에 안테노르의 아들 아르켈로쿠스가 맞았다. 창은 그의 정수리를 뚫고 지나가 그를 고꾸라뜨렸다.

아이아스는 폴리다마스에게 소리쳤다. "폴리다마스여, 프로토이노르의 목숨에 대한 대가로 이놈이면 될 것 같기도 한데, 보아 하니 이놈은 안테노르의 자식 같거든."

아이아스의 모욕에 트로이 군은 자극을 받아 아카마스는 보이오티아족 프로마코스를 창으로 찔렀다. 그리고 호기롭게 소리쳤다. "아르지브 병사들이여, 과장이 심하구나. 고통받는 건 비단 우리만이 아닐 텐데. 자,

프로마코스가 고꾸라진 꼴 좀 보라. 내 아우의 피의 대가고 말고. 이것이
인간이 제 피붙이를 남겨두고자 비는 이유이기도 하지."

이 말에 페넬레오스가 격분하여 아카마스에게 덤벼들었으나, 아카마
스가 살짝 피해 일리오네우스의 눈을 찔렀다. 일리오네우스는 포르바스
의 외아들로 헤르메스가 트로이 군 중에서 특별히 총애해 부자로 살게
해주었다.

다시 페넬레오스가 칼로 목을 잘라 일리오네우스의 목을 번쩍 쳐들고
소리쳤다. "트로이 병사들이여, 일리오네우스의 양친에게 조의를 표한다
고 전해 주시오. 프로마코스의 아내 역시 마찬가지로 우리가 귀국한다 해
도 사랑하는 남편을 만날 기쁨은 없어졌소."

오, 올림포스에 계시는 뮤즈여, 말해 다오. 지진의 신 포세이돈이 전세
를 뒤바꿔 놓은 뒤 아카이아 군 중에서 누가 가장 먼저 피에 물든 전리품
을 차지할지? 텔라몬의 아들 아이아스가 맨 먼저 기르티아스의 아들 히
르티우스를 공격했고, 다음으로 안틸로코스가 팔케스와 또한 메르메루스
를 무찔렀다. 또한, 메리오네스는 모리스와 힙포티온을 죽였고, 테오크로
스는 프로톤과 페리페테스를 쓰러뜨렸다. 그 다음 아트레우스의 아들은
히페레노르의 옆구리를 찔러 죽음의 길로 보냈다. 그러나 오이레우스의
아들 아이아스는 누구보다도 많이 적을 죽였는데, 그보다 빨리 달리는 자
가 없었기 때문이다.

아카이아, 전멸의 위기에 처하다

잠에서 깨어난 제우스는 전황을 다시 트로이 군에 유리하도록 고쳐놓는다. 트로이 군은 아카이아 군의 함대 안까지 치고들어와 맹렬한 공세를 퍼붓는다.

아카이아 군이 파죽지세로 트로이 군을 몰아붙이자 그들은 전차를 세워 놓은 곳까지 밀렸다.

이때 헤라의 품에서 잠들어 있던 제우스가 벌떡 일어나 전선을 내려다보았다. 포세이돈이 앞장서서 트로이 군을 몰아내고 있지 않은가. 게다가 헥토르는 평원에 나자빠져 피를 토하고 있었다. 제우스는 의식을 잃은 그를 보자 불쌍하고 가슴이 찢어지는 듯 아팠다.

이윽고 헤라에게 쏘아붙였다. "또 내가 그대의 간사한 계책에 넘어갔구려! 전에 일렀던 대로 그대는 자신이 저지른 비열한 속임수의 대가를 톡톡히 치러야 할 것이오. 과거 헤라클레스를 쫓아내기 위해 계략을 썼을 때, 내가 그대를 어떻게 했는지 기억나지 않으시오? 그때 난 그대 두 발에 큰 돌을 매달고 손목에는 아무도 끊지 못할 금사슬을 채워 구름 속에 대롱대롱 매달아 놓았지! 신들이 분개했지만 아무도 나설 수 없었어. 왜냐하면 나의 분노를 두려워했거든. 결국 코스 섬에 갇힌 그를 다시 구해 아르고스로 돌려보냈지만, 화는 여전히 풀리지 않았소. 이제 다시는 이런 일이 일어나지 않도록 따끔하게 알려주리다. 그리고 나와 동침해 무슨 소득이 있었는지 곧 깨닫게 해주리다."

헤라가 몸서리를 치며 항의했다. "나는 절대로 그러한 계책을 꾸민 일이 없습니다. 대지와 넓은 하늘 위 그리고 스틱스의 폭포를 두고 맹세하지요. 절대로 우리들의 침실을 경솔히 한 적이 없습니다. 포세이돈이 아카이아 군을 돕는 것이 어찌 내 탓이겠습니까! 아마도 뱃전에서 빈사 상태에 놓인 아카이아 군을 가엾게 여겨 참가했겠지요. 그러나 당신이 원한다면 그를 설득하겠습니다."

그러자 제우스는 빙그레 웃으며 아주 부드럽게 말했다. "오, 알았소. 그대의 말이 진정 사실이라면 이리스와 아폴론을 불러 주시오. 포세이돈에게 전쟁에 참견하지 말라고 이리스를 보내겠소. 또한, 아폴론에게는 헥토르에게 다시 용기를 불어넣어 싸움터로 돌려보내도록 하겠소. 그래서 아카이아 군이 또다시 쫓기어 아킬레우스 함대로 물러나게 하겠소. 아킬레우스가 부하인 파트로클로스를 내보내면, 내 아들 사르페돈을 포함한 수많은 트로이 군을 전지에서 쓰러뜨릴 것이오. 그리고 나서 일리오스 성밑에서 그를 죽이겠소. 그러면 아킬레우스가 파트로클로스의 원수를 갚기 위해 헥토르를 죽이게 되는 거요. 그 뒤에야 아테나 계획대로 트로이 성을 점령하게 할 거요. 하지만 그 동안은 어떤 불사의 신도 다나아 군을 돕는 것을 허락지 않겠소. 테티스가 내 무릎을 껴안고 애원하던 그날, 난 머리를 숙였으므로 아킬레우스의 소원이 성취되는 날까지는 아무도 용서하지 않겠소."

이 말에 헤라는 감히 항의할 수 없었다. 헤라가 올림포스에 가자 영생의 신들이 모두 일어나 잔을 들고 환영했다. 아름다운 테미스가 달려와 헤라를 맞으며 물었다. "여신이여, 어찌 오시나이까? 혹시 남편이신 크로노스의 아드님께서 위협하신 건 아닌가요?"

"테미스, 아무 말도 묻지 마세요. 그분의 성미를 잘 아시잖아요. 자, 앉아서 식사나 하시지요. 내 그분의 계획을 말씀드릴 테니까요."

헤라의 말에 잠시 좌중이 어수선해졌다. 입가에 미소를 띠던 헤라가 열변을 토하자 검은 눈썹과 이마 위에 한기가 돌았다.

"우리가 제우스에게 대항한다는 것은 어리석기 짝이 없는 일이오. 사실 그분을 완력으로라도 꼼짝하지 못하게 하고 싶소! 그런데 그분은 자기가 신 중의 최고요, 최강이라고 뽐내며 아무 말도 듣지 않소. 그러니 그분이 어떤 화를 내든 참을 수밖에. 아마도 아레스에게는 처리해야 할 문제들이 산더미 같은 모양이오. 아레스의 사랑하는 아들 아스칼라포스가 전사하였으니 말이오."

이 말에 아레스가 두 다리를 치며 절규했다. "자, 올림포스의 신들이여, 설혹 내가 자식의 복수를 한다 해도 놀라지 마시오. 설혹 내 운명이 제우스의 번갯불에 맞아 시체 더미와 더불어 누워야 한다 해도."

그는 공포의 신과 위협의 신을 불러 말들에게 마구를 갖추게 한 뒤 자신도 무구를 갖추었다.

이때 하마터면 제우스와 불사의 신들 간에 흉악하고 위험한 갈등이 벌어질 뻔했으나, 아테나가 얼른 그 자리를 수습했다. 아테나는 문 밖으로 아레스를 쫓아가 투구와 방패를 벗기고, 창을 빼앗은 뒤 엄하게 꾸짖었다. "지금 실성을 했소? 귀가 있어도 듣지 못하는 걸 보니 노망이 들었나 보구려. 헤라의 말을 듣고도 이런 일을 감행하려 하다니. 어쩌면 그분은 트로이 군과 아카이아 군의 싸움을 놔두고, 우리를 하나씩하나씩 잡아갈지도 모르오. 자, 아들 생각은 잊읍시다. 그보다도 우월하고 강한 사나이가 많이 쓰러졌을 뿐만 아니라, 앞으로도 수없이 쓰러질 모양이오."

이 말에 아레스는 제자리로 돌아갔다. 그리고 헤라는 이리스와 아폴론을 밖으로 불러내어 조용히 일렀다. "제우스께서 이다로 부르시니 속히 그곳으로 가 보시오."

두 신이 제우스 앞에 이르자 제우스는 그들이 재빨리 와준 것에 흐뭇해했다. 먼저 몇 가지 이리스에게 할 일을 지시했다. "날랜 이리스여, 가서 포세이돈에게 싸움에서 손을 떼어 신의 궁전에 참례하거나, 아니면 바다로 가라고 하라. 만일 순종치 않는다면, 과연 나와 맞설 만한 충분한 힘이 있는가를 잘 생각해 보라고 일러라."

이리스는 곧 제우스의 뜻에 따라 포세이돈 옆에 내려 말했다. "푸른 머리의 신이여, 난 제우스의 심부름으로 왔습니다. 싸움을 멈추고 신의 궁전에 참례하든지 바다로 가든지 하시랍니다. 만일 순종치 않는다면 싸우겠다고 경고하셨습니다. 자기는 손위이며 강하다 덧붙이면서 말입니다."

포세이돈이 화를 내며 말했다. "제기랄, 폭군이 따로 없군! 지위는 동등한데 힘으로 나를 제어하려 하다니! 제우스와 하데스, 그리고 나 우리 삼형제는 똑같이 크로노스와 레아의 아들들이야. 우리는 주사위를 던져

나는 바다를, 하데스는 침침한 어둠을, 제우스는 구름 속의 넓고 높은 하늘을 가진 뒤 공동으로 다스리기로 했지. 따라서 나는 제우스가 하라는 대로 묵묵히 살지는 않을 거요. 자, 제우스한테 힘세다고 나를 위협할 생각은 아예 하지 말라 이르시오. 싫든 좋든 따르지 않을 수 없는 자기 아들들이나 딸들이나 위협하는 게 차라리 낫지."

이리스가 말했다. "그럼 그대로 전해도 되겠습니까? 지진의 신이여, 복수의 신들이 늘 연장자를 어떻게 섬기는지 아시는지요?"

이에 포세이돈이 대답했다. "이리스여! 그대의 말이 옳도다. 동등한 위치인데 노한 말로 나를 꾸짖으니 화가 나서 그랬소. 하지만 양보하리다. 그러나 이 말만은 전해 주시오. 만일 나와 아테나, 헤라, 헤르메스, 헤파이스토스의 기원을 무시하고 아카이아 군에게 패배를 안긴다면, 우리 사이에 돌이킬 수 없는 불화가 있으리라는 걸."

이 말을 남기고 포세이돈은 바다로 뛰어들었다. 그러자 아카이아 군은 매우 큰 난관에 부닥쳤다.

한편 제우스는 아폴론을 불러 지시했다. "사랑하는 포이보스여, 헥토르한테 가보라. 지진의 신이 내 협박에 바닷속으로 사라졌도다. 그러니 내 술 달린 방패를 가져가서 아카이아 군이 달아나게 하라. 그대가 지금 당장 할 일은 아카이아 군이 헬레스폰트 바로 밑까지 몰리도록 헥토르에게 용기와 힘을 북돋워 주는 것이다."

제우스의 말이 떨어지기 무섭게 아폴론은 매처럼 내려와 방금 일어나 앉은 헥토르 옆으로 다가가 말을 걸었다. 그제야 제정신이 든 헥토르는 전우들을 알아볼 정도로 소생이 빨랐다. 모두 제우스 덕분이었다. "헥토르 왕자여, 어이해서 이곳에 있는가? 무슨 걱정거리라도 있는가?"

214

헥토르는 어리둥절해하며 말했다. "당신은 누구시오? 혹시 신은 아니신지요? 내가 이곳에 있는 건 아이아스가 날 큰 돌로 쓰러뜨렸기 때문이지요. 오늘쯤은 숨이 끊어져 시체 속에 묻혔으리라고 생각했는데."

"용기를 내시오. 구원의 신 제우스가 그대와 그대의 도시를 오랫동안 지켜오던 아폴론을 보내어 그대를 돕게 한 것을 보시오. 자, 적의 함대를 향해 일제히 전차를 몰도록 지휘하시오. 내 앞장서서 그대의 말이 달릴 수 있도록 열어 주리다."

아폴론은 이렇게 말하며 헥토르에게 힘을 불어넣었다. 이때까지 다나아 군은 칼과 창으로 적군을 무더기로 살육했다. 그러나 헥토르가 전열을 다스리는 것을 보자 덜컥 겁이 나서 줄행랑치기 시작했다. 그 모습은 마치 시골 사람들이 개를 데리고 사슴과 들염소를 사냥하는데 수염 달린 사자가 나타나 공포에 떠는 모습과 같았다.

그러자 아이톨리아족 중에서 최고의 무사인 토아스가 큰 소리로 말했다. "헥토르가 달아났다가 또다시 살아오다니, 기적이 일어났나 보오! 텔라몬의 아들 아이아스한테 죽임을 당한 줄 알았는데, 그를 살린 신이 있나 보오. 천둥의 신 제우스께서 도우시지 않았다면 그가 이렇게 분기탱천할 리가 없잖소. 자, 이제 우리 주력부대는 함대로 물러서 방어합시다. 용사 중의 용사로 자처하는 우리가 먼저 헥토르의 공격을 막읍시다. 제아무리 사나운 놈이라도 다나아 부대로 감히 뛰어들 용기야 없겠지!"

그리하여 아이아스와 이도메네우스, 테오크로스, 메리오네스, 메게스 및 이들의 부하들 중 가장 잘 싸우는 무사들이 대적하는 동안 주력부대는 물러서기 시작했다.

한편, 헤파이스토스가 제우스에게 만들어 준 가장자리에 술이 장식된 무적의 방패를 든 아폴론이 앞장선 가운데 트로이 군은 일사불란하게 헥토르 지휘 아래 진격했다. 그에 맞서 아르지브 군이 대항하니 양편에서 귀청이 떨어질 것 같은 함성을 질렀다.

아폴론이 불굴의 큰 방패를 잡고 있는 한 다나아 군은 용기를 잃었다. 그리하여 어두운 밤 갑자기 한 쌍의 야수의 습격을 받고 쫓기는 수많은 양떼처럼 다나아 군은 뒤로 물러섰다. 이는 아폴론이 다나아 군에게는 공포를 불어넣고, 헥토르와 트로이 군에게는 승리를 보냈기 때문이다.

다나아 군이 흐트러지자 트로이 군은 한 사람씩 활을 쏘아 맞혔다. 헥토르는 아르케실라오스와 메네스테우스의 충복 스티키우스를 죽였다. 또한 아에네아스는 메돈과 야수스를 죽였다. 그리고 폴리다마스는 메키스테우스, 폴리테스는 에키우스를, 아게노르는 클로니우스를 죽였다. 그리고 파리스는 달아나는 데이오쿠스를 뒤에서 창으로 찔렀다.

모두 죽은 사람들로부터 무구를 벗기는 동안, 아카이아 병사들은 장벽 뒤로 피했다. 이에 헥토르가 말에 채찍질하며 큰 소리로 전열을 꾸짖었다. "전리품은 놓아두고 모두 함대를 공격하라. 누구든지 늑장을 부리는 자는 그 자리에서 처형하여 개밥이 되도록 하리라!"

이에 트로이 군은 환성을 올리며 돌진했다. 이들 앞에 선 포이보스 아폴론은 참호의 둑을 발로 차서 참호를 메워버려 긴 방축을 만드니, 힘센 사람이 창을 던질 만큼 되었다. 또한, 아폴론은 성벽도 간단하게 밀어냈다. 그 모습이 마치 강가에서 노는 어린애들이 모래사장에서 성을 쌓다가 다시 발로 헐어버리는 것과 같았다. 영광의 아폴론이여, 아르지브 군이 천신만고 끝에 쌓은 벽을 한순간에 허물어 버리다니!

따라서 뱃전까지 쫓긴 아르지브 군은 모든 신들에게 열렬히 축원을 올

216

렸다. 그 중에서도 게렌의 기사 네스토르가 누구보다도 뜨겁게 두 손을 모아 빌었다. "제우스 아버지시여, 일찍이 아르고스 시민이 황소와 양을 불살라 올린 걸 기억하소서, 아카이아 군이 이 참혹한 운명을 벗어날 수 있도록 하소서!"

제우스는 네스토르의 축원을 들어 요란한 천둥을 울렸다. 그러나 트로이 군은 오히려 더 공격을 가했다. 이처럼 아카이아 군과 트로이 군이 싸우고 있는 동안, 파트로클로스는 에우리필로스 막사에서 그의 상처에 고약을 발라주면서 고통을 진정시켜 주고 있었다.

그러나 아카이아 군이 트로이 군한테 쫓기는 소리가 들려오자 파트로클로스는 침통하게 말했다. "에우리필로스여, 더 이상 지체할 수 없을 것 같소이다. 그대의 부하가 잘 돌봐줄 테니 걱정하지 마시오. 나는 속히 아킬레우스에게로 달려가 그를 설득해야겠소. 누가 알겠소? 천만다행으로 그를 설득할지도 모르지요. 친구의 권고는 종종 행복한 결말을 가져오니까!" 그는 최대한 빨리 아킬레우스 막사로 달렸다.

아카이아 군은 진격해 오는 트로이 군을 방어하고 있었다. 하지만 트로이 군을 무찌를 수는 없었다. 또한 트로이 군 역시 선발 부대를 쳐부수고 함대나 막사로 들어갈 수는 없었다. 전세는 널빤지를 자를 때 쓰는 목수의 먹줄과도 같이 팽팽했다.

헥토르는 아이아스 함대 맞은편에서 전투를 벌였지만 함대를 공략할 수 없었고, 아이아스는 헥토르를 몰아낼 수가 없었다. 이때 아이아스는 배에 불을 지르려고 횃불을 가져오는 클리티오스의 아들 칼레토르의 가슴을 찔렀다.

헥토르는 사촌이 함대 옆에 쓰러지자 큰 소리로 외쳤다. "트로이와 리키아, 그리고 용감한 다르다니아 군이여! 여기 함대 사이에 쓰러진 칼레토르를 구하라. 우린 여기서 쓰러져선 안 된다!"

그러고는 아이아스에게 창을 던졌지만 빗나가 마스토르의 아들 리코프론이 맞았다. 리코프론은 키테라에서 사람을 죽이고 달아나 아이아스의 집에서 살고 있었다.

리코프론이 죽자 아이아스가 더욱 분노해 아우에게 소리쳤다. "머뭇거리지 마라, 테오크로스여! 여기 우리 부모와 다름없이 소중한 리코프론이 죽었도다. 헥토르의 짓이다! 그대 아폴론이 준 활은 어디 갔는가?"

이 말을 들은 테오크로스는 계속 활을 쏘았다. 그 중 하나가 폴리다마스의 충복 페이세노르의 아들 클레이토스에게 맞았다. 그런 다음 헥토르를 향해 활을 겨냥했지만 활줄이 끊어져 화살이 엉뚱한 방향으로 날아가고 말았다.

갑자기 어이가 없어진 테오크로스가 당황해 형에게 중얼거렸다. "참으로 기막힌 일이오. 활줄이 끊어지다니, 오늘 아침에 새것으로 바꾸어 놓았는데 말이에요."

텔라몬의 아들 아이아스가 대답했다. "신께서 하시는 일이니, 그것에 너무 연연하지 마라. 창과 방패를 들고 싸우되 다른 사람도 싸우게 해. 우리가 할 일을 잊지 않으면 되지."

테오크로스는 활을 막사에 놔두고 무구를 갖추고 아이아스 옆에 섰다.

헥토르는 테오크로스의 활이 갑자기 멈추자 크게 소리쳤다. "용감한 전우들이여! 우리는 적의 함대에 이르렀도다! 장부답게 싸워 의무를 다하라. 지금 한 투사의 화살이 무위로 돌아가는 것을 보라. 제우스가 한 일이라는 걸 누구나 알 수 있을 것이다. 지금도 원수의 사기를 떨어뜨리고 우리를 돕고 있다. 그러니 한맘 한뜻으로 진격하라. 죽음을 맞이한 자는 그대로 놔둬라. 조국을 위해 싸우다 죽는 것이 어이 욕되리오."

헥토르의 이 말에 트로이 군은 용기 백배하여 함성을 질렀다. 이때 아이아스 역시 전우들을 일깨워 새 힘을 돋우었다. "아카이아 군이여, 이무슨 치욕인가! 이제야말로 우리가 적을 묵사발 만들 기회로다. 어찌 헥토르한테 쫓겨 고국 땅을 다시 밟겠는가! 자, 헥토르의 외침을 들어보라. 저자는 오만무도하도다. 우린 몸으로 함대를 지켜낼 수밖에 없다. 목숨을 바쳐 지켜내는 것이, 질질 끌어 죽느니보다는 나은 일 아닌가."

그 사이에 헥토르는 페리메데스의 아들과 스케디오스를 죽였고, 아이아스는 안테노르의 아들과 라오다마스를 죽였다. 또한 폴리다마스가 메게스의 동료인 오토스를 죽이자 메게스는 폴리다마스에게 창을 던졌다. 하지만 그가 살짝 피해 크로이스무스의 가슴에 정면으로 꽂혔다.

이에 메게스가 무구를 벗기기 시작하자 람푸스의 가장 용감한 아들인 돌로프스가 덤벼들었다. 그는 메게스에게 바싹 다가가 창으로 찔렀지만 견고한 갑옷을 뚫지는 못했다.

그러자 이번에는 메게스가 돌로프스의 청동 투구 위에 달린 말총 장식을 날카로운 창으로 쳐서 땅에 떨어뜨렸다. 그러나 돌로프스는 이에 뒤질세라 계속 덤벼들었다. 이때 메넬라오스가 살짝 돌로프스의 옆으로 다가가 뒤에서 그의 어깨를 찌르자 그는 곤두박질쳤다.

이때 헥토르가 히케타온의 아들인 멜라니포스를 꾸짖었다. 그는 궁중에서 기거했으며 프리아모스 왕은 그를 친아들처럼 대해 주었다. "멜라니포스여, 그대는 사촌인 돌로프스가 죽어도 눈 하나 깜짝하지 않는가? 그의 갑옷을 적들이 노리는 것이 보이지 않는가? 자, 나를 따르라. 우리는 여기선 물러날 수 없다. 놈들이 전멸할 때까지 싸워야 한다." 헥토르가 말을 마친 뒤 선봉에 서자 멜라니포스도 그의 뒤를 따랐다.

한편, 텔라몬의 아들 아이아스가 아르지브 군을 훈계했다. "동지들이여, 장부답게 싸우라! 동포들이 우리를 어떻게 생각할지 잊지 마라. 명예롭게 싸우다 죽는 것이 수치스럽게 살아남는 것보다 나으니라!"

그의 훌륭한 이 격언이 그들 가슴속에 깊이 새겨졌다. 아카이아 군이 청동의 울타리로 함대를 둘러싸자 제우스는 트로이 군을 격려하며 용기를 불어넣었다.

이때 목소리가 우렁찬 메넬라오스가 안틸로코스를 불렀다. "안틸로코스여, 그대는 우리들 중 누구보다도 젊고 빠르며 싸움에도 능하다. 자, 그러니 나가서 누구든 베어 오너라!"

이 말을 들은 안틸로코스는 사방을 돌아보다가 싸움터로 나오는 히게타온의 아들 멜라니포스를 향해 창을 던졌다. 그가 쾅하고 넘어지는 순간 안틸로코스는 마치 총에 맞은 사슴 새끼를 개가 물어오려고 덤벼들 듯이 멜라니포스의 갑옷을 빼앗기 위해 달려들었다. 하지만 헥토르가 달려들자 안틸로코스는 얼른 빠른 발을 이용해 도망쳤다. 헥토르와 트로이 군은 악마처럼 쫓아왔지만 그를 잡을 수는 없었다.

트로이 군은 미쳐 날뛰는 사자와 같이 함대로 몰려들었다. 모두 제우스의 뜻대로 이루어지고 있는 중이었다. 제우스의 뜻은 헥토르에게 승리를 베풀어 함대를 타오르는 불 도가니로 만든 다음 터무니없는 테티스의 축원을 풀어 주자는 것이었다.

그래서 헥토르는 아레스 군신처럼 열광하여 날뛰었고, 울창한 산에 불이라도 붙은 것처럼 미쳐 날뛰었다. 입술에는 게거품이 일고, 텁수룩한

눈썹 밑에선 눈알이 튀어나올 듯이 타오르고, 투구는 관자놀이 위에서 맹렬히 뛰놀았다. 이는 제우스가 친히 그에게 혈전을 이어가는 영광과 명예를 베풀어주었기 때문이다. 즉, 그는 자신의 생애가 경각에 놓여 있다는 걸 모르고 있었다.

헥토르는 거듭거듭 적진을 돌파하고자 애써 보았으나, 도무지 뜻대로 이루어지지 않았다. 그들은 함대 안에서 바닷가의 깎아진 절벽이 쌩쌩거리는 날랜 바람결에 부딪쳐 깨지는 무서운 격랑을 막아내는 것처럼 견고하게 서 있었다.

그러나 헥토르는 수천 마리의 소들을 향해 뛰어드는 사자처럼 날쌔게 덤벼들었다. 하지만 소떼가 질겁하여 달아나 겨우 한 마리만 잡히듯이 헥토르는 다나아 군 한 명을 죽였을 뿐이다. 그는 코프레우스의 아들 페리페테스였다. 에우리스테우스 왕의 전갈을 위대한 영웅 헤라클레스에게 나르던 전령이었던 아버지보다 페리페테스는 모든 면에서 뛰어났다. 달리기뿐만 아니라 전투나 지혜에 있어서도 아주 뛰어났다. 그러므로 헥토르의 승리가 더욱 빛을 발했다.

이처럼 트로이 군이 물밀듯이 밀려들어오자 아카이아 군은 앞쪽의 배를 버리고 퇴각하지 않을 수 없었다. 그들은 모두 막사 앞에서 수치와 공포에 억눌려 서로들 고함만 질렀다.

누구보다도 네스토르가 각자의 부모 이름을 빗대어 사람들에게 탄원했다. "동지들이여, 장부답게 행동하라! 죽든 살든 처자며 재산이며 부모도 생각하라! 세상 평판이 어떨까를 생각하라. 그대들 이름을 걸고 이까짓 공포쯤은 떨쳐 버려라!"

이때 아테나가 나타나 어둡게 드리워졌던 안개를 헤쳐 놓았다. 안개가 개이자 양 진영이 고스란히 드러났다. 헥토르와 그의 병사들, 또 멀리 떨어져 싸우는 자도, 뱃전에서 싸우는 자도 모두 지척인 것처럼 보였다.

아이아스는 해전에 쓰이는 창을 몇 개 이은 22큐빗이나 되는 긴 창을 들고 갑판 위를 날랜 기사처럼 껑충껑충 뛰어다녔다. 그러면서 하늘에까지 울릴 정도로 큰 소리로 다나아 군에게 함대를 지키라고 호소했다.

헥토르 역시 흙빛 독수리가 강가에서 모이를 줍는 거위며 목이 긴 백조를 휩쓰는 것처럼 검은 선체를 휩쓸어갔다. 그는 프로테실라오스를 트로이로 실어온 배를 빼앗은 뒤 고물 장식을 꼭 잡고 서서 트로이 군에게 외쳤다. "불을 가져 오라. 그리고 모두 함성을 올려라! 이제야말로 제우스께서 우리에게 승리를 허락하셨도다."

이들은 폭우처럼 활을 쏘아대며 맹렬히 공격했다. 아이아스 역시 더이상 견딜 수가 없었다. 그래서 갑판을 떠나 이물과 고물로 통하는 다리를 따라 일곱 발자국 정도 물러섰다.

그리고 나서 동료들을 독려하는 것도 잊지 않았다. "동지들이여, 용감한 영웅들이여! 장부답게 싸워라! 우리는 우리 스스로가 지켜야 한다. 여기 눈앞에 무장한 적이 날뛰며 이곳은 원수의 땅 트로이 평원이 아닌가. 자, 우리가 살길은 이들을 무찌르는 것이다. 전쟁에는 동정의 여지가 없는 법, 동지들이여 힘을 내라!"

이렇게 외친 뒤 아이아스는 날카로운 창으로 맹렬히 공격했다. 그는 트로이 군이 타오르는 횃불을 들고 함대로 덤벼들 때마다 거대한 창으로 공격했다. 이처럼 그에게 죽거나 부상을 입은 자가 12명이나 되었다.

명장 파트로클로스, 전사하다

아카이아 군을 구하기 위해 파트로클로스가 아킬레우스의 복장을
하고 출전한다. 그는 막대한 전공을 세우며 아카이아 군을 위기에서
구해 내지만 헥토르의 창에 죽임을 당한다.

이처럼 격전이 치열해지는 가운데 파트로클로스는 산골짜기의 샘물처
럼 눈물을 쏟으며 아킬레우스 앞으로 나아갔다.

이 모습을 본 아킬레우스는 매우 안타까워하며 물었다. "파트로클로스
여, 어이 어린애처럼 서럽게 우시오? 전우에게서 무슨 소식이라도 왔소?
아니면 고국에서 무슨 특별한 소식이라도 온 게 아니오? 그대 부친이나
내 부친께 무슨 일이라도 일어난 거요? 그것도 아니라면, 진정 아카이아
동포들이 무더기로 쓰러지는 것을 차마 볼 수 없어서 그런 거요? 이는 그
들이 스스로 저지른 과오, 스스로의 무도한 처사 때문 아니오. 궁금하니

어서 말해 보시오."

파트로클로스가 괴로워하며 말했다. "나의 영주이신 아킬레우스 장군이여, 노하지 마소서. 동포에게 무서운 불행이 닥쳐왔습니다! 과거에 무용을 자랑하던 자들이 여기저기서 쓰러졌습니다! 티데우스의 아들 디오메데스와 오디세우스, 아가멤논 대왕이 부상을 당했고, 에우리필로스도 넓적다리에 화살을 맞았습니다. 그래서 의사들이 동분서주하며 치료하기에 바쁘지요. 하지만 장군이여, 당신의 마음만은 고칠 길이 없군요. 당신이 품은 것과 같은 원한이 나에게는 아예 들어오지 말기를 빌고 빕니다. 당신이 궁지에 빠진 동포를 구하지 않는다면, 적선을 베푼들 무슨 도움이 되겠습니까. 냉혹한 양반이시여, 당신은 푸른 바다의 아들, 무정한 심장의 찬 바위인가 봅니다. 만일 당신 어머님께서 당신에 대한 좋지 않은 예언을 갖고 있다면 저라도 시켜 미르미돈 동족을 건져내도록 하소서. 그리고 당신 갑옷을 저에게 입혀 주소서. 어쩌면 트로이 군이 당신으로 여겨 쓰러져 가는 동포에게 다소나마 숨쉴 여유라도 줄지 모르니까요. 전쟁에서는 비록 조그만 틈이라도 대세를 바꾸는 터, 아군에 생기를 불어넣어 적군을 도시로 쫓아버릴 수도 있을 것입니다."

어리석도다, 이렇게 애원하다니! 이 애원이 그에게는 마지막 운명을 가져올 줄이야!

이에 아킬레우스는 몹시 화를 내며 이렇게 말했다. "그게 도대체 무슨 소리요? 내 비록 예언을 들었을망정 그런 예언과는 상관도 없는 일이오. 그러나 가슴에 상처가 남아 있소이다. 좀더 강하다고 남을 짓밟으니, 어찌 서럽지 않겠소. 전군이 내 보상으로서 택한 여성을 아가멤논이 빼앗아 마치 나를 이방인 취급하였소. 그러나 지난 일이야 물어 뭘 하겠소. 언제

224

까지나 원한을 품고 있을 수는 없는 일. 자, 가시오. 내 갑옷을 걸쳐 입고 용사들을 싸움터로 이끌고 가시오. 적은 구름 떼같이 아카이아 함대를 뒤덮었고, 이제는 동포들이 도망칠 곳이라곤 바다밖에 없으니, 트로이 군이 더욱 자신만만한 것 아니겠소. 오, 아가멤논 대왕만 우의를 베푼다면! 그런데 이들이 우리 병영 근처에서 싸우고 있더이다. 디오메데스는 창도 없이 다나아 군을 멸망에서 구하려고 애쓰고 있는데, 아가멤논 대왕은 소리치는 것조차 듣지 못했소. 헥토르의 호령이 온 평야를 뒤흔들고 있는데 말이오. 하지만 파트로클로스여, 우리의 함대를 구하시오. 지금부터 내 말을 잘 듣고 행하면, 나 대신 그대가 온 겨레로부터 영광과 명예를 얻을 뿐만 아니라, 귀한 선물까지 받을 것이오. 특히 제우스께서 그대에게 승리의 호운을 베풀어 우리 함대로부터 트로이 군을 쓸어내더라도 동포를 도시의 성까지 이끌어가진 마시오. 왜냐하면 신들 중에서 혹시 간섭을 할지도 모르기 때문이오. 특히 아폴론은 그들과 우의가 깊소. 그러니 함대를 구하는 대로 곧 돌아오고 평원 공격은 다른 사람에게 맡기시오. 오, 제우스 아버지, 아테나와 아폴론이시여! 만일 아카이아 군이 다 죽고 우리 두 사람만이라도 살아남는다 해도 우리가 트로이의 성스런 왕관을 끌어내리게 해주소서."

한편 아이아스는 창칼의 폭우 속에 묻혀 더 이상 버틸 수 없는 상황에 이르렀다. 트로이 군의 맹공격이 거듭됨에 따라 그의 청동 투구는 쇳소리를 내며 울려댔다. 왼팔은 무거운 방패를 너무나 오래 들고 버텼으므로 지쳐 있었다.

그러나 트로이 군은 그를 감히 동요시키지는 못했다. 그의 숨은 가빠지고 땀이 비오듯 흘렀다. 사방팔방에서 맹공격이 계속되어 눈 깜짝할 시간도 없었다.

오, 올림포스에 사시는 뮤즈시여! 아카이아 함대에 불이 붙기 시작한 연유를 말해 다오! 우선 헥토르가 다가와 큰 칼로 아이아스의 추상같은 창 자루의 끝을 치니 완전히 부러졌다. 그러자 창날은 멀리 날아가 떨어지고, 텔라몬의 아들 아이아스는 창날 없는 창 자루만 헛되이 흔들어댈 수밖에 없었다.

아이아스는 섬뜩했다. 신의 짓이 아니었던가. 천둥의 신 제우스가 전략을 망쳐 트로이 군에게 승리를 거두게 하려는 것임을 깨달은 그는 닿지 않을 만큼 물러섰다.

이때 트로이 군이 함대에 불을 던졌다. 그러자 삽시간에 불길은 고물을 휩싸고 함대 전체로 타올랐다.

이에 아킬레우스가 무릎을 치며 외쳤다. "일어서시오. 어서 말을 가지고 가 보시오. 저 노한 불길이 우리의 함대를 휘감아 영영 이곳을 벗어나지 못하게 될까 염려스럽소."

파트로클로스는 빛나는 청동 갑옷을 입었다. 그는 먼저 은으로 된 발목 장식이 있는 별과 같이 반짝반짝 빛나는 아킬레우스의 갑옷을 입었다. 양어깨엔 청동 날에 은 자루로 된 칼을 차고 두꺼운 방패와 술 달린 투구를 착용했다. 마지막으로 두 개의 창을 들었는데, 이것은 아킬레우스의 것이 아니었다. 그것은 펠리온 산의 물푸레나무로 만든 창으로, 적군을 무찌르도록 케이론이 아킬레우스의 아버지 펠레우스에게 주었는데 아킬레우스 외에는 아무도 휘어잡지 못했다.

파트로클로스는 아우토메돈에게 즉시 마구를 갖추라고 일렀다. 아우토메돈은 아킬레우스의 말인, 바람같이 빠른 크산토스와 발리우스에게 마구를 채웠다.

이 말들의 아비는 제피로스요, 어미는 욕심 많은 포다르게로 오케아노스 강가 목장에서 풀을 뜯다가 수태하였다. 그리고 순종의 페다수스를 가장 선두에 매달았는데, 이것은 아킬레우스가 에티온 성을 점령했을 때 획득한 것으로, 신계의 말이나 다를 바 없었다.

한편, 아킬레우스는 부하들을 무장시켜 막사에서 지휘했다. 이들은 사냥을 하러 나서는 광포한 이리떼와도 같았다. 연약한 사슴을 낚아채 갈가리 찢어먹고도 포만감을 느끼기는커녕 다시 눈을 희번덕거리며 둘러보는 이리떼처럼 미르미돈족의 명장들은 파트로클로스를 에워싸고 용기백배했다.

아킬레우스가 트로이로 가져온 전함은 모두 50척이었다. 배마다 건장한 장부 50명씩이 탔는데 다섯 부대로 나누어 장교를 두었다.

제1부대는 하천신 스페르케우스와 펠레우스의 딸인 아름다운 폴리도라 사이에 낳은 아들 메네스테우스가 지휘를 맡았다. 그는 보루스의 아들로도 불리는데, 페리에레스의 아들 보루스가 결혼 지참금을 가져와 그의 어머니와 결혼했기 때문이다.

제2부대는 호전적인 무사인 에우도로스가 맡았다. 그의 어머니는 필라스의 딸 무희인 폴리멜라인데, 아르테미스의 무도장에서 무희들이 노래할 때 헤르메스가 그녀를 보고 단번에 반하여 에우도로스를 낳았다. 그는 달리는 데 날래고 싸우는 데 강한 사나이였다. 마침내 출산의 여신 에일레이티아의 인도로 아기가 햇빛을 보게 되자, 따라다니던 악토르의 아들 에케클레스가 그의 어머니와 결혼했다.

제3부대는 파트로클로스 다음으로 미르미돈에서 가장 이름난 창수인

마이말루스의 아들 페이산드로스가 지휘했다. 제4부대는 포이닉스, 제5부대는 라에르케스의 아들 알키메돈이 맡았다.

아킬레우스가 각기 대열을 정비한 뒤 준엄한 말로 마지막 지시를 내렸다. "미르미돈의 동포들이여, 너희들이 힘이 닿는 대로 트로이 군을 물리쳐라. 내가 출정하지 않아 그 동안 얼마나 나를 책망했겠는가. 이렇게 수군댔을지도 모르지. '완고한 인간 아킬레우스여, 그대는 젖 대신 담즙으로 자란 게 아닌가? 참으로 잔혹하구나. 우리를 이처럼 억류시켜 놓다니, 차라리 함대에 올라 귀향하는 것이 낫겠구나!' 하지만 이제 그대들이 즐겨 참가할 수 있는 대전투가 벌어졌도다. 각자 용기를 잃지 말고 싸워서 반드시 이기라!"

아킬레우스가 이렇게 열변을 토하자 병사들의 사기가 더욱 높아졌다. 방패는 방패와 맞닿고, 투구는 투구와, 사람은 사람과 맞닿아 서 있으니 그들이 움직일 때마다 투구의 깃털 장식이 서로를 건드렸다. 그리고 그들의 선봉장인 파트로클로스와 아우토메돈은 비록 몸은 둘이나 한마음으로 미르미돈 군을 지휘할 따름이었다.

아킬레우스는 막사로 돌아와 아름다운 장식 상자를 열었다. 거기에는 은발의 테티스가 넣어준 속옷과 털 담요, 그리고 바람에 견딜 만한 옷들이 들어 있었다. 또한 그 속에는 최상품의 잔이 들어 있었는데, 아마 주신 제우스 이외에는 이런 잔으로 술을 마신 영광을 얻지 못했으리라. 그는 이 잔을 꺼내 유황으로 닦은 뒤 다시 깨끗한 물에 씻고 자기도 정결하게 손을 닦았다. 이윽고 술을 따라 하늘을 향해 뿌리며 축원을 올렸다. 그러자 제우스는 내내 이를 지켜보았다.

"오, 천둥의 신 제우스시여! 일찍이 저의 축원을 들어주시던 신이시여!

저에게 영광을 내리시고자 아카이아 군에게 심한 타격을 주신 걸 제가 아나이다. 또다시 애원하오니 저희에게 은혜를 내려 주소서. 제가 이렇게 남아 있는 동안, 전우들은 죽음의 장으로 싸우러 나갔습니다. 전능하신 제우스시여, 파트로클로스에게 승리를 안겨 주소서! 그의 용기를 북돋워 헥토르로 하여금 저의 충복이 홀로 싸울 수 있다는 걸 알게 하여 주소서! 그가 적군을 함대에서 몰아낸 다음 무사히 돌아오게 하여 주소서."

물론 제우스가 아킬레우스의 축원을 다 들어준 건 아니었다. 파트로클로스가 트로이 군을 몰아내기는 했지만 귀환하지는 못했던 것이다.

아킬레우스는 제주와 축원을 올린 다음, 막사로 돌아가 잔을 상자에 도로 넣었다. 그리고 다시 밖으로 나와서 친히 전투를 보고자 애썼다.

한편, 파트로클로스와 그 부대는 마침내 트로이 군과 맞붙었다. 파트로클로스와 그 군대는 벌떼처럼 일제히 기습했다. 아이들이 벌집을 쑤셨다가 벌떼들의 습격을 받는 것처럼 미르미돈 군도 마침내 막사에서 쏟아져 나오며 트로이 군들을 무찌르기에 앞장섰다.

먼저 파트로클로스가 큰 소리로 외쳤다. "미르미돈 군이여! 장부답게 싸워라! 예전의 용맹스러움을 발휘하라! 펠레우스의 후예답게 싸워 아가멤논 대왕에게 자신의 과오를 깨닫게 하자! 아카이아 군 중에서 최고의 명장을 무시한 걸 후회하게 하자!"

아카이아 군이 벌떼처럼 트로이 군을 맹습하니, 이들이 외치는 함성은 하늘에까지 울렸다. 게다가 트로이 군은 파트로클로스가 아킬레우스의 복장을 하고 나타나자 대열이 뒤죽박죽이 되었다. 아킬레우스가 원한을 풀고 나온 줄로만 알았던 것이다.

먼저 파트로클로스는 파이오니아의 장수인 피라이크메스를 죽였다.

따라서 파이오니아 군은 대장을 잃었으므로 공포에 질려 사방팔방으로 달아났다. 파트로클로스는 이들을 함대에서 몰아낸 뒤 불을 껐다. 이렇게 함으로써 다나아 군은 잠시 숨을 돌릴 수 있는 시간을 가졌다.

그러나 트로이 군이 비록 함대에서 물러가기는 했지만, 여기저기에 흩어져 아카이아 군을 공략하고 있었다. 다음으로 파트로클로스는 달아나려는 아레일리코스의 넓적다리를 찔러 쓰러뜨렸다.

이런 동안에 메넬라오스는 토아스의 가슴을 찔렀고, 메게스는 덤벼드는 암피클로스의 넓적다리를 찔러 목숨 줄을 끊었다. 네스토르의 아들 안틸로코스가 아팀니오스의 옆구리를 찌르자, 아팀니오스의 아우 마리스가 안틸로코스를 찌르려고 달려들었다. 그러나 네스토르의 다른 아들인 트라시메데스가 이보다 먼저 창을 던져 그를 죽였다. 이렇게 네스토르의 두 아들은 파멸의 괴물 키마이라를 기른 아미소다로스의 용감한 두 아들을 저승길로 보냈다.

그리고 오이레우스의 아들 아이아스는 갈팡질팡하는 클레오블로스에게 덤벼들어 그를 생포하였으나 그가 먼저 자결했다.

또한 페넬레오스와 리콘은 서로 칼을 들고 달려들었다. 그러나 리콘의 칼은 투구에 맞아 부러졌고, 페넬레오스의 칼은 리콘의 귀밑 목을 쳐 목숨을 앗았다.

메리오네스는 막 전차로 기어올라가는 아카마스의 오른쪽 어깨를 찔러 쓰러뜨렸다.

한편 이도메네우스는 청동 창으로 에리마스의 입을 찌르자 양 눈이 피에 잠기고 코와 입에서 피가 쏟아져 나왔다. 이처럼 다나아 장군들은 도주가 무엇이 부끄러우냐는 듯이 달리는 데에만 정신이 팔린 트로이 군을 섬멸했다.

텔라몬의 아들 아이아스는 헥토르를 꼭 죽이겠다는 일념으로 창을 겨누었다. 그러나 헥토르는 그의 온갖 전법을 아는 터라 쇠가죽 방패로 방어하면서 전우를 구했다.

그런데 제우스가 태풍을 몰아치니 트로이 군은 겁을 집어먹고 아카이아 요새를 가로질러 도망쳤다. 전세가 역전된 걸 깨달은 헥토르는 달리는 전차에 올라 우왕좌왕하는 트로이 군을 버려둔 채 전속력으로 퇴각했다. 수많은 전차들이 참호 속에 빠지자, 병사들은 전차를 버리고 도주하기 시작했다.

그 모습을 본 파트로클로스가 바짝 뒤따르며 헥토르를 죽이라고 고함을 쳐댔다. 이미 평원은 유목민들이 온통 길을 메운 것처럼 병사들로 가득 차 있었고, 파트로클로스가 호령하며 적군을 몰아치니 전차가 마구 뒤집어지며 난장판이 되었다.

파트로클로스는 이미 함대를 떠나 참호를 곧장 뛰어넘으며 소리를 쳤다. "헥토르가 도망간다. 어서 가서 쳐라!" 그에게는 헥토르를 무찌르는 것만이 유일한 소원이었다. 하지만 헥토르 역시 빨랐으므로 이미 멀리 도주해 버린 상태였다.

그러자 파트로클로스는 퇴각하는 적의 앞을 끊어, 그들을 다시 아카이아 함대 쪽으로 몰았다. 그야말로 그들을 옴짝달싹 못하도록 만들어 아카이아 병사들의 죽음을 보상하려는 것이었다.

먼저 그는 프로노스를 창으로 찔러 죽였다. 그런 다음, 창으로 에놉스의 아들 테스토르의 오른쪽 턱을 공격해 전차 난간 밖으로 끌어내 쓰러뜨렸다. 이때 에릴라오스가 파트로클로스에게 덤벼들었지만, 이미 파트로클로스의 힘을 막을 자는 없었다. 그는 그의 머리를 돌로 쳐서 죽였다.

그러고 나서 차례로 에리마스·암포테로스·에팔테스·틀레폴레모스·에키우스·피리스·페우스·에우이푸스·폴리멜로스 등을 사지로 보냈다.

이때 사르페돈이 자기 부하들이 힘없이 쓰러지는 것을 보고 책망했다. "이 무슨 창피요, 리키아 군이여! 어디로 도망치고 있는가? 전우들이여, 내가 이 자를 맡을 테니 그대들도 용기를 내어 싸워라."

그러고는 그가 전차에서 뛰어내리자 이를 보고 파트로클로스도 행동을 같이했다. 이들이 서로 외치며 달려드는 모습은 한 쌍의 독수리가 높은 바위에서 소리를 지르며 발톱과 주둥이로 싸우는 형국이었다.

이 모습을 본 제우스가 헤라에게 푸념했다. "참으로 슬픈 일이군. 내가 가장 사랑하는 아들이 파트로클로스의 손에 쓰러질 팔자란 말인가. 그를 싸움 중에 산 채로 잡아 올려 제 고향으로 보내면 어떨까?"

이에 헤라가 대꾸했다. "오, 그런 말씀은 하지도 마소서! 인간은 언제든 한 번은 죽는 법, 죽음에서 구하시다뇨? 마음대로 하소서. 하지만 이것만은 잊지 마소서. 당신이 사르페돈을 살리고 싶으시다면, 다른 신들도 마찬가지일 거라는 사실을 말입니다. 누구나 제 자식을 사랑할 테니까요. 많은 신들의 자식이 트로이 전선에 출정하였다는 걸 기억하소서. 그러니 당신이 진정 그를 사랑하신다면, 파트로클로스의 손에 쓰러지게 하소서. 하지만 그가 죽어 세상을 떠나면 죽음과 잠의 신으로 하여금 그를 리키아로 데려가게 하소서. 거기서 일가친척과 친구들이 무덤과 비석을 세우도록 말입니다."

제우스도 헤라의 말에 동의했다. 제우스는 파트로클로스의 손에 트로이 땅에서 죽는 사랑하는 자식의 명복을 빌기 위해 땅에다 피의 소나기를 퍼부었다.

파트로클로스는 사르페돈의 동료 트라시메테스의 아랫배를 공격하여 죽였다. 그러자 사르페돈은 파트로클로스에게 창을 던졌으나 아깝게도 빗나가 그의 말 페다수스의 오른쪽 어깨에 맞았다. 말은 몇 번 버둥거리다가 숨을 거두었다. 다시 사르페돈은 창을 던져 파트로클로스의 왼쪽 어깨를 쳤으나 그것 역시 정곡을 찌르진 못했다.

반면, 파트로클로스가 던진 창은 사르페돈의 횡경막을 뚫으니 마침내 그가 고꾸라졌다.

사르페돈은 숨이 끊어지는 가운데 말을 이었다. "글라우코스여, 그대는 장부 중의 장부가 아닌가! 최선을 다해 용사로서의 면목을 세우라! 먼저 날 빼앗기지 않도록 우리의 최강병들을 모이게 하라. 만일 아카이아 군이 나의 갑옷을 벗긴다면, 나는 영원히 그대들 일생을 통해 수치와 욕이 되리라."

사르페돈은 그 이상 말을 잇지 못하고 죽음을 눈과 코로 받아들였다. 파트로클로스가 그의 가슴을 짓밟은 채 창을 뽑으니 횡경막이 뽑혀 나왔다. 뒤이어 미르미돈 병사들이 사르페돈의 버둥거리는 말들을 붙잡았다.

그러나 글라우코스는 사르페돈의 마지막 말을 듣자 가슴이 미어졌지만 어떻게 해볼 도리가 없었다. 그는 테우크로스의 화살에 맞아 아픈 팔을 눌렀다.

그런 다음 아폴론에게 높이 축원을 올렸다. "트로이 혹은 비옥한 리키아 땅에 계시는 신이시여, 굽어살피소서. 저는 지금 팔에서 피가 날 뿐 아니라, 금방이라도 끊어질 것처럼 아픕니다. 굳센 창을 잡을 수도 또한 원수와 싸울 수도 없나이다. 무정한 제우스께서는 아들의 죽음을 모르는 체하시나이다. 원하옵건대 신이시여, 이 상처를 낫게 하시어 시체를 다시 우리가 빼앗아 오게 하소서!"

포이보스 아폴론이 이 축원을 들어주었다. 그래서 상처에서 흐르던 피가 말라붙었으며 용기가 절로 솟아났다.

글라우코스는 신이 즉각 자신의 축원을 들어준 것에 대해 기뻐했다. 그는 먼저 리키아 장수들에게 사르페돈을 빼앗기지 말라고 호소하며 돌아다녔다.

그리고 트로이 군 쪽으로 달려가 폴리다마스·아게노르·아에네아스·헥토르 등에게 소리쳤다. "헥토르 장군이여, 어찌 이럴 수가 있습니까? 우리들은 그대 때문에 부모 형제를 버리고 만리 타향에서 이렇게 풍파를 겪는데도 우리를 돕지 않는구려. 사르페돈이 파트로클로스의 창에 쓰러졌습니다! 동지들이여, 우리를 도우시오. 그래서 다나아 군이 그 시체에 모욕을 가하는 걸 묵과하지 마소서!"

이 말을 들은 트로이 군은 모두들 비탄에 잠겼다. 사르페돈은 비록 이방인일망정 그들의 중심축을 이루었고, 전선에서는 항상 빛나는 투사였기 때문이다.

이들은 원한에 불타는 헥토르를 따라 전속력으로 돌진했다.

한편 파트로클로스는 만반의 준비가 된 두 아이아스를 불렀다. "자, 아이아스여, 적을 공격하는 것은 그대들의 기쁨이 아니오? 아카이아 성벽을 처음 뛰어오르던 자, 사르페돈이 쓰러졌소. 자, 와서 무구를 벗깁시다. 누구든 막고자 하면 우리의 혹독한 창맛을 보여줍시다!"

사르페돈의 시신을 놓고 양군이 맞서자 병사들의 아우성과 무기들이 부딪치는 소리가 떠나갈 듯 시끄러웠다.

　그러자 제우스는 자기 자식을 빼앗으려는 이 전쟁을 무서운 것으로 만들었다. 처음에는 헥토르가 아가클레스의 아들 에페이게우스의 해골을 부서뜨려 기선을 잡았다. 에페이게우스는 부데이온의 군주로, 사촌을 죽이고 펠레우스와 은발의 테티스를 따라 피난했었다. 그러다가 아킬레우스를 따라 참전했던 것이다.

　파트로클로스는 전우를 잃자 갈가마귀를 흩어놓는 매처럼 달려들었다. 그러고는 이다이메네스의 아들 스테넬라오스의 목을 돌로 쳐서 힘줄을 끊어 놓았다.

　그러자 리키아의 대장 글라우코스가 미르미돈족의 부자였던 칼콘의 아들 바디클레스를 죽였다. 그런 다음, 갑옷을 벗기려고 시체 주위로 모여들었으나 아카이아 군도 밀리지 않고 달려들었다.

　이때 메리오네스가 사제로서 높이 존경받는 오네토르의 아들 라오고노스를 죽였다. 그러자 다시 격분한 아에네아스가 메리오네스를 향해 창을 던졌지만 메리오네스가 앞으로 살짝 구부렸으므로 땅바닥으로 날아가 꽂혔다.

　화가 머리끝까지 치솟은 아에네아스가 큰소리로 부르짖었다. "메리오네스여, 그대는 춤출 줄도 아는구나! 내 창이 그대 춤을 영원히 멈추게 할 수도 있었는데!"

　이에 메리오네스가 대답했다. "아에네아스여, 네가 아무리 힘이 세다 해도 결국 속세의 인간 아니냐. 세상사 모르는 일, 내가 너를 찌를지 어찌 알겠느냐. 그렇게 되면 너의 그 강한 손은 하데스에게 가 있겠지."

　그러자 파트로클로스가 그를 나무랐다. "메리오네스여, 허송세월을 할 필요가 없소. 야유나 조롱으로 트로이 군을 내몰지는 못하지 않소. 토론에서 말이 능사겠지만 전쟁에서는 행동이 운명을 좌우하는 법이오."

그가 따끔하게 충고하자 서로 사르페돈의 시체를 갖기 위해 일진일퇴를 거듭했다. 이제 고귀한 사르페돈의 시체는 피투성이에다 흙투성이가 되어 형체도 알아볼 수 없는 지경이 되었다. 그들은 우유 통에 몰려드는 파리 떼처럼 우르르 몰려들었다.

그 동안 제우스는 마음속으로 어떻게 해야 할지 곰곰이 생각해 보았다. 마침내 제우스는 파트로클로스로 하여금 더 많이 죽이게 해 헥토르를 도시의 성벽까지 몰아내기로 결정했다. 그래서 우선 헥토르의 용기부터 꺾었다.

헥토르는 전차에 올라 퇴각하라며 트로이 군에게 소리쳤다. 그리하여 아카이아 군은 사르페돈의 양어깨에서 빛나는 무구를 벗겨냈고, 파트로클로스는 그것을 함대로 가져가라고 일렀다.

이때 구름의 신 제우스가 아폴론에게 말했다. "포이보스여, 어서 가서 사르페돈을 멀리멀리 옮겨 강에서 목욕시킨 다음 신의 향수를 바르고 불후의 옷을 입혀라. 그러고는 잠과 죽음의 두 신에게 내주어 리키아 땅에 안착하게 하라. 거기서 이웃이며 친척이 무덤과 비석을 세워 마지막 경의를 표하게 하라."

아폴론은 아버지의 분부대로 따라 사르페돈을 리키아 땅에 안착하도록 했다. 한편, 파트로클로스는 아우토메돈에게 트로이 군을 추격하라고 명령을 내렸다. 아킬레우스 말대로만 하였던들 죽음은 면했을 텐데 어리석음이 그를 내리눌렀기 때문에 까마득히 잊고 있었다.

파트로클로스여, 신들이 그대를 죽음에 초청하니 그대가 죽인 자들은 누구인가? 바로 아드라스토스와 아우토노스, 에케클루스, 페리무스, 에피스토르, 멜라니포스, 엘라수스, 물리오스, 필라르테스 등이었다.

이처럼 파죽지세로 트로이 군을 몰아붙였는데도 도시를 점령하지 못한 것은 아폴론의 도움 때문이었다. 파트로클로스는 세 번이나 성벽을 기어오르려 했으나 그때마다 아폴론이 떠밀어냈다.

그가 초인처럼 다시 네 번째로 덤비자 아폴론은 고함을 질렀다. "물러가라, 파트로클로스! 강대한 트로이가 그대나 아킬레우스의 손에 넘어갈 운명은 아니니 말이다!"

이 말을 들은 파트로클로스는 아폴론의 노여움을 두려워하여 뒤쪽으로 물러났다.

한편 헥토르는 스카이아 문에 이르러 다시 싸울 것인가, 아니면 잠시 성안으로 피할 것인가를 망설이고 있었다.

이때 아폴론이 아시오스의 모습으로 변신해 다가왔다. 아시오스는 헥토르의 삼촌이며 헤카베의 형제요, 프리기아 산가리오스 근처에 사는 디마스의 아들이었다.

"헥토르여, 그대는 어이 도망갈 궁리만 하는가? 나중에 퇴각한 걸 후회할 걸세. 아폴론이 그대에게 승리를 돌릴지도 모르니, 어서 가서 파트로클로스를 습격하게나."

그제야 헥토르는 말들을 싸움터로 몰아 파트로클로스에게로 달려갔다. 이때 파트로클로스는 전차에서 뛰어내려 왼손에는 창을 들고 오른손으론 크고 뾰족한 돌을 집었다.

그러고 나서 온 힘을 다하여 던지니 고삐를 잡고 있는 프리아모스의 서자인 케브리오네스의 앞이마를 쳤다. 돌에 맞은 그의 눈두덩은 바스러졌고 눈알이 빠져 나와 땅에 떨어졌다. 그리고 그는 잠수부처럼 전차에서 굴러 떨어졌다.

이 모습을 보며 파트로클로스가 조롱을 퍼부었다. "재주도 좋구나. 바다에 갔더라면 성게나 잡아 주린 배를 채울 수 있었을 텐데. 육지에서도 저렇게 멋있게 다이빙하는 걸 보면. 트로이에도 잠수부가 있었던가?"

그는 말을 마치고 나서 사자처럼 케브리오네스에게 달려들어 가슴을 찔렀다. 그 순간 헥토르 역시 전차에서 뛰어내려 그를 향해 다가갔다. 그들은 사슴의 몸을 빼앗고자 싸우는 두 마리의 사자처럼 한치의 양보도 없이 으르렁거리며 사납게 싸웠다.

헥토르가 그의 머리를 잡고 놓지 않자, 파트로클로스는 헥토르의 발을 확 잡았다. 마치 동풍과 남풍이 산골짜기의 나무들을 흔들고자 서로 싸우는 듯했다.

이렇게 트로이와 다나아 군은 서로 죽이기에 열광하여 물러설 줄을 몰랐다. 케브리오네스의 시체를 둘러싸고 날카로운 창들이 밀림을 이루는가 하면, 날개 달린 화살들이 빗발치듯 활줄에서 날아가 덮쳤다. 또 큰 돌덩이들이 폭우같이 전사들의 방패를 쳤다.

해가 서산에 걸릴 때까지 공격과 반격은 계속되었고 병사들은 죽어갔다. 그러나 해가 기울어 소의 멍에를 풀 때가 되자 아카이아 군은 점점 더 강해졌다.

이들은 케브리오네스의 시체를 이끌어내어 무구를 벗기고 파트로클로스는 다시 트로이 군에게 달려가 무려 아홉 명이나 죽였다.

하지만 파트로클로스여, 그대의 운명이 다했다는 걸 모르는가. 아폴론이 서 있는 모습이 보이지 않는가.

그러나 파트로클로스의 눈에는 아폴론이 보이지 않았다. 아폴론은 숨어서 분노로 눈을 부라리며 파트로클로스의 등을 쳤다. 그러자 파트로클로스의 투구가 벗겨져 땅에 구르며 피범벅이 된 땅으로 굴렀고 손에서는 창이 우두둑 부러졌다. 띠와 장식을 달아놓은 방패와 갑옷이 아폴론의 손에 의해 벗겨졌다.

정신이 아찔한 상태에 빠져 있던 파트로클로스의 등뒤에서 판토스의 아들인 가장 뛰어난 창수 에우포르보스가 가격했다. 그는 이미 스무 명이나 적군을 전차에서 떨어뜨린 무사였다.

그러나 비록 파트로클로스가 맨몸일지라도 그의 창에 완전히 고꾸라지지 않자 에우포르보스는 뒤로 얼른 물러섰다. 파트로클로스가 어깨에 상처를 입은 채로 피신을 하는 사이 헥토르가 다시 다가와 그의 배를 찔렀다. 파트로클로스가 쾅 소리를 내며 넘어지자 그 모습은 마치 산돼지가 사자와 조그만 웅덩이를 차지하려고 싸우다가 마침내 사자한테 물려 죽는 모습과도 같았다.

헥토르는 파트로클로스를 죽이자 기쁨을 감추지 못하고 떠들어댔다. "파트로클로스여, 네가 우리의 도시를 점령할 줄 알았더냐? 어리석은 놈! 네 앞에는 헥토르의 말들이 있음을 몰랐더냐? 내 창은 어느 누구보다 강하다. 네놈은 이제 독수리의 밥이 되게 하마! 오, 아킬레우스는 너에게 이렇게 말했겠지. '용감한 파트로클로스여, 헥토르의 몸에서 피에 젖은 옷을 벗겨 올 때까지는 돌아오지 마라!' 너도 그렇게 할 수 있으리라고 생각했겠지. 너나 그나 똑같이 얼빠진 놈들이지!"

파트로클로스가 고통스럽게 헐떡이며 말했다. "헥토르여, 신들이 너를 돕지 않았다면, 너와 같은 자는 스무 명이 덤벼든다 해도 내가 눈 하나 깜짝 했을 것 같으냐. 나를 죽게 한 것은 잔인한 운명과 레토의 아들, 그리고 인간으로서는 에우포르보스지 네가 아니다. 내 한 가지만 일러두마. 너에게도 이미 죽음의 검은 그림자가 드리워졌도다. 아킬레우스의 손에 의해 곧 쓰러질 테니."

말을 마친 파트로클로스는 하데스 궁으로 갔다. 헥토르는 죽어가는 그에게 말했다. "파트로클로스여, 비록 아킬레우스가 테티스의 자식일지는 모르되, 내 창에 그가 맞아 죽지 않는다고 누가 단언하겠는가?"

그러고는 시체를 발로 밟아 밀어내며 헥토르는 창을 뽑아 곧 마부 아우토메돈에게로 향했다. 그러나 그는 이미 신이 펠레우스에게 준 영생의 말들을 타고 사라진 뒤였다.

파트로클로스의 시신을 놓고 다투다

전사한 파트로클로스의 주검을 놓고 아카이아 군과 트로이 군 사이에 격렬한 전투가 벌어진다. 한편, 아킬레우스는 자신의 충복인 파트로클로스의 죽음을 알지 못한 채 막사에만 머문다.

파트로클로스의 죽음을 목격한 메넬라오스가 곧 달려와 암소가 송아지의 죽음을 슬퍼하듯 구슬피 울었다. 그는 창과 방패를 겨누어 들고 어느 놈이든 덤비면 죽일 태세를 갖추고 서 있었다.

이에 에우포르보스가 메넬라오스 앞에 와서 말했다. "메넬라오스 왕이여, 물러가라! 시체도 전리품도 건드릴 생각을 아예 하지 마라! 파트로클로스를 가장 먼저 찌른 사람은 바로 나다. 생명은 아까운 것, 거역하면 내 그대를 죽이리라."

이에 메넬라오스가 분개하며 소리쳤다. "제우스 아버지시여, 저토록 야비하고 기고만장할 수가 있습니까? 표범에게도, 사자에게도, 산돼지에게도 저 판토스의 아들에게서와 같은 교만은 없사옵니다. 에우포르보스여, 장부 히페레노르가 나를 업신여겼을 때에도 너처럼 과신하진 않았다. 내 너의 교만을 끝장내 줄 테니 가까이 오라. 겁이 난다면, 예서 그만 달아나도 좋다. 바보도 때로는 약아질 때가 있는 법이니!"

에우포르보스는 아랑곳하지 않고 대꾸했다. "메넬라오스 왕이여, 이제야말로 내 형의 빚을 받아야겠구나. 형수를 과부로 만든 걸 자랑하다니, 내 너의 무구를 빼앗아 판토스와 프론티스 부인의 손에 갖다 준다면, 위안이 되겠지. 이 투쟁이 우리 생사의 시금석이 되는 것도 경각이구나!"

그는 메넬라오스의 방패를 공격했지만 창끝만 구부러질 뿐 뚫지 못했다. 그러자 메넬라오스가 제우스에게 축원을 올리면서 에우포르보스의 목을 찌르니 무구가 덜거덕거리며 그는 힘없이 픽 쓰러졌다. 마치 샘물가에 크나큰 올리브 나무가 갑자기 불어닥친 폭풍에 뿌리째 뽑히는 형국과 같았다.

이제 트로이 군은 어느 누구도 메넬라오스에게 덤벼들지 못했다. 그러나 아폴론이 키코네스의 주장 멘테스로 변장하고 헥토르에게 가서 에우포르보스의 훌륭한 갑옷을 탈취하지 못하도록 쏘삭거렸다. "헥토르여, 잡지 못할 말을 뭐하러 쫓는가? 아킬레우스의 말은 아킬레우스만이 가질 수 있으니. 그의 어머니가 바로 신이 아닌가. 자, 메넬라오스가 트로이 군 중에서도 가장 뛰어난 용사 에우포르보스를 죽였다."

이에 헥토르가 화가 나서 돌아보니 정말 메넬라오스가 에우포르보스의 무구를 벗기고 있었다. 헥토르는 소리를 지르며 불같이 달려들었다.

메넬라오스는 혼잣말로 중얼거렸다. "오, 전리품 때문에 파트로클로스를 그대로 둔다면, 날 욕하지 않는 자가 한 사람도 없으리라. 그렇다고 헥토르와 트로이 군에 대항하여 홀로 싸울 수도 없는 일 아닌가! 그래, 신의 총애를 받는 자와 싸운다면 재난을 초래할 뿐이다. 그러나 백절불굴의 사나이 아이아스의 도움을 받을 수 있다면, 우리는 아킬레우스를 위해이 전사자를 구할 수 있으리라. 이것이 재난을 구하는 최상의 길일지도 모르겠군."

헥토르와 트로이 군이 다가오자 메넬라오스는 시체를 버리고 퇴각했다. 그는 떨어지지 않는 무거운 발길을 옮겨 동포들이 있는 곳으로 갔다. 그리고 얼른 텔라몬의 아들 아이아스를 찾았다. 아이아스는 전선 왼쪽에서 아폴론에 대한 치명적인 공포에 사로잡힌 병사들을 독려하고 있었다.

메넬라오스는 한 걸음에 달려가 그에게 말했다. "아이아스여, 이리로 오시오. 비록 파트로클로스는 죽었지만 시체라도 아킬레우스에게 가져가야 되지 않겠소? 무구는 헥토르가 가져갔지만 말이오."

아이아스는 놀라며 얼른 사람의 물결을 뚫고 달려갔다. 헥토르는 이미 파트로클로스를 끌고 가는 중이었다. 그는 목을 자르고 몸뚱이는 개밥을 만들 작정이었다. 그러나 아이아스가 다가오자 헥토르는 슬쩍 물러나 전차에 뛰어올랐다. 다만 훌륭한 갑옷을 얻은 것만으로도 감지덕지해 큰 자랑거리로 삼았다.

한편 아이아스는 파트로클로스를 거대한 방패로 가리고 우뚝 섰다. 그모습은 사자가 새끼를 다리 사이에 숨기고 사냥꾼을 노려보는 형상이었다. 그 옆에는 메넬라오스가 슬픈 표정으로 서 있었다.

이때 글라우코스가 눈을 부릅뜨고 헥토르를 꾸짖었다. "그대는 미남임에는 틀림없되, 무사로서는 형편이 없구려. 쓸데없이 이름만 높았지 겁쟁이일 뿐이오! 자, 그대의 시민들이 트로이를 구하고자 얼마나 많은 피를 흘렸는가를 생각해 보시오. 이제 리키아 군 중에는 아무도 그대를 위해 싸울 자가 없으리다. 그대가 사르페돈을 그렇게 죽여 놓고서야 어찌 보통 사람들을 구해 낼 수 있겠소? 그가 살아 있을 때 그대에게 어떻게 했는지 기억해 보시오. 그런데도 그대는 그를 개밥에서 구할 의기조차 없소. 리키아 군이 내 말을 듣는다면 고향으로 돌아갈 것이오. 그럼 트로이는 멸망하겠지. 만일 트로이 군이 불굴의 용기를 지녔다면 파트로클로스를 일리오스로 끌어갈 것이외다. 그럼 우린 파트로클로스와 사르페돈을 맞바꿀 수 있을 것이오. 파트로클로스의 지휘관이 아르지브 군 중의 최고의 투사이기 때문이오. 하지만 그대는 우리를 실망시켰소. 아이아스가 그대보다 우월하다 하여 그와 감히 싸울 생각도 하지 않았소."

그러자 헥토르가 노하여 그에게 쏘아붙였다. "글라우코스여, 잔소리는 그만하라. 나는 그대가 제법 분별력이 있는 사람인 줄 알았는데, 그따위 소리를 하다니. 내가 괴물 같은 아이아스에게 대항치 않는다고 말하지만, 어디 그런지 내 옆에 서서 보거라! 그대 말대로 내가 온종일 겁쟁이 노릇을 하는가, 아니면 파트로클로스의 시체를 빼앗기 위해 치열하게 격전을 하는가!" 그러고 나서는 있는 힘을 다해 트로이 군을 향해 소리쳤다. "전우들이여, 무사답게 싸우라! 본분을 잊지 말고 내가 아킬레우스의 갑옷을 차려 입을 때까지 있는 힘을 다해 싸우라. 내가 파트로클로스를 죽이고 그의 갑옷을 벗겨 놓았도다."

헥토르는 싸움터에서 급히 빠져나와 아킬레우스의 훌륭한 갑주를 도성으로 운반하는 부하들에게로 달렸다. 바람처럼 달려가 그들을 따라잡은 뒤 불멸의 아킬레우스 갑주로 갈아입었다. 이것은 신들이 펠레우스에게 준 것을 펠레우스가 늙자 아들인 아킬레우스에게 준 것이다.

제우스는 이 모습을 보며 혀를 끌끌 찼다. "아, 가여운 인간! 죽음이 가까워 왔는데도 전혀 모르고 있구나! 그리도 점잖고 또 강한 자의 갑주를 무엄하게도 벗겨내다니! 하지만 일단은 네 손에 큰 힘을 주리라. 그러면 너는 결국 싸움터에서 돌아오지 못하고 펠레우스 가문의 유명한 갑주는 안드로마케에게 줄 수 없게 되리라."

제우스는 검은 눈썹을 끔뻑거리며 그 갑주를 헥토르의 몸에 꼭 맞게 한 뒤 사지가 모두 힘과 용기로 가득 차게 했다. 그러자 동맹군에게로 달려가는 그의 모습은 위대한 아킬레우스의 갑주로 온통 빛이 났다.

그는 마침내 여러 사람들에게 호소했다. "인근 각국에서 참전한 여러 종족 여러분이여, 들어주소서! 처음 내가 그대들에게 바랐던 것은 여러분의 따뜻한 애정이었소. 아카이아 침략자의 손에서 트로이의 부인들과 어린아이들을 구하고 싶었기 때문이오. 그러니 그 마음으로 돌아가 죽든 살든 전선으로 돌진하시오. 이것만이 전쟁에서 살길이외다! 만일 파트로클로스의 시체를 끌고 오는 사람은 그 전리품의 반을 주리다. 또한, 그 사람에게는 나와 같은 명예를 갖게 하리다!"

그러자 그들은 다나아 군에게 일제히 돌격해 들어갔다. 아이아스는 몰려오는 군사를 닥치는 대로 죽였다.

하지만 결국 힘에 부친 아이아스는 메넬라오스에게 말했다. "장군, 이제 단둘이서 여기를 무사히 벗어날 수 없을 것 같소이다. 우리 파트로클로스의 시체를 걱정하기에 앞서 내 목숨부터 챙겨야 할 것 같소. 저기 구름처럼 헥토르가 병사들과 함께 달려오는 걸 보니 우리 또한 죽음의 문에 가까이 왔나 보오. 정신을 차리고 용사를 좀 부르시오."

그러자 메넬라오스는 크고 똑똑한 목소리로 외쳤다. "동지들이여, 고위 장군과 영주들이여! 이곳의 전투가 너무 치열하니 일일이 이름을 부를 수는 없지만 모두들 오시오. 파트로클로스를 일리오스의 개밥이 되도록 해서야 어디 체면이 서겠소?"

발이 빠른 오이레우스의 아들 아이아스가 먼저 달려오자 이도메네우스와 그의 충복인 메리오네스가 뒤따랐다. 그들의 이름을 누가 다 기억할 수 있겠는가?

이때 헥토르는 댐에 갇혀 있던 물이 수문이 열림으로써 한꺼번에 쏟아지듯 트로이 군을 이끌고 함성을 지르며 떼로 몰려왔다.

그러나 아카이아 군은 파트로클로스 주위에 울타리를 치고 꼼짝하지 않았다. 제우스 역시 파트로클로스가 트로이의 개밥이 되는 건 싫었으므로 이들의 빛나는 투구를 짙은 구름으로 덮었다.

처음에는 아카이아 군이 트로이 군한테 밀려 시체를 빼앗겼다. 그러나 아이아스가 있는 한 아카이아 군은 다시 힘을 모아 공격했다. 아이아스는 아킬레우스 다음으로 가장 뛰어나고 가장 강한 장군이었다. 그가 다시 아카이아 군을 몰아치니 트로이 군이 뿔뿔이 흩어졌다. 아이아스는 다시 시체를 끌어다 놓았다.

이때 레투스의 아들 힙포토스가 헥토르에게 공을 보이고자 방패의 손잡이 끈으로 파트로클로스의 발목을 묶어 끌어가려 했지만 결국 아이아스의 공격을 받고 말았다. 그는 양친에게 자식된 도리도 다하지 못하고 파트로클로스의 시체 위에 엎어져 인생을 마감하고 말았다.

이때 헥토르가 아이아스에게 창을 던졌으나 아이아스가 옆으로 살짝 피해 파노페우스의 왕 스케디오스를 맞혔다. 그는 이피토스의 아들로 포키아 사람 중에서는 으뜸가는 사나이였다.

이번에는 아이아스가 힙포토스를 걸터타고 있는 파이노프스의 아들 포르키스의 배를 찔렀다. 그러자 헥토르와 전위 부대는 물러섰으며 아카이아 군은 승리의 함성을 지르며 포르키스와 힙포토스의 갑옷을 벗겼다.

아폴론이 아에네아스를 분기시키지 않았다면 트로이 군은 실망하여 일리오스로 퇴각하고, 아카이아 군은 제우스가 예정한 승리보다도 더 빨리 승리를 거두었을지도 모른다.

그러나 아폴론은 아에네아스의 충복 페리파스의 모습으로 변장하고서 말했다. "아에네아스 장군이여, 신이 반대하는 싸움은 지게 되어 있지요. 하지만 저들은 신이 반대하는데도 제 나라를 지키고 있습니다. 하물며 제우스께서 우리의 손을 들어주시는데 장군은 달아나기만 하고 싸우려 하지 않다니요!"

한눈에 아폴론을 알아본 아에네아스는 헥토르에게 외쳤다. "헥토르여, 그리고 트로이 군 및 동맹군 여러분이여! 이렇게 뭇매 맞은 겁쟁이처럼 도시로 도망간다면 정말 치욕일 것이오. 방금 신이 나에게 말씀하시기를 아직도 제우스께서 우리 편이랍니다. 그러니 적을 반격합시다. 파트로클로스의 시체를 빼앗기지 맙시다."

그리고 나서 아에네아스가 레이오크리투스를 창으로 공격했다. 그러자 동료 리코메데스가 다가와 파이오니아의 용사 아피사온의 가슴을 찔러 쓰러뜨렸다.

이것을 본 아스테로파이오스가 곧장 달려와 복수를 하고자 하였으나, 방패가 파트로클로스를 담처럼 에워싸고 있었기 때문에 쉽사리 창을 던질 수 없었다. 아이아스는 아무도 한 발자국 물러서거나 전선에서 나오지 못하게 했으며, 빈틈없이 시체를 에워싸게 하면서 가능한 한 창을 던지도록 했다. 따라서 일심동체로 서로서로 지켰기 때문에 비록 많이 쓰러지지는 않았을망정 피를 흘리지 않고는 싸울 길이 없었다.

이토록 목숨을 건 혈전의 장은 온통 짙은 구름이 끼어 있어 해가 지는지 달이 떴는지 짐작조차 할 수 없었다.

이들은 온종일 파트로클로스의 시체를 두고 쟁탈전을 벌였다. 필사의 투쟁으로 발과 무릎, 다리와 손, 눈에는 땀이 비오듯하였다. 시체를 밀었다 당겼다 하는 모습은 운동장에서 줄다리기할 때 서로 잡아당기는 모습과도 같았다. 아마 아레스 군신이나 아테나도 대수롭게 넘기지 못할 정도로 시체를 둘러싼 싸움은 격렬했다.

그런데 아킬레우스는 아직까지도 파트로클로스가 죽은 사실을 몰랐다. 전투가 함대에서 멀리 떨어진 트로이 성 밑에서 벌어졌기 때문이다. 하긴 그가 설마 죽으리라고는 생각지도 않았다. 그는 파트로클로스가 자기 뜻을 따르지 않고 도시를 점령하려 욕심을 부렸으리라고는 상상조차 하지 않았기 때문이다.

어쨌든 모두들 시체를 둘러싸고 혈투를 벌이는 가운데 아카이아 병사들이 서로 독려했다. "아아, 선량한 동지들이여! 트로이 군에게 이 용사를 이끌어가게 할 수는 없다. 검은 대지여, 차라리 우리를 먼저 삼키소서. 그편이 낫겠나이다."

트로이 군들 역시 서로들 주고받았다. "오, 동지들이여! 우리 모두 이 시체를 둘러싸고 죽더라도 물러서서는 안 된다!"

이렇게 서로들 격려하며 맹렬히 싸웠으므로 허공에서 쇠붙이 소리가 요란하게 들려왔다.

한편, 헥토르의 창에 마부가 쓰러진 후, 계속 전선 뒤에서는 아킬레우스의 말들이 울고 있었다. 아우토메돈은 가끔 말들에게 채찍질을 하기도 했다가 달래기도 했다. 하지만 말들은 비석처럼 그 자리에서 꼼짝 하지 않은 채 머리를 수그리고 눈물을 흘렸다.

짐승조차 슬퍼하는 이 모습을 본 제우스는 머리를 흔들며 중얼거렸다. "아, 가엾구나! 너희들은 죽지도 않고 늙지도 않는데 어이 펠레우스 같은 인간에게 주어 버렸던가? 아마도 땅을 딛고 움직이는 동물 가운데 인간보다 더 불행한 자는 없나 보구나. 그럴지라도 너희들을 헥토르의 손에 넘어가게 하지는 않으리라. 무기를 가져다 허영에 찬 교만을 채운 것만으로도 과분해. 너희들이 아우토메돈을 함대로 데려가 싸움을 피하게 해주마. 트로이 군이 함대에 이를 때까지 계속 참살할 테니까."

그러고는 제우스는 말에다 용기를 불어넣었다. 그러자 말들은 아우토메돈을 태운 채 거위를 덮치는 독수리같이 싸움터를 헤쳐 나아갔다. 그러나 어느 누구도 말들을 해칠 수는 없었다.

마침내 그의 동료인 알키메돈이 전차 뒤에 멈춰 서서 소리쳤다. "아우토메돈이여, 그대처럼 착한 자에게 어느 신이 쓸데없는 생각을 넣어 주었단 말이오. 어찌하여 혼자 전선으로 나아가는가? 그대 동료는 죽었도다. 헥토르가 아킬레우스의 갑옷을 입고 뽐내고 있는 게 보이지 않는가?"

아우토메돈이 말했다. "알키메돈이여, 그대야말로 나를 잘 아는 사람 아닌가. 이 불 같은 말들은 천재 파트로클로스를 제외하면 다룰 사람이 없도다! 하지만 그는 이미 고인이 된 몸, 이 고삐와 채찍을 들라. 내 나가서 싸우리라."

그러자 알키메돈이 전차에 들어와 고삐와 채찍을 잡았다. 그 모습을 본 헥토르가 아에네아스에게 말했다. "아에네아스여, 방금 아킬레우스의 두 말이 싸움터에 나타난 것을 보았소. 그대가 도와주기만 한다면 그들을 잡을 듯하오. 감히 그들이 그대와 나한테 대항할 수는 없을 것이오."

아에네아스와 헥토르는 청동을 입힌 쇠가죽 방패를 어깨에 메고 함께 전진했다. 그 뒤를 크로미오스와 아레투스가 따랐다. 그러나 그들이 피를 흘리지 않고 어찌 아우토메돈을 벗어날 수 있으리오.

한편 아우토메돈은 자신만만하게 자기 친구 알키메돈에게 말했다. "알키메돈이여, 말들의 숨소리가 들리도록 가까이 하라. 아마도 헥토르는 자기가 죽거나 이 말들을 빼앗을 때까지 계속 버틸 작정인가 보다." 그런 다음 그는 두 아이아스와 메넬라오스를 불렀다. "두 분의 아이아스 장군과 메넬라오스시여! 헥토르와 아에네아스의 손에서 우리를 구해 주시오. 이들은 트로이 군중에서는 제일 무서운 자들이 아닙니까!"

그는 말을 마친 뒤 아레투스를 향해 창을 던졌다. 창이 아레투스의 배를 뚫고 지나가자 그는 앞으로 고꾸라졌다. 한편, 헥토르는 아우토메돈에게 번쩍이는 창을 던졌으나, 아우토메돈이 몸을 수그려 피했다. 하마터면 그들은 칼싸움을 벌일 뻔했지만, 두 아이아스가 달려오는 바람에 헥토르와 아에네아스, 크로미오스는 떨면서 물러났다.

아우토메돈은 아레투스에게서 즉시 갑주를 벗기고 나서 신이 나서 말했다. "자, 이것 보시오. 내가 죽인 놈이 신통치는 않지만 동지의 죽음에 좀 위로가 되나이다!" 그는 피묻은 노획품들을 전차에 집어넣었다.

파트로클로스의 시체를 두고 벌이는 쟁탈전은 더욱 필사적이 되었다. 제우스가 다나아 군을 격려하고자 구름으로 휘감은 아테나를 보냈다.

따라서 아테나는 포이닉스의 모습으로 변장하여 메넬라오스에게 말했다. "메넬라오스 왕이여, 아킬레우스의 위대한 동료가 트로이 성 밑에서 개밥이 된다면 그야말로 치욕이 아니겠소."

그러자 메넬라오스가 큰 소리로 대답했다. "오, 연로하신 포이닉스 원로시여! 만일 아테나께서 내게 힘을 주신다면, 내 기꺼이 파트로클로스를 보호하리다. 진실로 그의 죽음은 애를 끊는 듯이 슬프다오. 그러나 제우스께서 헥토르의 손을 들어주시니 저가 죽이고 또 죽이는 게 아니겠소!"

아테나는 메넬라오스가 누구보다도 먼저 자기에게 축원을 했기 때문에 그를 더욱 좋아했다. 여신이 그의 두 어깨와 다리에 힘을 주자 메넬라오스는 백절불굴의 담력으로 시체 옆에 서서 창을 던져 포데스라는 자의 가슴을 명중시켰다. 메넬라오스는 트로이 병사들 틈에서 그 시체를 자기들 편으로 끌고 갔다.

이때 아폴론이 헥토르와 가장 친한 파이노프스의 모습으로 변장하고 말했다. "헥토르여, 저런 얼빠진 메넬라오스한테 쫓겨간다면 아카이아 군이 어떻게 당신을 두려워하겠소? 방금 그대의 막역한 벗 포데스를 죽이고는 혼자 그대 앞에서 시체를 끌어가지 않았소."

이 말에 헥토르는 불같이 화를 내며 돌진해 나갔다. 때마침 제우스는 찬란히 빛나는 술 달린 방패를 아카이아 군 쪽으로 흔들었다.

그러자 갑자기 아카이아 군은 공포에 쫓기고 트로이 군은 싸움터를 휩쓸기 시작했다. 가장 먼저 페넬레오스가 폴리다마스의 창에 맞아 뼈까지 잘렸다.

그 다음 헥토르는 레이투스의 팔목을 공격하여 불구를 만들었다. 레이투스가 달아나자 헥토르가 쫓아갔고, 그걸 본 이도메네우스가 헥토르의 가슴을 향해 창을 던졌다. 그러나 긴 창의 회목이 부러졌으므로 트로이 군은 환호성을 올렸다.

빈손이 된 이도메네우스는 죽는 수밖에 도리가 없었으나 메리오네스의 충복 코이라누스가 재빨리 말들을 몰아와 그를 태웠다. 뒤쫓아온 헥토르가 이도메네우스를 향해 또다시 창을 던졌으나 창은 약간 빗나가서 코이라누스의 얼굴을 맞혀 얼굴이 일그러졌다.

이때 메리오네스가 고삐를 집어들며 이도메네우스에게 말했다. "말을 몰아 함대로 후퇴하시오. 보시다시피 사세가 불리하오." 이도메네우스가 말을 몰고 떠났다.

한편 아이아스 역시 승리가 자기들한테서 떠난 것을 알고 메넬라오스에게 말했다. "제기랄, 제우스께서 트로이 군을 돕는 것은 아무리 바보라도 뻔히 알 수 있는 일, 그들이 쏘는 것은 잘 쏘는 놈이나 못 쏘는 놈이나 백발백중이구려. 그러나 우리 것은 모두 빗나가 땅에나 꽂히니 최상의 대책은 없는지 연구를 해야겠소. 우선 이 시체를 가지고 동료들에게로 돌아가야겠소. 그들이 보면 몹시 반길 것이오. 누군가가 달려가서 아킬레우스한테 전했으면 좋으련만. 그는 아마 자기의 동지가 죽은 소식도 모르고 있을 거요. 그러나 안개가 이리 자욱하니, 누굴 보내야 한담. 제우스시여, 아카이아 군을 이 안개로부터 구해 주소서!"

눈물을 흘리며 축원을 올리자 제우스는 삽시간에 안개와 먼지를 걷어냈다.

그러자 아이아스가 메넬라오스에게 다시 말을 이었다. "메넬라오스 왕이여, 안틸로코스가 아직 살아 있는가 찾아본 뒤, 아킬레우스에게 이 끔찍한 소식을 전하게 하시오."

메넬라오스는 아카이아 군이 쫓기는 것을 보니 마음이 아팠다. 게다가 트로이 군에게 파트로클로스를 개밥으로 던져주어야 하다니, 그는 떠나기에 앞서 열의에 찬 목소리로 말했다. "조심하시오, 두 분 아이아스와 메리오네스여! 모두 착한 파트로클로스를 잊어선 안 되오. 살아 생전에 누구에게나 친절하고 다정하던 그에게 죽음과 액운이 찾아오다니."

그러고는 조심조심 사방을 돌아보면서 독수리처럼 그곳을 떠나 매서운 눈초리로 네스토르의 아들이 아직 살아 있는가를 살폈다. 그러다가 갑자기 왼쪽 끝에서 동지들을 격려하고 있는 안틸로코스를 발견했다.

그는 가까이 가서 곧 그를 불렀다. "안틸로코스여! 이리로 좀 오시오. 섭섭한 말이지만, 신이 우리에게는 재앙을 보내고 트로이 군에게는 승리를 주고 있소. 게다가 파트로클로스가 전사했소. 그러니 되도록 빨리 달려가 아킬레우스에게 알리시오. 그는 시체라도 구해 낼 수 있을 것이오."

안틸로코스는 이 소식을 듣자 기가 막혀 입이 떨어지지 않았다. 눈물이 앞을 가리고 말문이 막혔다. 하지만 메넬라오스가 시키는 대로 아킬레우스에게 불길한 소식을 전하기 위해 최대의 속력으로 달려갔다.

메넬라오스는 다시 되돌아와 두 아이아스에게 말했다. "방금 아킬레우스에게 안틸로코스를 보냈소. 그러나 그가 곧 오리라고 믿을 수는 없소. 어디 맨몸으로 싸울 수는 없으니 말이오. 자, 우리가 할 수 있는 일을 해야겠소. 그래서 시체도 구하고 우리 또한 살아남을 수 있도록 합시다."

그러자 텔라몬의 아들 아이아스가 대답했다. "메넬라오스 왕이여, 옳으신 말씀이오. 그대와 메리오네스 두 사람이 시체를 운반하면 우리 둘이 헥토르와 그 무리를 막으리다. 우리 두 사람은 이름도 하나 마음도 하나니, 나란히 서서 적에게 대항하는 데에는 익숙해 있소!"

두 사람은 힘껏 시체를 들어올렸다. 이것을 보고 트로이 군이 환호성을 올리며 사냥개처럼 달려들었지만, 용맹한 두 아이아스가 돌아서서 방어하자 감히 어느 누구도 도전하지 못했다.

그리하여 메넬라오스와 메리오네스는 애를 쓰면서 파트로클로스의 시체를 함대까지 운반했다.

한편 전투는 갑자기 치열해져 마치 거센 불길과도 같이 더 멀리까지 확산되어 나갔다. 두 아이아스는 홍수의 범람을 막는 둑처럼 든든하게 서서 병사들을 맞이했다. 그러나 트로이 군 역시 공격의 고삐를 늦추지 않고 쳐들어왔다.

특히 헥토르와 아에네아스가 필사의 고함을 지르며 달려오자 아카이아 군은 완전히 전의를 잃고 말았다. 마치 매를 보자 구름 속으로 죽는소리를 하며 나는 갈가마귀나 찌르레기와도 같았다.

따라서 매가 조그만 새를 손쉽게 죽이듯이 다나아 군은 혼비백산하여 도망쳤다. 그러자 참호 근처는 그들의 번쩍이는 수많은 창이며 방패가 널려 있었다. 실로 눈 깜짝할 시간도 없는 전투였다.

아킬레우스, 새 갑주를 얻다

파트로클로스의 전사 소식을 접한 아킬레우스는 통곡한 뒤 출전을 결심한다. 그의 어머니 테티스는 헤파이스토스에게 부탁해 아들에게 입힐 새 갑주를 얻어온다.

안틸로코스는 최고 속도로 아킬레우스한테로 달렸다. 그는 아킬레우스 앞에 나타나 눈물을 흘리며 비보를 전했다. "용맹 무쌍한 펠레우스의 아들이시여, 그대에게 말씀드리기도 어려운 소식을 가져왔습니다. 파트로클로스가 죽었습니다. 모두들 그의 시체를 서로 빼앗으려고 싸우고 있습니다. 그의 갑주는 이미 헥토르한테 빼앗긴 상태입니다!"

슬픔이 구름같이 몰려와 아킬레우스를 뒤덮었다. 그는 두 손으로 흙을 파헤쳐 머리에 쏟아붓고 머리를 쥐어뜯으면서 땅에 엎드려 통곡했다.

아킬레우스의 통곡은 바닷속에 있던 어머니에게까지 들렸다. 그 소리를 들은 여신이 갑자기 목놓아 통곡하자 바다 깊은 곳에 살고 있는 요정인 네레이드들이 모여들었다.

"이봐요, 네레이드 자매들이여! 나보다 불행한 어미가 어디 있단 말이오! 나는 투사 중의 투사, 영웅 중의 영웅을 아들로 두었다오. 그런 그 애가 저토록 서러워하는데도 도울 길이 없구려. 오, 사랑하는 내 아들. 그 애가 무슨 문제로 그토록 서러워하는지 가서 들어봐야겠소."

테티스는 서둘러 동굴을 떠났다. 그러자 님프들도 눈물을 흘리며 물가까지 따라나왔다. 이윽고 테티스는 아들이 머무는 미르미돈 군의 함대에까지 다다랐다. 아들은 아직도 머리를 움켜잡고 몸부림을 치며 통곡하고 있었다.

그러자 테티스가 아들에게 물었다. "얘야, 왜 우느냐? 무슨 걱정이 있는지 숨기지 말고 말하거라. 제우스께서는 너를 위해 모든 것을 하시지 않았느냐. 네가 없었기 때문에 전군이 화를 입고 함대 밑에서 허둥지둥하게 된 걸 모르느냐?"

아킬레우스가 매우 괴로워하며 말했다. "네, 어머니. 올림포스 주신께서 저에게 은혜를 베푸신 걸 아나이다. 하지만 파트로클로스가 죽었는데 그게 다 무슨 소용이 있겠습니까? 제 생명이나 다름없이 소중한 그를 저는 잃었습니다. 헥토르가 그를 죽여 제 갑주까지 빼앗았습니다. 신들이 인간의 자리에 어머니를 보내시던 날, 아버지 펠레우스에게 주신 갑옷을. 차라리 당신은 바닷속 불사의 형제들과 사시고, 아버지 펠레우스는 인간과 결혼을 하실 걸 그랬습니다. 저는 이제 살고 싶지도 않습니다. 헥토르를 죽여 파트로클로스의 죽음의 대가를 받기 전에는!"

그러자 테티스가 울면서 말했다. "얘야, 그런 말 하지 말아라. 네 마음이 그런 걸 보니 너도 오래 살 것 같지는 않구나. 헥토르를 따라 불운이 너에게도 덮치나 보다."

"어머니, 빨리 죽게 해주소서. 친구가 죽는데도 저는 모르고 있었습니다. 그런데 어찌 혼자 고국에 돌아갈 수 있겠습니까. 전쟁에서는 저를 당할 사람이 없다 했는데 저는 뱃전에서 말뚝처럼 버티고 있었습니다. 아, 그 따위 알량한 자존심이 뭐라고 그것 때문에 목숨과도 같은 친구를 잃었습니다. 분노여, 분별 있는 사람조차도 꼼짝못하게 하는 달콤한 분노여! 이제 모두 사라지거라. 비분강개야 말해 무엇하겠습니까마는, 이제 저는 지난 일을 새삼스레 묻지는 않겠습니다. 다만 저 귀중한 생명을 빼앗은 자, 헥토르를 찾아내 복수를 하겠습니다! 액운이야 제우스와 모든 신들께서 주시고 싶어하시니 달게 받아야겠지요. 제우스께서 가장 사랑하는 분이셨던 헤라클레스도 운명은 피하지 못했으니까요. 그도 불운을 피하지 못했지요. 저 역시 같은 운명이 지워졌다면 죽을 수밖에 없습니다. 하지만 이제 트로이와 다르다니아 부인들의 고운 얼굴에 눈물을 흘러 내리게 하고 싶습니다. 제가 장기간 싸움터에 나타나지 않았다는 것을 그들에게 가르쳐 주고 싶습니다. 그러니 저의 출전을 만류하지 마소서. 저를 사랑하는 어머니, 저에게 충고는 하지 마소서."

은발의 테티스가 말했다. "그렇고 말고, 역경에서 동지를 지킨다는 것은 그릇된 일이 아니다. 하지만 부탁하건대 내일 아침까지는 전쟁에 나가지 말아 다오. 내가 가서 헤파이스토스가 손수 만든 새 갑주를 가지고 돌아오마." 테티스는 돌아서서 자매들에게 일렀다. "자, 모두들 집으로 돌아가 아버지한테 말하거라. 난 올림포스로 가서 헤파이스토스에게 내 아들에게 입힐 새 갑주를 만들어 달라고 해야겠다."

따라서 님프들은 바닷속으로 뛰어들어가고, 은발의 테티스는 올림포스로 향했다.

한편, 헥토르는 무서운 속도로 아카이아 군을 무찌르며 헬레스폰트에 있는 함대에까지 이르렀다. 이처럼 헥토르가 불길처럼 덤벼들었으므로 아카이아 군은 파트로클로스의 시체를 무사히 운반할 수가 없었다.

세 번이나 뒤쪽에서 헥토르가 파트로클로스의 다리를 잡아당기며 트로이 군을 불러 외쳤으나, 세 번 모두 텔라몬의 아들 아이아스와 오이레우스의 아들 아이아스는 정말 굳세게도 헥토르를 밀어냈다. 그래도 헥토르는 병사들과 함께 돌진하는가 하면, 떡 버티고 서서 부하들에게 호령을 하며 한 발자국도 물러서지 않았다. 따라서 이 불패의 두 장군도 헥토르를 시체로부터 쫓아버리진 못했다.

사실 그때 이리스만 나타나지 않았던들 헥토르는 시체를 빼앗아 승리를 얻었을는지도 모른다. 헤라가 제우스와 다른 신들에게는 한 마디도 없이 이리스를 아킬레우스에게 보냈다.

이리스가 전한 말은 이러했다. "펠레우스의 아들이여, 어서 가서 파트로클로스를 구하라! 그 시체로 인한 양군의 희생이 너무나 크구나! 더욱이 누구보다도 헥토르는 그의 목을 잘라 장대에 꽂고 개밥을 만들 작정이다. 여기서 지체 말고 어서 가거라. 시체가 능지처참을 당한다면 망신은 그대의 몫이 아닌가!"

이상하게 여긴 아킬레우스가 물었다. "이리스여, 누가 이 소식을 보냈습니까?"

"헤라가 보내셨다. 제우스의 귀하신 아내 되시는 분께서 친히 제우스 몰래 보내셨다. 다른 신들도 역시 모른다."

"그런데 어머니께서 헤파이스토스한테서 새로운 갑주를 가져오실 때까지 가만히 있으라고 하셨습니다. 게다가 아이아스와 큰 방패 말고는 쓸 만한 것이 있는지도 모르고요. 아마도 그는 파트로클로스를 지키기 위해 창질을 하며 전선에 있을 텐데."

이리스가 상세하게 설명해 주었다. "나도 그 사실을 모르는 게 아니다. 다만 그대가 참호에 몸이나마 나타내 보이면 트로이 군은 놀라 도망칠 것 아닌가. 그러면 전우들이 숨을 돌릴 수 있을 것이다. 아마 지금은 숨쉴 틈도 없을 거야!"

이리스의 말에 아킬레우스가 일어났다. 그러자 아테나가 그의 넓은 어깨에 술 달린 산양 가죽의 방패를 걸어주고 머리는 황금의 안개로 가려 주었다. 그러므로 그의 몸에서는 봉화처럼 불꽃이 반짝였다.

이처럼 아킬레우스가 성벽에서 걸어나와 참호 옆에 서서 소리쳤다. 어머니의 간곡한 분부로 인해 싸움은 하지 않았지만, 아테나가 그의 음성을 멀리까지 퍼져 나가게 했다. 그것은 무서운 적이 한 도시를 완전 포위했을 때의 나팔 소리와도 같았다.

이에 트로이 군은 공포심으로 온몸이 굳어졌다. 전차병들은 그의 머리 위로 타오르는 광채를 보자 할 말을 잊었다. 세 번이나 아킬레우스가 참호 주위에서 소리 높이 고함을 지르자, 그들은 우왕좌왕하느라 자기편 전차와 창에 찔려 쓰러진 장수만도 열두 명이나 되었다.

그러자 아카이아 군은 매우 기뻐하며 파트로클로스의 시체를 끌어다 관 놓는 대에다 눕혔다. 전우들이 관 주위로 몰려들어 통곡했다.

또한, 아킬레우스도 다가와 충실한 벗이 잔혹한 상처로 찢기어 대 위에 누워 있는 것을 보았다. 아킬레우스는 뜨거운 눈물을 흘리며 슬퍼했다. 전차와 말들을 주어 싸움터에 보낼 때에는 무사히 돌아올 것을 믿었는데, 이 무슨 기막힌 귀환인가!

지칠 줄 모르고 하늘을 달리던 태양은 오케아노스 강 밑으로 모습을 감추고, 아카이아 군은 절망의 격전에서 잠시 안식을 얻었다.

한편 트로이 군도 철수하여 말들의 멍에를 풀자마자 회의를 열기 위해 모였다. 그들은 모두 앉을 생각을 하지 못한 채 서성거렸다. 왜냐하면 오랫동안 보이지 않던 아킬레우스가 나타나고 보니 모두들 모골이 송연해 할 말을 잊었기 때문이다.

우선 헥토르의 친한 벗인 판토스의 아들 폴리다마스가 입을 열었다.

그는 헥토르와 같은 날에 태어났는데, 헥토르가 전투의 선봉이라면 그는 작전의 선봉이었다. "동지들이여, 주위를 잘 살피시오. 우리는 성벽에서 너무 멀리 나와 있소이다. 아킬레우스가 아가멤논과 불화했던 동안은 우리에게 희망도 있었소. 하지만 이제는 나도 아킬레우스가 몹시 두렵소. 그의 교만한 성미로는 평원 한복판에서 전투하는 것에 만족하지 않으리다. 그의 목표는 우리의 도시와 여인들이오. 그러니 도시로 후퇴합시다. 만일 그가 내일이라도 출격한다면, 수많은 트로이 군이 개와 독수리의 밥이 되리다. 나 역시 내키지 않지만 지금 우리가 할 수 있는 일은 도시로 피하는 것뿐이오. 그래서 성벽과 큰 대문과 높은 문들을 단속만 잘하면 도시는 안전할 것이오. 그러면 그가 와서 싸운다 해도 그에게 더욱 불리하므로 결국 함대로 돌아갈 것이오. 그의 성미로는 도시 공격은 좀 어렵지 않겠소?"

그러자 헥토르가 찡그리며 말했다. "폴리다마스여, 난 그대의 의견에 반대요. 성으로 돌아가 법석이나 떨라니? 물론 온 세상이 프리암 시를 운

운할 때도 있었소. 거창한 황금과 청동을 보고 트로이를 노래한 시대도
있었소! 하지만 이제는 그렇지 않소. 그러니 새삼스럽게 그런 의견을 내
지는 마시오. 이제야말로 제우스께서 나에게 승리를 거두도록 허락하시
어 아카이아 군을 바다에다 몰아넣게 하시지 않았는가 말이오. 자, 그런
소리는 듣지 않을 테니 다시는 하지 마시오. 우선 각 부대에 가서 식사를
충분히 하고 파수를 보며 모두들 잠들지 마시오. 누구든 재물이 탐나는
자는 맘껏 나눠 가지시오. 적의 손에 넘어가기보다는 우리 병사들이 즐김
이 훨씬 나으리다! 내일 아침엔 다시 함대를 공략합시다. 아킬레우스가
진실로 함대 옆에 나타난다면 참으로 자기 불행일 것이오. 이기든 지든
내 맞아 대항하리라. 전쟁신은 정당한 전투를 보실 것이오. 죽이려는 자
가 종종 죽는 수도 있으니까!"

　트로이 군은 어리석게도 헥토르의 이 말에 찬성하였다. 이는 아테나가
그들의 분별심을 빼앗았기 때문이다. 따라서 그들은 저녁 식사를 했다.

　한편 아카이아 군은 밤새도록 파트로클로스를 애도했다. 아킬레우스
는 고인을 부둥켜안고 통곡해 전군의 슬픔을 자아냈다.

　그는 애통해하며 탄식했다. "내가 얼마나 바보였던가! 그날 난 귀하신
메노이티우스를 위안하고자 참으로 건방지게 입을 놀렸도다! 결단코 트
로이 군을 이겨 전리품을 잔뜩 싣고 그 아들을 데려오겠다고 하였도다!
하지만 제우스는 인간의 계획을 실현시켜 주지 않으시는구나. 우리 둘은
이 땅 트로이에서 함께 피로 물들일 운명인가 보다. 하지만 파트로클로스
여, 내가 남아 있는 한 헥토르의 무기와 그대를 죽인 그의 머리를 잘라
오기 전에는 그대 장례도 올리지 않을 것이네. 그대의 화장터 앞에 그대
희생의 대가로 트로이 귀족 열두 명의 목을 베리라. 그때까지 그대는 지

금 이대로 뱃전에 누워 밤이나 낮이나 트로이 부인과 다르다니아 부인의 통곡 속에서 나날을 보내게 되리라."

아킬레우스는 말을 마친 뒤 부하들에게 따뜻한 물로 파트로클로스를 씻도록 지시했다. 그들은 시키는 대로 시신을 씻기고 기름을 발랐으며 상처에는 9년 묵은 고약을 발라 주었다. 그러고는 관 놓는 대에다 시신을 놓고 머리에서 발끝까지 수의를 입힌 뒤 흰 천으로 몸을 덮었다.

아킬레우스와 미르미돈 군은 밤새도록 파트로클로스를 애도했다.

이즈음 제우스가 헤라에게 말했다. "여왕이여, 마침내 그대의 소원을 풀었구려! 비로소 아킬레우스가 날랜 발로 일어섰도다."

그러자 헤라가 대답했다. "크로노스의 아드님이신 제우스시여, 무슨 말씀을 그리 고약하게 하십니까? 하물며 속세의 인간들조차도 서로 돕거늘, 나는 맏딸이라는 점에서나 그대의 아내라는 점에서나 온 여신의 으뜸일진대, 어찌 내가 꺼리는 트로이 군에게 손실을 주면 안 됩니까?"

이때 은발의 테티스는 헤파이스토스 궁에 이르렀다. 청동의 별로 장식한 이 궁은 절름발이 신이 손수 지은 것으로 신전 가운데 가장 탁월한 모양이었다.

테티스는 땀을 뻘뻘 흘리며 풀무 사이에서 아주 바쁘게 일을 하고 있는 헤파이스토스를 발견했다. 그는 자기 방 벽을 두를 세 발 솥을 스무 개나 만들고 있었다. 이제 일이 마무리되어 손잡이를 만드는 중이었다.

헤파이스토스의 아내 캐리스가 먼저 테티스를 알아보고는 베일을 날릴 정도로 빠르게 뛰어나왔다.

그녀는 테티스의 손을 잡고 소리쳤다. "테티스시여, 무슨 일로 이토록 초라한 곳까지 오셨습니까? 정말 영광이옵니다. 어서 들어오셔서 뭐든지 좀 드십시오." 그녀는 테티스를 상냥하게 맞이하며 아름답게 은장식을 새긴 의자에 앉힌 다음 헤파이스토스를 불렀다. "여보, 좀 나와 보세요. 테티스 님께서 오셨어요."

그러자 상냥한 절름발이 신인 헤파이스토스가 반갑게 인사했다. "아, 존경하는 여신께서 내 집까지 오시다니 참으로 기쁘기 짝이 없소. 여신께서는 내 생명을 구하신 분이오. 내 어머니가 날 다리 병신이라고 감추려다가 그러셨지. 오케아노스의 따님들인 썰물과 밀물을 다루는 에우리노메와 테티스께서 나를 구해 주지 않으셨던들, 나는 매우 고생했을 거요. 이분들과 함께 9년이나 머물며 브로치며 나선 모양의 팔찌, 장미꽃 모양의 술, 목걸이를 만들어 드렸지. 오케아노스는 항상 거품을 일고 고함을 치며 파도쳐 돌아다니셨으므로 내가 그곳에 있는지 아무도 몰랐다오. 그러한 분이 우리 집까지 오시다니, 무엇으로든 보답하고 싶소. 자, 풀무며 연장을 치워놓고 맛있는 음식을 올리구려."

헤파이스토스는 거대한 몸집을 일으켜 절룩거리며 연장을 정리하기 시작했다. 그러다가 하녀들의 부축을 받으며 테티스 옆에 있는 의자에 앉았다.

"테티스님이시여, 어떻게 초라한 이곳까지 오셨나이까? 참으로 영광입니다. 혹시 무슨 일이라도 있사온지 말씀해 주십시오. 제 힘이 미치는 일이라면 기꺼이 들어 드리겠습니다."

이에 테티스가 눈물을 글썽이며 말했다. "헤파이스토스여, 올림포스 여신 중에서 나처럼 고통을 지닌 신이 있겠습니까? 크로노스의 아드님께선 모든 여신 중에서도 나를 가장 불행하게 하셨나 봅니다! 억지로 인간에게 보내어 하는 수 없이 인간의 잠을 자야 했습니다. 남편은 노령으로 지쳐 집에 누워 있는데, 자식을 길러 일리오스에 출정시켰습니다. 하지만 자식은 영영 아버지한테로 돌아오지 못할 운명인가 봅니다. 살아서 햇빛을 보는 동안 그애의 마음은 오로지 걱정으로 들어차 있는데 어미라고 하는 자가 전혀 도울 수도 없다니, 어찌 마음이 아프지 않겠습니까? 그는 아가멤논 대왕과 여자로 인해 갈등을 겪어 전투에 참가하지는 않았지만, 가장 친한 친구 파트로클로스가 자기 갑옷을 입고 나가 싸우는 것은 허락했지요. 그런데 아폴론은 헥토르로 하여금 파트로클로스를 죽이게 만들었습니다. 오로지 영광은 헥토르에게 돌아갔지요. 그래서 지금 내가 미구에 죽을 팔자인 자식을 위해 축원을 올리러 왔습니다. 원컨대, 그에게 방패며 투구, 발목 장갑이 있는 고급 발 갑옷과 가슴에 대는 갑옷을 만들어 주실 수 있을는지요? 아킬레우스는 갑주마저 트로이 군한테 빼앗긴 터여서 그저 통곡하고 있을 뿐이랍니다."

손재주가 뛰어난 절름발이 신이 대답했다. "안심하십시오. 그에게 훌륭한 갑주를 만들어 드리겠습니다. 누구든 그것을 쳐다보는 자는 놀랄 수 있는 갑주를 만들어 드리지요. 오, 그 무서운 액운이 닥칠 때에 그 주인을 숨길 수 있으면 얼마나 좋겠습니까!"

헤파이스토스는 조금도 지체하지 않고 풀무 있는 곳으로 가서 불 위에 강한 청동과 주석, 값비싼 금, 은 등을 넣어 녹였다. 그런 다음 먼저 크고 강한 방패를 만들어 온통 아름다운 무늬를 새기기 시작했다.

이 방패는 다섯 겹의 가죽을 대고 가장자리에는 번쩍이는 쇠붙이로 세 겹의 테를 두른 뒤에 은 어깨띠를 달았다. 겉에는 땅과 하늘, 바다, 지칠 줄 모르는 태양과 만월을 새겼다. 또한 플레이아데스 성단, 히아데스 성단, 거대한 오리온자리, 그리고 큰곰자리들을 새겨 넣었다.

그 다음엔 속세의 두 도시를 새겨 넣었는데 가장 번성한 도시를 새겨 넣었다. 그 중 한 도시는 결혼식 잔치가 열리고, 시장에서는 군중들이 논쟁을 벌이며 아이들과 부인들은 각자 뛰놀거나 지켜보는 모습들을 새겨 넣었다. 즉, 일상의 평화로운 도시를 그려 넣은 것이다. 또한, 다른 도시는 두 군대가 빛나는 무장을 한 채 팽팽하게 맞서고 있다. 이들은 아카이아 군과 트로이 군의 싸움처럼 전쟁의 모든 모습을 그려 넣었다. 부인들과 어린아이들은 노인들과 함께 성벽을 지키라고 남겨놓고, 장정들은 무장을 한 채 복병을 하고 주위를 정탐하며 창으로 찔러 죽이거나 화살을 쏘는 모습을 그려 넣었다.

그리고 기름진 땅을 묘사해 놓았는데, 이미 세 번이나 갈아엎은 넓은 땅을 농부들이 소와 말을 몰며 다시 고랑을 이는 모습을 그려 넣었다. 또한 이들에게 술을 권하는 사람도 그려 넣었는데, 참으로 평화로운 풍경이었다. 거기에다 그는 왕가의 소유지도 새겨 놓았는데, 농부가 곡식을 베고 묶는 걸 왕은 흡족한 얼굴로 조용히 지켜보고 시종은 약간 떨어진 참나무 밑에서 식사 준비를 하고 있는 풍경이었다.

그 밖에도 아름다운 금빛 포도가 주렁주렁 매달린 포도원을 새겨 넣었다. 포도가 까맣게 익어 매달린 주위로 소년 소녀들이 바구니에 과일을 담아 나르는 모습을 그려 넣은 것이다. 한 소년은 하프로 유쾌한 곡조를 뜯으며 곱고 청아한 목소리로 노래하고, 다른 아이들은 그 뒤를 따라 가벼운 걸음으로 노래하며 박자에 맞추어 발걸음을 옮기는 모습을, 그리고 금과 주석으로 소들이 한가롭게 풀을 뜯는 모습을 그려 넣었다. 네 명의 목자가 주위를 돌보며 개 아홉 마리가 그 뒤를 따른다.

또한 두 마리의 무시무시한 사자가 황소를 잡는 모습도 새겨 넣었다.

그는 털북숭이 흰 양들의 목장도 새겼는데, 거기에는 건축물과 가축 우리, 지붕이 있는 초옥들을 그려 넣었다.

그는 머리채가 아름다운 아리아드네를 위해 다이달로스가 크노소스에 만들어 놓은 것과도 흡사한 무도장도 새겨 넣었다. 선남선녀들이 서로서로 손 잡고 춤을 추는데, 소녀들은 리넨 드레스와 머리에 아름다운 화환을 썼으며, 남자들은 잘 짜여진 튜닉을 입고 은 끈에 늘어진 금제 단도를 찼다. 주위에는 이 재미있는 춤을 구경하기 위해 군중들도 새겨 넣었다. 마지막으로 그는 방패의 맨 가장자리에 오케아노스 강을 새겨 넣었다.

이처럼 방패 만드는 작업을 끝내자 헤파이스토스는 불보다도 더 찬란히 빛나는 갑옷과 아킬레우스의 관자놀이에 꼭 맞는 튼튼한 투구를 만들었다. 이것은 훌륭하게 무늬를 양각한 것으로 위에는 금장식이 붙어 있었다. 그는 또한 유연한 주석으로 각반도 만들었다.

이 모든 것을 이름 높은 절름발이 명공이 테티스 앞에 갖다 놓으니, 테티스는 매처럼 날쌔게 내려와 빛나는 갑주를 아들에게로 가져갔다.

아킬레우스, 아가멤논과 화해하다

아킬레우스는 파트로클로스의 복수에 나서기 전에 아가멤논과 화해한다. 그러고는 신이 만들어 보낸 빛나는 갑주로 무장하고서 마차에 오른다.

장밋빛 손가락의 새벽 신이 오케아노스 강에 떠오를 무렵 테티스는 신이 준 선물을 가지고 아카이아 진영의 아들에게로 서둘러 갔다. 아킬레우스는 파트로클로스를 안고 절규하고 있었고, 전우들도 모여서 슬퍼하고 있었다.

여신은 그에게 다가가 아들의 손을 잡으며 말했다. "얘야, 아무리 슬프더라도 그만 울거라. 이것도 신의 뜻이 아니냐. 자, 헤파이스토스의 선물이 얼마나 화려한가 보아라. 인간으로선 이런 것을 가진 자 없도다."

이렇게 말하고 여신은 아킬레우스 앞에 훌륭한 무구들을 내려놓았다.

미르미돈 군은 이것을 보자 눈이 휘둥그레졌고, 아킬레우스는 더욱 설움
이 북받쳐 올랐다.

그는 신의 영광의 선물을 손으로 어루만지며 기뻐한 뒤 마음먹은 바를
숨김없이 어머니에게 토로했다. "어머니, 이 갑주는 참으로 신의 작품입
니다. 인간으로서야 어찌 이렇게 만들 수 있겠습니까. 이제 곧 채비를 하
겠습니다. 하지만 사랑하는 친구의 상처에 파리가 덤빌까봐 몹시 걱정됩
니다. 구더기가 생겨 살이 상할지도 모르지요."

그러자 은발의 테티스가 말했다. "얘야, 그런 일로 상심하지 말거라.
고인들을 괴롭히는 파리 등속의 더러운 무리들을 쫓을 수 있는 방법을
생각해 보마. 만 열두 달을 여기 누워 있을지라도 항상 살이 깨끗하고 단
단하게 하리라. 지금 네가 해야 할 일은 영주들의 모임을 열어 아가멤논
대왕과의 불화를 종결하고 무장을 갖추어 용맹을 떨치는 일이다."

테티스는 말을 마친 뒤 시체의 코에다 붉은 감로주와 신의 음식을 떨
어뜨려 살을 썩지 않게 했다.

아킬레우스는 어머니의 말을 듣고 나니 새로운 용기가 솟았다. 그는
기슭을 걸어가면서 큰 소리로 아카이아 군을 불렀다. 함대 옆에서 늘 머
무르던 사람들까지도 회의장에 모였다. 디오메데스와 오디세우스 두 맹
장도 창을 지팡이 삼아 절룩거리며 왔다. 그 다음엔 코온에게 상처를 입
은 아가멤논 대왕이 병사들의 부축을 받으며 왔다.

이처럼 아카이아 전군이 모이자 곧 아킬레우스가 일어나 말했다. "아
가멤논 대왕이여, 그대와 내가 한 여성으로 말미암아 이렇게 불화를 한댔
자 피차에 무슨 소득이 있겠소? 내가 리르네소스(브리세이스의 고향)를
점령하던 날, 차라리 아르테미스의 화살에 그녀가 맞았더라면 좋았을 것

268

올! 그랬더라면 아카이아 병사들이 이처럼 대지를 피로 적시며 죽지는 않았을 텐데. 우리 두 사람의 반목으로 이익을 얻은 것은 헥토르와 트로이 군일 뿐, 아카이아 군의 머릿속엔 우리의 추태가 길이길이 남을 것이오. 자, 이제 우리 지난 일은 털어 버립시다. 억지로라도 원한을 잊읍시다. 내 원한은 여기서 종결짓겠소이다. 다시는 분노에 사로잡히지 않겠소. 자, 어서 전쟁 준비를 하여 적과 맞서 싸웁시다. 그리하여 우리 함대 옆에서 그들이 기꺼이 고요한 밤을 보내고 싶은가를 알아봅시다."

아카이아 군은 아킬레우스가 먼저 화해를 신청해 오자 매우 기뻐했다. 그러나 아가멤논 대왕은 앉은자리에서 말했다. "동지들이여! 용감한 다나아 군이여!"

이때 군중이 떠들썩하게 고함을 쳐 잠시 말을 중단했다.

"동지들이여! 이렇게 소란한 것은 일어나서 말하는 사람에게 예의가 아니오." 군중들은 더욱 소란을 피웠다. "제발 부탁이니 내 말 좀 들으시오. 아킬레우스 장군에게 할 말이 있소이다."

또다시 고함소리가 일면서 "모두가 그대의 실책!"이라는 질책과 야유가 쏟아졌다. 이에 아가멤논이 큰 소리로 외쳤다. "그대들 마음을 이해하지 못하는 바가 아니오. 하지만 그건 내 실수가 아니라 제우스와 운명의 여신, 복수의 신의 실책이오! 그분들이 유독 날 눈멀게 했소이다. 아킬레우스한테서 그의 보상을 빼앗던 바로 그날, 제우스의 맏딸인 에이티가 날 그렇게 만들었소. 그녀는 발이 너무나 부드러워 결코 흙을 밟는 일이 없고, 인간의 머리를 밟고 다니며 그들을 타락시킨다오. 전에는 모든 인간과 신들의 으뜸이신 제우스까지도 눈 먼 적이 있었소. 바로 알크메네가 장대한 헤라클레스를 테베에서 낳았던 날이오. 제우스께서는 신들이 모인 앞에서 이렇게 자랑했소. '들으라, 모든 신과 여신들이여! 오늘은 출산의 여신 에일레이티아가 한 아이에게 햇빛을 보게 해주는 날이다. 그는 부근의 모든 시민을 다스릴 사람으로, 나의 혈통을 이어받았다.' 이에 헤라가 간사한 꾀를 부려 대답했소. '당신이 거짓말쟁이라는 것이 곧 판명되리다! 시간이 그것을 증명할 것이오. 자, 올림포스의 주신이시여, 당신의 혈통을 이어받은 사람이 이날 한 부인의 치마폭에 떨어지리라는 것을 언약하소서.' 제우스는 헤라의 꾀를 깨닫지 못하고 엄숙히 맹세했소. 하지만 헤라는 급히 아카이아의 아르고스로 달려갔소. 그곳에는 페르세우스의 아들 스테넬로스의 아내가 임신 7개월째라는 사실을 알고 있었기 때문이오. 헤라는 달도 차지 않은 아이를 그 부인에게서 낳게 하고 알크메네의 해산을 지연시켰소. 그런 다음 헤라는 제우스에게 가서 말했소. '천둥의 신이시여, 기쁜 소식이 있습니다. 아르고스를 다스릴 장사가 이미 탄생했습니다. 스테넬로스의 아들 에우리스테우스로, 당신의 아들이 오니 아르고스 시민을 다스릴 것은 마땅하오이다.' 이 말에 제우스는 굴욕을 느껴 즉석에서 에이티의 머리칼을 잡아 다시는 올림포스나 별나라에 들어오지 못하게 하겠다고 맹세했소. 그러고 나서 에이티를 빙빙 돌려 하늘에서 내던졌소. 그러자 에이티는 즉시 인간 세상에 떨어졌소. 하지만 제우스는 자기의 친자식인 헤라클레스가 에우리스테우스 때문에 고생과 설움에 싸이는 것을 볼 때마다 괴로워했소. 나도 그런 경험을 맛보았소이다. 헥토르가 우리 함대에 침범해 동지들을 살육할 때마다 난 에이티가 나를 눈멀게 한 것을 잊을 수가 없었소. 난 어떠한 속죄라도 달게 받겠소이다. 장군이여, 원컨대 전선을 지휘해 주시오! 보화는 여기 얼마든지 있소이다. 전날 오디세우스가 그대 막사에서 언약한 것을 모두 지키리다.

원한다면 아무리 출전할 마음이 굴뚝같을지라도 잠시 기다려 주시오. 보화를 가져오도록 비복을 보내리라."

이에 아킬레우스가 대답했다. "대왕이시여, 뜻대로 하소서. 다만 지금 그러한 얘기를 왈가왈부한다는 것은 시간 낭비에 지나지 않소. 우리에겐 긴급한 대업이 있나이다. 이제 여러분은 아킬레우스가 트로이 대군을 전멸시키는 것을 보게 될 것이오. 그러니 각자 본분을 잊지 말고 적을 무찌를 차비를 하시오!"

그러자 오디세우스가 이렇게 말했다. "아킬레우스 장군이여, 잠깐만 기다리시오. 내 그대의 마음은 알겠소만, 군병을 굶주린 채로 싸움터에 내보내지는 맙시다. 아마 전투는 오랜 시간을 끌 것이오. 그러니 우선 모두들 음식과 술을 배불리 먹고 시작해야 할 것이오. 배가 고프면 새벽부터 저녁까지 온종일 싸울 자가 없습니다. 비록 투지가 불탈지라도 다리가 무거우면 몸이 둔해질 것이오. 그러니 병사들을 해산시켜 식사를 하도록 합시다. 또한 아가멤논 대왕께서는 보화를 이 집회 장소로 날라와 모든 사람들이 보게 하고 아킬레우스 자신도 안심되게 하소서. 그리고 대왕이여, 대중 앞에 일어서서 그 여인과 동침한 적이 없고, 하려고도 하지 않았음을 맹세하소서. 그런 다음 장군도 화를 누그러뜨려 대왕과 더불어 다정한 향연이라도 함께 하소서. 또한 대왕이여, 앞으로는 누구에게든 공정한 분이 되시도록 하소서. 까닭 없이 일을 그르치면 아무리 대왕이라도 수치가 되리다."

아가멤논 대왕이 대답했다. "오디세우스여, 참으로 지당한 말이오. 내 기꺼이 맹세할 것이며, 신 앞에서 거짓을 말하지 않겠소이다. 자, 아킬레우스 장군과 동포들, 잠깐만 기다리시오. 내가 제의한 바를 여러분 앞에 보이고 우리 친선을 선서하겠소이다. 장군이여, 우리 영주 중에서 가장 젊은 사람을 택하여 전번에 약속한 보화를 내 함대에서 가져오게 하고, 그 여인도 또한 데려오게 합시다. 그리고 시종인 탈티비오스로 하여금 돼지를 가져다가 제우스와 헬리오스에게 제물을 올리게 합시다."

그러자 아킬레우스가 곧 대답했다. "아가멤논 대왕이여, 그런 것은 나중에 해도 좋을 것이오. 싸움에서 한숨 돌린 다음에 해도 늦지 않을 것이오. 지금 용사들은 죽어 누워 있습니다. 그런데도 그대와 오디세우스는 식사부터 하라고 하시니! 나라면 병사들에게 먹지 말고 싸우라고 하겠소. 우리의 치욕을 깨끗이 씻은 다음 일몰 후 충분한 만찬을 받겠습니다. 그러기 전에는 물 한 방울, 빵 한 조각도 내 목에 넣을 수 없습니다. 왜냐하면 내 동지는 창에 갈가리 찢겨 발을 문으로 향한 채 죽어 누워 있는데 어찌 그런 것이 들어가겠습니까!"

오디세우스가 이에 대답했다. "아킬레우스 장군이여, 그대는 누구보다 뛰어난 최강의 용사, 내가 감히 따를 수 없다는 걸 압니다. 하지만 사세 판단에서는 내가 그대보다 훨씬 앞선다고 생각하오. 왜냐하면 내가 한 살이라도 더 먹었고 또 경험도 많으니까. 그러니 내 말을 들어주시오. 인간이란 금세 싫증을 내는 동물입니다. 전쟁의 조정자 제우스께서 저울을 기울이면 곡식을 많이 베도 낟알은 적고 짚만 많은 것과 같은 것이오. 잘 먹인 망아지가 굶주린 명마보다 잘 달리는 것처럼 사람도 잘 먹어야 일을 잘할 수 있소. 게다가 우린 한시도 쉬지 않고 전투를 치렀습니다. 그러니 한숨을 돌리고 배를 불린 뒤 무장을 든든히 해서 싸웁시다. 그래서 트로이 군에게 우리의 용맹을 떨칩시다!"

오디세우스는 말이 떨어지기가 무섭게 행동으로 옮겼다. 그는 네스토르의 아들들과 펠레우스의 아들 메게스, 토아스, 메리오네스, 크레온의 아들 리코메데스, 멜라니포스를 이끌고 아가멤논 대왕의 막사로 가서 대왕이 아킬레우스에게 약속한 일곱 개의 세 발 솥과 빛나는 구리로 된 큰 솥 스무 개, 말 열두 필을 한 곳으로 내놓았다. 그런 다음 일솜씨가 뛰어난 일곱 명의 부인들과 브리세이스를 불러냈다. 또한, 오디세우스가 황금 10달란트를 달아 가져가며 앞장을 서니, 다른 젊은 장군들도 짐을 지고 그의 뒤를 따랐다.

그리하여 그들이 이것들을 회의장 한가운데에 놓자 아가멤논 대왕이 일어섰다. 그의 시종 탈티비오스는 돼지를 안고 옆에 섰다. 그 다음 아가멤논은 작은 칼을 꺼내어 돼지의 털을 잘라 제우스에게 축원을 올렸다. 이에 모두들 예를 따라 조용히 앉아 대왕의 축원에 귀를 기울였다.

"인간과 신 중에서 가장 높고 위대하신 제우스시여, 대지와 태양이시여, 그리고 헛된 서약을 하는 자를 모두 벌하시는 복수의 신들이시여, 우릴 굽어살피소서. 일찍이 저는 브리세이스에게 손을 대거나 침실로 요구한 적도 또 다른 일을 요청한 일도 없나이다. 제 말에 한 마디라도 거짓이 있다면 신이시여, 헛된 맹세를 하는 자에게 주는 온갖 형벌을 지금 당장 내리소서."

그가 축원을 마친 뒤 돼지의 목을 자르자 탈티비오스가 이것을 높이 들어 돌린 다음 깊은 바다로 던졌다.

그러자 아킬레우스가 일어서서 말했다. "제우스 아버지시여, 당신께서 인간에게 내리신 미망은 참으로 엄청난 것이었습니다. 생각건대 제우스께서 우리 동포를 살육할 계획이 아니셨다면, 결코 아가멤논 대왕께서 그러한 마음을 품도록 하지는 않았을 것입니다. 자, 우리 식사를 하고 나서 싸우러 갑시다."

이렇게 집회를 해산시키자 모두들 곧 각자의 함대로 흩어졌고, 미르미돈 군은 보화를 아킬레우스의 함대로 날랐다. 그런 다음 여인들의 숙소를 마련했다.

한편 황금의 아프로디테만큼이나 아름다운 브리세이스는 창에 찢기고 잘린 파트로클로스의 시체에 엎드려 통곡을 하며 외쳤다. "오, 파트로클로스시여! 불행한 이 인간을 누구보다도 아끼던 장군이시여! 이렇게 돌아가신 모습을 뵙게 되다니, 제 신세가 참으로 가련하기 짝이 없습니다. 제 남편도 성벽 앞에서 창에 찔리었고, 제 소중한 형제들도 모두 액운을 만났지요. 아킬레우스님이 제 남편을 죽이고 미네스를 공략했을 때에도 당신은 나에게 울지 말라고 하셨지요. 당신은 아킬레우스 장군이 저를 조강지처로 삼고, 미르미돈족의 나라에서 결혼식을 올릴 것이라고 하시면서 말이에요! 항상 친절하시던 당신이 이렇게 돌아가셨으니, 더욱 설움이 가시지 않나이다."

브리세이스가 구슬피 울자 다른 부인들도 따라 울었다. 겉으로는 파트로클로스 때문에 울었지만 속으로는 각자 자기들 신세를 한탄하여 우는 것이었다.

한편 아카이아 군의 노장들이 모여 아킬레우스에게 식사하기를 간청했다. 그러나 아킬레우스는 비탄에 잠겨 끝내 거절했다. "친애하는 동지들이여, 제발 나에게 식사를 권하지 마시오. 나는 해질 때까지 될 수 있는 한 참고 견디리다."

그러자 대부분의 장군들이 돌아갔다. 하지만 아가멤논과 메넬라오스, 오디세우스와 네스토르, 이도메네우스 및 늙은 기사 포이닉스 등은 그 곁에 남아 정성을 다해 슬픔에 잠긴 아킬레우스를 위로하고자 했다.

하지만 아킬레우스는 혈전에 빠지지 않으면 잊을 도리가 없는 모양이었다. 그는 한숨을 내쉬며 말했다. "오, 그대는 내 가장 사랑하는 벗, 모두들 전선에 나가기에 바쁠 때 그대는 서둘러 손수 나에게 맛있는 음식을 갖다 주었소. 그런데 지금 그대가 이렇게 누워 있는데, 산해진미가 산더미같이 쌓여 있다 해도 어찌 입을 댈 마음이 들겠소. 내 아버님이 돌아가셨다 해도 이보다 심한 충격은 받지 않았을 것이오. 혹은 스키로스에 있는 그리운 아들 네오프톨레모스의 비보를 접한다 해도 이렇지는 않으리. 나만이 이 고장에서 쓰러지고 그대는 프티아로 돌아가기를 원한 적도 있었건만. 그러면 그대는 스키로스에 있는 내 자식을 데려다 나의 전 재산을 물려주게 할 수도 있었을 텐데."

아킬레우스가 이렇게 말하며 통곡하자 노장들도 각기 집에 두고 온 사람들을 생각하며 함께 슬퍼했다.

그들의 비탄을 보던 제우스는 아테나를 돌아보며 말했다. "애야, 너의 영웅을 아주 망쳐 놓았구나. 그는 지금 함대 앞에 앉아 물 한 모금 안 마시고 친구의 죽음만 슬퍼하고 있다. 그러니 네가 가서 그의 가슴에 감로주와 신의 음식을 넣어 주어라. 그리하지 않으면 굶어 죽겠구나."

제우스의 이 말이야말로 바로 여신이 원하던 바였다. 아테나는 송골매처럼 하늘에서 허공을 헤치고 내려와 고귀한 신의 음식과 술을 아킬레우스의 가슴에 부어 준 뒤, 위대한 아버지의 궁전으로 돌아갔다.

이때 아카이아 군은 무장을 갖추고 떼를 지어 빠르게 쏟아져 나왔다. 눈부신 투구와 돌기가 있는 방패, 견고한 갑옷과 창 등에서 빛이 반사되어 하늘에 가득 찼다.

그 한가운데에 아킬레우스가 헤파이스토스가 만들어준 갑옷으로 무장을 하고 나타났다. 다리에는 은으로 된 발목 장식이 있는 훌륭한 각반을 댔고 어깨에는 은장식의 청동 칼을 맸다. 그리고 튼튼한 투구를 들어 머리에 얹자 별같이 반짝이며 황금 술이 흔들렸다.

아킬레우스는 갑옷이 몸에 잘 맞는가 시험해 보았다. 마치 날개라도 달린 듯 허공으로 날아오를 것만 같았다. 그는 아카이아 군 중에서는 감히 휘두를 자가 없는 큰 창을 들었다. 이 창은 펠리온 산정의 물푸레나무로 만든 것으로, 케이론이 그의 아버지 펠레우스에게 주어 적을 공포로 몰아넣었던 무기였다.

이때 아우토메돈과 알키무스는 말들에게 가슴 끈을 동이고 입에는 자갈을 물리어 고삐를 전차에 넘겼다. 그런 다음, 아우토메돈은 손에 채찍을 들고 쌍두마차로 뛰어올랐다. 아킬레우스가 마차 위에 오르니 마치 태양신인 히페리온처럼 빛이 났다.

그는 아버지의 말들에게 말했다. "크산토스와 발리우스여, 날랜 발을 가진 신의 후예들이여! 전투가 끝나거든 너희 주인을 안전하게 후방으로 모셔가도록 하라. 파트로클로스처럼 그 자리에서 죽게 내버려두지 마라."

그러자 발이 예쁜 크산토스가 멍에 밑에서 인간의 말로 중얼거렸다. 헤라가 말을 시킨 것이다.

크산토스는 갑자기 머리를 땅에 닿을 만큼 숙인 다음 인간의 소리를 냈다. "위대한 아킬레우스시여, 이번에는 우리가 한 번 더 당신을 구할 것입니다. 하지만 당신의 죽음의 시간도 가까워졌나이다. 이것은 위대하신 신과 그리고 운명의 탓이랍니다. 우리의 게으름이나 늑장 때문에 트로이 군이 파트로클로스의 어깨에서 갑주를 벗긴 것이 아니라, 아리따운 레토의 아드님이 그를 베어 헥토르에게 승리를 주었기 때문입니다. 우리는 가장 빠른 바람인 서풍처럼 달릴 수 있습니다. 하지만 신과 인간의 싸움에서 당신이 쓰러지심은 당신의 운명이랍니다."

복수의 신이 말을 막았기 때문에 크산토스는 입을 다물었다. 그러자 아킬레우스가 화를 내며 말했다. "크산토스여, 내 죽음을 미리 말할 필요는 없다. 나도 이곳에서 죽을 팔자란 것은 잘 안다. 그래도 나는 전쟁에 싫증이 날 때까지는 트로이 군을 공략하는 걸 멈추지 않을 것이다."

아킬레우스, 드디어 참전하다

아킬레우스가 출전하면서 전세는 트로이 군에 불리하게 돌아간다. 이에 제우스의 허락 아래 신들이 각기 아카이아와 트로이를 편들며 전투에 개입한다.

아킬레우스를 선봉장으로 한 아카이아 군이 전열을 가다듬고 트로이 군이 평원 위쪽에서 대기하는 동안, 제우스는 신들을 올림포스 산에 모이도록 명했다. 올림포스 궁전에는 오케아노스를 제외한 모든 강의 신들과 골짜기에 사는 님프들, 샘의 님프들까지도 전부 모였다. 신들은 헤파이스토스가 뛰어난 기술로 세운 반짝이는 돌 회랑에 앉았다.

그 중 지진의 신 포세이돈이 신들의 중앙에 앉으며 제우스에게 물었다. "무슨 일로 이렇게 소집하셨습니까? 혹시 아카이아 군과 트로이 군에게 무슨 걱정거리라도 생겼습니까?"

구름의 신 제우스가 대답했다. "지진의 신이여, 그대는 내 뜻을 알지도 모르겠군. 나도 그들이 서로 살육하는 것이 염려스럽소. 하지만 내가 하고 싶은 말은 여러분이 원하는 대로 가서 그들을 도와주어도 된다는 거요. 나는 여기서 머무르며 지켜볼 생각이니까. 이제 아킬레우스가 단신으로 트로이 군과 싸운다고 해도 트로이 군은 그의 빠른 발 앞에 잠시도 지탱하지 못할 것이오. 어찌 그만 보면 모두들 그리 떨고만 있는지. 게다가 그는 동지의 죽음으로 분노에 불타고 있으니, 아마도 정해진 운명 전에 트로이를 휩쓸어 버리지 않을까 두렵소."

제우스의 말에 따라 신들은 양편으로 갈렸다. 아카이아 진영으로는 헤라와 팔라스 아테나, 포세이돈, 헤르메스, 헤파이스토스가 다리를 절룩거리며 날래게 갔다. 그리고 트로이 진영으로는 빛나는 투구의 아레스와 긴 머리털을 날리는 포이보스 아폴론, 아르테미스, 레토, 크산토스, 아프로디테가 갔다.

신들이 간섭하지 않는 동안에는 아카이아 군이 파죽지세로 나아갔다. 아킬레우스가 아레스와 같은 모습으로 번쩍이는 갑옷을 입고 싸움터를 휩쓰는 것을 본 트로이 군이 공포에 질려 있었기 때문이다.

그러나 신들의 출동이 시작되면서 아테나가 성벽 밖의 참호에 서서 함성을 지르거나 해변에서 큰 소리로 외쳐댔다. 반대편에서는 아레스가 폭풍우를 안은 먹구름과 같은 위세를 떨치며 트로이의 성채 위에서 혹은 시모이스 강변의 칼리콜로네 언덕 위에서 명령을 내리기도 했다.

이처럼 영광의 신들이 양군을 독려했으므로 일대 혈전이 벌어졌다.

제우스는 무섭게 천둥을 치고, 포세이돈은 반석 같은 대지와 산봉우리들을 지진으로 흔들어 댔다. 하계의 신인 하데스는 공포에 질려 포세이돈에게 자기 머리 위에서 지진을 일으키지 말라고 고함을 쳤다.

신과 신이 맞붙자 그 굉음은 무시무시했다. 아폴론은 포세이돈을 대적했고, 아레스는 빛나는 눈의 아테나가 상대했다. 헤라는 아르테미스가 맞았고, 레토는 행운을 가져오는 헤르메스가 대항했다. 그리고 헤파이스토스는 인간에게는 스카만드로스로, 하지만 신들에게는 크산토스로 불리는 강의 신과 맞섰다.

아킬레우스는 헥토르를 만나기를 갈망했다.

그러나 아폴론은 프리아모스의 아들 리카온의 목소리를 흉내내어 아에네아스로 하여금 아킬레우스에게 대항하도록 했다. "아에네아스여, 트로이 영주들에게 아킬레우스와 일대일로 싸우겠다고 으름장을 놓던 언약은 어디로 갔는가?"

아에네아스가 대답했다. "리카온이여, 어찌 그대는 나에게 그 오만한 펠레우스의 아들과 맞서라 하시나이까? 언젠가 그는 나를 추격해 리르네소스와 페다수스를 약탈한 적이 있소. 만일 그때 제우스께서 나를 구해 주지 않았다면, 나는 아마 그곳에서 죽었을지도 모르오. 게다가 아테나가 그를 항상 보호하면서 트로이 군과 렐레게스 군을 무찌르라고 격려하고 있소. 그러므로 인간으로서 아킬레우스한테 덤빈다는 것은 누가 보아도 득이 되지 않소이다. 그의 창은 인간의 살을 뚫기 전에는 멈추지 않을 거요. 하지만 신께서 나에게 기회를 주신다면 그도 나를 간단히 해칠 수는 없을 것이오!"

아폴론이 말했다. "용사여, 영생의 신들께 축원을 올리시오. 그대도 어머니가 아프로디테이니 단순히 인간만은 아니잖소. 아프로디테는 제우스의 따님이지만 아킬레우스는 그보다 하급인 바다 신의 딸에게서 출생했소. 그러니 무기를 들고 그에게 대항하도록 하시오."

이 말에 아에네아스는 용기 백배해졌다. 그는 무구를 갖추고 싸움터로 나아갔다.

이 모습을 본 헤라는 자기 동료들을 불렀다. "포세이돈과 아테나여, 아폴론이 아킬레우스와 대항하라고 아에네아스를 보냈소. 그러니 우리들 중 어느 한 사람은 아킬레우스를 지켜야 하오. 그래서 자기 동지 중엔 영생 신의 최고 인사가 있고, 적에게는 허풍선이들밖에 없다는 것을 알려야 하오. 전에도 트로이 군을 보호하고자 하는 자는 다 그랬었소. 우리들 올림포스 종족들이 싸움터에 참가한 것은 아킬레우스 때문이잖소. 나중 일은 오로지 운명의 신이 어떻게 그의 운명을 짜놓았는지에 따라 달라지겠지만 말이오. 그런데 문제가 있소. 우리가 그에게 직접 나타난다면 그는 아마 겁을 집어먹게 될 텐데……."

이에 포세이돈이 대답했다. "헤라여, 그것은 말도 안 되는 일입니다. 신들끼리 충돌하는 것은 반대입니다. 그러니 우린 물러앉아 지켜봅시다. 전쟁은 인간들의 일이 아닙니까? 물론 아레스와 아폴론이 싸움을 시작한다거나 아니면 아킬레우스를 막아 싸움을 못하게 한다면, 그때 개입해도 늦지 않소! 우리가 한번 위압의 손길을 뻗친다면, 아마도 그들은 즉시 올림포스 신전으로 돌아가게 되리다!"

포세이돈은 말을 마친 뒤 그의 동료들을 높다란 누각으로 안내했다. 이곳은 가끔 육지로 올라와 헤라클레스를 습격하던 바다 괴물을 막고자 트로이 군이 아테나의 원조를 받아 세운 것이었다.

일행은 여기에서 숨어 지켜보고 있었다. 그리고 아레스와 아폴론, 그 밖의 신들은 칼리콜로네 언덕 위에 있었다. 이처럼 어느 편에서도 싸움을 개시하지 않았다.

한편, 평원에서는 병사와 말들이 대혼란을 겪고 있었다. 양군이 한꺼번에 출동하자 말발굽과 병사들의 함성으로 대지가 뒤흔들리고 하늘이 무너지기라도 한 듯 소란스러웠다.

양 진영 사이의 빈터로 활을 쏘면서 아에네아스와 아킬레우스 두 투사가 조우했다.

먼저 아에네아스가 방패로 가슴을 가리고 청동 창을 휘둘러 대며 전차에서 걸어나왔다. 아킬레우스도 거센 사자처럼 분노에 가득 찬 얼굴로 아에네아스를 공격하기 위해 나왔다.

그들이 아주 가까이 다가섰을 때 먼저 아킬레우스가 입을 열었다. "아에네아스여, 나와 싸워 스스로 프리암의 영광의 주인공이 되고 싶은가 보군. 그러나 그대가 나를 죽일지라도 프리아모스의 대권을 이어받지는 못할 것이다. 프리아모스에게는 아들이 많을 뿐만 아니라, 그 또한 건강하고, 게다가 아둔하지도 않으니까. 아니면 나를 죽이면 가장 좋은 영지를 분배받아 배불리 살게 될 가망이 있을 듯한가? 일이 마음먹은 대로 되지는 않을 텐데. 왜 전에도 내 창에 달아난 적이 있었지! 그때는 아예 싸울 생각도 못하고 리르네소스로 달아났었어. 그때 제우스와 여러 신들이 그대만은 살렸지. 그러나 이번에도 신들이 그대를 살려주지는 않을 거야. 그러니 나와 충돌을 피하는 게 어떤가?"

이에 아에네아스가 대답했다. "아킬레우스여, 나를 말로써 겁먹게 하려는 건가? 나도 그 정도쯤은 얼마든지 할 수 있다. 하지만 그런 건 어린아이나 하는 짓. 가문으로 봐도 나는 너보다 한 수 위거늘, 내 어머니가 아프로디테니까. 오늘 이 두 가문 중에서 자식을 잃어 슬퍼할 집이 있을 것이다. 그러나 우리의 가문을 좀더 말해 볼까. 우선 구름의 신 제우스께서 다르다노스를 낳으셨지. 그분은 다르다니아를 세워 흐르는 시내 사이 이다 산 변두리에서 사셨다. 그때는 아직 성스런 일리오스가 평원에 서지 않아 도시라곤 없었으니까. 다르다노스는 에리크도니우스 왕을, 에리크도니우스는 트로이의 왕 트로스를 낳으셨지. 다시 트로스는 일로스와 아사라코스, 가니메데스를 낳으셨고, 일로스는 라오메돈을, 라오메돈은 티토노스와 프리아모스, 람푸스, 클리티오스를 낳으셨지. 또한 아사라코스는 카피스를, 카피스는 나의 아버지 안키세스를 낳으셨고, 프리아모스는 헥토르를 낳으셨지. 자, 나의 가계가 어떤가. 하지만 전쟁의 무용은 전능하신 제우스께서 주신 천품이니, 더 이상 중언부언하지 않겠다. 산더미 같은 큰 배도 독설로 채워 가라앉힐 수 있고, 혀란 놈은 희귀한 경주자로 온갖 이야깃거리를 쌓아놓고, 또 끝없는 이야기의 씨를 사방에 퍼뜨리는 법이니까. 그대가 무슨 말을 하든 열매를 거두는 법, 우리가 말썽 많은 여인처럼 왜 서로 물고 뜯어야 하는가? 내가 싸울 마음이 있는 이상 어서 덤벼라. 피차의 용기가 어떤지 시험해 보자."

이렇게 말한 뒤 아에네아스는 무거운 창을 아킬레우스의 방패 중앙으로 던졌다. 창끝은 신비로운 방패에 명중하여 요란한 소리를 냈다. 하지만 아에네아스의 무거운 창은 신이 준 방패를 뚫지 못했다.

이번에는 아킬레우스가 아에네아스의 둥근 방패 맨 가장자리를 공격했다. 펠리온으로부터 가져온 날카로운 창은 방패의 두 겹을 꿰뚫은 후 그의 등을 넘어 땅에 가서 박혔다.

아에네아스가 당황한 사이 아킬레우스는 칼을 빼들고 고함을 치며 달려들었다. 그러자 아에네아스는 평범한 사람으로서는 둘이서도 들지 못할 큰 돌을 혼자 거뜬히 들어 올렸다.

그러나 때가 왔음을 깨달은 포세이돈이 다른 신들에게 말했다. "어이구! 저 용감한 아에네아스가 아킬레우스에 의해 하데스 궁으로 가겠는데. 미련하게 궁술의 신 아폴론의 말만 철석같이 믿고 달려들다니…… 아폴론의 힘으로는 그를 못 살리고 말고. 아이쿠, 그는 신들에게 제물을 올리는 데에는 늘 으뜸이었는데 저걸 어쩌나. 자, 우리들끼리라도 그를 살리는 게 어떤가. 그대로 두었다가 아킬레우스의 손에 쓰러지면 제우스께서 역정이 대단하실 거야. 다르다노스의 혈족이 씨도 남기지 않고 사라지게 해서는 안 될 말이지. 그리고 제우스께서 이미 프리아모스의 가문을 미워하기 시작하셨으니, 아에네아스가 트로이의 왕위에 올라 대대손손 이어가야 할 거야."

헤라가 말했다. "포세이돈이여, 아에네아스를 살리든 버려두든 마음대로 하시오. 다만 나와 아테나가 맹세한 바를 잊지는 마시오. 우리는 트로이 군을 위해서는 손톱 하나 까딱하지 않을 테니. 비록 트로이 군이 아카이아 군에 의해 타오르는 불 속의 재가 될지라도 말이오!"

포세이돈은 혼자서 아에네아스와 아킬레우스가 대항하고 있는 곳으로 다가갔다. 먼저 안개로 아킬레우스의 눈을 가린 다음, 아에네아스를 땅에서 들어올려 공중으로 집어던졌다.

그러고 나서 아에네아스에게 말했다. "아에네아스여, 어느 신이 불패의 아킬레우스와 대항하여 싸우라고 명했는가? 아킬레우스는 그대보다 뛰어날 뿐만 아니라 신들의 은총도 많이 받는 자다. 그러니 하데스 궁으로 가고 싶지 않으면 그와 대적하지 말라. 다만 아킬레우스가 죽은 다음에는 누구와 싸워도 좋으리라."

포세이돈이 아에네아스 곁을 떠나 다시 아킬레우스의 눈에서 안개를 벗겨 주었다. 그제야 아에네아스가 없어진 사실을 깨닫고 아킬레우스는 분통을 터뜨렸다. "세상에, 이럴 수가 있는가? 내 눈을 가리는 기적이 있다니! 아에네아스도 하늘 나라에 동지가 있음이 분명하구나. 그 따위 놈은 지옥에나 떨어져라. 천만다행으로 죽음을 벗어났으니 다시 내게 덤비지는 않겠지! 좋다, 또다시 트로이 군과 겨뤄 보자."

한편 헥토르는 트로이 군을 불러 아킬레우스와 싸울 것이라고 단언했다. "용감한 트로이 군이여, 아킬레우스를 두려워하지 마라! 아킬레우스라도 불사의 신은 이길 수 없는 법, 신이 우릴 돕는다면 충분히 승산이 있다. 내 기꺼이 그와 맞서 대적하리라!"

이처럼 헥토르가 병사들을 향해 소리치자 트로이 군은 창을 들고 적과 싸우기 위해 전진했다.

이때 헥토르 옆에 포이보스 아폴론이 나타나 말했다. "헥토르여, 아직 아킬레우스와 싸워서는 안 되오. 병사들 속에 숨어 그를 지켜보다가 그가 가까이 와서 칼이나 창으로 공격하지 못하게 하시오."

헥토르는 이 충고를 받아들여 대열 속으로 뛰어들었다.

이때 아킬레우스도 무섭게 고함을 지르며 트로이 군을 향해 뛰어들었다. 먼저 그는 오트린테우스의 아들인 이피티온의 머리를 창으로 찔렀다.

아킬레우스는 그가 쓰러지는 것을 보고 이렇게 외쳤다. "내 원수여, 네가 죽을 자리는 바로 여기니라."

이와 동시에 아카이아 군의 전차바퀴에 의해 그의 시체가 갈기갈기 찢기자 다시 아킬레우스는 안테노르의 아들인 데몰레온을 찔러 죽였다.

그 다음엔 전차에서 뛰어내려 달아나려고 하는 힙포다마스의 등을 찔렀으며, 그러고 나서는 프리아모스가 가장 사랑하는 아들 폴리도로스를 쫓아갔다. 그는 발이 빠르기로 이름났지만, 아킬레우스는 그의 등을 창으로 찌르는데 성공했으며, 마침 그곳은 금고리와 갑옷의 두 자락이 겹쳐진 곳이었다. 창끝이 배를 뚫고 나오자 폴리도로스는 소리를 내지르며 앞으로 고꾸라졌다.

헥토르는 동생이 죽는 것을 보자 판단이 흐려졌다. 그래서 창을 겨누며 불꽃처럼 튀듯이 앞으로 뛰쳐나갔다.

아킬레우스는 그를 보자 껑충 뛰며 고함을 쳤다. "트로이 군 중에서 내 간장을 녹인 자로구나! 내 고귀한 동지를 죽인 자여, 이제 전쟁의 좁은 골목을 찾아 피차 어물어물할 필요가 없지 않느냐! 어서 다가와 죽음의 맛을 보아라!"

이에 헥토르가 대답했다. "아킬레우스여, 말로 위협할 생각은 마라. 네가 나보다 강한 줄은 안다만, 만사는 신의 손에 달린 일 아닌가. 하지만 창끝은 뾰족하니 내 창을 던져 네 목숨을 빼앗지 못한다고 누가 단언하겠는가!"

그가 창을 겨누어 던졌지만, 아테나가 부드러운 숨결을 보내 창을 되돌려 헥토르의 발 밑에 떨어지게 했다. 그러자 그를 죽이겠다는 열망으로 가득 찬 아킬레우스가 무시무시한 고함을 지르며 돌격했다. 이때 아폴론이 헥토르를 살짝 잡아채어 안개 속으로 감추었다. 세 번이나 아킬레우스가 달려들었으나 모두 허탕을 쳤다.

그러자 그는 화가 나서 무섭게 고함을 질렀다. "이 비겁자여, 다시 아폴론이 살렸단 말이지! 물론 너는 싸움터로 갈 때마다 축원을 올리겠지. 내 감히 말하노니, 다음 번에 나를 돕는 신을 만날 경우엔 지체 없이 너를 맞혀 끝장을 내리라."

아킬레우스는 말을 마치고 트로이 군을 살상하기 시작했다. 드리오프스 · 데무코스 · 라오고노스 · 다르다노스 · 트로스 · 물리오스 · 에케클레스 · 데우칼리온 · 리그무스 등 내로라 하는 장수들을 찌르고 자르고 살육하며 날뛰었다. 이 모습은 마치 커다란 산불이 나 말라빠진 산골짜기를 모조리 재로 만들어 버리는 것과 같았다.

이처럼 아킬레우스는 맹위를 떨치며 전선을 휩쓸어 갔는데, 소들이 타작 마당에서 흰 보리를 밟아 껍질을 쏙쏙 벗기듯이 아킬레우스의 말들은 시체를 밟고 방패를 부수었다. 온 대지는 피로 물들어 가는 곳마다 핏물이 튈 정도로 아킬레우스는 불굴의 두 손을 피로 물들이면서 영광을 찾아 계속 마차를 몰아댔다.

아킬레우스, 강의 신과 싸우다

아킬레우스의 살육에 제동을 걸기 위해 강의 신 스카만드로스가 홍수를 일으킨다. 이에 헤라가 나서 강의 신을 제압하고, 트로이 군은 아폴론의 도움을 받아 가까스로 성안으로 퇴각한다.

이윽고 아카이아 군이 크산토스 강가에 이르자, 아킬레우스는 트로이 군을 두 패로 갈라놓았다. 이 중 한 패는 도시로 향하는 평원으로 몰았다. 이곳은 전날 아카이아 군이 헥토르의 무시무시한 공격을 받아 쫓기던 곳으로, 이제 상황이 역전되어 아킬레우스가 쫓고 있었다.

게다가 헤라가 펼쳐 놓은 짙은 안개로 인해 트로이 군은 갈팡질팡했다. 다른 한 패는 강으로 몰려가 소용돌이치는 물 속으로 뛰어들었다.

그들의 이러한 모습은 들판에 불이 붙어 무수한 메뚜기 떼들이 물로 피해 들어오는 것과도 같았다. 이처럼 크산토스 강은 사람들과 말들로 인해 혼잡을 이루었다.

아킬레우스는 창을 강둑 위 나무에 기대어 놓고 불길처럼 칼을 휘둘러 그들을 무참히 살육하기 시작했다. 여기저기서 비명과 함께 삽시간에 강물은 붉은 피로 물들었다.

아킬레우스는 열두 명의 젊은이들을 산 채로 강에서 끌어올려 파트로클로스에 대한 대가를 받고자 했다. 그는 그들의 팔을 뒤로 돌려 묶은 뒤 함대로 데려가라고 지시한 뒤, 자신은 팔이 아플 때까지 계속해서 살육을 감행했다.

그러던 중 프리아모스 왕의 아들 리카온을 발견했다. 아킬레우스는 전에도 그를 잡아 야손의 아들 에우네오스에게 고급 은잔을 받고 판 적이 있었다. 리카온이 전차 난간을 만들려고 날카로운 칼로 야생의 무화과 가지를 자르고 있을 때 아킬레우스가 그를 습격했던 것이다.

그런데 운명의 신은 그를 아킬레우스의 손에 의해 하데스 궁으로 보내려 하고 있었다. 그는 아무런 무장도 갖추고 있지 않았다. 강에서 도망칠 때 모두 내버렸기 때문이다.

아킬레우스는 그를 보자 화가 나서 혼잣말로 중얼거렸다. "이럴 수가, 눈앞에 기적이 나타나다니! 다음엔 내가 죽인 트로이 군이 무덤에서 나오겠군. 무변 대해도 많은 사람들의 갈 길은 막았으나 저놈은 막지 못했군. 자, 이제 대지가 저놈을 품에 안아 줄지를 시험해 보자."

이때 리카온은 넋을 잃은 듯 그의 무릎을 잡으며 애걸복걸했다. "아킬레우스 장군이여, 제발 자비를 베풀어 살려주소서! 고귀한 영주시여, 경의를 바칩니다. 그 동안 저는 가시밭길을 헤매다가 트로이로 돌아온 지 겨우 12일째입니다. 게다가 저는 헥토르와는 같은 배의 형제가 아니라는 걸 기억하소서. 내 어머니 라오토이는 프리아모스 왕의 여러 비들 중의 한 분으로 아들이 둘 있었는데, 이미 폴리도로스는 싸움터에서 죽었답니다. 그리고 이번엔 그 무서운 창으로 내가 죽게 된 것입니다."

그러나 아킬레우스의 마음이 누그러질 리 없었으므로 이렇게 대답했다. "여러 말 할 것 없도다. 파트로클로스가 액운을 당하기 전에는 내 마음에도 자비가 깃들여 있어서 많은 트로이 군을 살려 주었다. 그러나 이젠 신께서 내 손에 넘긴 자는 모두 죽음을 면할 수 없다. 하물며 프리아모스의 자식이라니! 파트로클로스도 죽었는데, 너 따위가 살아서 무엇해! 나 또한 죽음과 운명의 쇠사슬에 매였다. 언제든 누군가가 창으로 찌르고 화살로 쏘아 내 목숨을 빼앗을 날이 있으리."

말을 마치고 난 아킬레우스는 날카로운 칼을 뽑아 그의 쇄골을 공격했다. 쌍날의 칼이 살을 찌르자 그는 앞으로 고꾸라지며 피가 쏟았다.

아킬레우스는 그의 발을 끌어 강에 던지며 차갑게 내뱉었다. "거기 누워서 고기밥이 되어라. 고기떼가 널 편안하게 핥아 줄 것이다. 비록 네어머니는 관 속에 너를 눕혀놓고 애도할 수 없게 되었으나, 스카만드로스가 소용돌이치며 너를 깊은 물 속으로 넣어줄 것이다. 그러면 고기떼가검은 잔물결 밑에서 너의 흰 살을 뜯어먹겠지. 난 성스런 일리오스 성채에 도착할 때까지 너희를 몰살시킬 것이다! 너희들이 정성을 들이고 때마다 제물을 바친 이 스카만드로스도 너희들을 돕지 못할 것이다. 내 친구의 목숨이 보상될 때까지 너희들이 벤 전우들의 생명의 대가를 남김없이 받을 때까지."

이때 강의 신은 어떻게 하면 아킬레우스로부터 트로이 군을 구해 낼 수 있을까 하고 곰곰 생각하고 있었다. 그런 가운데 아킬레우스는 펠레곤의 아들 아스테로파이오스를 공격했다.

그러자 아스테로파이소스는 강의 신 크산토스가 용기를 불어넣어 준 덕에 두 개의 창을 들고 대항했다.

이때 아킬레우스가 외쳤다. "감히 나에게 대항해 오는 자가 누구냐? 뉘 집 자식이기에 나와 맞서려 하느냐?"

이에 아스테로파이오스가 대답했다. "펠레우스의 아들이여, 난 멀고먼 파이오니아에서 왔다. 강의 신 악시우스가 유명한 창수 펠레곤을 낳으니, 그분이 내 아버지다. 자, 나와 한번 자웅을 겨뤄보자!"

아킬레우스가 창을 들자 양손잡이인 아스테로파이오스가 창을 각각 던졌다. 창 하나는 아킬레우스의 방패에 맞았으나, 신이 선물한 황금 방패는 뚫지 못했다. 그리고 또 하나는 아킬레우스의 오른쪽 팔꿈치를 스쳐 지나가 상처를 냈다.

아킬레우스가 던진 창은 표적을 빗겨나 강둑 중간에 꽂혔다. 아스테로 파이오스는 이것을 뽑으려고 세 번이나 흔들어댔으나 실패했다. 이때 아 킬레우스가 덤벼들어 그의 배를 칼로 찌르니 내장이 쏟아져 나왔다.

신이 난 아킬레우스는 그의 갑주를 벗기며 소리쳤다. "잘 누워 있거라! 강의 신의 아들이라고 함부로 제우스의 자손에게 덤빈다는 것은 삼가야 할 일이다. 그래, 내 할아버지는 아이아코스로 제우스의 아드님이시지. 제우스는 모든 강보다 강하니, 감히 어느 누구도 제우스에게 도전치는 못 하리라. 강의 신 아켈로오스와 깊이 흐르는 오케아노스의 온 힘을 합해도 전능하신 제우스의 무서운 천둥 번개에는 떨지 않을 수 없단 말이다."

아킬레우스는 강둑에서 청동 창을 뽑은 다음, 다시 파이오니아 군을 추격했다. 자기의 사령관이 아킬레우스의 칼에 넘어지자 그들은 강줄기를 따라 달아났다.

아킬레우스는 테르실로코스와 미돈, 아스티필로스, 므네수스, 트라시우스, 아이니우스, 오펠레스테스를 차례로 죽였다.

그러자 노한 강의 신이 인간의 모습을 하고 나타나 꾸짖었다. "오, 아킬레우스여! 그대의 행동은 참으로 지나치구나. 신들이 항상 그대 편이니까 그렇겠지만, 만일 제우스께서 트로이의 멸망을 허락하셨다면, 그들을 강에서 몰고 나가 평원에서 살육을 감행하라. 내가 숨이 막힐 지경이다."

"스카만드로스여, 말씀대로 하지요. 그러나 나는 헥토르와 힘을 겨루어 내가 죽든지 그가 죽든지 할 때까지는 트로이 군에 대한 멸망의 손을 떼지 않겠습니다."

이에 스카만드로스가 아폴론에게 나타나 소리쳤다. "제우스의 아드님이신 궁술의 신이여, 제우스께서 트로이 군 옆에서 어둠이 전선을 덮을 때까지 원조하라고 하시지 않았습니까!"

말을 마치기가 무섭게 스카만드로스는 무서운 홍수로 돌변해 아킬레우스를 허둥거리게 만들었다.

거센 물결에 휘말린 아킬레우스는 아주 큰 느릅나무를 붙잡았지만, 그것이 뿌리째 뽑혀 물 속에 빠졌다. 겨우 물에서 힘겹게 빠져 나온 그는 창을 던지며 날랜 검은 독수리처럼 질주했다.

그러나 강의 신은 크고 검은 모습으로 달아나는 그를 따라잡았다. 신들은 역시 인간보다 강했다. 때때로 아킬레우스가 빠른 발길을 멈추어 신들의 모습을 보려 하면 큰 물결이 일어 그의 두 어깨를 감싸는 것이었다.

마침내 다리를 움직이지 못할 정도로 지쳐 떨어지자, 그는 하늘을 우러러 소리쳤다. "오, 제우스 아버지시여! 저를 구해 주시려는 분이 없으시다니! 감언이설로 절 속인 어머니를 원망하고 싶은 마음입니다. 어머니는 제가 트로이 성 밑에서 아폴론의 날랜 화살에 맞아 죽으리라 하셨지만, 전 이 고장에서 최고의 영웅으로 자라난 헥토르의 손에 죽고 싶습니다! 그렇다면 저 또한 용감하게 죽을 것입니다. 그런데 지금의 내 팔자는 강물에 빠져 꼴사나운 죽음을 당하게 되었으니, 통탄하지 않을 수 없는 일입니다!"

이에 포세이돈과 아테나가 인간의 모습으로 나타나 그의 손을 잡으며 힘을 북돋워 주었다. 먼저 포세이돈이 입을 열었다. "펠레우스의 아들이여, 겁먹지 마라. 제우스의 은총과 함께 나와 아테나가 그대를 도우러 여기에 와 있으니까. 그대는 강에 빠져 죽을 팔자는 아니다. 그러니 남아 있는 트로이 군을 모두 일리오스의 성안으로 몰아넣을 때까지 싸움을 멈추지 마라. 그러나 헥토르를 죽인 다음에는 곧 함대로 돌아가라."

아킬레우스는 이 말에 용기를 얻어 평원으로 돌진했다. 평원은 온통 물바다를 이루어 사방에 시체들이 떠다녔다. 아킬레우스는 다리를 번쩍 번쩍 들며 이런 것들을 뚫고 달렸다.

이에 스카만드로스가 더욱더 노하여 시모이스를 불렀다. "아우여, 우리 합세하여 저놈을 잡자. 그냥 두었다가는 트로이 군을 섬멸하고 성을 함락하고 말 것 같구나. 그는 자신을 신과 비길 만하다고 생각하고 있다. 그러나 이제 그도 별 수 없이 진흙에 묻힐 것이다. 내 그를 진흙으로 뒤덮어 뼈도 못 추리게 해 놓을 테다. 여기 그의 무덤을 파주지. 그러면 아카이아 군은 분묘를 쌓을 필요도 없게 되겠지!"

그러고는 굉장히 높은 물결을 일으켜 소용돌이를 치게 했으므로, 아킬레우스는 하마터면 물귀신이 될 뻔했다.

그러나 이때 헤라가 이 위기를 보고 헤파이스토스를 불렀다. "내 아들 헤파이스토스야, 일어나라! 너는 크산토스 강의 한계가 어딘지 알려줘야 겠다. 어서 가서 큰 화재를 일으키거라. 그러면 나는 서풍과 남풍으로 하여금 불길을 몰아쳐 시체며 갑주를 한꺼번에 태워버릴 테니. 그리고 크산토스의 기도나 저주에 움직여선 안 된다. 내가 멈추라고 할 때까지 그대로 따르거라."

헤파이스토스는 즉석에서 큰 불을 일으켜 평원의 시체더미를 모두 태워버렸다. 마치 추수할 무렵 비에 젖은 곡식을 북풍이 불어 바싹 말리면 추수하는 사람이 기뻐하듯이, 불길은 평원의 물을 말려 버리고 모든 시체를 태웠다.

그리고 불길을 강으로 돌려 느릅나무와 버드나무, 위성류 등 모든 것들을 태워 버렸다. 그리고 불바람을 물 위로 몰아치자 뱀장어와 물고기들이 이리저리 몰려다니며 몸부림쳤다.

강의 신 역시 뜨거워서 울부짖었다. "헤파이스토스여, 어느 누가 그대에게 대항할 수 있겠소. 우리 싸움은 그만둡시다. 아킬레우스로 하여금 트로이를 함락시키게 하시오. 이젠 원조도 지긋지긋해졌으니 말이오."

그러나 헤파이스토스의 불바람은 계속되었으므로 강의 신은 더 이상 달랠 마음을 먹지 못했다. 그래서 이번에는 헤라에게 애원했다. "헤라시여, 아드님께서는 수많은 무리 중에서 왜 하필 나를 괴롭힙니까? 트로이 군을 돕는 자들 이상으로 나를 책해서는 안 되지요. 자, 저도 멈추겠사오니, 그에게도 멈추게 해주소서. 다시는 트로이 군을 돕지 않겠다는 걸 맹세합니다. 아카이아 군이 도시에 불을 지르고 온 도시를 재로 만들지라도 돕지 않겠습니다!"

헤라는 즉시 아들을 불러 멈춰 세웠다. "헤파이스토스야, 세속의 인간 때문에 불사의 신을 이렇게 혼낸다는 것은 온당치 못하다."

한편 아레스는 아테나의 술 달린 큰 방패에다 창을 던지며 욕설을 퍼부어 댔다. "이 심술쟁이 여자야, 디오메데스를 풀어놓아 나에게 몹쓸 상처를 입히게 했던 것을 잊지 않았겠지? 이제 그 대가가 얼마나 혹독한지 맛 좀 봐라!"

하지만 아테나의 방패는 제우스의 천둥 번개에도 잘 견디어내는 것이었다. 아테나는 뒤로 물러서며 크고 꺼칠꺼칠한 경계석을 들어 아레스의 목을 후려쳤다.

그러자 아레스는 그 자리에서 고꾸라졌다. "이 어리석은 양반아, 설마 나와 상대가 되리라고 생각한 건 아니겠지? 하긴 트로이 군을 도우려고 안간힘을 쓴 걸 보면 그런지도 모르지!"

그러자 아프로디테가 아레스의 팔을 잡아 일으켜 세웠다. 아레스는 그제야 정신을 차렸다. 헤라가 이를 보고 아테나를 불렀다. "저것 좀 보거라, 저기 또 닳고닳은 여자가 살육자 아레스를 데려가려고 한다."

아테나가 얼른 달려가 아프로디테의 가슴을 밀어젖히며 소리쳤다. "트로이 군이 아카이아 군과 싸울 때 아프로디테처럼 용감하고 무모했으면! 그렇다면 이 전쟁은 벌써 끝장났을 텐데."

이 즈음 포세이돈은 아폴론과 대항하고 있었다. "이 어리석은 양반아, 그대는 생각이 좀 모자란 것 같소. 그대는 우리가 트로이에서 혼이 났었던 것을 잊었소? 그때 제우스는 일 년 동안 우리에게 보수를 받고 라오메돈을 도우라고 했소. 우린 맡은 바 일을 묵묵히 했었소. 하지만 마침내 기다리던 날이 오자, 라오메돈은 우리의 급료를 딱 잘라 거절하며 우리를 멀고 먼 섬으로 팔아 버리겠다고 협박했소. 그래서 우리는 급료도 못 받은 채 돌아가야만 했소. 그런데도 그런 자의 시민에게 은혜를 베풀기에 급급하다니."

궁술의 신 아폴론이 대답했다. "그저 저들이 가여워서 그러는 거요. 저들은 숲속의 나뭇잎과 같소. 그저 자라나 좋은 시절이 올 것 같으면 시들어 버리니. 오, 우리는 싸움을 그만둡시다."

아폴론은 친삼촌과 싸우는 것이 부끄러워 돌아섰다. 그런 아폴론을 누이이자 수렵의 여신인 아르테미스가 꾸짖었다. "궁술의 신이 달아나다니, 참으로 어이없구려. 그 활은 무엇 때문에 가지고 있는 거요? 아무 쓸모없는 것을! 다시는 포세이돈과 대항하여 싸웠다고 큰소리치지 마시오."

아폴론이 아무런 대답도 하지 않자 헤라가 아르테미스를 몹시 꾸짖었다. "너는 어떻게 감히 나에게 반항하려 드느냐? 비록 제우스께서 네 마음대로 죽이게 했지만, 선배는 건드리지 마라. 차라리 산에 가서 야수며 사슴들을 잡아 용기를 보이는 건 어떨까?"

헤라는 아르테미스의 손목을 움켜쥔 뒤 화살통을 낚아 그녀의 귀밑을 찰싹찰싹 때리면서 비웃었다. 아르테미스는 눈물을 흘리며 빠져나가려고 버둥거렸다.

그 모습을 본 헤르메스는 아르테미스의 어머니인 레토에게 말했다. "레토여, 그대와 싸우고 싶지 않소. 제우스의 부인들과 주먹질을 한다는 것은 위험천만한 일이니까!"

그러자 레토는 바다에 흩어진 딸의 화살을 주워서 가버렸다. 한편, 아르테미스는 올림포스로 가서 아버지의 무릎에 엎드려 울었다. 그러자 제우스는 딸의 팔을 잡고 명랑하게 웃으며 물었다. "애야, 누가 너한테 감히 이렇게 했단 말이냐?"

그러자 아르테미스가 대답했다. "아버지의 부인인 헤라가 아니면 누구겠어요. 우리들을 온갖 갈등과 싸움을 몰아붙이신 그분 말이에요!"

그 사이에 아폴론은 트로이가 걱정되어 그곳으로 돌아갔다. 한편, 아킬레우스는 여전히 살상을 계속하며 땅 위에다 멸망과 슬픔을 수놓았다. 마치 분노한 신이 인간의 도시에 화풀이를 하는 것 같았다.

그때 프리아모스 노왕은 성 위에 서 있다가 돌격해 오는 아킬레우스를 보고 문지기를 불렀다. "성문을 활짝 열고 전우들이 들어올 때까지 잡고 있으라. 그런 다음, 다 들어오면 곧 문을 단단히 닫으라."

만일 아폴론만 아니었다면 아카이아 군은 트로이를 점령했을 것이다. 아폴론은 안테노르의 건장한 아들 아게노르의 가슴에 용기를 불어넣어 무서운 속도로 진격해 오는 아킬레우스의 시선을 돌리게 만들었다.

참나무 숲에 숨어 있던 아게노르는 혼잣말로 중얼거렸다. "오, 큰일났군! 이 도망치는 무리를 따라 도망친다 해도 잡히는 건 시간 문제지. 그럼 평원으로 달아나 이다 산으로 들어갔다가 밤에 트로이로 돌아가면 어떨까. 아니면 그냥 여기서 싸워 보든지. 그도 인간이니까 그의 살에도 칼은 들어갈 거야. 단지 제우스께서 승리를 주어서 이기는 것뿐이지!"

이런 생각을 하며 그는 사냥꾼 앞에 선 표범처럼 정신을 바짝 차리고 아킬레우스를 기다렸다. 그런 다음 방패를 앞에 대고 크게 소리쳤다. "아킬레우스여, 아마 오늘 트로이 시를 점령하고 싶겠지! 하지만 우리가 그렇게 하도록 놔두지는 않겠다. 비록 네가 대담할지라도 내 여기서 널 끝장내리라."

그는 이렇게 말하는 것과 동시에 창을 날렸다. 창은 아킬레우스의 무룡 밑 각반에 맞아 무서운 소리를 냈으나, 각반을 뚫지는 못했다. 이에 아킬레우스가 아게노르를 쫓아가 공격하자 아폴론은 아게노르를 안개에 싸서 무사히 전선 밖으로 보냈다. 그런 다음, 아폴론은 아킬레우스로 하여금 아게노르가 바로 앞에 있는 것으로 착각하게 만들어 그를 스카만드로스 강까지 밀어냈다.

이에 트로이 군은 안도의 한숨을 내쉴 수 있었다. 이미 그들에겐 누가 죽고 누가 살았는지 돌아볼 여유조차 없었다. 겨우 성으로 들어온 그들은 그나마 발이 빠른 자들이었다.

헥토르, 전사하다

트로이 성 앞에서 헥토르와 아킬레우스가 최후의 격전을 벌인다. 아킬레우스는 아테나의 도움을 받아 마침내 헥토르를 쓰러뜨린다. 그러고는 시체를 끌고 함대로 돌아간다.

트로이 군은 사자에 쫓기는 사슴 떼처럼 성으로 쫓겨 들어갔다. 그러나 헥토르는 액운의 굴레가 드리워 스카이아 문 앞에 멈추어 섰다.

한편, 아폴론은 추격하는 아킬레우스에게 자신을 노골적으로 드러냈다. "아킬레우스여, 어찌 나를 쫓느냐. 필멸의 인간이 불멸의 신을 쫓다니, 참으로 무엄하구나. 자, 트로이 군은 모두 성안에 있는데, 그대가 이곳에 있는 이유는 무엇인가? 설령 날 죽이려고 그런 것은 아니겠지?"

아킬레우스가 노하여 대답했다. "궁술의 신이시여, 당신은 참으로 잔인하신 분이오. 트로이 군을 구하기 위해 나를 여기까지 끌고 오다니. 아마 나한테 힘만 있다면 반드시 복수를 했을 거요."

말을 마친 아킬레우스는 방향을 돌려 성을 향해 질주했다. 이 모습을 프리아모스 왕이 가장 먼저 보았다.

노왕은 괴로워하며 공포에 찬 목소리로 사랑하는 아들에게 애원했다. 그러나 아들은 문 앞에서 꼼짝도 하지 않은 채 서 있었다. "내 사랑하는 아들아, 제발 혼자서 그와 대적할 생각은 마라. 그는 너보다 강할 뿐만 아니라 아주 잔인해. 오, 신이시여! 내가 저 아이를 사랑하는 만큼만 당신들이 사랑해 주신다면, 그자가 독수리밥이 되는 것은 시간 문제일 텐데! 그럼 이토록 잔인한 운명을 탓하지 않을 텐데! 참으로 내 훌륭한 아들들은 어디 있단 말인가? 많이도 죽고 팔려 버렸구나. 지금도 리카온과 폴리도로스가 보이지 않으니. 하지만 헥토르야, 너만 살아남는다면 내 슬픔도 그리 오래 가지 않을 것이다. 그러니 이 안으로 들어와 목숨만은 보존해라. 이 늙은 아비를 생각해서라도 말이다. 오, 제우스께서는 참으로 나에게 끔찍한 운명을 주시는구나. 만년에 멸망이라니! 이제 난 개밥이 되어 피를 빨리고 개는 늘어지게 자겠지. 젊은 사람이 전사하면 영예롭지만 늙은이의 말라깽이 몸과 백발을 개에게 뜯기니, 인간의 눈으로 볼 수 없는 가장 측은한 광경이로구나."

노왕이 이렇게 한탄하며 머리를 쥐어뜯었지만 헥토르는 듣지 않았다. 헥토르의 어머니는 옷깃을 풀어헤치고 가슴을 내놓은 채 눈물을 흘리며 하소연했다. "오, 내 아들아! 너를 낳아 기른 어미를 불쌍히 여기거라! 어서 성안으로 들어와 저 무서운 사나이와 충돌치 마라. 네가 죽는다면 나는 네 장사는커녕 슬퍼하지도 못하리라. 사랑하는 아들아! 네 귀중한 아내를 생각해서라도 다나아 개들의 밥이 되는 것만은 피하거라."

300

그러나 부모의 눈물 어린 하소연도 헥토르의 교만함을 누르지는 못했다. 그는 뱀이 독이 바짝 올라 무섭게 눈을 번뜩이며 적을 기다리듯이 백절불굴의 용기에 타올라 있었다.

  그러면서도 문득 자책하는 마음에 혼잣말로 중얼거렸다. "내가 성안으로 퇴각한다면 폴리다마스가 질책하겠지. 그는 아킬레우스가 일어서던 날 밤, 성안으로 들어가자고 했지만 내가 듣지 않았어. 들었더라면 좋았을걸! 이제 와서 전우들은 죽었는데 무슨 면목으로 트로이 형제 자매들을 대하리. 사람들은 이렇게 말하겠지. '이 모든 게 헥토르 때문이야. 헥토르가 제 힘만 과신하다가 우리를 모두 망쳐 놓았어!' 그러니 내 아킬레우스와 싸우다가 차라리 죽는 게 나아. 내가 그를 죽여 승리의 귀환을 하든지, 문 앞에서 영광의 죽음을 당하든지 이판사판이야. 아니, 그와 협상하는 것은 어떨까? 이 싸움의 원인인 헬레나와 더불어 파리스가 트로이에 가져온 온갖 재물을 양도하는 건 말야. 그리고 우리 도시의 원로들이 소유한 재산을 반으로 주겠다고 약속한다면 어떨까? 하지만 그게 다 무슨 소용이겠어. 그는 받아들이지 않을 텐데. 내가 알몸뚱이인 채로 죽임을 당해 훗날 얘깃거리도 되지 않으면 어떡하지? 오, 올림포스 주신께서 어느 편에 승리를 주시나 보자!"

  헥토르가 혼자 곰곰 생각하는 사이 어느새 아킬레우스가 앞으로 다가왔다. 그는 어깨 너머로 무서운 창을 흔들며 왔는데, 헥토르는 그의 이런 모습을 보자 더 이상 서 있을 수가 없어 달아났다. 아킬레우스는 독수리가 수줍은 비둘기를 덮치는 것처럼 도망치는 헥토르를 쫓았다.

  이윽고 헥토르는 맑은 물이 흘러나오는 스카만드로스 강의 수원이 되는 두 못에 이르렀다. 하나는 뜨거운 온천수가 나오는 샘으로 김이 무럭 무럭 났고, 또 하나는 여름에도 눈이나 얼음처럼 차디찼다. 이 못 가까이에는 트로이의 부녀자들이 빨래를 하던 빨래터가 있었다.

서로 쫓고 쫓기는 두 장수는 감히 시간을 잴 수 없을 정도로 굉장한 속도로 달렸다. 더구나 아킬레우스에게는 헥토르의 생명이라는 상이 걸려 있어서 결코 소홀히 할 수 없었다. 그들은 세 번이나 트로이 성벽 주위를 돌았다. 이는 역전의 용사의 죽음을 애도하기 위해 열리는 경기에서 준마들이 푯대를 다투어 도는 것과 같았다.

이 모습을 주시하던 제우스가 소리쳤다. "오, 저를 어쩌지? 쫓기는 저 사람은 내가 아끼는 사람인데! 트로이 성에서 수많은 소를 나한테 제물로 바친 사람인데! 신들이여, 저자의 생명을 건져 주면 어떻겠는가?"

아테나가 눈을 빛내며 항의했다. "아버지시여, 무슨 얼토당토 않은 말씀을 하시는 겁니까? 어차피 죽음을 면치 못할 인간의 운명인데, 건져 주시다니요? 아버진 그렇게 하십시오. 우리는 성원하지 않을 테니까!"

이에 제우스가 즉각 대답했다. "걱정하지 마라, 나의 딸아. 그를 살려 주려는 것은 내 본의가 아니니 지체 말고 뜻대로 하라."

아킬레우스는 마치 사슴을 추격하는 사냥개처럼 전속력으로 달려 헥토르를 쫓았다. 헥토르가 큰길을 따라 성문으로 달려 전우들이 성 위에서 일제히 활로 쏘아 자기를 엄호해 주기를 바라면, 아킬레우스는 지름길로 가로질러 성 밑으로 달려가 그가 안으로 들어가지 못하도록 했다.

그들은 잡힐 듯 잡을 듯하면서 서로를 쫓고 쫓겼다. 이렇게 아킬레우스는 헥토르를 쫓되 잡지 못하고, 헥토르는 또 그에게서 벗어나지 못했다. 만일 이때 아폴론이 헥토르에게 힘과 속력을 주지 않았다면, 감히 추격자를 그와 같이 멀리 피할 수는 없었으리라.

또한 아킬레우스는 명성을 빼앗길까 두려워 자기 군에게 헥토르를 향해 활을 쏘지 못하게 했다.

마침내 그들이 네 번째로 샘에 도착했을 때였다. 제우스는 황금 저울을 꺼내 두 사람의 운명을 달아보았다. 균형을 잡고 들자 헥토르의 액운이 기울며 하데스로 떨어졌으므로 아폴론도 더 이상 헥토르를 보호할 수 없었다.

이때 아테나가 아킬레우스 옆에 나타나 독려했다. "자, 아킬레우스여! 승리는 그대의 것이로다! 이제 헥토르를 멸함으로써 아카이아 국민과 우리 진영에 위대한 영광을 가져오리다. 아폴론이 전능하신 제우스 앞에서 떼를 쓴다 해도 헥토르는 죽음을 피할 수가 없다. 자, 내 헥토르에게 가서 그대에게 대항하라고 타이를 테니 쉬면서 숨을 돌리구려."

아킬레우스는 아테나의 말에 기꺼이 따라 창에 기대어 섰다. 그 동안 아테나는 데이포보스의 모습으로 변장하고 헥토르를 부추겼다. "형님, 형님에게 커다란 고통을 준 저자를 우리 함께 막아냅시다."

이에 헥토르가 대답했다. "오, 내가 가장 좋아하는 데이포보스여! 참으로 고맙구나. 모두들 성안에 있는데 나를 위해 여기까지 나오다니."

아테나는 헥토르를 부추기는 것을 멈추지 않았다. "형님, 아버지도 어머니도 모든 전우들도 나가지 말라고 애원했습니다. 모두들 아킬레우스를 두려워하기 때문이지요. 하지만 나는 가만 두고 볼 수만은 없었습니다. 자, 우리 그를 공격합시다! 그가 우리 둘을 죽여 피묻은 무구를 가져가나, 아니면 형님 창이 그를 쓰러뜨리나 두고 봅시다."

이에 헥토르가 먼저 말했다. "펠레우스의 아들이여, 다시는 달아나지 않겠다. 이제 죽든 살든 그대와 싸울 생각이다. 그러나 우리 이것 하나만은 신들의 이름을 걸고 약속하자. 만일 내가 그대 생명을 빼앗는다면, 그저 무구만 가져가겠다. 아킬레우스여, 그대도 그렇게 해주겠는가?"

아킬레우스가 얼굴을 찡그리며 대답했다. "헥토르여, 그 따위 흥정을 하다니. 사자와 인간은 흥정을 할 수 없는 법, 이리와 양은 영원히 원수인 것과 마찬가지다. 그러므로 우리 두 사람 중 하나가 쓰러져 피로 아레스 군신의 배를 채우기 전에는 아무 것도 말할 수 없다. 자, 이제 용기를 모두 발휘하라! 아테나가 내 창으로 그대를 무찔러 나의 친우를 베어 나를 슬프게 했던 모든 원한의 대가를 치르게 할 것이다."

아킬레우스는 긴 창을 헥토르를 향해 겨누었지만 헥토르가 몸을 구부렸으므로 창은 땅에 꽂혔다. 아테나는 헥토르 몰래 이것을 뽑아 아킬레우스에게 가져다주었다.

이에 헥토르가 큰소리를 쳤다. "신과도 같은 아킬레우스여, 제우스께서 나의 생명을 연장해 주시는 모양이다. 자, 네가 갖은 협박을 해도 나는 달아나지 않을 것이므로 내 등은 찌르지 못할 것이다. 난 너를 정면으로 대할 것이다. 혹시 신의 섭리라면 네가 내 가슴을 찌르겠지. 하지만 우선 네가 내 창을 피할 수 있는지 보자꾸나. 네가 쓰러진다면 트로이의 전세는 가벼워지리라. 그대야말로 우리의 최대의 적이니까!"

헥토르가 말을 마친 뒤 창을 던져 아킬레우스의 방패 한가운데를 맞혔지만 창은 튀어 나갔다. 헥토르는 창이 없었으므로 데이포보스에게 창을 달라고 소리쳤으나 그는 이미 그곳에 없었다.

그제야 헥토르는 모든 것을 깨닫고 소리쳤다. "오, 만사는 끝장났구나! 신들이 나를 사지로 불러내 죽이려고 하는구나. 성안에 있는 데이포보스가 여기 있을 리가 없지. 내가 아테나한테 속은 거야. 아, 이것이 이제까지 항상 나를 다정히 보호하시던 제우스와 아폴론의 바람이었던가! 하지만 내 싸우지도 않고 맥없이 죽을 수는 없지. 후대에 길이길이 기억되는 사람으로 남고 싶구나!"

헥토르가 허리에 찬 날카로운 칼을 꺼내어 용감하게 뛰어오르니, 마치 독수리가 겁 많은 토끼를 내리 덮치는 것과도 같았다.

그러자 아킬레우스는 헥토르를 냉혹한 심정으로 노려보면서 어느 곳을 찌를까 엿보았다. 헥토르는 파트로클로스한테서 빼앗은 방패로 잘 가리고 있었지만 쇄골과 목 부분이 만나는 곳이 드러나 있었다. 아킬레우스는 그곳을 창으로 잽싸게 찔러 그를 쓰러뜨렸다.

그러나 아직 숨이 끊어지지 않은 그에게 고함을 질렀다. "헥토르여, 네가 파트로클로스를 발가벗기고도 무사할 줄 알았더냐? 어리석도다! 파트로클로스보다 더욱 강한 자가 너를 기다리고 있었다는 걸 모르다니! 자, 너를 독수리와 개밥이 되게 하마. 내 파트로클로스를 애끓는 겨레의 손으로 묻어주리!"

헥토르는 숨을 헐떡거리며 애원했다. "제발 그대의 영혼과 무릎에 엎드려 비노니, 아니 그대의 부모의 은혜에 기대어 비노니, 나를 개밥이 되게는 하지 마시오. 나의 아버지, 어머니가 금은 보화를 충분히 마련할 터이니, 내 몸값을 받고 돌려보내시오. 그래서 죽은 자에게 의례가 되는 화장을 할 수 있도록 해주시오."

아킬레우스가 노하여 일그러진 표정으로 말했다. "이 비겁한 놈아, 내 부모까지 들먹거리지 말거라! 설령 네 아비 프리아모스 왕이 네 무게 만한 금덩이를 가져온다 해도 네 에미가 장사를 지내며 슬퍼하게는 하지 않을 테니. 네 몸뚱이는 개와 새들이 파먹게 하리라. 네 소행을 생각하면 널 회를 쳐서 먹어도 분이 가라앉지 않는다."

헥토르가 죽어가며 저주를 퍼부었다. "내가 네 따위 놈한테 애원하다니. 차라리 돌에게 싹을 틔우라고 명하는 게 낫겠다. 하지만 기억하라. 너역시 신의 저주가 내려 아폴론의 화살에 맞아 줄을 날이 올 테니."

말을 마치자마자 죽음의 그늘이 헥토르를 드리워 영혼이 하데스 궁으로 향했다. 드디어 헥토르가 불운한 인생에 마지막 이별을 고하자, 아킬레우스가 혼잣말로 중얼거렸다. "잘 가거라. 나 역시 제우스와 모든 신들의 뜻이라면 언제든 내 운명을 달게 받겠노라."

아킬레우스가 시체에서 창을 뽑아 옆에 놓자 아카이아 군들이 구름 떼처럼 몰려들었다. 헥토르의 고귀한 모습과 풍채는 참으로 놀라웠지만 모두들 한 번씩 창으로 찌르면서 한마디씩 내뱉었다. "오, 헥토르! 우리 함대를 노략하던 때보다 아주 얌전해졌구나!"

이윽고 아킬레우스가 전리품을 거두고 무리들을 향해 일장 연설을 했다. "아르고스의 영주와 장군들이여, 그리고 전우들이여! 드디어 신께서 우리를 노략한 자를 무찌르도록 해주었소. 이제 도시를 포위한 뒤 적의 전략이 어떤 것인지 알아봅시다. 헥토르가 죽었으니 성을 버릴 것인지 아니면 항전을 계속할 것인지. 오, 내가 지금 무슨 생각을 하는가? 파트로클로스는 함대 옆에 누워 있는데. 내가 살아 움직이는 한, 어찌 파트로클로스를 잊으리오. 죽은 사람을 잊는다는 하데스 궁에 가서도 난 사랑하는 친구를 잊지 못할 것이오. 오라, 동지들이여! 소리 높여 개가를 부르며 이자를 끌고 함대로 전진합시다. 우리는 위대한 승리를 거두었소. 트로이 시민이 신처럼 앙모하던 헥토르를 베었소!"

그는 헥토르의 마지막 저주를 떠올리며 발목을 가죽끈으로 한데 묶은 뒤 전차에다 잡아매고는 머리가 질질 끌리게 했다. 그리고 갑주를 전차에 넣은 뒤 말에 채찍질을 가했다.

말이 달리기 시작하자 시체가 끌려가며 먼지가 일어 조금 전까지만 해도 그렇게 아름다웠던 머리가 산발한 채 엉망이 되었다. 제우스께서 헥토르로 하여금 고향 땅에서 학대받게 한 것이다.

이 모습을 본 헥토르의 어머니는 머리를 쥐어뜯으며 얼굴에 썼던 베일을 걷어올리고는 통곡을 했고, 온 도시는 비탄에 잠겼다. 사람들은 노왕이 실성하여 다르다니아 문으로 뛰어나가는 것을 막느라고 법석이었다.

노왕은 땅에 얼굴을 묻으며 사람들에게 절규했다. "나를 놔두라! 시민들이 날 위함은 알지만 내가 직접 가서 저 무서운 폭한에게 애원해 보리라! 설마 그도 그들의 무리 앞에선 제 아비 같은 이 늙은이를 동정하겠지. 맞아, 펠레우스가 아킬레우스를 낳아 트로이를 멸망시켰구나! 누구보다도 나에게 그가 몹쓸 짓을 했구나. 그 많은 자식들을 한창 꽃 같은 나이에 꺾어 놓고도 모자라 내가 가장 사랑하는 헥토르까지 데려가다니. 오, 헥토르야! 네가 나를 슬픔에 젖어 죽게 만드는구나. 차라리 내 품에 안겨 죽었다면 실컷 울기나 해볼걸."

프리아모스 왕이 이렇게 울부짖으며 통곡을 하자 트로이의 모든 시민들이 서로 소리내어 울었다.

헥토르의 어머니 헤카베가 피눈물을 뿌리며 트로이 부인들의 가슴을 뜯도록 만들었다. "내 사랑하는 아들아, 널 그렇게 죽이고 내 어찌 살겠느냐! 이 도시의 자랑이요, 만인의 영광이었던 널 사람들은 신처럼 떠받들었지. 네 살아 생전 국민의 자랑이었던 네가 그렇게 가버리다니!"

그러나 헥토르의 아내는 궁궐 깊숙한 곳에서 길쌈하고 있었다. 그래서 남편의 소식을 듣지 못했던 그녀는 하인에게 물을 끓이라 하여, 싸움터에서 돌아오는 헥토르가 따뜻하게 목욕할 수 있도록 했다.

오, 가엾구나! 남편이 이미 목욕과는 거리가 먼 신세가 되었다는 걸 모르고 있다니!

그러나 성에서 울고불고하는 통곡이 들리자, 그녀는 사지를 떨며 일어서 하녀에게 말했다. "두 사람만 나를 따르라. 저 소리는 나의 어머님의 목소린데. 프리아모스 왕의 아들에게 무슨 화가 미친 모양이구나! 심장이 튀어나오고 다리가 돌덩이 같구나. 오, 내 남편이 아킬레우스의 손에서 무사하면 좋으련만! 헥토르의 용기는 아무도 따를 자가 없었지."

안드로마케가 가슴을 치면서 미친 사람처럼 뛰쳐나가자 하녀들이 그녀의 뒤를 따랐다.

그녀는 성벽의 사람들이 모인 곳으로 가서 성문 앞으로 질질 끌려가는 남편을 보았다. 아카이아 진영으로 개처럼 끌려가는 모습을. 그믐밤처럼 눈앞이 캄캄해진 그녀는 그 자리에서 쓰러졌다. 시누이며 동서들이 빈사상태에 빠진 그녀를 일으키느라 쩔쩔맸다.

제정신이 돌아오자 그녀는 흐느껴 울며 절규했다. "오, 헥토르여! 우리는 같은 운명을 타고났구려. 차라리 이 세상에 태어나지 않았더라면 좋았을걸! 그럼 당신이 하데스 궁으로 가거나 내가 쓰라린 슬픔의 과부가 되는 건 면할 수 있었을 텐데. 오, 이렇게 어린 자식을 놔두고 어디로 갔단 말이오? 자식들이 가시밭길을 가도 좋단 말이오? 이방인들한테 점령당해 고독으로 울다 지치고 복종으로 머리를 들지 못하리다. 아비 친구를 찾아 문전걸식하며 목숨을 연장한다 해도 무슨 의미가 있겠소? 아마 부모 있는 아이들은 거지라고 때리며 욕을 하겠지. '아비 없는 이놈아, 나가거라!' 그러면 자식은 울며 달려와 과부인 날 찾겠지. 고량 진미만 먹고 유모 품에 안겨 부드러운 침대, 따뜻하고 편안한 잠자리에 누웠건만, 이제 아비가 황천길을 가고 보니 가시밭길만이 네 앞에 놓였구나. 오, 나는 어떡한담? 당신을 위해 집안 사람들이 짜놓은 리넨 옷이 산더미처럼 쌓였건만, 무슨 소용 있으리. 당신 몸에 접할 길이 없으니, 다 쓸모 없는 것. 차라리 다 태우는 게 트로이 시민의 눈에 면목이 서리다."

안드로마케가 이렇게 넋두리를 하며 통곡을 하자 부인들도 모두 따라 울었다.

추모 경기를 열다

　아킬레우스와 아카이 군의 통곡 속에 파트로클로스의 장례식이 치러진다. 장례식이 끝나자 아킬레우스는 경마, 레슬링, 검도, 달리기 등 파트로클로스를 위한 추모 경기를 연다.

　헬레스폰트에 있는 함대로 철수한 아킬레우스는 미르미돈 군을 해산하지 않고 다음과 같이 훈시했다. "용감한 동지들이여, 오늘 수고가 많았소. 하지만 고삐를 놓기 전에 말과 전차를 끌고 가서 파트로클로스의 영전에 조상합시다. 이것이 고인에게 드릴 지당하고 마땅한 예의가 아니겠소. 애도를 마친 뒤 마구를 풀고 식사를 하도록 합시다."
　그들은 시체를 세 바퀴 돌며 통곡했는데 눈물에 갑옷이 젖고 모래밭이 젖었다. 아킬레우스가 원수를 갚은 그 손을 죽마고우의 가슴에 올려놓으며 통곡하자 그들의 울음소리는 더욱 커졌다.

"파트로클로스여, 고이 잠드시오. 이제야 그대와 언약했던 바를 끝냈소이다! 헥토르를 이 자리에 끌고 오고, 트로이의 귀족 열두 명을 그대 화장터 앞에서 베리라고 했던 언약 말이오."

아킬레우스는 헥토르의 시신에 다시 한 번 폭행을 가한 뒤 파트로클로스의 관 옆에다 뉘어 놓았다. 그러고는 엄숙한 장례식을 준비시켰다. 여러 필의 황소와 양, 염소를 잡아 고인의 주위에 피를 뿌렸다. 그리고 송곳니가 돋친 살찐 돼지를 불에 그슬렸다.

그 동안 아킬레우스는 다른 장군들과 함께 아가멤논 대왕에게로 갔다. 모두들 애통해하는 아킬레우스를 위로하기에 진땀을 흘렸다.

대왕의 본영에는 아킬레우스의 피묻은 몸을 깨끗이 씻기 위해 물을 끓이고 있었다. 그러나 아킬레우스는 말도 안 된다는 듯 딱 잘라 거절했다. "아니오. 내 최대의 신인 제우스께 맹세하지만 파트로클로스를 화장하여 무덤을 만들기 전까지는 내 머리에 물을 대지 않겠소이다. 그래서 내가 살아 있는 동안 이런 슬픔이 또다시 닥치지 않게 하리라. 당장은 맛없는 음식이나마 달게 받겠소이다. 하지만 내일은 아가멤논 대왕께서 고인을 장례함에 있어 아무 부족함이 없도록 하겠나이다. 그리고 화장을 끝낸 뒤에는 모두들 평상시로 돌아가 자기가 맡은 일을 해야겠지요."

그들은 그의 말에 따라 부족함 없이 식사를 했다. 배불리 식사를 마친 그들은 모두 쉬러 갔으나, 아킬레우스는 물보라치는 기슭 맨땅에 누운 채 신음을 삼키다가 겨우 잠이 들었다.

일리오스 성을 돌아 헥토르를 추격하느라 지쳐 떨어진 그의 강건한 사지에 애통을 어루만지는 달고도 깊은 잠이 찾아왔다. 그런데 꿈속에 불쌍한 파트로클로스의 영혼이 찾아왔다.

그의 영혼은 아킬레우스의 머리맡에 서서 하소연했다. "절세 영웅 아킬레우스 장군이여, 잠드셨습니까? 내가 살아 있을 때 그토록 자상하시던 분이 이제 죽으니까…… 어서 떠도는 나를 묻어 하데스 궁으로 들게 하소서. 하데스 궁 넓은 문 근처에서 정처 없이 헤매는 저를 불쌍히 여기소서. 이제 떠나면 당신과 함께 의논할 날은 없으리라. 당신 또한 거대한 성 앞에서 임종할 팔자인 모양, 내 한 가지만 더 부탁하리라. 내 유골을 당신의 유골과 떨어지게 하지 마소서. 펠레우스님께서 나를 받아 주시어 친절히 양육하시고 그대의 시종으로 삼으셨으니, 나를 그대 지하 분묘에 함께 있게 해주소서. 그대 영광의 어머니가 주신 손잡이가 두 개 달린 황금 단지에 유골을 함께 넣어 주소서."

이에 아킬레우스가 대답했다. "사랑하는 그대여, 내 그대가 말한 대로 해주리다. 하지만 이리 좀 와서 손을 잡고 속 시원히 울어보세나."

그러나 아킬레우스가 손을 뻗자 영혼은 연기처럼 떨며 사그라졌다. 아킬레우스는 상심한 채 혼잣말로 중얼거렸다. "역시 하데스 궁에는 무엇인가가 있는 게 분명해. 전혀 이승의 생명은 아니지만 영혼인지 뭔지가 있는 거야. 그러니까 불쌍한 파트로클로스의 영혼이 찾아와 이리 부탁을 하지."

이윽고 장밋빛 새벽의 신이 손가락을 내밀자 아가멤논 대왕은 장례식 준비를 서둘렀다. 이도메네우스의 비복 메리오네스가 그 책임을 맡았는데, 그들은 이다 산 기슭에서 큰 나무를 벤 뒤에 지고 내려왔다. 그리고 아킬레우스가 파트로클로스와 자기의 큰 무덤을 만들 작정으로 정해 놓은 자리에 나무를 가지런히 쌓았다.

아킬레우스는 미르미돈 군에게 일러 무장을 하고 마구를 갖추게 했다.

모든 전사들과 마부들이 전차에 오르자 뒤로는 수천 명의 보병이 구름같이 모여들었다. 그리고 중앙에는 전우의 머리털로 덮인 파트로클로스의 시체를 아킬레우스가 머리 쪽을 받쳐든 뒤 무덤으로 호송했다.

이윽고 화장하기 위해 쌓아놓은 장작더미에 이르자 아킬레우스는 스페르케우스 강에 바치기 위해 남겨두었던 금빛 머리 타래를 자르고 검푸른 바다를 바라보며 엄숙하게 말했다. "오, 스페르케우스여! 이 머리 다발을 그대에게 드릴 수가 없습니다. 아버지 펠레우스께서는 내가 고국에 무사히 돌아가면 그대에게 내 머리털을 바치고 엄숙한 제물을 당신의 제단에 올리겠다고 했었지요. 하지만 나는 고향으로 돌아갈 수 없는 운명, 따라서 무사이자 내 절친한 친구였던 파트로클로스에게 주고자 합니다."

아킬레우스는 이렇게 말하고 머리털을 죽은 친구의 손 위에 놓았다. 그 자리에 있는 모든 사람들은 눈물을 흘리고 슬퍼했다.

해가 떠오를 때까지도 통곡이 그치지 않자 아킬레우스가 아가멤논 대왕에게 다가가 말했다. "대왕이여, 총사령관이신 그대가 명령하심이 마땅하십니다. 동포들은 모두 해산시켜 식사 준비를 하게 하시지요. 그리고 고인의 절친한 사람들만 남아 이 일을 하게 합시다."

아가멤논 대왕은 그의 말에 따라 사람들을 해산시켰다. 장수들은 남아 사방 100피트 높이의 화장단을 쌓은 뒤 그 위에다 시체를 놓았다. 그런 다음 많은 양과 소를 잡아 가죽을 벗기고 토막을 쳐 시체 주위에 쌓아올렸다.

그리고 관을 놓는 대에다 꿀과 기름 단지를 놓았다. 또한, 소리지르며 괴로워하는 말 네 필을 조심조심 장작더미 위에 올려놓았다. 그리고 파트로클로스가 친히 기르던 아홉 마리 개 중에서 두 마리의 목을 베어 그 옆에 놓고, 트로이 군 열두 명도 사정없이 베었다.

아킬레우스는 장작더미에 불을 붙이고는 친구의 이름을 불렀다. "파트로클로스여, 잘 가라. 지하에서 편안히 잠들라! 보라, 나는 앞서 그대와의 약속을 모두 지켰도다. 그러나 헥토르는 불맛도 못 보고 개밥이 되게 하리라!"

그러나 제우스의 딸 아프로디테가 밤이나 낮이나 헥토르의 시체를 지켰기 때문에 개들은 얼씬도 하지 못했다. 또한 신들이 바르는 장미 기름을 발라 질질 끌어도 몸이 상하지 않게 했다.

게다가 아폴론은 헥토르의 시체가 놓인 곳을 구름으로 둘러싸 마르는 걸 방지했다.

한편, 눈물로써 친구의 화장식을 마치고 나서, 지칠 대로 지친 아킬레우스는 잠시 눈을 붙였다가 주위가 소란스러워지자 일어나 앉았다. "아가멤논 대왕과 여러 장군들이시여, 먼저 불길이 타오르던 장작을 술로 식힌 뒤 파트로클로스의 유골을 조심조심 찾읍시다. 그를 중앙에 놓았기 때문에 찾기가 쉬울 겁니다. 유골은 기름으로 두 번 싸서 황금 단지에 넣어 내가 하데스로 갈 때까지 놔둡시다. 그리고 분묘는 알맞게 쌓되 나중에 내가 죽고 나면 높고 넓게 만들어도 좋겠지요."

그들은 곧 아킬레우스가 시키는 대로 했다. 마침내 일을 마치고 가려고 하는 그들을 아킬레우스는 붙들어 앉힌 뒤 추모 경기를 열기로 했다.

그래서 함대로부터 경주용 상품을 가져오게 했다. 큰 솥들과 세 발 솥, 말, 노새, 튼튼한 소, 여인들, 잿빛 강철 등이었다.

전차 경주에 1등 상으로는 집안 일에 뛰어난 여인과 손잡이가 달린 세 발 솥을 주기로 했다. 2등은 잘 달리는 새끼 밴 6년 된 노새를 주고, 3등은 아주 질 좋은 새 솥을 주기로 했다. 4등은 2달란트의 금 덩어리, 5등은 두 개의 손잡이가 달려 있는 냄비를 주기로 했다.

이윽고 아킬레우스는 일어나서 말했다. "아트레우스의 아드님과 전우들이여, 전차병에게 상품을 제공하겠습니다. 누구든 전차와 말에 자신이 있다고 생각하는 분들은 나오셔서 겨루시기 바랍니다."

선수들이 곧 모이기 시작했는데, 가장 먼저 지원한 사람은 유명한 기수 에우메로스였다. 다음으로 디오메데스가 아에네아스한테서 빼앗은 두 필의 트로이 말을 끌고 왔다.

그 다음엔 메넬라오스가 아가멤논 대왕의 암말 아이테와 자신의 흰 말인 포다르구스를 끌고 왔다. 네 번째로 네스토르의 아들 안틸로코스가 필로스산의 말들을 끌고 나왔다.

자신의 아들에게 네스토르는 충고를 잊지 않았다. "안틸로코스야, 제우스와 포세이돈께서는 네가 젊었을 때 너에게 모든 기수의 도를 가르쳐주셨다. 그러니 새삼 이런 말을 할 필요도 없겠다. 하지만 네 말은 아주 느려 네가 애를 먹지나 않을까 걱정이다. 아무튼 애야, 생각나는 대로 모든 기술을 짜내라. 1등이 되려면 힘보다는 기술이 있어야 해. 전문적인 기술이야말로 기수의 참된 묘리다! 기술을 아는 자는 둔마도 달리게 하니 항상 목적지를 주시하고, 먼저 고삐를 잘 다루어 말들의 자세를 갖추는 것이 우선이다. 자, 내 표적을 알려줄 테니 보거라. 저기 길모퉁이에 한 길 정도 되는 나무 그루터기가 있다. 그 나무에 흰 돌 두 개를 이편저편으로 기대어 놓았는데, 그 주위는 땅이 평평하여 말에게는 좋다. 아마도 저 표적은 경계석 같은데, 아킬레우스가 그곳을 경주의 반환점으로 정했다. 너는 전차를 그 지점에 스칠 정도로 바싹 몰고 몸을 왼편으로 한 뒤 말을 채찍질하며 달리게 하라. 그렇다고 돌을 쳐서 전차를 망치고 말까지 다치게 해서는 안 된다. 그러면 너는 수치를 당하고, 다른 사람은 재미있어 웃겠지. 어쨌든 얘야, 네가 그곳에서 앞서기만 한다면 어느 누구도 너를 앞설 수 없을 것이다. 설사 아드라스토스의 신마 아리온이나 라오메돈의 유명한 혈통의 말일지라도 감히 너를 따르지는 못할 것이다."

다섯 번째 기수는 메리오네스였다. 모두 모이자 전차에 올라 제비를 뽑았다. 첫 번째는 안틸로코스, 두 번째는 에우메로스, 세 번째는 메넬라오스, 네 번째는 메리오네스, 마지막엔 명망 높은 디오메데스가 되었다.

이들이 모두 한 줄로 서자 아킬레우스가 평원 멀리 반환점을 알려주었다. 그러고는 포이닉스를 심판으로 세워 달리는 것을 감시하고 경과를 보고하게 했다.

그들은 곧 출발하여 말에 채찍을 가하고 고삐를 가볍게 치며 맹렬히 소리를 질렀다. 함대 있는 곳을 지나 말들이 질주하자 먼지 구름이 부옇게 일었다. 말들은 평원을 날았고, 전차 안에 선 마부들은 희망에 차서 가슴이 마구 뛰었다.

그러나 반환점을 돌아 바다 쪽으로 되돌아올 때에는 순서가 정해지기 시작했다. 에우메로스의 암말이 앞장을 서고 디오메데스의 종마가 바싹 그 뒤를 따라붙었다.

거의 에우메로스의 전차를 따라잡을 지점에 다다르자 아폴론이 그의 손에서 채찍을 떨어지게 했다. 에우메로스의 암말은 계속 잘 달리고 있는데, 자기 말은 고삐가 없어서 느리게 달리니 기가 막혔다.

그러나 아폴론의 속임수를 눈치챈 아테나가 얼른 채찍을 집어 디오메데스에게 건네준 뒤 말들에게 힘을 불어넣어 선두를 앞질러 질주하도록 했다. 에우메로스의 전차는 기우뚱하다가 마부가 바퀴 위로 굴러 떨어져 팔꿈치며 입과 코를 찢기고 앞이마에 상처를 입었다.

그 뒤로는 메넬라오스가 따라왔다. 그리고 그 뒤로는 안틸로코스가 자기 말들에게 채찍을 하며 따라왔다. "어서 달려라, 이놈들아! 디오메데스의 말들을 따르라곤 하지 않겠다. 그건 아테나가 뜻하는 바니, 그러나 메넬라오스만은 이겨야 한다. 암말한테 종마가 진대서야 어디 말이 되겠니! 이놈아, 내 분명히 말하지만 네가 이렇게 서투른 경기를 하고 만다면, 넌 네스토르의 마구간에서는 꼴도 구경하지 못할 것이다. 아버지가 네 모가지를 자를 테니까. 그러니 용기를 내어 달려라. 저 좁은 길에서 그들을 앞지를 테니 어서 달려라."

말들이 주인의 고함에 놀라 더욱 속력을 냈다. 마침내 좁은 길에 다다른 안틸로코스는 바싹 대고 돌았다. 메넬라오스는 길이 움푹 패여 있자 길 한복판으로 몰았는데 안틸로코스가 안쪽으로 밀어붙이는 게 아닌가.

메넬라오스는 깜짝 놀라 소리쳤다. "도대체 이 무슨 얼빠진 수작이냐? 안틸로코스여, 어서 말을 세워라! 여긴 너무나 좁아 내 전차를 부술 뿐만 아니라 둘 다 파괴되고 말 것이다."

그러나 안틸로코스가 못 들은 체하고 더욱더 빨리 몰자 메넬라오스는 할 수 없이 천천히 몰았다. 좁은 곳에서 충돌할까 봐 겁이 났기 때문이다.

그가 다시 화를 내며 소리쳤다. "안틸로코스여, 그대에게 공명정대한 경기를 요구한 게 커다란 잘못이었다. 그러나 그대 스스로 어떤 맹세를 하지 않는 한 결코 상을 타지는 못할 것이다." 이렇게 말한 뒤에 메넬라오스는 말들에게 채찍을 가했다. "자, 너희들에게는 좀 어렵겠지만 긴장을 풀지 마라. 젊은 날이 이미 지나가 버린 저 말들의 다리는 너희들보다 먼저 지쳐 버릴 테니까!"

한편 크레테의 왕 이도메네우스가 맨 먼저 그들을 알아보았다. 그는 다른 사람들과 떨어져 훨씬 높은 곳에 앉아 있었기 때문이다.

그는 일어나서 구경꾼에게 외쳤다. "친애하는 장군이여, 나는 말을 보았소. 그대들도 보았는지. 저기 가장 먼저 들어오는 자는 아르고스의 왕들 중의 한 분인 티데우스의 아들 디오메데스요."

이렇게 말하는 동안에 디오메데스가 어깨로부터 채찍을 내려치니 말은 먼지 구름을 일으키며 바퀴 자국이 날 새도 없이 재빨리 달렸다. 비로소 디오메데스가 경기장 한가운데에 모습을 드러냈는데, 말들의 목과 가슴에서는 땀이 뚝뚝 떨어졌다.

디오메데스는 전차에서 내려 채찍을 멍에에 기대어 놓았다. 다음엔 안틸로코스가 실력으로가 아니라 꾀로써 메넬라오스를 따돌리고 들어왔다.

그리고 메넬라오스가 전차와 말 사이 정도 거리를 두고 들어왔다. 사실 그 거리는 별로 차이가 없었다.

그 다음에 메리오네스가 창을 던질 거리만큼 처져 들어왔다. 이는 그의 말이 제일 느릴 뿐만 아니라 그 또한 경주에 서툴렀기 때문이다. 마지막으로 에우메로스가 전차를 끌면서 들어왔다.

이에 아킬레우스가 자기 감정을 숨김없이 말했다. "가장 잘하는 사람이 가장 나중에 오는군. 그러니 우리 그에게도 알맞은 상품을 줍시다. 2등을 줍시다. 1등은 디오메데스가 타야 할 테니까."

그러자 모두들 갈채를 보냈지만 안틸로코스가 자기의 권리를 주장하고 나섰다. "아킬레우스 장군이여, 이건 부당한 일이옵니다. 물론 에우메로스가 뛰어나고 그가 재난을 당했다는 건 알지만 엄연히 2등으로 들어

온 건 저입니다. 그러니 만일 그가 딱해서 호의를 베풀고 싶다면 금은 그
대 막사에 얼마든지 있지 않소. 아니 더 큰 상이라도 좋으니 언제든 주어
도 좋지만, 그 노새만은 결코 양보할 수 없습니다."

아킬레우스는 자신의 막역한 친구가 이렇게 말하자 빙그레 웃었다.
"그대 말이 옳구려. 에우메로스 몫으로는 내가 아스테로파이오스한테서
빼앗은 청동 갑옷을 주겠소. 아마 그게 오히려 그에게는 값진 선물이 될
거요!"

그러자 메넬라오스가 매우 화가 나 분개했다. "안틸로코스여, 그대가
이번에 나한테 어떻게 했는지 생각해 보시오. 그리 좋다고도 할 수 없는
말을 가지고 나의 진로를 막으며 내 말의 명성을 더럽혔소이다. 장군과
여러분께 청컨대, 우리 두 사람을 공평무사히 판단해 주시기를 바라오.
자, 안틸로코스여! 관례대로 그대의 전차와 말 앞에 서서 채찍을 잡고 지
진의 신과 모든 신의 이름을 걸고 일부러 내 전차를 방해하지 않았다고
맹세해 보시오."

이에 총명한 안틸로코스가 다시 한 번 대답했다. "메넬라오스 왕이시
여, 저를 용서하소서. 청년은 성미가 급하고 지혜가 경망합니다. 제가 탄
노새는 기꺼이 양보하겠습니다. 또한, 한평생 장군의 미움을 사는 것보다
그 외의 것이라도 드리겠사오니 노여움을 푸소서."

이렇게 말하자 메넬라오스의 마음도 옥수수 이삭에 내린 이슬처럼 누
그러져 이렇게 말했다. "안틸로코스여, 내 화를 기꺼이 풀겠소. 경솔한 적
이 한 번도 없던 그대가 이번만큼은 지나쳤구려. 하지만 이 모든 고생이
나로 인해 일어난 일, 그러니 그대의 청을 들으리다. 그리고 나도 그대에
게 그 노새를 선사하리다."

그런 다음 그들은 권투 시합에 들어갔다. 이 힘든 경기의 상품으로는 참을성 많은 6년 된 노새가 걸렸다. 그리고 패배한 자를 위해서는 두 개의 손잡이가 있는 잔을 준비했다.

이윽고 아킬레우스가 일어나 말했다. "아트레우스의 아드님과 모든 용사들이여, 권투를 할 용맹한 선수들은 모두 나오시오. 누구든 인내 있는 자가 이 노새를 자기 막사로 이끌고 갈 것이오. 지는 자에게는 두 개의 손잡이가 달린 잔을 드리겠소이다."

그러자 키가 크고 훌륭한 권투 선수인 에페이오스가 나왔다. 그는 노새에다 손을 얹고 말했다. "잔을 원하는 분은 누구든지 오시오! 권투로는 나를 이길 자 없으니까. 전선에서는 부족한 점도 없지 않았지만 권투에서는 나를 이길 자가 없으리라고 말할 수 있습니다. 자, 누구든지 살이 찢어지고 뼈가 부러질 걸 각오하고 나와 싸웁시다."

이렇게 말하자 잠시 쥐 죽은 듯한 침묵이 흘렀다.

이윽고 오로지 한 사람, 메키스테우스 왕의 아들 에우리알로스가 일어섰다. 그는 테베의 오이디푸스 왕의 장례식에 참석했다가 카드메이아 사람들을 모두 무찌른 관록이 있는 사람이었다.

디오메데스가 에우리알로스에게 띠를 둘러 주고 훌륭한 가죽 장갑을 끼워 준 뒤 행운을 빌었다.

두 사람은 준비를 갖추고 링 한가운데로 들어가 맹렬히 주먹을 휘두르며 치고 빠지고 했다. 드디어 에페이오스한테 기회가 왔다. 그는 에우리알로스가 다가오는 틈을 타 턱을 한 대 갈겼고, 에우리알로스는 해초에 엉겁결에 묻어나온 큰 물고기가 뚝 떨어지는 것처럼 쿵 하고 쓰러졌다.

그러자 그의 동료들은 어깨가 축 늘어진 그를 부축하여 구석으로 데리고 가서 앉힌 뒤 잔을 받아왔다.

이번에는 아킬레우스가 세 번째 경기인 레슬링의 상품을 가져와 사람들에게 보이며 말했다. 이긴 사람을 위해서는 소 열두 마리의 값에 해당하는 큰 세 발 솥을 준비했다. 진 사람의 상품으로는 소 네 마리의 값에 해당하는 재색이 뛰어난 여인을 걸었다.

"이 상품을 걸고 싸우고 싶은 사람은 나오시오."

그러자 텔라몬의 아들 아이아스가 일어섰고, 이어서 경기의 모든 묘수를 아는 오디세우스가 일어났다. 두 사람은 짧은 바지를 입고 링 한가운데로 들어가 서로를 꽉 붙잡았다. 그들은 이름난 목수가 높은 집의 지붕을 바람으로부터 견디게 하기 위해 고정시켜 놓은 한 쌍의 서까래처럼 팽팽하게 서 있었다.

그들이 서로 당길 때마다 등에서는 삐걱 소리가 났다. 얼마나 힘을 주었는지 땀방울에 피가 섞여 나왔다. 그러나 텔라몬의 아들 아이아스는 오디세우스를 쓰러뜨리지 못했고, 오디세우스 역시 상대방을 쓰러뜨리지 못했다.

구경꾼이 지치기 시작하자 텔라몬의 아들 아이아스가 말했다. "불패의 오디세우스 장군이여, 나를 치시오. 아니면 내가 그대를 치리다. 그 이후에 일어나는 일은 제우스에게 맡깁시다."

이렇게 말하고 아이아스는 오디세우스를 들어올렸지만, 오디세우스가 속지 않고 그의 무릎 뒤쪽을 쳤다. 그러자 아이아스가 무릎이 꺾이면서 자빠졌고 오디세우스 역시 그의 가슴 위에 엎어졌다.

그리고 이번에는 오디세우스가 아이아스를 들치기로 메어치려고 했지만 잘 되지 않아 무릎을 감아 걸었고 두 사람은 함께 나동그라졌다.

그들이 얼른 일어나 다시 시도하려 하자 아킬레우스가 말렸다. "이제 그만 하면 됐소. 두 사람 모두에게 승리를 선언하겠소. 같은 상을 받기로 하고 다음 순서로 들어갑시다."

그제야 두 사람은 웃으며 먼지를 털고 튜닉을 입었다.

이번에는 달리기 경주였다. 1등을 한 자에게는 세상에서 가장 아름다운 시도니아 산 고급 술병을 내놓았다. 이것은 파트로클로스가 리카온의 몸값으로 에우네오스한테서 받은 것이었다. 2등에게는 살진 암소, 3등에게는 반 달란트의 금으로 했다.

이윽고 아킬레우스가 일어서서 말했다. "달리기 경주에서 이 상품을 탈 사람은 나오시오."

그러자 날랜 오이레우스의 아들 아이아스와 지략에 뛰어난 오디세우스, 네스토르의 아들 안틸로코스가 일어났다. 이들이 한 줄로 서자 아킬레우스가 결승점을 가리켰다.

출발에서부터 아이아스가 간발의 차로 오디세우스를 앞서 나가기 시작했는데, 이는 길쌈할 때의 얼레와 여인의 가슴 사이만큼 가까웠다.

드디어 마지막 코스에 다다르자 오디세우스가 아테나에게 조용히 축원을 올렸다. "여신이여, 원컨대 내 다리에 그대의 착하신 힘을 더해 주셔서 승리하게 하소서."

그의 축원을 들은 아테나가 그의 팔과 다리를 가볍게 해주었고, 대신 아이아스를 살짝 건드려 미끄러지게 했다. 그래서 오디세우스가 첫 번째로 들어와 술병을 받고, 아이아스는 암소를 차지했다.

아이아스는 소를 잡고 퉤퉤 입 속의 먼지를 내뱉으며 투덜거렸다. "제기랄! 여신이 나를 넘어뜨렸어. 어머니나 되는 듯 오디세우스를 따라다니며 돕거든!"

그의 투덜거림을 들은 사람들은 박장대소했다. 마지막으로 들어온 안틸로코스가 상을 받으며 사람들에게 말했다. "동지들이여, 여러분도 잘 아시겠지만, 불사의 신께서는 연장자를 존경하나 봅니다. 아이아스 장군은 저보다 조금 위요, 오디세우스 장군은 그보다 더 윗세대인 구세대에 속하십니다. 그런데도 누구든 그분을 따라잡기는 어렵지요. 아킬레우스 장군은 예외겠지만."

이렇게 안틸로코스가 아킬레우스에 대한 찬사로써 끝을 맺자 아킬레우스는 흡족해하며 말했다. "안틸로코스여, 고맙소. 그대의 친절한 말씀을 들으니 내 그대 상에다 반 달란트의 금을 더 보태리다."

그러자 안틸로코스는 이를 매우 만족해하며 받아갔다.

이번에는 아킬레우스가 사르페돈의 창과 방패, 투구를 가져오게 한 뒤 입을 열었다. "이것을 걸고 최고의 용사 두 사람을 초청하오. 무장을 하고 무구를 들고 나와 시합을 하는 거요. 누구든 찔러 살을 건드려 피를 흐르게 하는 사람에게는, 내가 아스테로파이오스로부터 빼앗은 트라키아의 훌륭한 은칼을 주겠소. 그리고 이 갑주는 두 사람이 함께 나누어 갖도록 한 뒤 성찬을 베풀어 대접하리다."

이에 텔라몬의 아들 아이아스와 디오메데스가 응했다. 그들은 각자 무구를 챙기고 갑옷 차림으로 나오니 모두들 찬탄을 아끼지 않았다.

두 사람은 세 차례 돌격하여 서로 세 번 찔렀는데, 아이아스는 디오메데스의 큰 방패를 꿰뚫는 데 성공했지만, 갑옷으로 인해 살에는 미치지 못했다. 이번에는 디오메데스의 창이 아이아스의 큰 방패 위로 넘어가 창끝이 목에 가 닿았다.

그러자 아이아스를 염려하는 사람들은 중지하라고 외쳐댔다. 그리하여 아킬레우스는 디오메데스에게 칼집과 끈 있는 칼을 주었다.

다음으로 아킬레우스는 철환을 내온 뒤 말했다. 이것은 힘이 센 에티온이 늘 던지던 것으로 아킬레우스가 에티온을 죽이고 다른 전리품과 함께 가져온 것이다.

"이 상품을 타고 싶은 사람은 일어서시오. 이긴 자는 목자든 농부든 쇠를 사러 도시에 갈 필요는 없을 것이오. 이것으로 풍부하게 쓸 수 있을 테니까."

이 경기에 도전한 자는 투사 폴리포이테스, 힘이 센 레온테우스, 텔라몬의 아들 아이아스, 에페이오스 장군이었다. 그들은 한 줄로 서서 먼저 에페이오스가 철환을 머리 위로 들어올려 돌리다가 던졌다.

다음에는 아레스의 후예인 레온테우스가 던졌고, 그 다음에는 텔라몬의 아들 아이아스가 던졌는데 가장 멀리 나갔다. 마지막으로 폴리포이테스가 목동이 몽둥이를 휘둘러 소의 무리 위로 날리는 것처럼 던졌는데 누구보다도 멀리 나갔다. 사람들의 환호성을 들으며 그의 동료가 상품을 함대로 날라갔다.

다음에는 궁술경기로 아킬레우스는 열 자루의 양날 도끼와 열 자루의 외날 도끼를 상품으로 내왔다.

모래밭 멀리 이물이 검푸른 배의 돛대를 표적으로 한 뒤 비둘기의 다리를 묶어 날게 하고는 큰 소리로 말했다. "저 비둘기를 맞히는 사람에게는 이 도끼를 모두 주겠소. 단, 끈을 맞힌 사람에게는 이 외날 도끼를 주리다."

이에 테오크로스 장군과 메리오네스가 일어섰다. 테오크로스가 먼저 쏘았으나 궁술의 신에게 1년 된 양의 제물을 올리겠다는 약속을 잊었으므로 비둘기 다리에 맨 끈만을 맞혀 끈을 땅에 떨어뜨렸다.

그러자 메리오네스가 궁술의 신 아폴론에게 1년 된 양의 제물을 올릴 것을 언약한 뒤 활시위를 잡아당겼다. 그러자 화살은 비둘기를 정통으로 맞혀 사람들이 환호성을 질렀다. 그리하여 메리오네스는 열 자루의 양날 도끼를, 테오크로스는 외날 도끼를 함대로 가져갔다.

마지막으로 아킬레우스는 긴 그림자가 지는 창과 소 한 마리 값이나 되는 큰 솥을 가져왔다. 그러자 아가멤논 대왕과 메리오네스가 일어섰다.

이에 아킬레우스가 말했다. "대왕이시여, 누구보다도 고귀하신 대왕께서 투창에 있어서나 힘에 있어서 최고임은 자타가 공인하는 바외다. 원컨대, 이 상을 받으셔서 함대로 가져가소서. 그러나 괜찮으시다면 창은 메리오네스에게 주도록 합시다."

이에 아가멤논 대왕이 흔쾌히 동의해 창을 메리오네스에게 주었다.

아킬레우스, 헥토르의 시신을 돌려주다

제우스의 가호로 프리아모스 왕이 아킬레우스를 방문해 무사히 아들 헥토르의 시신을 찾아온다. 트로이의 백성들이 모두 슬퍼하는 가운데 헥토르의 장례식이 성대하게 치러진다.

경기가 끝나자 모두들 자기 함대로 돌아가 휴식에 들어갔다. 하지만 모든 것을 정복한 아킬레우스는 사랑하는 벗의 뛰어난 기개를 떠올리며 가슴 아파했다.

파트로클로스와 더불어 얼마나 많은 공적을 세웠던가! 전쟁 중 함께 견디어 낸 고난과 무서운 바다의 풍파를 얼마나 많이 극복했던가! 이런 것들이 주마등처럼 스쳐 지나가자, 그는 뜨거운 눈물을 흘렸다.

그리고 뒤치락거리다가 실성한 듯이 바닷가를 거닐면서 먼동이 터 오는 바다 쪽을 바라보기도 했다. 그런 다음 헥토르를 전차에 잡아매고는 세 번이나 파트로클로스의 무덤 주위를 돌았다. 헥토르를 가엾게 여긴 아폴론은 시신의 피부가 상하지 않도록 황금 방패로 쌌다.

아킬레우스가 분함을 못 이겨 이렇게 헥토르를 학대하자 영광의 신들은 헤르메스를 보내 시체를 훔쳐내고자 했다. 그러나 헤라와 포세이돈, 그리고 아테나가 이에 반대했다. 이 신들은 파리스가 중대한 잘못을 저질렀을 때부터 성스런 트로이와 프리아모스, 그리고 그 국민을 미워하기 시작했다. 파리스는 세 여신들이 자기의 농장을 방문했을 때 파렴치한 육욕을 자기에게 허락해 준 한 여신을 찬양하느라 다른 두 여신을 모욕한 적이 있었던 것이다.

이윽고 열이틀째 새벽이 밝아오자 아폴론이 원망하듯 말했다. "신들이시여, 참으로 무정하시군요. 헥토르가 여러분께 올렸던 제물을 생각해 보소서. 그런데도 시체마저 저토록 방치하다니. 왜 저토록 안하무인인 아킬레우스만 돕고 싶다는 것입니까? 신들이시여, 그에게서는 동정심이라곤 눈곱만치도 찾을 수가 없습니다. 그저 사자처럼 흉포하기만 합니다. 그는 영웅일지 모르지만, 영웅한테 따르는 고결함은커녕 피도 눈물도 없는 잔혹한 인간입니다. 그러한 그가 고귀한 헥토르의 생명을 빼앗아 전차에 붙들어매곤 그 무덤가로 끌고 다니고 있습니다. 이는 경우에 닿지도 않는 있을 수 없는 일이지요. 그러니 우리가 나서 따끔하게 혼을 내주는 것이 좋으리다. 말없는 시체까지 모욕을 하다니요."

이 말에 헤라가 발끈했다. "은활의 신이여, 아킬레우스와 헥토르를 같은 위치에 놓는다면 그 말이 맞소. 그러나 헥토르는 보통 인간이고 아킬레우스는 여신의 아들이오. 내 손으로 그의 어머니를 길러 신들의 은총을 받는 인간 펠레우스에게 시집을 보냈소. 그 결혼식에는 아폴론 그대도 하

프를 뜯었었지. 그런데도 그대는 하찮은 무리에게만 호의를 베풀려 하는
구려."

그러자 이번에는 제우스가 끼여들었다. "헤라여, 그만두시오. 물론 두
사람은 지위가 다르지만 헥토르는 누구보다도 신들의 총애를 받고 있소.
그는 참으로 정성을 다해 제물을 올렸지. 내 신전에는 성찬이 그친 적이
없었고, 제주와 향기 등 결례를 범한 적이 없었소. 하지만 아킬레우스 모
르게 헥토르를 훔쳐낼 수는 없소. 그의 어머니가 파수를 보고 있으니 그
건 안 되오. 누구든 테티스를 나한테 보내면 내가 권고해 보리다. 아킬레
우스가 프리아모스한테서 몸값을 받고 헥토르를 찾아가게 말이오."

이 말이 떨어지자 번개같이 이리스가 전갈을 가지고 테티스를 향해 떠
났다. 테티스는 천장이 둥근 동굴에서 다른 님프들에게 둘러싸여 있었다.
테티스는 만리타향 트로이 땅에서 죽을 운명인 아들을 생각하며 매우 슬
퍼하고 있었다.

이리스가 앞에 가서 말했다. "테티스시여, 제우스께서 부르십니다."

은발의 테티스가 대답했다. "무슨 일로 대신께서 나를 부르신단 말이
오? 내 가슴이 설움으로 무너지는데, 불사의 신들 앞에 나타나는 것이 부
끄럽소. 아무튼 갑시다. 제우스님께선 헛되이 말씀하는 분이 아니시니."

테티스가 가장 검은 솔을 걸치고 이리스를 따라 하늘로 솟구쳐 올라갔
다. 거기에는 제우스와 불사의 신들이 모여 있었다. 제우스 옆에 앉았던
아테나가 테티스에게 자리를 내주었다. 그리고 헤라가 금잔을 주며 환영
의 말을 하자, 테티스는 이를 마신 뒤 잔을 돌렸다.

이윽고 제우스가 입을 열었다. "테티스여, 비록 슬픔에 싸여 있는데도
올림포스에 왔구려. 우리 신들은 헥토르의 시체를 두고 9일 동안이나 논

쟁을 벌였소이다. 신들은 헤르메스에게 시체를 훔쳐오라고 하지만, 나는 그대가 이 일에 나서 주었으면 하오. 그대는 막사로 가서 아들에게 신들이 노했다고 말하시오. 누구보다도 내가 화를 내더라고 이르시오. 아마도 그는 나를 두려워하여 헥토르를 내줄 것이오. 그럼 나는 이리스를 프리아모스 왕에게 보내어, 아카이아 막사를 방문해 충분한 보화로 아들의 몸값을 치르게 하겠소."

제우스의 뜻에 따라 아들의 막사로 달려간 테티스는 오열에 잠긴 아들을 발견했다. 막사에서는 털이 많은 양을 잡고 있는 중이었다.

테티스는 아들의 머리를 쓰다듬으며 일렀다. "애야, 언제까지 슬픔과 한탄 속에 가슴을 쥐어뜯느냐. 이렇게 식사도 잠도 다 잊고 있으니. 널 사랑하는 어미를 봐서라도 그만 하거라. 무서운 죽음의 운명이 너한테 임하고 있으니 이제 그만 내 말 좀 들어라. 신들께서 너 때문에 노하셨단다. 네가 격정에 사로잡혀 헥토르를 잡고 내놓지 않는다고 누구보다도 제우스께서 화를 내셨단다. 자, 그러니 몸값을 받고 내주자."

이에 아킬레우스가 대답했다. "올림포스 주신께서 친히 분부하시는 거라면 몸값을 치르고 시체를 가져가라고 하십시오."

어머니와 아들은 한참 동안이나 가슴을 터놓고 이야기를 주고받았다.

그 동안 제우스는 이리스를 일리오스로 보냈다. "이리스여, 속히 트로이로 가서 프리아모스 왕에게 아카이아 막사로 보화를 충분히 가져가 아들의 시체를 찾으라고 하라. 시종으로 노인 한 사람만 데리고 가라고 하라. 내가 헤르메스를 보내 호위할 테니 두려워하지 말고. 일단 아킬레우스 막사로 들어가면 그도 해치지는 못할 것이다. 아킬레우스 역시 불손하지는 않으니까. 그는 애원하는 사람을 아끼는 가장 양심 있는 사람이다."

질풍같이 날랜 발을 가진 이리스는 프리아모스 궁으로 향했다. 프리아모스의 노왕은 더럽혀진 얼굴로 조각상처럼 앉아 있었고, 아들들은 주위에 둘러앉아 눈물로 옷깃을 적시고 있었다. 그리고 그의 딸들과 며느리들은 적의 손에 죽은 남편들과 용사들을 생각하며 흐느껴 울고 있었다.

이리스는 오열을 삼키는 프리아모스 왕에게 가만히 속삭였다. "프리아모스 왕이시여, 겁내지 마시오. 불길한 소식을 가져온 게 아니니까. 제우스께서는 지금 그대를 걱정하시고 계시오. 그래서 그대에게 헥토르 왕자의 몸값을 치르라 하시오. 아킬레우스 마음에 흡족하도록 충분한 보화를 가지고 혼자 아킬레우스의 막사로 가시오. 어느 누구도 동반하지 마시고, 늙은 시종한테 노새를 몰게 하여 헥토르의 시체를 싣고 오시오. 조금도 죽음을 두려워할 필요는 없소. 제우스께서는 헤르메스를 보낸다고 하셨소. 헤르메스가 아킬레우스한테로 안내하면 아킬레우스든 그 누구든 당신을 해치지는 못할 것이오. 아킬레우스 역시 무모하거나 불손하지는 않소. 애원하는 사람을 아낄 양심은 있을 것이오."

이렇게 말하고 이리스가 사라지자 노왕은 곧 아들들에게 명령하여 노새 마차를 준비시켰다. 그리고 그 위에 상자를 놓은 다음 보물창고에 들어가며 아내 헤카베에게 말했다. "여보, 지금 제우스께서 보낸 올림포스의 전령이 와서 말하기를, 내게 아카이아 막사로 가서 우리 아들의 몸값을 치르라는 거요. 보화를 충분히 싣고 가서 아킬레우스를 달래면 가능하다고 했소. 그래서 갈 참인데 부인 생각은 어떻소?"

헤카베가 비명을 지르며 소리쳤다. "도대체 무슨 말씀을 하시는 거예요. 가장 뛰어난 판단력을 가져 명성이 이웃 나라에까지 자자하시던 분이 어떻게 혼자서 불구대천의 원수를 만날 생각을 하시는 거예요. 당신의 자

식들을 숱하게 죽인 천인공노할 무뢰한을 만나려 하시다니! 그는 신의라
곤 눈곱만큼도 없는 식인종이에요. 절대로 가시면 안 돼요. 안 되고 말고
요. 우리 그냥 집에 앉아서 슬퍼합시다. 내 무슨 팔자가 기구해서 이런
일을 겪는단 말인가. 그놈의 간을 질겅질겅 씹어먹어도 시원찮으련만! 그
래서 복수할 수만 있다면. 그 아이는 참으로 꿋꿋한 아이였는데."

프리아모스 왕이 고집을 부렸다. "내 갈 테니 말리지 마시오. 당신만은
나를 설득하려 하지 말고 내 편이 되어 주시오. 단순히 사제나 예언자가
권했다면 터무니없는 말이라 여기고 단념했을 거요. 하지만 이번엔 내 귀
로 직접 신의 음성을 들었단 말이오. 그러니 내가 아카이아 막사에서 죽
을 팔자라면 달게 받겠소. 내 자식을 안고 통곡을 할 수 있다면, 그 자리
에서 죽어도 소원이 없겠소."

그는 보물창고를 열어 열두 벌의 아름다운 의상과 열두 벌의 외투, 그
리고 그 수와 같은 시트와 흰 망토, 튜닉을 꺼냈다. 또한, 그는 10달란트
금을 꺼내고, 번쩍이는 세 발 솥 두 개, 큰 솥 네 개, 트라키아 사절이 선
사한 아름다운 잔을 꺼냈다. 모두 가문의 보배였으나 노왕은 하나도 아깝
지 않았다. 얼마나 아들의 시신을 찾아오고 싶었던가!

프리아모스 왕은 말리는 사람들이 귀찮아 사정없이 꾸짖었다. "꼴도
보기 싫으니 나가라. 여기까지 와서 왜 귀찮게 하느냐? 제우스께서 내 금
쪽 같은 자식을 빼앗아 갔는데, 이게 다 무슨 소용이란 말인가. 아, 도시
가 쑥대밭이 되기 전에 황천길이나 떠나면 얼마나 좋을까!" 그러고는 다
시 아들들, 즉 헬레노스·파리스·아가돈·팜몬·안티포누스·폴리테
스·데이포보스·힙포토스와 디오스를 향해 소리쳤다. "이 몹쓸 놈들아!
썩 꺼져 버리거라. 네놈들이 헥토르 대신 죽었으면 좋았을걸! 참 나는 불

행도 하지! 뛰어난 자식은 죽고 비열한 패거리들만 남았구나. 신과도 견줄 만한 메스토르며 유명한 전차의 투사 트로일로스, 그리고 신의 아들 같았던 헥토르가 모두 전사하다니. 그리고 불량배, 춤의 선수들로 무도장에서만 호걸이요, 제 나라 사람들의 양과 염소를 약탈하는 놈들만 남아 눈에 얼씬거리고! 이놈들, 이거나 모두 싫어라. 길을 떠나야겠다."

왕자들은 아버지의 청천벽력에 모두 놀라 서둘렀다. 훌륭한 새 노새마차를 갖다가 상자를 매달고 헥토르의 몸값으로 가져갈 보화를 날라 마차 위에 쌓았다. 이어 그들은 발이 튼튼한 한 쌍의 노새에 멍에를 매었는데, 이것은 미시아 사람들이 프리아모스 왕에게 보낸 선물이었다.

프리아모스 왕과 시종이 이런 준비를 하고 있을 때 수심에 잠긴 헤카베가 왔다. 그들에게 떠나기 전에 술을 바치는 의식을 하기 위해서였다. "이것을 들어 제우스 아버지께 술을 붓고 적진에서 무사히 돌아오기를 비소서. 오른편으로 그 날랜 전령의 새를 청하소서. 그분이 가장 아끼시는 새 말이에요. 만일 전능하신 제우스께서 그 전령을 보내지 않으신다면, 전 당신이 아무리 원하실지라도 가시는 것에 찬성할 수 없습니다."

프리아모스 왕이 대답했다. "그대의 말에 따르겠소. 제우스께 공손히 은총을 구하는 것은 좋은 일이오."

노왕은 손을 깨끗이 닦고 아내에게서 잔을 받아 술을 땅에 뿌린 다음 하늘을 보고 축원을 올렸다. "오, 이다 산에 군림하시는 우리의 아버지시여! 아킬레우스가 저에게 친절과 동정을 보이도록 허락하소서. 그리고 당신의 전령 신으로 하여금 어느 새보다도 가장 아끼시는 새를 오른편으로 보내 주소서. 그래서 제가 아카이아로 마음놓고 갈 수 있도록 하소서."

이렇게 프리아모스 왕이 빌자 전능하신 제우스께서 가장 실수 없는 검은 독수리를 보내 주었다. 그 새의 날개폭은 부잣집 누각의 빗장 대문만큼이나 넓었다. 이 독수리가 도시 위 오른쪽으로 날아가는 것을 보고 모두들 기뻐하며 마음이 누그러졌다.

　노왕은 급히 마차에 올라 마부 이다이오스와 함께 주랑을 지나 앞문으로 말을 달렸다. 노왕이 재빨리 한길을 지나가자 가족들은 모두 황천길이나 떠나는 듯이 흐느끼며 뒤따랐다.

　이들이 평원에 나타나자 제우스는 노왕을 불쌍히 여겨 아들 헤르메스에게 말했다. "헤르메스여, 인간과 친하고 싶어하는 네가 프리아모스를 아카이아 막사로 인도하라. 그리고 아킬레우스한테 가기 전에는 아무도 보거나 눈치채지 않게 하라."

　헤르메스는 몹시 좋아하며 빛나는 황금 구두를 신고 마술 지팡이를 들었다. 그러고 나서 헬레스폰트와 트로이 땅까지 날아갔다. 거기서부터 그는 이제 막 수염이 나기 시작한 가장 매력적인 젊은 왕자로 변신했다.

　한편 노왕의 일행은 일로스의 큰 무덤을 지나 강가에 멈춰 말에게 물을 먹이고 있었다. 헤르메스가 가까이 다가오는 것을 본 시종이 프리아모스 왕에게 주의를 주었다. "사람을 조심하십시오, 전하. 저자가 우리를 삽시간에 망쳐놓을 것 같으니 마차를 타고 달아나시지요. 아니면 그의 무릎을 잡고 살려 달라고 비시든가요."

　이 말에 노왕이 얼이 빠져 서 있는데, 헤르메스가 다가와서 노왕의 손을 잡았다. "노인이여, 사람들이 모두 잠든 밤 어디로 가십니까? 비분강개를 일삼는 아카이아 군들이 두렵지 않습니까? 이렇게 깜깜한 밤에 이런 물건을 가져가다가 들키기라도 한다면 어떻게 하시겠소? 보아하니 연세도 많으신 같은데. 그러나 저는 조금도 그대에게 폐를 끼치지는 않겠습니다. 그대를 뵈오니 아버지 생각이 나 보호해 드리지요."

노왕이 대답했다. "여보시오, 젊은이. 그대와 같은 길손을 보내 주시는 것을 보니 아직 신께서 절 버리지는 않으셨나 봅니다. 그대의 수려한 풍채를 보건대, 착하신 분이신 것 같고, 분명히 명문가의 후예이신 것 같소이다."

"노인이시여, 참 잘 보셨습니다. 이제 제게 솔직히 말씀해 주시지요. 노인께서는 이 귀중한 물건들을 어디로 수송 중이십니까! 혹시 그 위대한 영웅이 죽었기 때문에 트로이의 멸망을 두려워하십니까? 천하의 고귀한 명장인 그대의 아드님, 그분이야말로 용사 중의 용사였는데!"

"도대체 그대는 뉘십니까? 어떻게 내 불운한 자식의 최후를 아시오?"

"노인이시여, 저도 그 영광의 벌판에서 그대의 자제를 보았습니다. 그뿐입니까? 아카이아 군을 함대로 몰아쳐 파괴할 때에도 그저 서서 감탄하며 보았답니다. 저는 아킬레우스의 비복으로, 아가멤논 대왕에게 원한을 품었던 아킬레우스가 싸움을 허락지 않았지요. 저의 아버지는 폴릭토르이며 저는 칠 형제 중 막내입니다. 칠 형제가 제비를 뽑았는데 제가 뽑혀 출정했지요. 아마 내일은 다시 아카이아 군이 도성 공격전을 시작할 것입니다. 병사들이 가만히 앉아 있는 것이 싫증을 내 이젠 장군들도 그들을 잡아둘 수가 없답니다."

"그대가 진정 아킬레우스의 비복이라면, 모든 것을 사실대로 말해 주시오. 내 아들이 아직도 함대에 있소? 아니면 벌써 개밥을 만들었소?"

"노인이시여, 물론 그분은 아킬레우스 함대 옆 막사에 그대로 누워 있습니다. 열이틀이나 거기 놓여 있는데도 살도 상하지 않고 벌레 하나 덤비지 않았습니다. 아킬레우스가 새벽마다 무지막지하게도 자기 친구의 무덤가로 끌고 돌아다닌 것은 사실입니다만, 그래도 상하지는 않았습니다. 만일 가셔서 보게 된다면, 마치 이슬처럼 깨끗이 피가 씻기어 조금도 헌 데가 없음을 직접 확인하시게 될 겁니다. 찔린 데는 많았는데 상처가 모두 아물었지요. 죽어서도 신들이 얼마나 아드님을 사랑하는지, 모두 아드님이 신에게 정성을 다한 덕이지요."

이 말에 노왕은 환하게 웃었다. "젊은이, 정말 내 죽은 아들은 올림포스에 계신 신들을 잊은 적이 없었소. 그러니까 모두들 잊지 못하시는 것이겠지요. 원컨대, 내 정성이니 이 어여쁜 잔을 받고 나를 보호해 주시오. 나를 아킬레우스의 막사까지 인도해 주시오."

"노인이시여, 아킬레우스의 배후에서 선물을 받으라 하시면 저는 승낙할 수가 없습니다. 그분을 속인다는 것은 충심으로 부끄러운 일일 뿐만 아니라, 혹시 그걸로 인해 불상사가 생길지도 모르기 때문이지요. 하지만 제가 정성껏 그곳까지 인도하겠습니다. 아무도 감히 그대를 무시하거나 공격하지는 못할 겁니다."

말을 마친 뒤 헤르메스가 마차에 뛰어올라 말들과 노새들에게 힘을 불어넣었다. 파수꾼들은 식사하기에 바빴다. 하지만 헤르메스는 이들을 모두 잠재운 뒤 프리아모스를 아킬레우스의 막사까지 인도했다. 전나무로 벽과 억새로 부드럽게 지붕을 이어 만든 튼튼한 막사였다. 그곳까지 인도한 헤르메스는 프리아모스 왕에게 비로소 사실을 말했다. "왕이시여, 저는 불사의 신 헤르메스입니다. 아버지께서 그대를 인도하라고 저를 보내셨습니다. 그러니 이제 혼자 들어가시어 아킬레우스의 무릎을 잡고 그의 양친과 자식의 이름을 빌려 마음을 움직여 보시지요."

헤르메스가 올림포스로 돌아가자 프리아모스는 막사로 들어가고 이다이오스는 그 자리에 남아 말과 노새를 지켰다. 아킬레우스는 마침 아우토메돈과 알키무스의 시중을 받고 있었다. 프리아모스는 아킬레우스에게 가까이 다가가 무릎을 잡고 그 많은 자기 자식을 죽인 살상의 손에 입을 맞추었다. 그제야 프리아모스 왕을 알아본 아킬레우스는 깜짝 놀라 어리둥절한 표정을 지었다.

그러나 프리아모스 왕은 아랑곳하지 않고 아킬레우스에게 간청했다. "가장 고귀하신 아킬레우스 장군이여, 장군의 춘부장도 나처럼 인생의 종말에 다다랐음을 기억하소서. 진실로 그분께서도 그대가 아직 생존했다는 소리를 들으면 충심으로 기뻐하겠지요. 그러나 나처럼 불행한 늙은이가 어디 있겠소. 최고의 자식들을 전투에서 잃었으니 말입니다. 그 중 우리의 방파제였던 그 자식이 지난번 그대의 손에 쓰러졌소. 헥토르, 그놈이오. 그놈 때문에 내 감히 이곳까지 왔소이다. 몸값은 얼마든지 줄 테니 아킬레우스 장군이여, 아들을 돌려주소서. 게다가 나는 더욱더 동정을 받아야 할 몸, 내 자식을 죽인 자의 손에 입술을 대는 일까지도 하고 있습니다."

그가 말을 마친 뒤 아킬레우스의 손을 들어올려 입술을 갖다 댔다. 그러자 아킬레우스의 가슴은 아버지의 생각으로 몹시 괴롭고 쓰라렸다. 두 사람은 각기 죽은 사람들을 생각하며 울었다. 한 사람은 아킬레우스의 발 앞에 엎드려 헥토르를 생각하며 울고, 또 한 사람은 자기 아버지와 파트로클로스를 생각하며 울었다.

이윽고 아킬레우스가 노인의 손을 잡고 일으키며 허심탄회하게 말했다. "오, 가여운 어른이여! 어떻게 혼자 이곳까지 왔나이까? 어떻게 그대의 고귀한 자제들을 모두 죽인 이 사람을 감히 눈으로 보시나이까? 어서

자리에 앉으소서. 잠시 우리의 슬픔은 가슴속 깊숙이 묻어둡시다. 이는 신들이 가련한 인간에게 지워 주는 운명의 거미줄이지요. 제우스의 궁전 안에는 두 개의 선물 항아리가 있는데, 하나는 좋은 물건이 들어 있고 하나는 악한 것이 들어 있답니다. 천둥 신은 이것을 뒤섞어 인간에게 주었지요. 바로 나의 아버지, 펠레우스도 그렇습니다. 신들은 그분에게 날 때부터 영광된 선물을 주셨으므로 재화나 부에 있어서는 부족할 게 없었지요. 미르미돈 전역에 걸친 군주요, 비록 인간의 몸일망정 여신을 아내로 모셨습니다. 그러나 신은 그분에게 또한 화를 내리셨지요. 외아들인 나는 그분보다 앞서 죽을 운명이랍니다. 더욱이 연로하신데도 아들인 나는 봉양 한번 못 했습니다. 나는 이곳에 머물며 그대를 괴롭혔고 자제들을 무찔렀습니다. 듣자 하니, 한때 대왕께서도 해상으로는 마카르의 영지 레스보스까지, 육지로는 피리기아까지 부와 자제를 지닌 지상의 권위자였다고요. 그러나 하늘의 신들이 그대에게 이러한 참화를 내려 전쟁과 살인밖에 없으니. 대왕이여, 부디 상심치 마시오. 아들의 죽음을 슬퍼한들 무슨 소용이 있으리오. 죽은 자식을 살릴 길은 없나이다."

이에 프리아모스가 말했다. "고매한 장군이여, 나에게 앉으라 하지 마소서. 내 자식 헥토르는 여기 버려져 있는데, 어서 그를 보고 싶습니다. 그리고 내가 가져온 많은 보화를 몸값으로 받으소서. 그대가 먼저 나를 용서했으니, 그것을 기꺼이 받으시고 무사히 귀국하소서."

아킬레우스가 얼굴을 찡그리며 말했다. "노왕이시여, 헥토르는 내 자진하여 내놓을 생각입니다. 제우스께서 내 어머니를 보내어 전갈을 가져왔습니다. 또한 어느 신께서 그대를 이곳까지 인도했는지 잘 압니다. 그러니 설움에 싸여진 내 성미를 더 이상 돋우지 마소서. 아니면 나는 비록 애원하는 자일망정 그대 역시 살려 두지는 못하리다. 이는 제우스의 분부를 거역하는 죄가 되겠지요."

아킬레우스의 말에 노왕은 겁이 나서 아무 말도 하지 않았다. 아킬레우스가 사자처럼 펄쩍 뛰어 일어나자 아우토메돈과 알키무스가 그 뒤를 따랐다. 그들은 말들과 노새들을 마구에서 풀고 프리아모스의 시종을 데리고 들어가 자리를 권했다.

그런 다음 아킬레우스는 하녀를 불러 시체를 씻고 기름을 바르도록 일렀다. 프리아모스에게 그의 아들을 보이고 싶지 않아 몰래 시체를 옮겼다. 만일 노왕이 아들을 보기라도 하면 자기의 성미를 자극하고, 그럼 자기가 왕을 살해하는, 제우스의 분부를 거역하는 죄를 저지를까 두려웠던 것이다.

하녀들은 시체를 씻고 기름을 바른 다음 튜닉과 망토를 입혔다. 그러자 아킬레우스는 손수 그를 들어 관대에다 놓은 뒤 죽은 벗의 이름을 소리 높이 불렀다. "파트로클로스여, 헥토르를 그의 아버지에게 돌려주었다고 화내지 마라. 충분한 몸값을 받았고, 또한 그대에게도 적절한 대가를 치르리라."

아킬레우스는 막사로 돌아가 프리아모스에게 말했다. "그대의 아들은 원하시는 대로 이제 관대에 누워 있나이다. 해가 뜰 무렵 귀로에 올라 상면하도록 하시고 지금은 만찬을 들도록 하시지요. 아름다운 니오베조차도 열두 명의 자식을 집에서 잃고도 식사는 잊지 않았습니다. 6남 6녀였는데, 아들은 아폴론이 은활로 쏘았고, 딸은 아르테미스가 쏘았지요. 니오베한테 둘밖에 낳지 못했다는 소리를 들은 이들이 화가 나 모두 살해한 겁니다. 시체는 9일 동안 피에 젖은 채로 있었지만, 제우스께서 사람들을 돌로 만들어 결국 10일째 되는 날 하늘의 신들이 그들을 묻었습니다. 하지만 니오베는 눈물을 흘리기에 지쳤어도 먹을 생각은 했습니다. 자, 그러니 존경하는 노왕이시여, 우리 함께 식사나 하십시다. 그 다음에는 일리오스로 아들을 운구하여 우시든지 마음대로 하십시오. 그는 슬퍼할 만한 아들이었지요!"

이렇게 말하고 아킬레우스는 부하들로 하여금 식사 준비를 시켰다. 갈증과 허기가 채워지자 프리아모스는 아킬레우스의 그 늠름한 풍채와 체격에 감탄했다. 정말로 어느 신이 하늘에서 내려온 듯했다. 아킬레우스 또한 프리아모스의 고상한 용모와 언변에 반했다.

한동안 서로 바라보다가 프리아모스가 입을 열었다. "장군, 이제 잠 좀 자게 해주소서. 그대 손에 아들을 잃고 난 뒤로 눈 한 번 감아본 적이 없습니다. 하지만 이제 음식도 입에 대 보았고 술로 목도 축였습니다. 아무 것도 입에 대지 않던 것을."

아킬레우스가 곧 현관에 침구를 갖추도록 하인에게 이르자 화려한 자색 모포며 침구를 깔고 입을 털옷도 가져왔다. 하녀들이 불을 밝혀 침대 둘을 마련하자 아킬레우스가 무뚝뚝한 어조로 말했다. "대왕이시여, 문 밖에서 주무셔야겠습니다. 늘 아카이아 고문이 찾아와서 회의를 한답니다. 만일 그 사람 눈에 띄기라도 한다면, 곧 아가멤논 대왕의 귀에 들어가 시체 인도가 연기될 수도 있습니다. 그리고 헥토르의 엄숙한 장례를 치르려면 며칠이나 걸리는지요? 그 동안은 싸움을 삼가겠습니다."

"그렇게 말씀해 주시니 참으로 고맙습니다. 아시는 바와 같이, 산에서 나무를 베어 오는 것만 해도 거리가 멀어 시간이 걸리고 사람들은 매우 겁을 냅니다. 지금 계획으로는 10일째에 장례식을 치르고, 11일째는 무덤을 만들겠으니, 12일째부터 전투를 하시는 것이 어떨는지요?"

이에 아킬레우스가 대답했다. "노왕이시여, 그대로 하소서. 말씀대로 그 동안 전투는 보류하겠습니다."

아킬레우스는 노왕의 손을 잡아 안심시킨 다음 현관으로 안내했다. 아킬레우스는 막사 구석에서 사랑스런 브리세이스 옆에 누웠다.

만물이 깊은 단잠에 든 밤이 깊어지자 헤르메스는 프리아모스 왕을 빼내려고 궁리했다. 결국 헤르메스는 노왕에게 다가가 속삭였다. "노왕이시여, 이렇게 적의 수중에서 잠이 들다니 장차 일을 생각하시오. 만일 아가멤논이나 다른 사람의 눈에 띈다면, 살아 있는 당신이 돌아가기 위해서는 그대 아들의 세 곱절이나 되는 몸값을 치러야 할 것이오."

이에 노왕은 얼른 시종을 깨웠다. 그리고 헤르메스가 인도하는 대로 쏜살같이 아무도 모르게 막사를 빠져나갔다. 크산토스의 얕은 물에 다다르자 헤르메스는 그들을 남겨두고 올림포스로 돌아갔다.

새벽 신이 비단옷으로 지상을 덮을 무렵, 이들은 도성으로 들어갔다. 가장 먼저 아프로디테와도 같은 카산드라가 그들을 보았다. 그녀는 성 위에 올라가 있으면서 아버지가 오는지 망을 보고 있었던 것이다.

그녀는 소리 높이 통곡하며 도성의 모든 사람들에게 호소했다. "자, 트로이의 선남선녀들이여, 헥토르를 보라! 일찍이 온 나라의 자랑이었던 그가 오도다! 만일 전선에서 돌아오는 그를 환영한 적이 있다면 모두들 나오라!"

트로이 시민의 가슴에 슬픔의 불길이 용솟음쳤다. 그들은 한 사람도 빠짐없이 뛰쳐나와 그들을 맞았다. 먼저 헥토르의 아내와 어머니가 머리를 쥐어뜯으며 마차로 달려와 머리를 껴안고 통곡했다.

이윽고 노왕이 마차에서 소리쳤다. "길을 비켜라. 집에 가서 마음껏 울어라."

그제야 사람들이 길을 터주어 마차가 지나갈 수 있었다.

헥토르의 시체를 궁전으로 옮겨 훌륭한 관 위에 올려놓자 조상꾼들이 옆에 서서 조가를 불렀다. 이에 여인들의 곡성이 합창을 이루었다. 안드로마케가 투사의 목을 끌어안고 원망하며 통곡했다. "여보, 참으로 당신이 야속하구려. 나를 과부로 만들고, 갓난 외아들을 버려두다니. 이제 우리의 성도 쑥대밭이 되겠지요! 우리의 방파제였던 당신이 가고 말았으니 말입니다. 이제 머잖아 우린 굴욕적인 고역이 기다리는 곳으로 끌려가겠지요. 아니면 누군가가 이 애를 죽일지도 모르지요. 아마도 당신이 죽인 사람의 형제나 아비, 자식이 복수로 말입니다. 당신의 손에 쓰러진 자도 많았으니까요. 여보, 당신은 부모님께도 못할 짓을 하셨습니다. 하지만 어느 누구보다도 나에게 잘못하셨지요. 당신은 이렇게 우는 날 몰라보고, 자나깨나 잊지 못할 달콤한 말 한마디조차 해주지 못하시니 말입니다."

그녀의 절규에 부인들이 함께 통곡했다. 이에 헤카베가 아들을 어루만지며 슬퍼했다. "내 가장 사랑하는 아들아, 눈에 넣어도 아프지 않을 자식아! 넌 죽어서까지 신들의 사랑을 받는구나. 아킬레우스의 창에 쓰러졌건만, 너는 이렇게 아침 이슬처럼 깨끗하게 누워 있구나. 마치 아폴론이 화살로 가벼이 찌른 것처럼!"

이번에는 헬레나가 슬퍼했다. "헥토르시여, 시아주버니 중에서 가장 존경하옵던 분이시여! 고향을 떠나 이 고장에 온 지 이미 스무 해가 되었지만, 당신에게서 고까운 말이나 불쾌한 음성을 일찍이 들어보지 못했습니다. 혹 누군가가 나를 꾸짖으면 당신은 항상 온화한 말씀으로 말리셨지요. 불행한 이 몸에게 유일하게 친절하게 대해 주시던 분이신데……. 그래서 저의 슬픔은 더욱 크답니다."

헬레나가 이렇게 통곡하니 시민들이 모두 눈물을 그칠 줄을 몰랐다. 이윽고 프리아모스 노왕이 입을 열었다. "자, 트로이 시민들이여! 적의 복병이 있을까 걱정하지 말고 장작을 날라오라. 아킬레우스 장군이 12일째 동이 틀 때까지는 해를 끼치지 않겠다고 약속했도다."

그러자 사람들은 9일 동안 장작을 쌓은 뒤 10일째가 되던 날 헥토르의 시체를 장작더미 위에 올려놓고 불을 질렀다. 다음날 새벽의 신이 장밋빛 손길을 뻗치자 시민들은 헥토르의 화장터로 모여들었다. 형제와 전우들은 눈물을 흘리며 사그라지는 불길은 술로 끄면서 유골을 모아 황금 상자에 넣었다. 그런 다음 고운 자색 비단으로 싸서 구덩이에 넣은 뒤 그 위에 큰돌들을 세웠다. 그리고 곧 무덤을 쌓아올렸다.

만일 아카이아 군이 약속했던 날보다 앞서 공격할 경우를 대비하여 망을 보는 병사들도 배치했다. 마침내 무덤이 완성되자 그들은 성으로 돌아가 프리아모스 궁전에서 거대한 추모 연회를 열었다. 이처럼 그들은 헥토르의 장례식을 치렀다.

작가와 작품 해설

호메로스의 생애와 작품 세계

그리스 최고의 서사시 『일리아스』(Ilias, (영) Iliad)와 『오디세이아』
(Odysseia, (영) Odyssey)를 쓴 서사시인 호메로스(Homeros, (영) Homer)의
생애에 관해서는 정확히 알려진 바가 없다.

그의 이름이 언급되기 시작한 것은 기원전 7세기경부터다. 어떤 학자
들은 이 두 서사시의 저자가 호메로스가 아니라 자연 발생적으로 생겨난
일종의 문화적 산물이라고 주장한다. 또한 어떤 학자는 오디세이아의 저
자가 여성일 거라고 주장하기도 한다. 또한 호메로스는 실재 인물이 아니
라 전설적 시인, 혹은 개인을 말하는 것이 아니라 시인의 집단명칭이라고
말하는 학자들도 있다.

이처럼 『일리아스』와 『오디세이아』가 정말 호메로스의 작품인지에
대해서는 논란이 많다.

그러나 기원전 5세기의 문헌을 살펴보면 호메로스는 실재 인물이고 이

두 서사시도 그의 작품이라는 것이 정설로 되어 있어, 오늘날 그의 이름은 서사시인의 대명사처럼 되었다.

호메로스가 성장한 곳으로 추측되는 지역은 무려 일곱 군데나 된다. 그 중 기원전 900년~800년경 소아시아 지방 이오니아 해변의 스미르나 키오스 섬에서 살았다는 설이 가장 유력하며, 사망도 이오스 섬에서 한 것으로 전해진다. 어쨌든 19세기 이후에는 이러한 것들이 정설로 받아들여져 지금에 이르고 있다.

호메로스에 관한 일화는 상당히 많다. 일설에 따르면 호메로스는 천재적 시인으로 옛날부터 전해져 내려오는 신화나 전설들을 혼합하여 6각운의 시형으로 완성한 것이라고 하며, 혹은 눈먼 장님으로 노래를 부를 때마다 돈을 구걸하며 이 도시 저 도시를 방랑했던 음유 시인이라고도 한다. 또한 철학자 헤라클레이토스는 호메로스가 이(louse)를 잡는 문제에 대한 소년들의 수수께끼를 풀지 못해 죽었다고도 한다.

그가 천재 시인이었든 걸인이었든 간에 호메로스는 그리스 최고의 문인일 뿐 아니라 서구의 시문학 전반에 지대한 영향을 끼친 시인인 것만은 분명한 사실이다.

호메로스의 이름으로 전해 오는 시들은 『일리아스』와 『오디세이아』 외에도 33편이나 되는데, 그 중 전편이 전하는 것은 오로지 이 두 서사시뿐이라고 한다.

이것들은 고대 그리스의 국민적 서사시로, 그리스 문학과 교육에 커다란 영향을 끼쳤으며 로마 제국을 비롯한 유럽 서사시의 규범이 되었다. 뿐만 아니라, 이탈리아의 르네상스 문화에도 커다란 영향을 주었다. 따라서 그리스인들은 이 두 서사시를 도덕적 가르침과 실천적 교훈으로 알고 거의 다 외웠으며 문학 작품 이상으로 대했다고 한다.

　문예사적으로 볼 때, 호메로스는 인간 스스로의 자주정신을 강조한 휴머니즘을 보여주고 있는데, 이는 이제껏 그리스 문학이 보여준 운명론적 세계관에 맞서고 있는 것이라고 할 수 있다.

　그리고 그의 영웅주의와 인물들의 개성화, 인생의 쾌락과 비극, 죽음의 고찰, 종교와 윤리 등은 서구 문명의 조류와 거대한 세계관을 이룩했다고 할 수 있다.

작품 줄거리 및 해설

　호메로스의 작품으로 알려진 『일리아스』는 현존하는 그리스 최대 최고의 대서사시로서, 항상 『오디세이아』와 함께 인구에 회자되어 왔다.

　『일리아스』는 일리오스(트로이)의 이야기라는 뜻으로, 10년간에 걸친 트로이 전쟁 중 그 마지막 해에 벌어진 전사들의 무용담이나 영웅들의 이야기, 결투 따위를 내용으로 하고 있다.

　또한 『일리아스』는 『오디세이아』와 마찬가지로 24권으로 되어 있으며, 총 행수가 1만 5693행이나 되는 장편 대서사시다. 옛날에는 각 권마다 그 내용에 알맞은 이름이 붙어 있었으나, 기원전 3세기경부터는 그리스 문자의 알파벳 순서로 이름이 붙기 시작했다.

　그럼 먼저 『오디세이아』의 내용을 말하기에 앞서 그리스 · 로마 신화에 나오는 트로이 전쟁에 관한 이야기부터 잠깐 살펴보자.

　불화의 여신 에리스가 남긴 황금 사과를 두고 헤라와 아프로디테(비너스), 아테나가 서로 싸우는데 이때 트로이의 왕자 파리스가 심판을 내려 아프로디테가 사과의 주인이 된다. 그 대가로 파리스에게 세상에서 가장 아름다운 여인을 아내로 맞게 해주겠다고 약속한 아프로디테는 스파르타의 왕비 헬레나의 사랑을 얻게 해주었다.

그러자 아내를 빼앗긴 메넬라오스가 형 아가멤논과 함께 트로이 원정 길에 나서게 되는데, 이때부터 전쟁은 시작된다. 다나아(그리스) 군의 아킬레우스와 오디세우스, 트로이 군의 헥토르와 아에네아스 등 숱한 영웅들과 신들이 얽혀 10년 동안이나 계속된 이 전쟁은 오디세우스의 계책으로 결국 다나아 군의 승리로 끝나게 된다.

다나아 군은 거대한 목마를 남기고 철수하는 위장 전술을 폈는데, 여기에 속아넘어간 트로이 군은 목마를 성안으로 들여놓고 승리의 기쁨에 취하였다. 새벽이 되어 목마 안에 숨어 있던 오디세우스 등이 빠져 나와 성문을 열어 주었고 결국 트로이 성은 함락되었다.

이 흥미로운 트로이 전쟁을 바탕으로 고대 그리스인들은 수많은 서사시를 지었는데, 그 중에서 가장 유명한 것이 바로 호메로스의 『일리아스』와 『오디세이아』다.

그럼, 장편 대서사시 『일리아스』의 내용에 대해서 살펴보자.

스파르타 왕 메넬라오스의 왕비인 헬레나는 절세 미인이다. 그런데 트로이의 왕자 파리스가 그녀를 유혹해 간다. 이에, 그리스인들은 총사령관인 아가멤논의 지휘로 1,000척의 배를 거느리고 트로이를 공격하지만, 트로이 성은 함락되지 않는다.

게다가 총 사령관인 아가멤논과 그리스 최고의 영웅 아킬레우스의 불화에 의해 다나아 군은 전멸할 위기에 처한다.

사건의 발단은 아폴론의 사제 크리세스가 자신의 딸을 아가멤논이 돌려주지 않자 아폴론에게 축원을 한다. 그러자 아폴론은 다나아 군에게 역병을 내린다. 이 수습책 때문에 아가멤논은 아킬레우스를 모욕하게 되고 화가 난 아킬레우스는 싸움에서 손을 뗀다.

『일리아스』의 주제는 바로 영웅 아킬레우스의 이탈이다. 아킬레우스의 어머니인 바다의 여신 테티스는 여러 신들이 양군을 원조하지 않도록 해 달라며 제우스에게 간청한다.

이에 다나아 군은 연일 패배하게 되어 함대까지 섬멸당할 위기에 처한다. 그러자 분기탱천한, 아킬레우스의 절친한 친구이자 신하인 파트로클로스는 아킬레우스의 갑주와 무기, 전차를 빌려 군대를 이끌고 출전한다. 파트로클로스는 적을 패주시키는 데 성공은 했지만 결국 트로이의 장수 헥토르에게 살해되고 만다.

이 소식에 접한 아킬레우스는 복수를 하기 위해 헤파이스토스가 특별히 만들어 준 갑옷과 투구를 착용하고 출전한다. 이에 용감무쌍하던 헥토르도 그에 의해 살해되고 만다. 이에 헥토르의 아버지 프리아모스 왕은 신들의 비호로 어둠을 틈타 아킬레우스의 막사로 찾아간다. 그리고는 헥토르의 시체를 받아 가지고 돌아오는 것으로 이야기는 끝을 맺는다.

여러 전사들의 무용담을 노래한 『일리아스』는 B.C. 900년경의 작품으로 일종의 비극이라고 할 수 있다. 이 시는 그리스의 국민적 서사시로 끝난 것이 아니라 유럽 서사시의 모범이 되기도 하였다.

작가 연보

정확히 알려진 것은 없으나 호메로스는 대략 기원전 9세기에서 8세기경의 사람으로 추정된다.

출생지는 소아시아 서해안의 중심 지역인 이오니아 해변의 스미르나 키오스 섬이라는 설이 가장 유력하며, 작품 활동도 그곳에서 행해진 것으로 알려져 있다.

그는 33편의 서사시를 지었다고 하는데, 전편이 내려오는 것은 『일리아스』와 『오디세이아』뿐이다.

또한 『호메로스 찬가』·『마르기테스』·『와서회전』 등이 있다고 하나 사실 여부는 확인할 수가 없다.